岩 波 文 庫

31-007-1

浮　雲

二葉亭四迷作
十川信介校注

浮雲

目　次

浮雲はしがき

(1)薔薇《ばら》の花は頭《かしら》に咲《さい》て(2)活人《かつじん》は絵となる世の中　独《ひと》り文章のみは黴《かび》の生えた陳奮翰《ちんぷんかん》の四角張りたるに(3)頰返《ほおがえ》しを附《つ》けかね　または(4)舌足らずの物言《ものいい》を学びて口に涎《よだれ》を流すは拙《つたな》しこれはどうでも言文一途《げんぶんいっと》の事だと思立《おもいたっ》ては矢も楯《たて》もなく　文明の風《かぜ》改良の熱一度に寄せ来るどさくさ紛れ　(5)お先真闇《まっくら》三宝荒神《さんぼうこうじん》さまと(6)春のや先生を頼み奉り　(7)欠硯《かけすずり》に朧《おぼろ》の月の雫《しずく》を受けて(8)墨摺流《すみすりなが》す空のきおい　夕立の雨の一しきりさらさらさっと書流《かきなが》せば　アラ無情《うたて》始末にゆかぬ(9)浮雲めが(10)艶《やさ》しき月の面影を思い懸《がけ》なく閉籠《とじこめ》て　(11)黒白《あやめ》も分かぬ(12)烏夜玉《うばたま》のやみらみっちゃな小説が出来しぞやと　我ながら肝を潰《つぶ》してこの書の巻端《かんたん》に序するものは

二葉亭四迷

(13)明治丁亥《ひのとい》初夏

浮雲第一篇序

古人の未だかつて称揚せざる耳馴れぬ文句を笑うべきものと思い　または大体を評し得ずして枝葉の瑕瑾《かきん》のみをあげつらうは　批評家の学識の浅薄なるとその雅想(14)なきを示すものなりと　誰人《たれひと》にやありけん古人(15)がいいぬ　今や我国の文壇を見るに雅運日に月に進みたればにや批評家ここかしこに現われたれど　多(16)くは感情の奴隷にして我《わが》好む所を褒め我嫌うところを貶《けな》す　その評判の塩梅《あんばい》たる　上戸《じょうご》の酒を称し下戸《げこ》の牡丹餅《ぼたもち》をもてはやすに異ならず　淡味家はアライを可とし濃味家は口取を佳とす　共に真味を知る者にあらず争《いか》でか料理通の言なりといいうべき　なかんずく小説の如きは元来その種類(17)さまざまありて辛酸甘苦いろいろなるを　五味を愛憎する心をもて頭《アタマ》くだしに評し去るは豈《あ》に心なきの極《きわみ》ならずや　我《わが》友二葉亭の大人《うし》このたび思い寄る所ありて浮雲という小説を綴りはじめて　数ならぬ主人にも一臂《いっぴ》をかすべしとの頼みありき　頼まれ甲斐のあるべくもあらねど一(18)言二言の忠告など思いつくままに申し述べて　かくて後《のち》大人の縦横なる筆力もて全く綴られしを一閲するに　その文章の巧なる勿論《もちろん》主人などの及ぶところにあら

ず　小説文壇に新しき光彩を添《そえ》なんものはけだしこの冊子にあるべけれと感じて　甚だ僭越の振舞にはあれど　ただ所々片言隻句の穏かならぬふしを删正《さんせい》して竟《つい》に公にすることとなりぬ　合作の名はあれどもその実《じつ》四迷大人《うし》の筆になりぬ　文章の巧なる所趣向の面白き所は総《すべ》て四迷大人の骨折なり　主人の負うところはひとり僭越の咎《とが》のみ　読人《よむひと》乞うその心してみそなわせ　序《ついで》ながら　かの八犬伝《はっけんでん》水滸伝《すいこでん》の如き規模⒆の目ざましきを喜べる目をもてこの小冊子を評したまう事のなからんには　主人はともかくも二葉亭の大人否《いな》小説の霊が喜ぶべしと云爾《しかいう》

春の屋主人

第二十年夏

新編　浮雲　第(1)一篇

春のや主人
二葉亭四迷　合作

第一回　アアラ怪《あや》しの人の挙動《ふるまい》

(2)千早振《ちはやふ》る神無月《かみなづき》も最早《もはや》跡二日《ふつか》の余波《なごり》となッた二十八日の(3)午後三時頃に、(4)神田見附《かんだみつけ》の内《うち》より塗渡《とわた》る蟻《あり》、散る蜘蛛《くも》の子とうようよぞよぞよ沸出《わきい》でて来るのはいずれも(5)顋《おとがい》を気にし給う方々、しかし熟々《つらつら》見て篤《とく》と点検するとこれにも種々《さまざま》種類のあるもので、まず髭《ひげ》から書立《かきた》てれば口髭頬髯顋《くちひげほおひげあご》の鬚《ひげ》、(6)暴《やけ》に興起《おや》した拿破崙髭《ナポレオンひげ》に、(7)狆《ちん》の口めいた比斯馬克髭《ビスマルクひげ》、そのほか(8)矮鶏髭《ちゃぼひげ》、貉髭《むじなひげ》、ありやなしやの幻の髭と濃くも淡《うす》くもいろいろに生分《はえわか》る　髭に続いて差《ちが》いのあるのは服飾《みなり》　(9)白木屋《しろきや》仕込みの黒物《くろいもの》ずくめには(10)仏蘭西皮《フランスがわ》の靴の配偶《めおと》はありうち、これを召す方様《かたさま》の鼻毛は延びて蜻蛉《とんぼ》をも釣るべしという　これより降《くだ》っては(11)背皺《せじわ》よると枕詞《まくらことば》の付く「スコッチ」の背広にゴリゴリするほどの牛の毛皮靴⑿、そこで踵《かかと》にお飾を絶《たや》さぬ所から泥に尾を曳く亀甲洋袴《かめのこズボン》、いずれも釣《つる》⒀しんぼうの苦患《くげん》を今に脱せぬ貌付《かおつき》、デも持主は得意なもので　髭あり服あり我また奚《なに》をか覓《もと》めんと　済《すま》した顔色《がんしょく》⒁で火をくれた木頭《もくず》と反身《そつくりかえ》ッてお帰り遊ばす　イヤお羨しいことだ　その後《あと》より続いて出てお出《い》でなさるはいずれも胡麻塩頭《ごましおあたま》⒂　弓と曲げても張《はり》の弱い腰に無残や空弁当《からべんとう》を振垂《ぶらさ》げてヨタヨタものでお帰りなさる　さては老朽してもさすがはまだ職に堪えるものか　しかし日本服でも勤められるお手軽なお身の上　さりとはまたお気の毒な

途上人影《とじょうひとけ》の稀《ま》れになった頃　同じ見附の内より両人《ふたり》の少年《わかもの》が話しながら出て参った一人は年齢《ねんぱい》二十二、三の男　顔色《がんしょく》は蒼味《あおみ》七分《しちぶ》に土気《つちけ》三分どうもよろしくないが　秀《ひい》でた眉に儼然《きっ》とした眼付でズーと押徹《おしとお》った鼻筋　ただ惜哉《おしいかな》口元が些《ち》と尋常でないばかり、しかし締《しまり》はよさそうゆえ　絵草紙屋⒃の前に立ってもパックリ開《あ》くなどという気遣いはあるまいが　とにかく頤《あご》が尖って頬骨が露《あらわ》れ非道《ひど》く癯《やつ》れている故《せえ》か　顔の造作がとげとげしていて愛嬌気《あいきょうげ》といったら微塵《みじん》もなし　醜くはないが何処《どこ》ともなくケンがある　背《せい》はスラリとしているばかりでさのみ高いというほどでもないが　疲肉《やせじし》⒄ゆえ半鐘なんとやらという人聞《ひとぎき》の悪い渾名《あだな》に縁がありそうで、年数物ながら摺畳皺《たたみじわ》の存じた霜降⒅「スコッチ」の服

を身に纏《まと》ッて(19)組紐《くみひも》を盤帯《はちまき》にした帽檐《つば》広《びろ》な黒羅紗《くろラシャ》の帽子を戴いてい、今一人は前の男より二ツ三ツ兄らしく中肉中背で色白の丸顔　口元の尋常な所から眼付《めつき》のパッチリとした所はなかなかの好男子ながら　顔立がひねてこせこせしているので何《なに》となく品格のない男　黒羅紗の半(20)「フロックコート」に同じ色の「チョッキ」　洋袴《ズボン》は何か乙な縞羅紗《しまラシャ》でリュウとした衣裳附《いしょうづけ》(21)縁《ふち》の巻上ッた釜底形《かまぞこがた》の黒の帽子を眉深《まぶか》に冠《かぶ》り　左の手を隠袋《かくし》へ差入れ右の手で細々《ほそぼそ》とした杖を玩物《おもちゃ》にしながら高い男に向い

「しかしネー　もし果して課長(22)が我輩を信用しているならけだしやむをえざるに出《い》でたんだ　何故《なぜ》と言ッて見給え　局員四十有余名と言やア大層のようだけれども　皆《みんな》腰の曲ッた老爺《じいさん》に非ざれば気の利かない奴ばかりだろう　その内でこう言やア可笑《おか》しいようだけれども　若手でサ原書も些《ちっ》たア噛《かじ》っていてサ　而《そう》して事務を取らせて捗《はか》の往《い》く者と言ったらマア我輩二、三人だ、だからもし果して信用しているのならやむをえないのサ

「けれども山口を見給え　事務を取らせたら彼《あ》の男ほど捗の往く者はあるまいけれども　やっぱり(23)免《めん》を喰ったじゃアないか

「彼奴《あいつ》はいかん　彼奴は馬鹿だからいかん

「何故《なぜ》

「何故と言って彼奴は馬鹿だ　課長に向って此間《こないだ》のような事を言う所を見りゃアいよいよ馬鹿だ

「あれは全体課長が悪いサ　自分が不条理な事を言付けながら　何《な》にもあんなに頭ごなしにいうこともない

「それは課長の方があるいは不条理かも知れぬが　しかしいやしくも長官(24)たる者に向って抵抗を試みるなぞというなア馬鹿の骨頂だ　まず考えて見給え　山口は何《な》んだ属吏(25)じゃアないか　属吏ならば仮令《たと》い課長の言付《いいつけ》を条理と思ったにしろ思わぬにしろ　ハイハイ言ってその通り処弁《しょべん》して往《い》きゃア職分は尽きてるじゃアないか　しかるに彼奴《あいつ》のように　いやしくも課長たる者に向ってあんな差図《さしず》がましい事を……

「イヤあれは指図じゃアない。注意サ

「フム乙(26)《おつ》う山口を弁護するネ　やっぱり同病相憐れむのかアハアハアハ

高い男は中背の男の顔を尻眼(27)にかけて口を鉗《つぐ》んでしまッたので　談話《はなし》がすこし中絶《とぎ》れる、錦町(28)《にしきちょう》へ曲り込んで二ツ目の横町の角まで参った時　中背の男はふと立止《たちどま》って

「ダガ君の免《めん》を喰《くっ》たのは弔(29)《ちょう》すべくまた賀《が》すべしだぜ

「何故《なぜ》

「何故と言って君　これからは朝から晩まで情婦《いろ》の側《そば》にへばり付《つい》ている事が出来らアネ、アハアハアハ

「フフフン　馬鹿を言給《いい》うな

ト高い男は顔に似気《にげ》なく微笑を含み　さて失敬の挨拶も手軽《てがる》く、別れて独り小川町《(30)おがわまち》の方へ参る。顔の微笑が一《ひと》かわ一かわ消え往《ゆ》くにつれ足取《あしどり》も次第次第に緩《ゆるや》かになって終《つい》には虫の這うようになり　悄然《しょんぼり》と頭《こうべ》をうな垂れて二、三町ほども参ッた頃　ふと立止《たちどま》りて四辺《あたり》を回顧《みま》わし駭然《がいぜん》として二足三足《ふたあしみあし》立戻《たちもど》ッて　トある横町へ曲り込んで角から三軒目の格子戸作りの二階家《や》へ這入《はい》る、一所《いっしょ》に這入ッて見よう

高い男は玄関を通り抜けて椽側へ立出《たちいで》ると　傍《かたわら》の坐舗《ざしき》の障子がスラリ開いて年頃十八、九の婦人の首　(31)チョンボリとした摘ッ鼻《つまみばな》と(32)日の丸の紋を染抜《そめぬ》いたムックリとした頰とでその持主の身分が知れるという奴がヌット出る

「お帰《かいん》なさいまし

トいって何故《なぜ》か口舐《くちなめ》ずりをする

「叔母《おば》さんは

「先程《さっき》お嬢さまと何処《どち》らへか

「そう

ト言捨てて高い男は椽側を伝《つたわ》って参り　突当りの段梯子を登ッて二階へ上《あが》る　茲処《ここ》は六畳の小坐舗《こざしき》　一間《いっけん》の床《とこ》に三尺の押入れ付《つき》　三方は壁でただ南ばかりが障子(33)になッている　床《とこ》に掛けた軸は隅々も既に虫喰《むしば》んで　床花瓶《とこばないけ》に投入れた二本《ふたもと》三本《みもと》の蝦夷菊《えぞぎく》はうら枯れて枯葉《かれば》がち、坐舗《ざしき》の一隅を顧みると古びた机が一脚据え付けてあッて　筆、ペン、(34)楊枝《ようじ》などを掴挿《つかみざし》にした筆立《ふでたて》一個に　歯磨《はみがき》の函《はこ》と肩を比《なら》べた(35)赤間《あかま》の硯《すずり》が一面載せてある、机の側《かたわら》に押立《おしたて》た(36)二本立《にほんだち》の書函《ほんばこ》　これには小形の爛缶《ランプ》が載せてある　机の下に差入れたは縁《ふち》の欠けた(37)火入《ひいれ》　これには(38)摺附木《すりつけぎ》の死体《しがい》が横《よこたわ》ッている　その外《ほか》坐舗一杯に敷詰《しきつ》めた(39)毛団《ケット》　衣紋竹《えもんだけ》に釣るした袷衣《あわせ》　柱の釘に懸けた手拭《てぬぐい》　いずれを見ても皆年数物　その証拠には手擦《てずれ》ていて古色蒼然たり、だが自《おのずか》ら秩然《ちつぜん》と取旁付《とりかたづい》ている

高い男は徐《しず》かに和服に着替え　脱棄《ぬぎす》てた服を畳みかけて見て　舌鼓を撃ちながらそのまま押入へへし込んでしまう、所へ(40)トパクサと上《あが》ッて来たは例の日の丸の紋を染抜いた首の持主、横幅の広い筋骨《きんこつ》の逞しいズングリ、ムックリとした(41)生理学上の美人で、持ッて来た郵便を高い男の前に差置《さしお》いて

「アノー先刻《さっき》この郵便が

画家は月岡(大蘇)芳年(天保十年ー明治二十六年)。出身は歌川派の浮世絵師だが，洋風を交え，歴史画・幽霊画・美人画で名声があった．錦絵のほか，新聞・雑誌の挿絵も描いた．ここでは道具類がだいたい本文通りに描かれているが，文三の洋服やお鍋の年齢は画家が勝手に設定したようである．文字はお鍋の言葉，「あんまりちやアありませんかネヱ貴方ナンボ私が不器量だツてあんまりちやアありませんか」.

「アそう　何処《どこ》から来たんだ
ト郵便を手に取って見て
「ウー国からか
「アノネ貴君《あなた》　今日のお嬢さまのお服飾《なり》はほんとにお目に懸けたいようでしたヨ　まずネ(42)お下着が(43)格子縞の黄八丈《きはちじょう》でお上着《うわぎ》はパッとした(44)宜引縞《いーいしま》の糸織《いとおり》で　お髪《ぐし》は何時《いつ》もの(45)イボジリ捲きでしたがネ　お掻頭《かんざし》は此間《こないだ》(46)出雲屋からお取んなすったこんな
と故意故意《わざわざ》手で形を拵《こし》らえて見せ
「薔薇《ばら》の花掻頭《はなかんざし》でネ　それはそれはお美しゅう御座いましたヨ……私《わたし》もあんな帯留が
一ツ欲しいけれども……
と些《すこ》し塞《ふさ》いで
「お嬢さまはお化粧なんぞはしないと仰しゃるけれども　今日はなんでも内々《ないない》で薄化粧なすッたに違いありませんヨ、だってなんぼ色がお白《しろい》ッて　あんなに……私《わたくし》も家《うち》にいる時分はこれでも(47)ヘタクタ施《つ》けたもんでしたがネ　此家《こちら》へ上《あが》ッてからお正月ばかりにして不断は施《つ》けないの、施けてもいいけれども御新造《ごしんぞ》さまの悪口が厭ですワ　だッて何時《いっう》かもお客様のいらッしゃる前で(48)「鍋《なべ》のお白粉《しろい》を施《つ》けたとこは　全然《まるで》(49)炭団《たどん》へ霜が降ッ

たようで御座います」ッて……余《あんま》りじゃアありませんか　ネー貴君《あなた》　なんぼ私《わたくし》が不器量《ふきりよう》だッて余《あんま》りじゃアありませんか

ト敵手《あいて》が傍《そば》にでもいるように真(50)黒になってまくしかける　高い男は先程より手紙を把《と》ッては読《よみ》かけ読かけてはまた下へ措《お》きなどしてさも迷惑な体《てい》　この時もただ「フム」と鼻を鳴らしたのみで更に取合わぬゆえ　生理学上の美人はさなくとも(51)鰐壊《えみわ》れそうな両頬《りようきよう》をいとど膨《ふく》脹らして　ツンとして二階を降りる　その後姿を目送《みおく》ッて高い男はホット顔、また手早く手紙を取上げて読下《よみくだ》すその文言《もんごん》に

一筆《ひとふで》示し参(52)らせ候《そろ》　さても時《じ》からがら日増しにお寒う相成《あいな》り候へども御無事にお勤め被成《なされ》候や　それのみあんじくらし参らせ候《そろ》　母事《ははこと》もこの頃はめっきり年をとり髪の毛も大方は白髪《しらが》になるにつき心まで愚痴に相成候と見え　今年の晩《くれ》には御地《おんち》へ参られるとは知りつゝも何《なに》となう待遠《まちどお》にて　毎日ひにち指のみ折暮《おりく》らし参らせ候《そろ》　どうぞどうぞ一日も早うお引取下《ひきとり》されたく念じ参らせ候《そろ》　さる二十四日は父上の

……

と読みさして覚えずも手紙を取落し　腕を組んでホット溜息《ためいき》

第二回　風変りな恋(53)の初峯入《はつみねいり》　上

高い男と仮に名乗らせた男は　本名を内海文三《うつみぶんぞう》と言ッて静岡県の者で　父親は旧幕府に仕えて俸禄を食《はん》だ者であッたが　幕府倒れて王政古《いにしえ》に復《かえ》り　(54)時津風《ときつかぜ》に靡《なび》かぬ民草《たみぐさ》もない明治の御世《みよ》になッてからは　(55)旧里静岡に蟄居して暫らくは偸食《とうしょく》の民となり　為すこともなく昨日《きのう》と送り今日と暮らす内　坐して食《くら》えば山も空《むな》しの諺に漏れず　次第次第に貯蓄《たくわえ》の手薄になる所から足掻《あが》き出したが　さて木から落ちた猿猴《さる》の身というものは意久地《いくじ》のない者で　腕は(56)真影流《しんかげりゅう》に固《かた》ッていても(57)鋤鍬《すきくわ》は使えず　口はさよう(58)然《しか》らばと重くなッていて見れば急には(59)へイの音《ね》も出されず　といッて(60)天秤《てんびん》を肩へ当るも家名の汚《けが》れ　外聞が見ッとも宜《よ》くないというので　足を擂木《すりこぎ》に駈廻《かけまわ》ッて辛《から》くして静岡藩の(61)史生《しせい》に住込みヤレ嬉しやと言ッた所が腰弁当の境界　なかなか浮《うか》み上るほどには参らぬが　デモ感心には多《おお》もない資本を吝《おし》まずして一子《いっし》文三に学問を仕込む、まず朝勃然起《むっくりおき》る、弁当を背負《しょ》わせて学校へ出《だ》して遣《や》る、帰ッて来る、直《ただ》ちに傍近《ぼうきん》の私塾へ通わせると言うのだから、(62)あけしい間《ま》がない、とても余所《よそ》ほかの小供では続かないが　其処《そこ》は文三　性質が内端《うちば》だけに学問には向くと見えて余りしぶりもせずして出て参る　尤《もっと》も途《みち》に蜻蛉《とんぼ》を追う友を見てフト気まぐれて遊び暮らし　悄然《しょんぼり》として裏口から立戻《たちもど》ッて来る事もないではないがそれは邂逅《たまさか》の事で、ママ大方は勉強する、その内《うち》に学問の味も出て来る、サア面白くなるから　昨日までは督責《とくせき》されなければ取出さなかッた書物をも今日は我《われ》から繙《ひもと》くようになり　随《したが》ッて学業も進歩するので人も賞讃《ほめそや》せば両親も喜ばしく　子の生長《そだち》にその身の老《おゆ》るを忘れて春を送り秋を迎える内　文三の十四という春　待《まち》に待《まっ》た(63)卒業も首尾よく済《すん》だのでヤレ嬉しやという間もなく　父親はふと感染した風邪《ふうじゃ》から余病を引出し　年比《としごろ》の心労も手伝てドット床に就く　薬餌《やくじ》　呪《まじない》　加持祈禱《かじきとう》と人の善《よ》いと言うほどの事をし尽《つく》して見たが、さて験《げん》も見えず次第次第に頼み少なになって　遂に文三の事を言(64)い死《じに》に果敢《はか》なくなってしまう、生残《いきのこっ》た妻子の愁傷は実に比喩《たとえ》を取るに言葉(65)もなくばかり　「ああいくら歎《なげ》いても仕方がない」トいう口の下からツイ袖《そで》に置くは泪《なみだ》の露　漸くの事で空しき骸《から》を菩醍所《ぼだいしょ》へ送りて茶毘《だび》一片の烟《けぶり》と立上らせてしまう、さて挊人《かせぎにん》が没してから家計は一方《ひとかた》ならぬ困難　薬礼《やくれい》と葬式の雑用《ぞうよう》とに多《おおく》もない貯叢《たくわえ》をゲッソリ遣《つか》い減らして今は残り少なになる、デモ母親は男勝《おとこまさ》りの気丈者《きじょうもの》　貧苦にめげない煮《に》焚《たき》の業《わざ》の片手間に(66)一枚三厘の襯衣《シャツ》を縫《く》けて　身を粉《こ》にして挊了《かせ》ぐに追付く貧乏もないか如何《どう》かこうか湯なり粥なりを啜《すすっ》て(67)公債の利の細《ほそ》い烟《けぶり》を立てている、文三は父親の存生中《ぞんじょうちゅう》より家計の困難に心附《こころづ》かぬではな

いが　何と言《いっ》てもまだ幼少の事　何時《いつ》までもそれで居られるような心地がされて　親思いの心から今に坊《ぼう》が彼《ああ》してこうしてと　年齢《とし》には増せた事を言い出しては両親に袂《たもと》を絞らせた事はあっても　また何処《どこ》ともなく他愛のない所もあって　浪《なみ》に漂う浮艸《うきぐさ》のうかうかとして月日を重ねたが　父の死後便《たより》のない母親の辛苦心労を見るに付け聞くに付け小供心にも心細くもまた悲しく　始めて(68)浮世の塩が身に浸《し》みて夢の覚《さめ》たような心地　これからは給事なりともして　母親の手足《たそく》にはならずとも責《せ》めて我口《わがくち》だけはとおもう由《よし》をも母に告げて相談をしていると　捨《すて》る神あれば助《たすく》る神ありで　文三だけは(69)東京《とうけい》に居る叔父の許《もと》へ引取られる事になり　泣《なき》の泪《なみだ》で静岡を発足《ほっそく》して叔父を便《たよ》って出京したは明治十一年　文三が十五になった春の事とか

叔父は園田《そのだ》孫兵衛《まごべえ》と言いて文三の亡父のためには(70)実弟《じってい》に当る男　慈悲深く憐《あわれ》ッぽくしかも律義《りちぎ》真当《まっとう》の気質《きしつ》ゆえ人の望《う》けも宜《よ》いが　惜哉《おしいかな》些と気が弱すぎる　維新後は両刀を(71)矢《や》立《たて》に替えて朝夕《あさゆう》算盤《そろばん》を弾《はじ》いては見たが　慣れぬ事とて初《はじめ》の内は損毛《そんもう》ばかり　今日に明日《あす》にと喰込《くいこん》で果《はて》は借金の淵に陥《はま》り　如何《どう》しようこうしようと足掻《あが》き踠《もが》いている内　ふとした事から浮《うか》み上《あがっ》て　当今では些《ち》とは資本も出来地面をも買い小金をも貸付けて　家を東京《とうけい》に持ちながらその身は(72)浜のさる茶店《さてん》の支配人をしている事なれば　さのみ富貴《ふっき》と言

うでもないがまず融通《ゆとり》のある活計《くらし》　留守を守る女房のお政《まさ》は(73)お摩《さす》りからずるずるの後配《のちぞい》歴《れっき》とした士族の娘と自分ではいうが……チト考え物、しかしとにかく如才のない世辞のよい　地代から貸金の催促まで家事一切独《ひと》りで切って廻るほどあって　万事に抜目のない婦人　疵瑕《きず》と言ッてはただ大酒飲みで浮気で　しかも針を持つ事がキツイ嫌いというばかり、さしたる事もないが人事《ひとごと》はよく言いたがらぬが世の習い　「彼婦人《あのおんな》は(74)裾張蛇《すそつばりじゃ》の変《へん》生《しょう》だろう」ト近辺の者は影(75)人形を使うとか言う、夫婦の間に二人の子がある　姉をお勢《せい》と言ッてその頃はまだ十(76)二の蕾《つぼみ》　弟《おとと》を勇《いさみ》と言ッてこれもまた袖で鼻汁《はな》拭《ふ》く湾泊《わんぱく》盛り（これは当今は某校に入舎していて宅《たく》には居《お》らぬので）　トいう家内《かない》ゆえ叔母一人の(77)機《き》に入ればイザコザはないが　さて文三には人の機嫌気褄《きづま》を取るなどという事は出来ぬ　ただ心ばかりは主《しゅう》とも親とも思ッて善《よ》く事《つか》えるが　気が利かぬと言ッては睨付《ねめつ》けられる事何時《いつ》も何時も　その度ごとに親の難有《ありがた》サが身に染み骨に耐《こた》えて袖に露を置くことはありながら　常に自《みずか》ら叱ッてジット辛抱　使歩行《つかいある》きをする暇《いとま》には近辺の私塾へ通学して　暫らく悲しい月日を送ッている、ト或る時某学校で生徒の召募があると塾での評判取りどり　聞けば(78)給費だという　何も試しだと文三が試験を受けて見た所幸いにして及第する入舎する、ソレ給費が貰える、昨日までは叔父の家とは言いながら　食客《いそうろう》の悲しさには追使《おいつか》われたうえ気兼《きかね》苦労のみをしていたのが　今日は外《ほか》に掣肘《ひかれ》る所もなく心一杯に勉強の出来る身の上となったから、ヤ喜んだの喜ばないのと　それはそれは雀躍《こおどり》までして喜んだが　しかし書生と言ッてもこれもまた一苦界《ひとくがい》　固《もと》より余所《よそ》ほかのおぼッちゃま方とは違い親から仕送りなどという洒落(79)はないから　無駄遣いとては一銭もならずまたしようとも思わずして　ただ一心に便《たより》のない一人の母親の心を安めねばならぬ　世話になった叔父へも報恩《おんがえし》をせねばならぬと思う心より寸陰《すんいん》を惜《おし》んでの刻苦勉強に学業の進みも著るしく　何時《いつ》の試験にも一番と言ッて二番とは下《さが》らぬほどゆえ　得難い書生と教員も感心する、サアそうなると傍《はた》が喧《やか》ましい　放蕩と懶惰《らんだ》とを経緯《たてぬき》の糸にして織上《おりあがっ》たおぼッちゃま方が　不負魂《まけじたましい》の妬《ねた》み嫉《そね》みからおむずかり遊ばすけれども　文三は某《それ》らの事には頓着せず　独りネビッチョ(80)除《の》け物《もの》となッて朝夕勉強三昧《ざんまい》に歳月を消磨する内　遂《つい》に多年蛍雪《けいせつ》の功が現われて一片の卒業証書を懐《いだ》き　再び叔父の家を東道《あるじ》(81)とするようになッたからまず一安心と　それより手を替え品を替え種々《さまざま》にして仕官の口を探すが　さて探すとなるとないもので心ならずも小半年《こはんとし》ばかり薫《くすぶ》ッている　その間始終叔母にいぶされる辛《つら》さ苦しさ　初《はじめ》は叔母も自分ながらけぶそうな貌《かお》をしてやわやわ吹付《ふきつ》けていたからまず宜《よか》ッたが　次第にいぶし方に念が入《い》ッて来て果《はて》(82)は生松葉《なままつば》に蕃椒《とうがらし》をくべるようになッたからそのけぶいことこの上なし　文三も暫《しば》らくは鼻(83)をも潰《つぶ》していたれ　竟《つい》には余りのけぶさに堪え兼《かね》て噎返《むせかえ》る胸を押鎮《おししず》めかねた事もあったが　イヤイヤこれも自分が不甲斐《ふがい》ないからだと思い返してジット辛抱、そういう所ゆえ　その後《ご》或人の周旋で某省の(84)准判任《じゅんはんにん》御用係となった時は天へも昇る心地がされて　ホット一息吐《つ》きは吐いたが始《はじめ》て出勤した時は(85)異《おつ》な感じがした、まず取調物《とりしらべもの》を受取って我坐《わがざ》になおり　さて落着て居廻《いまわ》りを視回《みまわ》すと仔細らしく頸《くび》を傾《かたぶ》けて書物《かきもの》をするもの、蚤取眼《のみとりまなこ》になって校合《きょうごう》をするもの、筆を啣《くわ》えて忙《いそがわ》し気に帳簿を繰るものと種々さまざまある中に　ちょうど文三の真向うに　(86)八字の浪《なみ》を額に寄せ忙《いそがわ》しく眼をしばたたきながら間断《たゆみ》もなく算盤《そろばん》を弾《はじ》いていた年配五十前後の老人が　ふと手を止《とど》めて球《たま》へ指ざしをしながら「エー六(87)五七十の二……でもなしとエー六五」ト　天下の安危《あんき》この一挙にありと言ッたようなさも心配そうな顔を振揚《ふりあ》げて、その僻《くせ》口をアンゴリ開《あ》いて眼鏡越しにジット文三の顔を見守《みつ》め「ウー八十の二か」ト(88)一《いち》越調子高《おっちょうしだか》な声を振立《ふりた》ててまた一心不乱に弾き出す　余りの可笑《おか》しさに堪えかねて文三は覚えずも微笑したが　考えて見れば笑う我《われ》と笑われる人と余り懸隔《けんかく》のない身の上　アアかつて(89)身の油に根気の心《しん》を浸し眠い眼を睡《ね》ずして得た学力《がくりき》を　斯《こん》様な果敢《はか》ない馬鹿気た事に使うのかと思えば悲しく情なく　我になくホット太息《といき》を吐《つ》いて暫らくはただ茫然としてつまらぬ者でいたが　イヤイヤこれではならぬと心を取直してその日より事務に取《とり》懸《かく》る　当座四、五日は例の老人の顔を見る毎に嘆息《たんそく》のみしていたが　それも(90)向う境界に移る習いとかで日を経《ふ》る随《まま》に苦にもならなくなる　この月より国許《くにもと》の老母へは月々仕送《しおくり》をすれば母親も悦び　叔父へは月賦で借金済《な》しをすれば叔母も機嫌を直す　その年の暮に一等進んで本官になり　昨年の暑中には久々にて帰省《きせい》するなどいろいろ喜ばしき事が重なれば　(91)眉の皺も自《おのずか》ら伸びどうやら寿命も長くなったように思われる　ここにチト艶《なまめ》いた一条のお噺《はなし》があるが　これを記す前にチョッピリ孫兵衛の長女お勢《せい》の小伝を伺いましょう

お勢の生立《おいたち》の有様　生来《しょうらい》子煩悩の孫兵衛を父に持ち　他人には薄情でも我子《わがこ》には眼のないお政《まさ》を母に持ッた事ゆえ　幼少の折より(92)挿頭《かざし》の花衣《きぬ》の裏の玉と撫《な》で愛《いつく》しまれ　何でも彼《か》でも言成《いいなり》次第に(93)オイソレと仕付《しつ》けられたのが僻《くせ》となッて　首尾よくやんちゃ娘に成果《なりおお》せた、(94)紐解《ひもとき》の賀の済《すん》だ頃より父親の望みで(95)小学校へ通い　母親の好みで清元《きよもと》の稽古　生《うまれ》得《え》て才溌《さいはじけ》の一徳には生覚《なまおぼ》えながら飲込みも早く　学問遊芸両《ふたつ》ながら出来のよいように思われるから母親は(96)眼も口も一ッにして大驩《おおよろこ》び　尋ねぬ人にまで風聴《ふいちょう》する娘自慢の手前味噌　切《しき》りに涎《よだれ》を垂《た》らしていた　その頃新《あらた》に隣家へ引移ッて参ッた官員は　家内四人活計《ぐらし》

で細君もあれば娘もある　隣(97)ずからの寒暄《かんけん》の挨拶《あいさつ》が喰付《くいつ》きで親々が心安くなるにつれ娘同志も親しくなり毎日のように訪《とい》つ訪《とわ》れつした、隣家の娘というはお勢よりは二ツ三ツ年層《としかさ》で　優しく温籍《しとやか》で父親が儒(98)者のなれの果《はて》だけあって　小供ながらも学問が好《すき》こそ物の上手で出来る、(99)いけ年《とし》を仕《つかまつッ》てもとかく人真似《ひとまね》は輟《や》められぬもの　ましてや小供という中《うち》にもお勢は(100)根《ね》生《おい》の軽躁者《おいそれもの》なれば尚更《なおさら》　倏忽《たちまち》その娘に薫陶《かぶ》れて起居挙動《たちいふるまい》から物の言いざままでそれに似せ　急に三味線を擲却《ほうりだ》して唐机《とうづくえ》の上に孔雀の羽を押立《おした》てる　お政は学問などという正坐《かしこま》ッた事は虫が好かぬが　愛《いと》し娘のしたいと思ッてする事とそのままに打《うち》棄《す》てておく内《うち》　お勢が小学校を卒業した頃隣家の娘は(101)芝辺《しばへん》のさる私塾へ入塾することになッた、サアそうなるとお勢は矢も楯も堪《たま》らず急に入塾がしたくなる　何《なん》でも彼《か》でもと親を責《せ》がむ　寝言にまで言ッて責がむ、トいって　まだ年端《としは》も往《ゆ》かぬに殊《こと》には(102)なまよみの甲斐なき婦人《おんな》の身でいながら入塾などとは以《もっ》ての外《ほか》、(103)トサ一旦は親の威光で叱り付けては見たが　例の絶食に腹を空《すか》せ「入塾が出来ない位なら生《いき》て居る甲斐がない」ト溜息噛《かみ》雑《ま》ぜの愁訴　萎《しお》れ返ッて見せるに両親も我《が》を折り　それほどまでに思うならばと万事を隣家の娘に托して　覚束なくも入塾させたは今より二年前《ぜん》の事で

お勢の入塾した塾の塾頭《じゅくとう》をしている婦人は　(104)新聞の受売《うけうり》からグット思い上りをした女《じょ》

丈夫《じょうぶ》、しかも気を使ッて一飯の恩は酬《むく》いぬがちでも(105)睚眥《がいさい》の怨《うらみ》は必ず報《ほう》ずるという蜒蚰《げじげじ》魂《たましい》で　気に入らぬ者と見れば何歟《なにか》につけて真綿に針のチクチク責《ぜめ》をするが性分　(106)親の前でこそ蛤貝《はまぐりかい》と反身《そつくりかえ》れ　他人の前では蜆貝《しじみがい》と縮まるお勢の事ゆえ　責《さいな》まれるのが辛らさにこの女丈夫に取入ッて卑屈を働らく　固《もと》より根がお茶ッぴいゆえその風《ふう》には染《そま》り易いか　忽《たちまち》の中《うち》に見違えるほど容子《ようす》が変り何時《いつ》しか隣家の娘とは疎々《うとうと》しくなッた　その後《ご》英学を初めてからは悪足掻《わるあがき》もまた一段で　(107)繻絆《じゅばん》がシャツになれば(108)唐人髷《とうじんわげ》も束髪《そくはつ》に化け(109)ハンケチで咽喉《のど》を緊《し》め欝陶《うっとう》しいを耐《こら》えて眼鏡を掛け独《ひと》よがりの人笑わせ　有晴《あっぱれ》一個の(110)キャッキャとなり済《す》ました　しかるに去年の暮例《れい》の女丈夫は教師に雇われたとかで退塾してしまい　その手に属したお茶ッぴい連も一人去《さ》り二人去して残少《のこりすく》なになるにつけ　お勢も何《なん》となく我宿《わがやど》恋しくなッたなれど　まさかそうとも言い難《か》ねたか漢学は荒方《あらかた》出来たと拵《こし》らえて　退塾して(111)宿所へ帰ッたは今年の春の暮《くれ》桜の花の散る頃の事で

既に記した如く　文三の出京した頃はお勢はまだ十二の蕾《つぼみ》　(112)幅の狭い帯を締めて(113)姉様《あねさま》を荷厄介《にやくかい》にしていたなれど　こましゃくれた心から「あの人はお前の御亭主さんに貰ッたのだヨ」ト坐興《ざきょう》に言ッた言葉の露《つゆ》を実《まこと》と汲《くん》だか　初《はじめ》の内《うち》ははにかんでばかり居たが小供の馴《なじ》むは早いもので間もなく菓子一《ひとつ》を二《ふた》ツに割ッて喰べるほど睦《むつ》み合ッたも今は一《ひと》

月岡芳年画．少年少女時代，仲がよかった文三とお勢．人形を抱いたお勢が飯事《ままごと》道具を前にして，勉強に出かける文三を見送っている．幼い「夫婦」の図．文三は羽織袴で帽子と折鞄を手にしている．文字は「小供の馴じむは早いもので間もなく菓子一ツを二ツに割つて喰べるほど睦みあつたも今は昔」．

昔《むかし》文三が某校へ入舎してからは相逢《あいあ》う事すら稀《まれ》なれば　まして一《ひとつ》に居た事は半日もなし　ただ今年の冬期休暇にお勢が帰宅した時のみ十日ばかりも朝夕顔を見合わしていたなれど　小供の時とは違い年頃が年頃だけに　文三もよろずに遠慮勝《えんりよがち》でよそよそしく待遇《もてな》して更に打解《うちと》けて物など言ッた事なし　その僻《くせ》お勢が帰塾した当坐《とうざ》両三日は　(114)百年の相識《そうしき》に別れた如く何《なに》となく心淋《こころざび》しかッたが……それも日数《ひかず》を降《ふ》る随《まま》に忘れてしまッたのに　今また思い懸《が》けなく一《ひと》ツ家《いえ》に起臥《おきふし》して折節《おりふし》は狎々《なれなれ》しく物など言いかけられて見れば　嬉《うれ》しくもないが(115)一月《いちげつ》が復《ま》た来たようで何《な》にとなく賑《にぎや》かな心地がした、人一人殖えた事ゆえこれはさもあるべき事ながら　ただ怪《あや》しむべきはお勢と席を同《おなじゅう》した時の文三の感情で　何時《いつ》も可笑《おか》しく気が改まり　円《まる》めていた脊《せ》を引伸して頸《くび》を据え異《おつ》う済《すま》して変に片付る、魂が裳抜《もぬけ》れば一心に主《しゅう》とする所なく　居廻《いまわ》りにあるほどのもの悉《ことごと》く薄烟《うすけぶり》に包《つつま》れて(116)虚有縹緲《きょうひょうびょう》の中《うち》に漂い、あるかと思えばありないかと想えばない中《なか》に　ただ一物《あるもの》ばかりは見ないでも見えるが　この感情は未《ま》だ何《なに》とも名《なつ》け難い　夏の初《はじめ》より頼まれてお勢に英語を教授するようになッてから文三も些《すこ》しく打解《うちと》け出して　折節《おりふし》は(117)日本婦人の有様束《そく》髪《はつ》の利害　さては男女交際の得失などを論ずるようになると　不思議や今まで文三を男臭いとも思わず太平楽を並べ大風呂敷を拡げていたお勢が　文三の前では何時《いつ》からともなくロ数を聞かなくなッて　何処《どこ》ともなく落着て優しく女性《にょしょう》らしくなッたように見えた、或一日《あるいちじつ》　お勢の何時《いつ》になく眼鏡を外して頸巾《くびまき》を取ッているを怪《あやし》んで文三が尋《たず》ぬれば「それでも貴君《あなた》が健康な者にはかえって害になると仰ッたものヲ」トいう　文三は覚えずも莞然《にっこり》「それは至極《しごく》好い事《こっ》だ」ト言ッてまた莞然《にっこり》

　お勢の落着たに引替え文三は何かそわそわし出して　出勤して事務を執《と》りながらもお勢の事を思い続けに思い　退省《たいしょう》の時刻を待佗《まちわ》びる　帰宅したとてもお勢の顔を見ればよし　さもなければ落脱《がっかり》力抜けがする　「彼女《あれ》に何したのじゃアないのか知らぬ」ト或時《あるとき》我を疑《うたぐ》ッて覚えずも顔を赧《あか》らめた

　お勢の帰宅した初《はじめ》より　自分には気が付かぬでも文三の胸には虫が生《わい》た、なれどもその頃はまだ小さく場取《ばど》らず　胸にあッても邪魔にならぬのみか　そのムズムズと蠢動《うごめ》く時は世界中が一所《ひとところ》に集る如く　またこの世から極楽浄土へ往生する如く　また春の日に(118)瓊葩綉葉《けいはしゅうよう》の間和気香風《かきこうふう》の中《うち》(119)に臥榻《がとう》を据えてその上に臥《ね》そべり、次第に遠《とおざか》り往《ゆ》く虻《あぶ》の声を聞きながら眠《ねぶ》るでもなく眠《ねぶ》らぬでもなくただウトウトとしているが如く　何《なに》とも彼《か》とも言様《いいよう》なく愉快《こころよか》ッたが　虫奴《むしめ》は何時《いつ》のまにか太く逞しくなッて「何したのじゃアないか」ト疑ッた頃には　既に「添度《そいたい》の蛇《じゃ》」という蛇《へび》になッて這廻《はいまわ》ッていた……むしろ難面《つれな》

くされたならば　食すべき「たのみ」[120]の餌《え》がないから蛇奴《へびめ》も餓死《うえじに》に死んでしまいもしようが　憖《なまじい》[121]に卯《う》の花くだし五月雨《さみだれ》のふるでもなくふらぬでもなく生殺《なまごろ》しにされるだけに蛇奴も苦しさに堪え難《か》ねてか　のたうち廻ッて腸《はらわた》を嚙断《かみちぎ》る……初《はじめ》の快さに引替えて文三も今は苦《くる》しくなッて来たから窃《ひそ》かに叔母の顔色《がんしょく》を伺ッて見れば　気の所為《せい》か粋《すい》を通して見て見ぬ風《ふう》をしているらしい　「もしそうなれば最《も》う叔母の許《ゆるし》を受けたも同前《どうぜん》[122]……チョッ寧《いっ》[123]そ打附けに……」ト思ッた事は屢々《しばしば》あッたが「イヤイヤ滅多な事を言出して取着[124]かれぬ返答をされては」ト思い直してジット意馬《いば》[125]の絆《たづな》を引緊《ひきし》め　藻《も》[126]に住む虫の我《われ》から苦んでいた……これからが肝腎要《かんじんかなめ》　回を改めて伺いましょう

第三回　よほど風変《ふうがわ》りな恋の初峯入《はつみねいり》　下

今年の仲《なか》[127]の夏　有一夜《あるいちや》文三《ぶんぞう》が散歩より帰ッて見れば叔母《おば》のお政《まさ》は夕暮より所用あッて出たまま未《ま》だ帰宅せず　下女のお鍋《なべ》も入湯にでも参ッたものかこれも留守、ただお勢《せい》の子舎《へや》にのみ光明《あかり》が射している　文三初《はじめ》は何心《なにごころ》なく二階の梯子段《はしごだん》を二段三段登《あが》ッたが　ふと立止まり何か切《しき》りに考えながら一段降《お》りてまた立止まり　また考えてまた降りる……俄《にわ》かに気を取直してまさに再び二階へ登らんとする時　忽ちお勢の子舎《へや》の中《うち》に声がして

「誰方《どなた》
トいう
「私《わたくし》
ト返答をして文三は肩を縮《すく》める
「オヤ誰方《どなた》かと思ッたら文《ぶん》さん……淋《さみ》しくッてならないから些《ちっ》とお噺《はな》しにいらッしゃいな
「エ多謝《ありがと》う、だが最《も》う些《ちっ》と後《のち》にしましょう
「何《なに》か御用があるの
「イヤ何も用はないが……
「それじゃア宜《いい》じゃアありませんか、ネーいらッしゃいヨ
文三は些《すこ》し躊躇《ためらっ》て　梯子段を降果《おりは》てお勢の子舎《へや》の入口《いりくち》まで参りは参ッたが　中《うち》へとては立入らずただ(128)鵠立《たたずん》でいる
「お這入《はいん》なさいな
「エ、エー……
ト言ッたまま文三はなお鵠立《たたずん》でモジモジしている　何《なに》か這入《はい》りたくもあり這入りたくも

なしといったような容子《ようす》
「何故《なぜ》貴君《あなた》、今夜に限ッてそう遠慮なさるの
「デモ貴嬢《あなた》お一人ッ切りじゃア……なんだか……
「オヤマア貴君《あなた》にも似合わない……アノ何時《いつ》か　気が弱くッちゃア主義の実行は到底覚束《おぼつか》ないと仰しゃッたのは何人《どなた》だッけ
ト蓁《しん》(129)の首を斜《ななめ》に傾《か》しげて嫣然《えんぜん》片頬《かたほ》に含んだお勢の微笑に釣られて　文三は部屋へ這入《はい》り込み坐《ざ》に着きながら
「そう言われちゃア一言《いちごん》もないが　しかし……
「些《ちっ》とお遣いなさいまし
トお勢は団扇《うちわ》を取出《とりいだ》して文三に勧め
「しかしどうしましたと
「エ、ナニサ影口《かげぐち》がどうも五月蠅《うるさく》ッて
「それはネ、どうせ些《ちっ》とは何《なん》とか言いますのサ、また何とか言ッたッて宜《いい》じゃアありませんか　もしお相互《たがい》に潔白なら、どうせ貴君《あなた》(130)二千年来の習慣を破るんですものヲ　多少の艱苦《かんく》は免《のが》れッこはありませんワ

「トハ思ッているようなものの、まさか影口が耳に入ると厭なものサ(131)

「それはそうですヨネー　この間もネ貴君《あなた》、鍋が生意気に可笑《おか》しな事を言ッて私《わたくし》にからからのですよ、それからネ　私《わたくし》が余《あんま》り五月蠅《うるさく》なッたから到底解《わか》るまいとはおもいましたけれども　試《こころみ》に男女交際論を説《とい》て見たのですヨ　そうしたらネ、アノなんですッて、私の言葉には漢語が雑《ま》ざるから全然《まるつきり》何を言ッたのだか解りませんて……真個《ほんと》に教育のないという者は仕様のないもんですネー(132)

「アハハハ其奴《そいつ》は大笑いだ……しかし可笑《おか》しく思ッているのは鍋ばかりじゃアありますまい　必《きっ》と母親《おっか》さんも……

「母ですか、母はどうせ下等の人物ですから始終可笑《おか》しな事を言ッちゃアからかいますのサ、それでもネ　そのたんびに私《わたくし》が辱《はずか》しめ辱しめしいしいしたらあれでも些《ちっ》とは耻《は》じたと見えてネ　この頃じゃア其様《そんな》に言わなくなりましたよ

「へーからから、どんな事を仰しゃッて

「アノーなんですッて　其様《そんな》に親しくする位ならむしろ貴君《あなた》と……(すこしもじもじして言《い》いかねて)結婚してしまえッて……

ト聞くと等しく　文三は駭然《ぎょっ》としてお勢の顔を目守《みつめ》る、されど此方《こなた》は平気の躰《てい》で

「ですがネ　教育のない者ばかりを責める訳にもいけませんヨネー　私の朋友なんぞは教育のあると言うほどありゃアしませんがネ　それでもマア普通の教育は享《う》けているんですよ、それでいて貴君《あなた》　(133)西洋主義の解《わか》るものは、二十五人の内に僅四人《たったよったり》しかないの、その四人《よったり》もネ　塾《じゅく》にいるうちだけで外《ほか》へ出てからはネ　口《くち》ほどにもなく(134)両親に圧制せられてみんなお嫁に往《い》ッたりお婿を取ッたりしてしまいましたの、だから今まで此様《こん》な事を言ッてるものは私《わたくし》ばッかりだとおもうと　何《なん》だか心細《こころぼそ》ッて心細ッてなりません、でしたがネ、この頃は貴君《あなた》という親友が出来たから　アノー大変気丈夫になりましたわ

文三はチョイと一礼して

「お世辞にもしろ嬉しい

「アラお世辞じゃアありませんよ真実《ほんとう》ですよ

「真実《ほんとう》ならなお嬉しいが　しかし私《わたくし》にゃア貴嬢《あなた》と親友の交際は到底出来ない

「オヤ何故《なぜ》ですエ　何故親友の交際が出来ませんエ

「何故といえば(135)私《わたくし》には貴嬢《あなた》が解《わ》からずまた貴嬢には私が解からないから　どうも親友の交際は……

「そうですか　それでも私《わたくし》には貴君《あなた》はよく解《わか》ッているつもりですよ　貴君の学識があ

ッて品行が方正で親に孝行で……

「だから貴嬢《あなた》には私《わたくし》が解らないというのです　貴嬢は私を親に孝行だと仰《おっ》しゃるけれども孝行じゃアありません　私には……親より……大切な者があります……

ト吃《ども》りながら言ッて文三は差俯向《さしうつむ》いてしまう　お勢は不思議そうに文三の容子《ようす》を眺めながら

「親より大切な者……親より……大切な……者……親より大切な者は私《わたくし》にもありますワ

文三はうな垂《だ》れた頸《くび》を振揚《ふりあ》げて

「エ貴嬢《あなた》にもありますと

「ハアありますワ

「誰《だ》……誰れが

「人じゃアないの、アノ(136)真理《しんり》

「真理

ト文三は慄然《ぶるぶる》と胴震《どうぶるい》をして唇を喰いしめたまま暫《しば》らく無言《だんまり》　ややあッて俄《にわか》に(137)喟然《きぜん》として歎息《たんそく》して

「アア貴嬢《あなた》は清浄《せいじょう》なものだ潔白なものだ……親より大切なものは真理……アア潔白なものだ……しかし感情という者は実に妙なものだナ　人を愚《ぐ》にしたり、人を泣かせたり笑わせたり、人をあえだり(138)揉《もん》だりして玩弄する　玩弄されると薄々《うすうす》気が附きながらそれを制することが出来ない　アア自分ながら……

ト些《すこ》し考えて　ややありて熱気《やっき》となり

「ダガ思い切れない……どうあッても思い切れない……お勢さん貴嬢《あなた》は御自分が潔白だから是様《こん》な事を言ッてもお解《わか》りがないかも知れんが　私《わたくし》には真理よりか……真理よりか大切な者があります　去年の暮から全半歳《まるはんとし》　その者のために感情を支配せられて寐《ね》ても寤《さ》めても忘られればこそ　死ぬより辛いおもいをしていても先では毫《すこ》しも汲んでくれない　むしろ強顔《つれ》なくされたならばまた思い切りようもあろうけれども……

ト些《すこ》し声をかすませて

「なまじい力におもうの、親友だのといわれて見れば私《わたくし》は……どうも……どうあッても思い……

「アラ月が……まるで竹の中から出るようですよ　ちょっと御覧なさいヨ

庭の一隅《ぐう》に栽込《うえこ》んだ十《と》竿《もと》ばかりの繊竹《なよたけ》の葉を分けて出る月のすずしさ(139)　月夜見《つきよみ》の神の

力の測りなくて断雲《だんうん》一片の翳《かげ》だもない　蒼空《あおぞら》一面にてりわたる清光素色《せいこうそしょく》　ただ亭々皎々《ていていこうこう》として雫《しずく》も滴《した》たるばかり　初《はじめ》は隣家《りんか》の隔《へだ》ての竹垣に遮られて庭を半《なかば》より這初《はいはじ》め　中頃は椽側《えんがわ》へ上《のぼ》ッて座舗《ざしき》へ這込《はいこ》み(140)稗蒔《ひえまき》の水に流れては金瀲灩《きんれんえん》、(141)簷馬《ふうりん》の玻璃《はり》に透《とお》りては玉玲瓏《ぎょくれいろう》、座賞《ざしょう》の人に影を添えて(142)孤《こ》燈《とう》一穂《すい》の光を奪い　終《つい》に間《あわい》の壁へ這上《はいのぼ》る　涼風一陣吹到《ふきいた》る毎《ごと》に(143)ませ籬《がき》によろぼい懸《かか》る夕顔の影法師が婆娑《ばさ》として舞い出し　(144)さわ百合《ゆり》の葉末《はずえ》にすがる露の珠《たま》が忽《たちま》ち蛍《ほたる》となッて飛迷う、艸花立樹《くさばなたちき》の風に揉まれる音の颯々《ざわざわ》とするにつれてしばしは人の心も騒ぎ立つとも　(145)須臾《しゅゆ》にして風が吹罷《ふきや》めばまた四辺蕭然《あたりひっそ》となって軒の下艸《したぐさ》に集《すだ》く虫の音《ね》のみ独《ひと》り高く聞える、眼《め》に見る景色はあわれに面白い、とはいえ心に物《もの》ある両人《ふたり》の者の眼には止《と》まらず　ただお勢が口ばかりで

「アア佳《いい》こと

トいって何故《なにゆえ》ともなく莞然《にっこり》と笑い仰向《あおむ》いて月に観惚《みと》れる風《ふり》をする　その半面《よこがお》を文三が窃《ぬす》むが如《ごと》く眺め遣《や》れば眼鼻口《めはなくち》の美しさは常に異《かわ》ッたこともないが　月の光を受けて些《すこ》し蒼《あお》味《み》を帯《お》んだ瓜実顔《うりざねがお》にほつれ掛《かか》ッたいたずら髪二筋三筋《ふたすじみすじ》(146)　扇頭《せんとう》の微風に戦《そよ》いで頬の辺を往来する所は慄然《ぞっ》とするほど凄味《すごみ》がある　暫らく文三がシケジケと眺めている　トやがて凄味のある半面《よこがお》が次第次第に此方《こちら》へ捻《ねじ》れて……パッチリとした涼しい眼がジロリと動き

月岡芳年画．正座を崩さない文三に対して，お勢のだらしない姿勢が印象的に描かれている．文字は「アラ月が…まるで竹の中から出るやうですよ　一寸御覧なさいな」．

出して……見とれていた眼とピッタリ出逢《であ》う(147)螺《さざい》の壺々口《つぼつぼぐち》に莞然《にっこ》と含んだ微笑を(148)細根大《ほそねだい》根《こん》に白魚《しらうお》を五本並べたような手が持《もっ》ていた団扇《うちわ》で隠蔽《かく》して耻《はず》かしそうなしこなし　文三の眼は俄《にわか》に光り出す

「お勢さん

但し震声《ふるいごえ》で

「ハイ

但し小声《こごえ》で

「お勢さん貴嬢《あなた》もあんまりだ　余《あん》まり……残酷だ　私《わたくし》がこれ……これほどまでに……

トいいさして　文三は顔に手を宛《あ》てて黙ッてしまう。意《こころ》を注《とど》めて能《よ》く見れば壁に写ッた影法師が慄然《ぶるぶる》とばかり震えている　今一言《ひとこと》……(149)今一言の言葉の関《せき》を踰《こ》えれば先は妹脊山《いもせやま》蘆垣《あしがき》の間近き人を恋い初《そ》めてより昼は終日《ひめもす》夜は終夜《よもすがら》ただその人の面影《おもかげ》のみ常に眼前《めさき》にちらついて　(150)砧《きぬた》に映る軒《のき》の月の払ッてもまた去りかねていながら　人の心を測りかねて

(151)末摘花《すえつむはな》の色にも出さず(152)岩堰《いわせく》水の音にも立てず　独りクヨクヨ物をおもう胸のうやもや、もだくだを払うも払わぬも今一言の言葉の綾《あや》……今一言……僅《たった》一言……その一言をまだ言わぬ……折からガラガラと表の格子戸《こうしど》の開《あ》く音がする……吃驚《びっくり》して文三はお勢と顔を

見合わせる。蹶然《むっく》と起上《たちあが》る。転《ころ》げるように部屋を駆出《かけで》る　但しその晩はこれきりの事で別段にお話しなし

翌朝に至りて両人《ふたり》の者は始めて顔を合わせる　文三はお勢よりは気まりを悪がッて口数をきかず　この夏の事務の(153)鞅掌《いそがし》さ暑中休暇も取れぬので匆々《そうそう》に出勤する　十二時頃に帰宅する　下坐舗《したざしき》で昼食《ちゅうじき》を済《すま》して二階の居間へ戻り「アア熱《あつ》かッた」ト風を納《い》れている所へ梯子《はしご》バタバタでお勢が上《あが》ッて参り　二ツ三ツ英語の不審を質問する　質問してしまえば最早《もはや》用のないはずだが　何かモジモジして(154)交野《かたの》の鶉《うずら》を極《き》めている。やがて差俯向《さしうつむ》いたままで鉛筆を玩弄《おもちゃ》にしながら

「アノー昨夕《ゆうべ》は貴君《あなた》どうなすったの

返答なし

「何だか私《わたくし》が残酷だッて大変憤《おこ》ッていらしったが　何が残酷ですの。

ト笑顔を擡《もた》げて文三の顔を窺《のぞ》くと　文三は狼狽《あわ》て彼方《あちら》を向いてしまい

「大抵察していながら其様《そん》な事を

「アラそれでも私《わたくし》にゃ何《なん》だか解《わか》りませんものヲ

「解らなければ解らないでよう御座んす

「オヤ可笑《おか》しな
それから後《のち》は文三と差向《さしむか》いになる毎《ごと》に　お勢は例の事を種《たね》にして(155)乙《おつ》うからんだ水向け文句。やいのやいのと責め立てて終《つい》には「仰しゃらぬとくすぐりますヨ」とまで迫ッたが(156)石地蔵と生れ付《つい》たしょうがには　情談《じょうだん》のどさくさ紛《まぎ》れにチョックリチョイといって除《の》ける事の出来ない文三　然《しか》らばという口付《くちつき》からまず重くろしく折目正《ただ》しく居《い》すまッてしかつべらしく思いのたけを言い出《い》だそうとすれば　お勢はツイと彼方《あちら》を向いて「アラ鳶《とんび》が飛《と》でますヨ」と(157)知らぬ顔の半兵衛《はんべえ》摸擬《もどき》　さればといって手を引けばまた意《こころ》あり気な色目遣《づか》い、トこうじらされて文三は些《ち》と(158)ウロが来たが　ともかくも触《さわ》らば散ろうという下心の自《おのずか》ら素振りに現われるに　「ハハア」と気が附《つい》て見れば嬉しく難有《ありがた》く辱《かたじ》けなく罪も報《むくい》も忘れ果てて命もトントいらぬ顔付。(159)臍《へそ》の下を住家《すみか》として　魂が何時《いつ》の間にか有《う》頂天外《ちょうてんがい》へ宿替《やどがえ》をすれば静かには坐ッてもいられず　ウロウロ座舗《ざしき》を徘徊《まごつ》いて舌を吐《はい》たり肩を縮《すく》めたり思い出し笑いをしたり　または(160)変《へん》ぽうらいな手附《てつ》きをしたりなどよろずに瘋癲《きちがい》じみるまで喜びは喜んだが　しかしお勢の前ではいつも四角四面に喰いしばって猥褻《みだり》がましい挙動《ふるまい》はしない　尤もかつて(161)じゃらくらが高《こう》じてどやぐやとなッた時　今まで悒《うれ》しそうに笑ッていた文三が　俄《にわ》かに両眼を閉じて静まり返えり何と言ッても口をき

かぬので　お勢が笑らいながら「そんなに真地目《まじめ》におなんなさるとこう成《す》るからいい」とくすぐりに懸《かか》ッたその手頭《てさき》を払《はら》い除《の》けて　文三が熱気《やっき》となり「アア(162)我々の感情はまだ習慣の奴隷だ　お勢さん下へ降りて下さい」といったためにお勢に憤《おこ》られたこともあッたが……しかしお勢も日を降《ふ》るままに草臥《くたび》れたか　余りじゃらくらもしなくなって高笑《わ》らいを罷《や》めて静かになッてこの頃では折々物思いをするようにはなッたが　文三に向ッてはともすればぞんざいな言葉遣《づか》いをする所を見れば　泣寐入《なきねい》りに寐入ッたのでもない光景《ようす》

アア偶々咲懸《たまたまさきかか》ッた恋の蕾《つぼみ》も　事情というおもわぬ(163)冱《いて》にかじけて可笑《おか》しく葛藤《もつ》れた縁《えん》の糸のすじりもじった間柄《あいだがら》　海へも附《つ》かず河へも附かぬ中《ちゅう》ぶらりん　(164)月下翁《むすぶのかみ》の悪戯《たわむれ》か　それにしてもよほど風変りな恋の初峯入《はつみねい》り

文三の某省へ奉職したは昨日今日のように思う間に既に二年近くになる。年頃節倹の功が現われてこの頃では些《すこ》しは貯金《たくわえ》も出来た事ゆえ　老耄《としよ》ッたお袋に何時《いつ》までも一人住《ひとりずみ》の不自由をさせておくも不孝の沙汰《さた》　今年の暮《くれ》には東京《こっち》へ迎えて一家を成してそうして……と思う旨を半分報知《しら》せてやれば母親は大悦《おおよろこ》び　文三にはお勢という心宛《こころあて》が出来たことは知らぬが仏のような慈悲心から「早く相応な者を宛《あて》がって初孫《ういまご》の顔を見たいとおもうは親(165)の私《わたくし》としてもこうなれど　その地へ往《い》ッて一軒の家を成《なす》ようになれば家の大黒柱とてなくて叶わぬは妻　到底貰《どうせもら》う事なら親類某《なにがし》の次女お何《なに》どのは内端《うちわ》で温順《おとなし》く器量も十人並《なみ》で私《わたし》には至極機《しごくき》に入ッたが　この娘《こ》を迎えて妻《さい》としては」と写真(166)まで添えての相談に　文三はハット当惑の眉を顰《ひそ》めて物の序《ついで》に云々《しかじか》と叔母のお政に話せば　これもまた当惑の躰《てい》(167)○初めお勢が退塾して家に帰ッた頃「勇《いさみ》という嗣子《あととり》があッて見ればお勢は到底《どうせ》嫁に遣《や》らなければならぬが　如何《どう》だ文三に配偶《めあわ》せては」と孫兵衛に相談をかけられた事もあッたが　その頃はお政もさようさネと生返事《なまへんじ》　何方附《どっちつ》かずに(168)綾《あや》なして月日を送る内　お勢の甚だ文三に親しむを見てお政も遂《つい》にその気になり　当今では孫兵衛が「ああ仲が好《よい》のは仕合わせなようなものの　両方とも若い者同志だからそうでもない心得違いがあッてはならぬから　お前が始終看張《みは》ッていなくッてはなりませぬぜ」といってもお政は「ナアニ大丈夫ですよ　また些《ちっ》とやそッとの事ならあッたッて好《よ》う御座んさアネ到底《どうせ》早かれ晩《おそ》かれ一所《いっしょ》にしようと思ッてる所《とこ》ですものヲ」ト、ズット粋《すい》を通し顔でいる所ゆえ　今文三の説話《はなし》を听《きい》て当惑をしたもそのはずの事で○「お袋の申《もうす》通り家《うち》を有《も》つようになれば到底妻《さい》を貰《もら》わずにおけますまいが　しかし気心も解《わか》らぬ者をむやみに貰うのは余り(169)ドットしませぬから　この縁談はまず辞《ことわ》ッてやろうかと思います」ト常に異《かわ》ッた文三の決心を聞いて　お政は漸く眉を開いて切《しき》りに点頭《うなず》き「そうともネそうともネいくら母親《おっか》さんの機《き》に入ッたからッて肝腎のお前さんの機に入らなきゃア(170)不熟《ふじゅく》の基《もと》だ　しかしよくお話しだッた　実はネ　お前さんのお嫁《よめ》の事についちゃア些《ち》イと良人《うち》でも考えてる事があるんだから　これから先き母親《おっか》さんがどんな事を言ッておよこしでも　チョイと私《わたし》に耳打《みみうち》してから返事を出すようにしておくんなさいヨ　いずれ良人《うち》でお話し申すだろうが些《ち》イと考えてる事があるんだから……それはそうと　母親《おっか》さんの貰《もら》いたいとお言いのはどんなお子だかチョイとその写真をお見せナ」といわれて文三はさもきまりの悪るそうに「エ写真ですか写真は……私《わたくし》の所にはありません　先刻《さっき》アノ何《なに》が……お勢さんが何《なん》です……持ッて往《い》ッておしまいなすった……」

トいう光景《ありさま》で　母親も叔父夫婦の者も宛《あて》とする所は思い思いながら　一様に今年の晩《く》れるを待佗《まちわ》びている矢端《やさき》、誰《た》れの望みも彼《か》れの望みも一ツにからげて背負ッて立つ文三が(説話《はなし》を第一回に戻して)今日思懸《おもいが》けなくも……(171)諭旨《ゆ》免職《しめんしょく》となった、さても(172)星煞《まわりあわせ》というものは是非のないもの、トサ昔気質《むかしかたぎ》の人ならば言う所でもあろうか

第四回　言うに言われぬ胸の中《うち》

さてその日も漸く暮れるに間《ま》もない五時頃になっても　叔母もお勢《せい》も更に帰宅する光景《ようす》も見えず　何時《いつ》まで待っても果てしのない事ゆえ文三《ぶんぞう》は独り夜食を済まして　二階の椽端《えんさき》に端居《はしい》しながら身を(173)丁字欄干に寄せかけて暮行く空を眺めている　この時日は既に万家《ばんか》の棟《むね》に没してもなお余残《なごり》の影を留めて　西の半天を薄紅梅に染《そめ》た　顧みて東方《とうぼう》の半天を眺むれば淡々《あっさり》とあがった水色　諦視《ながめつめ》たら宵星《よいぼし》の一つ二つは鑿《ほじ》り出せそうな空合《そらあい》幽《かす》かに聞える(174)伝通院《でんずういん》の暮鐘《ぼしょう》の音《ね》に誘われて　塒《ねぐら》へ急ぐ夕鴉《ゆうがらす》の声が彼処此処《あちこち》に聞えて喧《やか》ましい　既にして日はパッタリ暮れる　四辺《あたり》はほの暗くなる　仰向て瞻《み》る蒼空《あおぞら》には余残《なごり》の色も何時《いつ》しか消え失せて今は一面の青海原　星さえ所斑《ところまだら》に燦《きらめ》き出でて(175)殆《と》んと交睫《まばたき》をするような真似をしている　今しがたまで見えた隣家の前栽も　蒼然たる夜色に偸《ぬす》まれてそよ吹く小夜嵐《さよあらし》に立樹《たちき》の所在《ありか》を知るほどの闇さ。デモ土蔵の白壁はさすがに白《しろい》だけに見透かせば見透かされる……サッと軒端《のきば》近くに羽音がする　回首《ふりかえ》ッて観る……何も眼《まなこ》に遮るものとてはなくただ最《も》う薄闇いのみ

(176)心ない身も秋の夕暮には哀《あわれ》を知るが習い　まして文三は糸目《いとめ》の切れた奴凧《やっこだこ》の身の上その時々の風次第で落着先《おちつくさき》は籬《まがき》の梅か物干の竿か　見極めの附かぬ所が浮世とは言いながら　父親が没してから全《まる》十年(177)生死《いきじに》の海のうやつらやの高波に揺られ揺られて　辛じて

泳出《およぎいだ》した官海《かんかい》もやはり波風の静まる間《ま》がないことゆえ　どうせ一度は捨小舟《すておぶね》の寄辺ない身になろうも知れぬと兼《かね》て覚悟をして見ても　其処《そこ》が凡夫《ぼんぶ》のかなしさで危《あやうき》に慣れて見れば苦にもならず　宛《あて》にならぬ事を宛にして　文三は今歳《ことし》の暮にはお袋を引取ッてチト老《おい》楽《らく》をさせずばなるまい　国へ帰えると言ッてもまさかに素手でも往《ゆ》かれまい　親類の所への土産は何にしよう「ムキ」(178)にしようか品物にしようかと　胸で弾いた算盤の桁は合いながらも　とかく合《あい》かねるは人の身のつばめ(179)　今まで見ていた(180)盧生《ろせい》の夢も一炊《いっすい》の間《ま》に覚め果てて「アアまた情《なさけ》ない身の上になッたかナア……

俄《にわか》にパッと西の方《かた》が明るくなッた　見懸《みか》けた夢をそのままに文三が振返ッて視遣《みや》る向うは隣家の二階　戸を繰り忘れたものかまだ障子のままで人影が射している……スルトその人影が見る間にムクムクと膨《ふく》れ出して好加減《よいかげん》の怪物となる……パッと消失せてしまッた跡はまた常闇《とこやみ》　文三はホッと吐息を吻《つい》て顧みて我家《わがいえ》の中庭を瞰下《みお》ろせば　所狭《ところせ》きまで植駢《うえなら》べた艸花立樹《くさばなたちき》なぞが佗し気に啼く虫の音《ね》を包んで　黯黒《くらやみ》の中《うち》からヌッと半身を抜出して硝子張の障子を漏れる火影《ほかげ》を受けている所は　家内《やうち》を覘《うかが》う曲者かと怪まれる……ザワザワと庭の樹立《こだち》を揉む夜風の余りに顔を吹かれて　文三は慄然《ぶるぶる》と身震をして起揚《たちあが》り居間へ這入ッて手探りで洋燈《ランプ》を点《とぼ》し　立膝の上に両手を重ねて何をともなく目守《みつめ》たまま

暫らくはただ茫然《ぼんやり》……ふと手近かにあッた薬鑵《やかん》の白湯《さゆ》を茶碗に汲取りて一息にグッと飲乾し　肘を枕に横に倒れて　天井に円く映る洋燈《ランプ》の火燈《ほかげ》を目守《みつ》めながら莞爾《にっこ》と片頬《かたほ》に微笑《えみ》を含んだが　開《あい》た口が結ばって前歯が姿を隠すに連《つ》れ　何処《いずく》からともなくまた愁《うれい》の色が顔に顕われて参ッた

「それはそうとどうしようか知らん　到底言わずにはおけん事《こっ》たから今夜にも帰ッたら断念《おもいき》ッて言ッてしまおうか知らん　さぞ叔母が厭な面《かお》をする事《こっ》たろうナア……眼に見えるようだ……しかし其《そ》様な事を苦にしていた分には埒《らち》が明かない　何にもこれが金銭を借りようというではなし毫《すこ》しも耻《はず》ケしい事はない　チョッ今夜言ッてしまおう……だが……お勢がいては言い難《にく》いナ　もしヒョット彼《あれ》の前で厭味なんぞを言われちゃア困るこれは何んでも居ない時を見て言う事《こっ》た　いない……時を……見……何故《なぜ》。何故言難《いいにく》いいやしくも男児たる者が零落したのを耻《は》ずるとは何んだ。そんな小胆な。糞ッ今夜言ッてしまおう　それは勿論彼《あれ》娘だッて口へ出してこそ言わないが　何んでも来年の春を楽しみにしているらしいから　今唐突《だしぬけ》に免職になッたと聞いたら定《さだ》めて落胆するだろうしかし落胆したからと言ッて心変りをするような其《そ》様な浮薄な婦人《おんな》じゃアなし　かつ通常の婦女子と違ッて教育もあることだから大丈夫其様な気遣いはない　それは決してないが叔母だて……ハテナ叔母だて。叔母はああいう人だから我《おれ》が免職になッたと聞《きい》たら急にお勢をくれるのが厭になって　無理に彼娘《あれ》を他《た》へかたづけまいとも言われない。そうなったからと言ッて此方《こっち》は何も確《かた》い約束がしてあるんでないから　否《いや》そうはなりませんとも言われない……ああつまらんつまらん　いくらおもい直してもつまらん　全躰《ぜんたい》何故《なぜ》我《おれ》を免職にしたんだろう　解らんナ　自惚《うぬぼれ》じゃアないが我《おれ》だッて何も役に立たないという方でもなし　また残された者だッて何も別段役に立つという方でもなし、して見ればやっぱり課長におベッからなかったからそれで免職にされたのかな……実に課長は失敬な奴だ　課長も課長だが残された奴《やつ》らもまた卑屈極まる　僅かの月給のために腰を折ッて奴隷同様な真似をするなんぞッて　実に卑屈極まる……しかし……待《まて》よ……しかし今まで免官になッてほどなく復職した者がないでもないから　ヒョッとして明日《あした》にも(181)召喚状が……イヤ……来ない　召喚状なんぞが来て耐《たま》るものか　よし来たからと言ッて今度は此方《こっち》から辞してしまう　誰が何と言おうト関《かま》わない断然辞してしまう　しかしそれも短気かナ　やっぱり召喚状が来たら復職するかナ……馬鹿奴　それだから我《おれ》は馬鹿だ　そんな架空な事を宛《あて》にして心配するとは何《な》んだ馬鹿奴　それよりかまず差当《さしあた》りエート何《な》んだッけ……そうそう免職の事を叔母に咄《はな》して……さぞ厭な顔をするこッたろうナ……しかし咄さずにもおかれないから思切《おもいき》ッて今夜にも叔母に咄《はな》して……ダガお勢のいる前では……チョッいる前でも関《かま》わん　叔母に咄して……ダガもし彼娘《あれ》のいる前で口汚たなくでも言われたら……チョッ関わん　お勢に咄してイヤ……お勢じゃない叔母に咄して……さぞ……厭な顔……厭な顔を咄して……口……口汚なく咄……して……アア頭が乱れた……

ト　ブルブルと頭《かしら》を左右へ打振る

轟然《ごうぜん》と駆《かけ》て来た車の音が家の前でパッタリ止まる。ガラガラと格子戸が開《あ》く　ガヤガヤと人声がする。ソリャコソと文三がまず起直《おきなお》ッて(182)突胸《とむね》をついた　両手を杖に起《た》たんとしてはまた坐り　坐らんとしてはまた起《た》つ　腰の蝶番《ちょうつがい》は満足でも胸の蝶番が「言ッてしまおうか」「言難《いいにく》いナ」と離れ離れになッているから急には起揚《たちあが》られぬ……俄《にわか》に蹶然《むっく》と起《たち》揚《あが》ッて梯子段の下口《おりぐち》まで参ッたが　ふと立止まり些《すこ》し躊躇《ためら》ッていて「チョッ言ッてしまおう　と独言《ひとりごと》を言いながら急足《あしばや》に二階を降《お》りて奥坐舗《おくざしき》へ立入《たちい》る

奥坐舗の(183)長手《ながて》の火鉢の傍《かたわら》に年配四十恰好の年増　些《すこ》し瘦肉《やせぎす》で色が浅黒いが(184)小股の切上《きりあが》ッた垢抜《あかぬ》けのした　(185)何処《どこ》とも(186)でんぼう肌の萎《すが》れてもまだ見所のある花。(187)櫛巻きとかいうものに髪を取上げて(188)小《こ》弁慶《べんけい》の糸織の袷衣《あわせ》と(189)養老の浴衣《ゆかた》を重ねた奴《やつ》を素肌に着て　(190)黒繻子《くろじゅす》

と八段《はつたん》の腹合わせの帯をヒッカケ(191)に結び　微酔機嫌《ほろえいきげん》の啣楊枝《くわえようじ》でいびつ(192)に坐ッていたのはお政《まさ》で　文三の挨拶するを見て

「ハイ只今《ただいま》大層遅かッたろうネ

「全体今日《こんち》は何方《どちら》へ

「今日はネ須賀町《すがちよう》(193)から三筋町《みすじまち》(194)へ廻わろうと思ッて家《うち》を出たんだアネ　そうするとネ須賀町へ往《い》ッたらツイ近所に、あれはエート芸人……なんとか言ッたッけ芸人……

「親睦会《しんぼくかい》(195)

「それそれその親睦会があるから一所に往《い》こうッてネ　お浜《はま》さんが勧めきるんサ　私《わたし》は新富座《しんとみざ》(196)か二丁目(197)ならともかくも　其様《そん》な珍木会《ちんぼくかい》とか親睦会とかいう者《もん》なんざア七里《しちり》(198)七里けぱいだけれどもお勢《せ》……ウーイプー……お勢《せい》が往《い》きたいというもんだから仕様事《しようこと》なしのお交際《つきやい》で往《いっ》て見たがネ　思ッたよりはサ　私《わたし》はまた親睦会というから大方演《おおかたえん》じゅつ会《かい》のような種《たち》のもんかしらとおもったら　なアにやっぱり品《しん》の好《い》い寄席《よせ》だネ　此度《こんだ》文さんも往ッて御覧な　木戸《きど》(199)は五十銭だヨ

「ハアそうですか　それではいずれまた

説話《はなし》が些《すこ》し断絶《とぎ》れる　文三は肚《はら》の裏《うち》に「おなじ言うのならお勢の居ない時だ　チョッ

今言ッてしまおう　ト思い決《さだ》めて今まさに口を開かんとする……折しも椽側《えんがわ》にパタパタと跫音《あしおと》がしてスラリと背後《うしろ》の障子が開《あ》く　振反《ふりかえ》ッて見れば……お勢で　(200)年は鬼もという十八の娘盛り　瓜実顔《うりざねがお》で富士額《ふじびたい》(201)　生死《いきしに》を含む眼元《めもと》の塩にピンとはねた眉で力味《りきみ》を付け壺々口《つぼつぼぐち》(202)の緊笑《しめわら》いにも愛嬌をくくんでむやみには滴《こぼ》さぬほどのさび、(203)背《せい》はスラリとして風に揺《ゆら》めく女郎花《おみなえし》の一時《いちじ》をくねる細腰もしんなりとしてなよやか　慾《よく》には(204)最《も》うすこし生《はえ》際《ぎわ》と襟足とを善くしてもらいたいが　何《な》にしても七難を隠くすという雪白の羽二重肌《はぶたえはだ》浅黒い親には似ぬ鬼子《おにつこ》でない天人娘《てんにんむすめ》　艶やかな黒髪を惜気もなくグッと引詰《ひっつ》めての束髪薔薇の花挿頭《はなかんざし》を挿したばかりで(205)臙脂《べに》も嘗《な》めねば鉛華《おしろい》も施《つ》けず　衣服《みなり》とても糸織の袷衣《あわせ》に遊禅《ゆうぜん》と紫繻子《むらさきじゅす》の腹合せの帯か何かでさして取繕いもせぬが　故意《わざ》とならぬ眺《ながめ》はまた格別なもので　(206)火をくれて枝を撓《た》わめた作花《つくりばな》の厭味のある色の及ぶ所でない　(207)衣透姫《そとおりひめ》に小町の衣《ころも》を懸けたという文三の品題《みたて》はそれは惚れた慾眼《よくめ》の贔負沙汰《ひいきざた》かも知れないが　とにもかくにも十人並《なみ》優れて美くしい　坐舗《ざしき》へ這入りざまに文三と顔を見合わして莞然《にっこり》　チョイと会釈をして摺足《すりあし》でズーと火鉢の側《そば》まで参り温籍《しとやか》に坐に着く

お勢と顔を見合わせると文三は不思議にもガラリ気が変ッて　咽元《のどもと》まで込み上げた免職の二字を鵜呑みにして何喰《なにく》わぬ顔色《がんしょく》　肚《はら》の裏《うち》で「最《も》うすこし経ッてから」

「母親《おっか》さん咽が涸《かわ》いていけないからお茶を一杯入れて下さいナ

「アイヨ

トいってお政は茶簞笥を覗き

「オヤオヤ茶碗が皆《みんな》汚れてる……鍋《なべ》

ト呼ばれて出て来た者を見れば例の日の丸の紋を染抜いた首の持主で(208)空嘯《そらうそぶ》いた鼻の端《さき》へ突出された汚穢物《よごれもの》を受取り振栄《ふりばえ》のあるお臀《いど》を振立てて却退《ひきさが》る　やがて洗ッて持ッて来る　茶を入れる　サアそれからが今日聞いて来た歌曲の噂で母子二《おやこふたつ》の口が結ばる暇なし

免職の事を(209)吹聴《ふいちょう》したくも言出す潮《しお》がないので　文三は余儀なく聴きたくもない咄《はなし》を聞《きい》て空《むな》しく時刻を移す内《うち》　説話《はなし》は漸くに清元(210)長唄の優劣論に移る

「母親《おっか》さんは自分が清元が出来るもんだから其様《そん》な事をお言いだけれども　長唄の方が好《い》いサ

「長唄も(211)岡安《おかやす》ならまんざらでもないけれども　松永《まつなが》はただつッこむばかりで面白くもなんともありゃアしない　それよりか清元の事サ　どうも意気でいいワ

「(212)四谷《よつや》で始めて逢《お》うた時すいたらしいと思うたが因果《いんが》な縁《えん》の糸車」

ト中音《ちゅうおん》で口癖《くちくせ》の清元を唄ッてケロリとして

「いいワ
「その通り品格がないから嫌い
「また始まった　ヘン跳馬《じやじやうま》じゃアあるまいし万古《ばんこ》(213)に品々《しんしん》も五月蝿《うるさ》い
「だッて人間は品格が第一ですワ
「ヘンそんなにお人柄《しとがら》なら煮(214)込みのおでんなんぞを喰《たべ》たいといわないがいい
「オヤ何時《いつ》私《わたし》がそんな事を言《いい》ました
「ハイ一昨日《おとつい》の晩いいました
「嘘《うそ》ばッかし
トハ言ッたが大《おおき》にへこんだので大笑いとなる　ふとお政は文三の方を振向いて
「アノ今日出懸《でが》けに母親《おっか》さんの所《とこ》から郵便が着《つい》たッけが　お落掌《うけとり》か
「ア真《ほん》にそうでしたッけ　薩張忘却《さつぱりわすれ》ていました……エー母からもこの度《たび》は別段に手紙を差上げませんが宜しく申上《もうしあ》げろと申《もうす》ことで
「ハアそうですかそれは。それでも母親《おっか》さんは何時《いつ》もお異《かわ》なすったこともなくッて
「ハイお蔭さまと丈夫だそうで
「それはマア何よりの事《こっ》た　さぞ今年の暮を楽しみにしておよこしなすったろうネ

「ハイ指ばかり屈《おっ》て居ると申《もうし》てよこしましたが……

「そうだろうてネ。可愛い息子さんの側《そば》へ来るんだものヲ。それをネー何処《どこ》かの人《しと》みたように親を馬鹿にしてサ　一口《しとくち》いう二口目には直《じき》に揚足《あげあし》を取るようだと義理にも可愛いと言われないけれど　文さんは親思いだから母親《おっか》さんの恋しいのもまた一倍サ

トお勢を尻目にかけてからみ文句で(215)宛《あて》る　お勢はまた始まッたという顔色《かおつき》をして彼方《あちら》を向《むい》てしまう　文三は余儀なさそうにエヘヘ笑いをする

「それからアノー例の事ネ、あの事をまた何《なん》とか言ッてお遣《よこ》しなすッたかい

「ハイまた言ッてよこしました

「なんッてネ

「ソノー気心が解《わか》らんから厭だというなら　エー今年の暮《くれ》帰省した時に逢ッてよく気心を洞察《みぬい》た上で極《き》めたら好《よ》かろうといって遣《よこ》しましたが　しかし……

「なに、母親《おっか》さん

「エ。ナニサ。アノ。ソラお前にもこの間《あいだ》話したアネ。文《ぶん》さんの……

お勢は独り切《しき》りに点頭《うなず》く

「ヘー其様《そん》な事を言ッておよこしなすッたかい　へーそうかい……それに附《つ》けても

早く(216)内《うち》で帰ッて来れば好《いい》が……イエネ此間《こないだ》もお咄《はな》し申《もうし》た通り　お前さんのお嫁の事に付《つい》ちゃア内《うち》でも些《ちい》と考えてる事もあるんだから……尤《もっと》も私《わたし》も聞《きい》て知《しっ》てる事《こっ》たから今咄《はな》してしまってもいいけれども……

ト些《すこ》し考えて

「何時《いつ》返事をお出しだ

「返事は最《も》う出しました

「エ、モー出したの、今日

「ハイ

「オヤマア文さんでもない　私《わたし》になんとか一言咄《はな》してからお出しならいいのに

「デスガ……

「それはマアともかくも何と言ッてお上げだ

「エー今はなかなか婚姻所《こんいんどころ》じゃアないから……

「アラ其様《そん》な事を言ッてお上げじゃア母親《おっか》さんがなお心配なさらアネ　それよりか

……

「イエまだお咄《はな》し申さぬから何ですが……

「マアサ私《わたし》の言事《いうこと》をお聞きヨ　それよりか　アノ叔父も何だか考えがあるというから
いずれ篤《とつく》りと相談した上でとか　さもなきゃア此地《こっち》に心当りがあるから……
「母親《おっかア》さん其様《そん》な事を仰しゃるけれど　文さんは此地《こっち》に何か心当りがおあんなさるの
「マアサ　あッてもなくッてもそう言ッてお上げだと母親《おっか》さんが安心なさらアネ……
イエネ　親の身になッて見なくッちゃア解《わか》らぬ事《こつ》たけれども　子供一人身を固めさせようというのはどんなに苦労なもんだろう。だからお勢みたような如此《こんな》親不孝な者《もん》でもそう何時《いつ》までも(217)お懐中《ぼっぽ》で遊《あす》ばせてもおけないと思うと私《わたし》は苦労で苦労でならないから此間《こないだ》も私《あたし》がネ「お前も最《も》う(218)押付《おしつけ》お嫁に往《い》かなくッちゃならないんだから　ソノーなんだとネー　何時《いつ》までも其様《そんな》に小供のような心持でいちゃアなりませんと、それも母親《おっか》さんのように此《こ》様な気楽な家《うち》へお嫁に往《い》かれりゃアともかくもネー　もしヒョッと先に姑《しゅうと》でもある所《とこ》へ往《い》くんで御覧《ごらん》　なかなか此《こん》様なに我儘気儘《わがままきまま》をしちゃアいられないから今の内に些《ちっ》と覚悟をしておかなくッちゃアなりませんヨ」と　私《わたし》が先へ寄ッて苦労させるのが可憐《かわい》そうだから為《ため》をおもって言ッて遣《や》りゃアネ　文さんマア聞ておくれこうだ
「ハイ私《わたくし》にゃア私《わたくし》の了簡《りょうけん》があります　ハイお嫁に往《い》こうと往くまいと私《わたくし》の勝手で御座います」というんだヨ　それからネ　私《わたし》が「オヤそれじゃアお前はお嫁に往《い》かない気か

エ」と聞《きい》たらネ「ハイ私《わたくし》は[219]生《き》一本《いっぽん》で通します」ッて……マア呆れかえるじゃアないか　ネー文さん。何処《どこ》の国にお前尼じゃアあるまいし　亭主《ていし》持たずに一生暮すもんがある者《もん》かネ

これは万更《まんざら》形のないお噺《はなし》でもない　四、五日前《ぜん》何かの小言序《ついで》にお政が尖り声で「ほんとにサ戯談《じょうだん》じゃアない　何歳《いくつ》になるとお思いだ。[220]十八じゃアないか。十八にもなッてサ、好頃《いいころ》嫁にでも往《い》こうという身でいながら　なんぼなんだッて余《あんま》り[221]勘弁がなさすぎらアアアア早く嫁にでも遣《や》りたい　嫁に往ッて小喧《こやかま》しい姑《しゅうと》でも持ッたら些《ちっ》たア親の難有味《ありがたみ》が解るだろう」ト言ッたのが原因《もと》で些《ちと》ばかり[222]いじり合《あい》をした事があッたが　お政の言ッたのは全くその作替《つくりかえ》で

「トいらが畢竟《つま》るとこ、これが奥[223]だからの事《こっ》サ　私共《わたしども》がこの位の時分にゃアチョイとお洒落《しゃらく》をしてサ　[224]小色《こいろ》の一ツも拵了《かせい》だもんだけれども……

「また猥褻

トお勢は顔を皺《しか》める

「オホオホオホほんとにサ　なかなか小悪戯《こいたずら》をしたもんだけれども　この娘《こ》はズー体《たい》ばかり大《おおき》くッても[225]一向《いっこう》しきなお懐《ぼつぼ》だもんだから　それで何時《いつ》まで経ッても世話ばッかり

焼けてなりゃアしないんだヨ
「だから母親《おっか》さんは厭ヨ　些《ちい》とばかりお酒に酔うと直《じき》に親子[226]の差合《さしあ》いもなく其様《そん》な事をお言いだものヲ
「ヘーヘー恐[227]れ煎豆《いりまめ》はじけ豆《まめ》ッ。あべこべに御意見か　ヘン親の謗《そしり》はしりよりか　些《ちっ》と自分の頭の蠅《はい》でも逐《お》うがいいや　面白くもない
「エヘヘヘヘ
「イエネこの通り親を馬鹿にしていて　何を言ッてもとても私《わたし》どもの言事《いうこと》を用いるようなそんな素直なお嬢さまじゃアないんだから　此度《こんだ》文さんヨーク腹に落ちるように言ッて聞かせておくんなさい　これでもお前さんの言事《いうこと》なら些《ちっ》たア聴くかも知れないから
トお政は又もお勢を尻目に懸ける　折しも紙襖《ふすま》一ツ隔《へだ》ててお鍋の声として
「あんな帯留め……どめ……を……
此方《こなた》の三人は吃驚《びっくり》して顔を見合わせ「オヤ鍋の寐言《ねごと》だヨ」と果ては大笑いになる　お政は仰向いて柱時計を眺め
「オヤ最《も》う十一時になるヨ　鍋の寐言《ねごと》を言うのも無理はない　サアサア寝ましょう寝ましょう　あんまり夜深《よふか》しをするとまた翌日《あした》の朝がつらい　それじゃア文さん先刻《さっき》の事

はいずれまた翌日《あした》にも緩《ゆっく》りお咄《はなし》しましょう
「ハイ私《わたくし》も……私も是非お咄《はな》し申さなければならん事がありますがいずれまた明日《みょうにち》
……それではお休み
ト挨拶をして文三は座舗《ざしき》を立出《たちい》で梯子段の下《もと》まで来ると　後《うしろ》より
「文さん貴君《あなた》の所《とこ》に今日の新聞がありますか
「ハイあります
「最《も》うお読みなすッたの
「読みました
「それじゃア拝借
トお勢は文三の跡に従《つ》いて二階へ上《あが》る　文三が机上に載せた新聞を取ッてお勢に渡すと
「文さん
「エ
返答はせずしてお勢はただ笑ッている
「何です
「何時《いっう》か頂戴した写真を今夜だけお返し申《もうし》ましょうか

文字は「そのまた恐らしい髯首が暫らくの間眼まぐろしく水車の如くに廻ツてゐる内に…」.「髯」はほおひげだが，ここでは髭(ロひげ)が描かれている．母が手にするのは長ぎせる．絵は月岡芳年．左下に，署名とともに「応需(もとめにおうじて)」とある．

「何故《なぜ》

「それでもお淋《さみ》しかろうとおもって　オホオホ

ト笑いながら逃ぐるが如く二階を駆下りる　そのお勢の後姿を見送ッて文三は吻《ほっ》と溜息《ためいき》を吐《つ》いて

「ますます言難《いいにく》い

一時間ほどを経て文三は漸く寐支度《ねじたく》をして褥《とこ》へは這入《はい》ッたが　さて眠られぬ、眠られぬままに過去将来《こしかたゆくすえ》を思い回《めぐ》らせば回らすほどなお気が冴《さえ》て眼《め》も合わず　これではならぬと気を取直し　緊《きび》しく両眼《りょうがん》を閉じて眠入《ねい》ッた風《ふり》をして見ても自《みずか》ら欺むくことも出来ず余儀なく寐返りを打ち溜息《ためいき》を吻《つ》きながら眠らずして夢を見ている内に　(228)一番鶏が唱《うた》い二番鶏が唱い漸く暁《あけかた》近くなる　「寧《いっ》そ今夜《こよい》はこのままで」トおもう頃《ころ》に　漸く眼《め》がしょぼついて来て額《あたま》が乱れだして　今まで眼前に隠見《ちらつい》ていた母親の白髪首《しらがくび》に斑《まだら》な黒髯《くろひげ》が生《は》えて……課長の首になる、そのまた恐《こわ》らしい髯首《ひげくび》が暫らくの間眼まぐろしく水車《みずぐるま》の如くに廻転《まわっ》ている内に　次第次第に小《ち》いさくなッて……やがて相恰《そうごう》が変ッて……何時《いつ》の間にか薔薇の花搔頭《はなかんざし》を挿《さ》して……お勢の……首……に……な……

第五回　胸算違《むなさんちが》いから(229)見一《けんいち》無法は難題

　枕頭《まくらもと》で喚覚《よびさ》ます下女の声に見果てぬ夢を驚かされて　文三《ぶんぞう》が狼狽《うろたえ》た顔を振揚げて向うを見れば　はや障子には朝日《あさひ》影《かげ》が斜めに射している　「ヤレ寐過《ねすご》したか……」と思う間もなく引続いてムクムクと浮《うか》み上《あが》ッた「免職」の二字で狭い胸がまず塞《ふさ》がる……(230)芣苢《おんばこ》を振掛けられた死蟇《しにがいる》の身で躍上り　衣服を更《あらた》めて(231)夜の物を揚げあえず楊枝《ようじ》を口へ頬張《ほおば》り故手拭《ふるてぬぐい》を前帯《まえおび》に挿《はさ》んで周章《あわて》て二階を降りる　その足音を聞きつけてか　奥の間で「文《ぶん》さん疾《はや》くしないと遅くなるヨ」トいうお政《まさ》の声に圭角《かど》はないが　文三の胸にはぎっくり応えて返答にも迷惑《まごつ》く、そこで頬張ッていた楊枝《ようじ》をこれ幸いと　我《われ》にも解らぬ出鱈目《でたらめ》を句《く》籠勝《ごもりがち》に言ッてまず一寸遁《いっすんのが》れ　匆々《そこそこ》に顔を洗ッて朝飯《あさはん》の膳に向ッたが胸のみ塞がッて箸《はし》の歩みも止まりがち　三膳の飯《めし》を二膳で済まして何時《いつ》もならグッと突出す膳もソッと片寄せるほどの心遣い　身体《からだ》まで俄《にわか》に小《ち》いさくなったように思われる

　文三が食事を済まして椽側《えんがわ》を廻《ま》わり窃《ひそ》かに奥の間を覗《のぞ》いて見れば　お政ばかりでお勢の姿は見えぬ　お勢は近属《ちかごろ》早朝より(232)駿河《するが》台辺《だいへん》へ英語の稽古に参るようになッたことゆえ　さては今日も最《も》う出かけたのかと恐恐《おそるおそる》座舗《ざしき》へ這入ッて来る　その文三の顔を見て　今

まで火鉢の琢磨《すりみがき》をしていたお政が俄《にわ》かに光沢布巾《つやぶきん》の手を止《とど》めて不思議そうな顔をしたもそのはず　この時の文三の顔色《がんしょく》がツイ一通りの顔色でない　蒼ざめていて力なさそうで悲しそうで恨めしそうで耻《はず》かしそうで　イヤハヤ何とも言様《いいよう》がない

「文さんどうかおしか　大変顔色がわりいヨ

「イエ如何《どう》もしませぬが……

「それじゃア疾《はや》くおしヨ、ソレ御覧な、モウ八時にならアネ

「エーまだお話し……申しませんでしたが……実は。ス、さくじつ……め……め……

息気《いき》はつまる冷汗は流れる顔は赧《あか》くなる　如何《いか》にしても言切《いいき》れぬ　暫らく無言でいて更《さ》らに出直《でな》おして

「ム、めん職になりました

ト一思《ひとおも》いに言放《いいはな》ッてハッと差俯向《さしうつむ》いてしまう　聞くと等しくお政は手に持ッていた光沢《つや》布巾《ぶきん》を宙に釣るして「オヤ」と一声《いっせい》叫んで身を反《そ》らしたまま一句も出《い》でばこそ　暫らくはただ茫然《ぼうぜん》として文三の貌《かお》を目守《みつ》めていたが　ややあッて忙《いそが》わしく布巾《ふきん》を擲《ほう》却り出して小膝《こひざ》を進ませ

「エ御免におなりだとエ……オヤマどうしてマア

「どど如何《どう》してだか……私《わたくし》にも解りませんが……大方……ひ。(233)人減《ひとべ》らしで……

「オーヤオーヤ仕様がないネー　マア御免になってサ　ほんとに仕様がないネー

ト落胆した容子《ようす》　須臾《しばらく》あって

「マアそれはそうとこれからは如何《どう》して往《い》くつもりだエ

「どうも仕様がありませんから母親《おふくろ》には最《も》う些《すこ》し国に居てもらッて　私《わたくし》はまた官員の口でも探そうかと思います

「官員の口てッたッて　チョックラ、チョイトありゃアよし　なかろうもんならまた何時《いつ》かのような憂《つら》い思いをしなくッちゃアならないやアネ……だから私《あたし》が言わない事《こっ》ちゃアないんだ　些《ち》イと課長さんの所《とこ》へも御機嫌伺《ごきげんうかが》いにお出《い》でお出でと口の酸《すっ》ぱくなるほど言ッても　強情張《ごうじょうば》ッてお出でなかッたもんだからそれで此様《こん》な事になったんだヨ

「まさかそういう訳《わけ》でもありますまいが……

「イイエ必《きっ》とそうに違いないヨ。デなくッて成程人減《なんぼしとべ》らしだッて　罪も咎《とが》もない者をそうむやみに御免になさるはずがないやアネ……それとも何《なん》か御免になっても仕様がないようなわりい事をした覚えがおありか

「イエ何にも悪い事をした覚えはありませんが……

「ソレ御覧なネ
両人《りょうにん》とも暫《しば》らく無言
「アノ本田さんは（この男の事は第六回に委曲（くわ）しく）どうだッたエ
「彼《か》の男はよう御座んした
「オヤ善《よ》かッたかい、そうかい、運の善方《いいかた》は何方《どっち》へ廻ッても善《いい》んだネー　それというが全躰《ぜんたい》あの方は如才がなくッて発明で　ハキハキしてお出でなさるからだヨ　それに聞けば課長さんの所《とこ》へも常不断《じょうふだん》御機嫌伺いにお出でなさるという事《こっ》たから　必《きっ》とそれで此度《こんど》も善かッたのに違いないヨ　だからお前さんも私《わたし》の言事《いうこと》を聴いて課長さんに取り入ッておきゃア　今度もやっぱり善かッたのかも知れないけれども　人の言事をお聴きでなかッたもんだからそれで此《こ》様な事になっちまッたんだ
「それはそうかも知れませんが　しかしいくら免職になるのが恐《こわ》いと言ッて私《わたし》にはそんな鄙劣《ひれつ》な事は……
「出来ないとお言いのか……フン癪我慢《やせがまん》をお言いでない　そんな了簡方《りょうけんかた》だから課長さんにも睨《ねめ》られたんだ　マアヨーク考えて御覧　本田さんのような彼様《あん》な方でさえ御免《ごめん》になってはならないと思《おもい》なさるもんだから　手間暇《てまひま》かいで課長さんに取り入ろうとなさる

んじゃアないか　ましてお前さんなんざア　そう言ッちゃアなんだけれども本田さんから見りゃア……なんだから尚更《なおさら》の事だ　それもネー　これがお前さん一人の事なら風見《かざみ》(234)の烏《からす》みたように高くばッかり止《と》まッて　食うや食わずにいようと居《い》まいとそりゃア最《も》う如何《どう》なりと御勝手《ごかって》次第サ　けれどもお前さんには母親《おっか》さんというものがあるじゃアないかエ

母親《ははおや》と聞いて文三の萎《しお》れ返るを見て　お政は好《よ》い責道具《せめどうぐ》を視付《みつ》けたという顔付(235)　長羅宇《ながらう》の烟管《きせる》で席《たたみ》を叩くをキッカケに

「イエサ母親《おっか》さんがお可愛《かあい》そうじゃアないかエ　マア篤《とっく》り胸に手を宛《あ》てて考えて御覧　母親さんだッて父親《おとっ》さんには早くお別れなさるし　今じゃ便りにするなアお前さんばっかりだから如何《どん》なにか心細いか知れない　なにも彼《ああ》してお国で一人暮しの不自由な思いをしてお出《い》でなさりたくもあるまいけれども　それもこれも皆《みんな》お前さんの立身するばッかりを楽《たのしみ》にして辛抱してお出でなさるんだヨ　そこを些《すこ》しでも汲分《くみわ》けてお出でなら仮令《たと》えどんな辛《つら》いと思う事があッても厭だと思う事があッても我慢《がまん》をしてサ　石に噛付《かじりつ》いても出世をしなくッちゃアならないと心懸《こころがけ》なければならない所《とこ》だ　それをお前さんのように　ヤ人の機嫌《きげん》を取るのは厭《いや》だの、ヤそんな鄙劣《しれつ》な事は出来ないのと　其様《そん》な我儘気《わがまき》随《まま》を言ッて母親《おっか》さんまで路頭に迷わしちゃア(236)今日冥理《こんにちみょうり》がわりいじゃないか　それゃアモウお前さんは自分の勝手で苦労するんだから関《かま》うまいけれども　それじゃア母親《おっか》さんがお可愛《かわい》そうじゃアないかい

ト層《かさ》にかかッて極付《きめつけ》れど　文三は差俯向《さしうつむ》いたままで返答をしない

「アアア母親《おっか》さんも彼様《あんな》に今年の暮を楽しみにしてお出《い》でなさる所《とこ》だから　今度《こんだ》御免におなりだとお聞きなすったらさぞマア落胆《がっかり》なさる事だろうが　年を寄《と》ッて御苦労なさるのを見ると真個《ほんと》にお痛《いたわ》しいようだ

「実に母親《おふくろ》には面目が御座んせん

「当然《あたりまえ》サ　(237)二十三にもなッて母親《おっか》さん一人さえ楽に養《すご》す事が出来ないんだものヲ　フフン面目がなくッてサ

トツンと済まして(238)空嘯《そらうそぶ》き　烟草《たばこ》を環《わ》に吹《ふい》ている　そのお政の半面《よこがお》を文三は畏《こわ》らしい顔をして佶《きっ》と睨付《ねめつ》け何事をか言わんとしたが……気を取直して莞爾《にっこり》微笑したつもりでも顔へ顕《あら》われた所は苦笑い　震声《ふるいごえ》とも附かず笑声《わらいごえ》とも附かぬ声で

「へへへへ面目は御座んせんが　しかし……出……出来た事なら……仕様《しよう》がありません

「何だとエ

トいいながら徐《しず》かに此方《こなた》を振向いたお政の顔を見れば　何時《いつ》しか額に芋蠋《いもむし》ほどの青筋を張らせ肝癪《かんしやく》の眥《まなじり》を釣上げて唇をヒン曲げている

「イエサ何とお言いだ　出来た事なら仕様がありませんと……誰れが出来《でか》した事《こつ》たエ　誰れが御免《ごめん》になるように仕向けたんだエ　皆《みんな》自分の頑固《かたいじ》から起ッた事《こつ》じゃアないか　それも傍《はた》で気を附《つ》けぬ事か　さんざッぱら人《しと》に世話を焼かしておいて　今更御免になりながら面目ないとも思わないで　出来た事なら仕様がありませんとは何の事《こつ》たエ　それはお前さんあんまりというもんだ　余《あんま》り人《しと》を踏付けにすると言う者《もん》だ　全躰《ぜんたい》マア人《しと》を何だと思ッてお出《い》でだ　そりゃアお前さんの事《こつ》たから鬼老婆《おにばばあ》とか糞老婆《くそばばあ》とか言ッて他人にしてお出でかも知れないが　私《わたし》ア何処《どこ》までも叔母のつもりだヨ　ナアニこれが他人で見るがいい　お前さんが御免になッたッてならなくッたッて　此方《こっち》にゃア痛くも痒《かい》くも何ともない事《こつ》たから何で世話を焼くもんですか。けれども血は繋《つなが》らずとも　縁《えん》あッて叔母となり甥《おい》となりして見ればそうしたもんじゃアありません　ましてお前さんは十(239)四の春ポッと出の山出しの時から　長《なが》の年月《としつき》この私《わたし》が婦人《おんな》の手一ツで頭から足の爪頭《つまさき》までの事を世話アしたから　私《わたし》はお前さんを御迷惑かは知らないが血を分けた子息《むすこ》同様に思ッてま

す　ああやッてお勢や勇《いさみ》という子供があッても　些《すこ》しも陰陽《かげしなた》なくしている事がお前さんにゃア解《わか》らないかエ　今までだッてもそうだ　何卒《どうぞ》マア文さんも首尾よく立身して　早く母親《おっか》さんを此地《こっち》へお呼び申すようにして上げたいもんだと思わない事はただの一日もありません　そんなに思ッてる所《とこ》だものヲ　お前さんが御免《ごめん》におなりだと聞いちゃア私《あたし》は愉快《いいこころもち》はしないよ　愉快《いいこころもち》はしないからアア困ッた事になッたと思ッて　ヤレこれからはどうして往《い》くつもりだ、ヤレお前さんの身になッたらさぞ母親《おっか》さんに面目があるまいと　人事《しとごと》にしないで歎いたり悔《くやん》だりして心配してる所《とこ》だから　全躰《ぜんたい》なら「叔母さんの了簡《りょうけん》に就《つ》かなくッてこう御免《ごめん》になって実《まこと》に面目がありませんとか何《なん》とか詫言《わびこと》の一言でも言うはずの所《とこ》だけれど　それも言わないでもよし聞《きき》たくもないが　人《しと》の言事《いうこと》を取上げなくッて御免《ごめん》になりながら　糞落着《くそおちつき》に落着払ッて出来た事なら仕様《しよう》がありませんとは何《なん》の事《こっ》たエ。マ何処《どこ》を押せば其《そ》んな音《ね》が出ます……アアアアつまらない心配をした　此方《こっち》ではどこまでも実の甥と思ッて心を附けたり世話を焼《やい》たりして信切《しんせつ》を尽《つく》していても　先《さき》様《さま》じゃア屁《へ》とも思召《おぼし》めさない

「イヤ決してそう言う訳じゃアありませんが　御存知の通り口不調法《くちぶちょうほう》なので心には存じながらツイ……

「イイエ其様《そん》な言訳《いいわけ》は聞きません　なんでも私《あたし》を他人にしてお出《い》でに違いない　糞《くそ》老婆《ばばあ》と思ッてお出でに違いない……此方《こっち》はそんな不実な心意気の人《しと》と知らないから　文さんも何時《いつ》までも彼《ああ》やッて一人《しとり》でもいられまいから　来年母親《おっか》さんがお出でなすったら篤《とっく》り御相談申して　誰と言ッて宛《あて》もないけれども相応《そうおう》なのがあッたら一人授《しとりさず》けたいもんだ　それにしても外人《ほかびと》と違ッて文さんがお嫁をお貰いの事《こっ》たから黙ッてもいられない何かしら祝ッて上げなくッちゃアなるまいからッて　この頃じゃアノ(240)博多《はかた》の帯をくけ直《な》おさしてコノ(241)お召縮緬《めしちりめん》の小袖を仕立直おさして　あれをこうしてこれをこうしてと毎日毎日勘《かんが》えてばッかいたんだ　そうしたら案外で　御免になるもいいけれども面目ないとも思わないで　出来た事なら仕様《しよう》がありませぬと済まアしてお出でなさる……アアアア最《も》ういうまいいうまい　いくら言ッても他人にしてお出《いで》じゃア無駄だ

ト厭味《いやみ》文句を並べて始終肝癪《かんしゃく》の思入《おもいいれ》　暫らくあッて

「それもそうだが　全躰《ぜんたい》その位なら昨夕《ゆうべ》の中《うち》に実はこれこれで御免になりましたと一《しと》言《こと》位言ッたッてよさそうなもんだ　お話しでないもんだから此方《こっち》は其様《そん》な事とは夢にも知らず　お弁当のお菜《かず》も毎日おんなじ物《もん》ばッかりでもお倦きだろう　アアして(242)勉強してお勤《つとめ》にお出《いで》の事《こっ》たからその位な事は此方《こっち》で気を附けて上げなくッちゃアならないと思ッ

て　今日のお弁当のお菜《かず》は(243)玉子焼にして上げようと思ッても鍋《なべ》には出来ず　余儀所《よんどころ》ないから私《わたし》が面倒な思いをして拵《こし》らえて附けましたアネ……アアア偶《たま》に人《しと》が気を利かせれば此様《こん》な事《こ》ッた……しかし飛んだ余計なお世話でしたヨネー　誰れも頼みもしないのに

……鍋

「ハイ

「文さんのお弁当は打開《ぶちあ》けておしまい

(244)お鍋女郎は襖《ふすま》の彼方《あなた》から横幅の広い顔を差出《さしいだ》して「へー」と(245)モッケな顔付

「アノネ内《うち》の文さんは昨日《きのう》御免におなりだッサ

「へーそれは

「どうしても働《はたらき》のある人《しと》は　フフン違ッたもんだヨ

ト半《なかば》まで言切《いいき》らぬ内《うち》　文三は血相を変《かえ》てツと身を起しツカツカと座舗《ざしき》を立出でて我子舎《わがへや》へ戻り　机の前にブッ座《すわ》ッて歯を囓切《くいしば》ッての悔涙《くやしなみだ》　ハラハラと膝へ溢《こぼ》した　暫らくあッて文三ははふり落ちる涙の雨を(246)ハンカチーフで拭止《ぬぐいと》めた……が　さて拭ッても取れないのは沸返《わきかえ》える胸のムシャクシャ　熟々《つらつら》と思廻《おもいめぐ》らせば廻らすほど悔《くや》しくもまた口惜《くちお》しくなる　免職と聞くより早くガラリと変る人の心のさもしさは　道理《もっとも》らしい愚痴の蓋《ふた》で隠蔽《かく》

そうとしても看透《みす》かされる　とはいえそれは忍ぼうと思えば忍びもなろうが　面《ま》あたりに意久地《いくじ》なしと言わぬばかりのからみ文句　人を見括《みくび》ッた一言《いちごん》ばかりは如何《いか》にしても腹にすえかねる　何故《なぜ》意久地がないとて叔母がああ嘲り辱めたか其処《そこ》まで思い廻《めぐ》らす暇がない　ただ最《も》う腸《はらわた》が断《ちぎ》れるばかりに悔しく口惜《くちお》しく恨めしく腹立たしい　文三は憤然として「ヨシ先《さき》がその気なら此方《こっち》もその気だ　畢竟《ひっきょう》姨《おば》と思えばこそ甥《おい》と思えばこそ言《い》いたい放題をも言わしておくのだ　ナニ縁《えん》を断《き》ッてしまえば赤の他人　他人に遠慮も糸瓜《へちま》も入《い》らぬ事だ……糞ッ面宛《つらあて》半分に下宿をしてくれよう……」ト肚《はら》の裏《うち》で独言《ひとりごと》をいうと　不思議やお勢の姿が目前にちらつく　「ハテそうしては彼娘《あれ》が……」ト文三は少しく萎《しお》れたが……ふとまた叔母の悪々《にくにく》しい(247)者面《しゃつつら》を憶出《おもいだ》してまた憤然《やっき》となり　「糞ッ止《と》めても止まらぬぞ」ト何時《いつ》にない断念《おもいきり》のよさ、こう腹を定《き》めて見るとサアモウ一刻も居《い》るのが厭になる　借住居《かりずまい》かとおもえば子舎《へや》が気に喰《く》わなくなる　我物《わがもの》でないかと思えば縁《ふち》の欠けた火入《いれ》まで気色《きしょく》に障わる　時計を見れば早十一時　今から荷物を取旁付《とりかたづ》けて是非《ぜひ》とも今日中には下宿をしようと思えば心までいそがれ　「糞ッ止めても止まらぬぞ」ト口癖のように言いながら熱気《やっき》となって其処《そこ》らを取旁付けにかかり　何か探そうとして机の抽斗《ひきだし》を開《あ》け　中《うち》に納《い》れてあッた年頃五十の上をゆく白髪《はくはつ》たる老婦の写真にフト眼《め》を注《と》めて　我《われ》にもなく熟々《つらつら》と眺め入ッた　これは老母の写真で　御存知の通り文三は生得《しょうとく》の親おもい母親の写真を視て　我が辛苦を嘗《な》め艱難《かんなん》を忍びながら定《さだ》めない浮世に存生《なが》らえていたる自分一個《ひとり》のためのみでない事を想出《おもいいだ》し　我《われ》と我を叱りもしまた励しもする事何時《いつ》も何時も　今も今母親の写真を見て　文三は(248)日《ひ》頃喰付《ごろたべつ》けの感情をおこし覚えずも悄然《しょうぜん》と萎れ返ッたが　また悪々《にくにく》しい叔母の者面《しゃつら》を憶出《おもいだ》してまた熱気《やっき》となり拳《こぶし》を握り歯を喰切《くいしば》り「糞ッ止めても止まらぬぞ」ト独言《ひとりごと》を言いながら再びまさに取旁付に懸《かか》らんとすると　二階の上《あが》り口《ぐち》で「お飯《まんま》で御座いますヨ」ト下女の呼ぶ声がする　故《ことさ》らに二、三度呼ばして返事にも勿躰《もったい》をつけ　しぶしぶ二階を降りて気六《きむずか》ケしい苦り切ッた怖ろしい顔色《がんしょく》をして奥《おく》坐舗《ざしき》の障子を開けると……お勢がいるお勢が……今まで残念口惜《くちお》しいとのみ一途に思詰《おもいつ》めていた事ゆえ　お勢の事は思出《おもいだ》したばかりで心にも止めず忘れるともなく忘れていたが　今突然可愛《かあい》らしい眼《め》と眼を看合《みあ》わせしおらしい口元で嫣然《にっこり》笑われて見ると……淡雪《あわゆき》の日の眼に逢ッて解けるが如く胸の欝結《むすぼれ》も解けてムシャクシャも消え消えになり　今までの我《われ》を怪しむばかり心の変動　心底《むなそこ》に沈んでいた嬉しみ有難みが思い懸けなくもニッコリ顔へ浮み出し懸《かか》ッた……がグッと飲込んでしまい　心では笑いながら顔ではフテテ膳《ぜん》に向ッた、さて食事も済む　二階へ立戻ッて文三が再び取旁付《とりかたづけ》に懸ろうとして見たが何となく拍子抜けがして以前のような気力が出ない　ソッと小声で「大丈夫」と言ッて見たが　どうも気が引立《ひった》たぬ　よって更に出直して「大丈夫」ト熱気《やっき》とした風《ふり》をして見て歯を喰切《くいしば》ッて見て　一旦思い定《さだ》めた事を変《へん》がえるという事があるものか……知らん止めても止まらんぞ

と言ッて　出て往《ゆ》けば彼娘《あれ》を捨てなければならぬかと落胆したおもむき　今更未練が出てお勢を捨るなどという事は勿躰《もったい》なくて出来ず　と言ッて叔母に詫言《わびごと》を言うも無念あれも厭なりこれも厭なりで思案の糸筋が乱れ出《もつ》し　肚《はら》の裏《うち》では上を下へとゴッタ返《か》えすが　この時より既に　どうやら人が止めずとも遂《つい》には我《われ》から止《と》まりそうな心地がせられた「マアともかくも」ト取旁付《とりかたづけ》に懸《かか》りは懸ッたが　考えながらするので思《おもい》の外暇取《ほかひまど》り　二時頃までかかって漸く旁付終りホッと一息吐《つ》いていると　ミシリミシリと梯子段を登る人の跫音《あしおと》がする　跫音を聞《き》いたばかりで姿を見ずとも文三にはそれと解ッた者か先刻《せんこく》飲込んだニッコリを改めて顔へ現わして其方《そなた》を振向く　上《あが》ッて来た者はお勢で　文三の顔を見てこれもまたニッコリしてさて坐舗《ざしき》を看廻《みま》わし

「オヤ大変片付たこと

「余りヒッ散らかっていたから

ト我《われ》知らず言ッて文三は我を怪《あや》しんだ　何故《なぜ》虚言《そらごと》を言ッたか自分にも解りかねる　お勢は座に着きながらさして吃驚《びっくり》した様子もなく

「アノ今母親《おっか》さんがお噺《はな》しだッたが　文さん免職におなりなすったとネ

「昨日免職になりました

ト文三も今朝《けさ》とはうって反《かわ》ッて今は其処《そこ》どころでないと言ッたような顔付《かおつき》

「実に面目はありませんが　しかしいくら悔《くや》んでも出来た事は仕様がないと思ッて今朝母親《おっか》さんに御風聴《ごふいちょう》申したが……叱られました

トいって歯を齧《くいしば》切ッて差俯向《さしうつむ》く

「そうでしたとネー　だけれども……

「二十三にもなッて　親一人楽《ひとりらく》に過《すご》す事の出来ない意久地《いくじ》なしと言わないばかりに仰しゃった

「そうでしたとネー　だけれども……

「なるほど私《わたし》は意久地なしだ　意久地なしに違いないが　しかしなんぼ叔母甥《おい》の間柄《あいだがら》だと言ッて　面と向ッて意久地なしだと言われては　腹も立たないが余《あん》まり……

「だけれどもあれは母親《おっか》さんの方が不条理ですワ　今もネ母親さんが得意になってお

話しだったから私《わたし》が議論したのですヨ　議論したけれども母親さんには私の言事《いうこと》が解らないと見えてネ　ただ腹ばッかり立てているのだから教育のない者は仕様がないのネー

ト極《きま》り文句　文三は垂れていた頭《こうべ》をフッと振挙げて

「エ母親《おっか》さんと議論をなすった

「ハア

「僕のために

「ハア(249)君《きみ》のために弁護したの

「アア

ト言ッて文三は差俯向《さしうつむ》いてしまう　何だか膝《ひざ》の上へボッタリ落ちた物がある

「どうかしたの文さん

トいわれて文三は漸く頭《こうべ》を擡《もた》げ莞爾《にっこり》笑い　その僻眶《くせまぶち》を湿《うる》ませながら

「どうもしないが……実に……実に嬉しい……母親《おっか》さんの仰《おっ》しゃる通り二十三にもなッてお袋一人さえ過《すご》しかねる　其様《そん》な不甲斐ない私《わたし》をかばって母親さんと議論をなすったと　実に……

「条理《とい》を説ても解らないくせに腹ばかり立てているから仕様がないの

ト少し得意の躰《てい》

「アアそれほどまでに私《わたくし》を……思ッて下さるとは知らずして　貴嬢《あなた》に向ッて匿立《かくしだ》てをしたのが今更耻《はず》かしい　アア耻かしい　モウこうなれば打散《ぶちま》けてお話してしまおう　実はこれから下宿をしようかと思ッていました

「下宿を

「サ　しようかと思ッていたんだがしかし最《も》う出来ない　他人同様の私《わたくし》をかばって実の母親《おっか》さんと議論をなすったその貴嬢《あなた》の御信切《ごしんせつ》を聞《きい》ちゃ。しろと仰しゃッても最う出来ない……がそうすると母親さんにお詫《わび》を申さなければならないが……

「打遣《うっちゃ》ッておおきなさいヨ　あんな教育のない者が何と言ッたッて好《よ》う御座んさアネ

「イヤそうでない　それでは済まない　是非お詫を申そう　がしかしお勢さん　お志は嬉しいが最《も》う母親《おっか》さんと議論をすることは罷《や》めて下さい　私《わたくし》のために貴嬢《あなた》を不孝の子にしては済まないから

「お勢

ト下坐舗《したざしき》の方でお政の呼ぶ声がする

「アラ母親《おっか》さんが呼んでお出でなさる

「ナアニ用も何《なん》にもあるんじゃアないの
「お勢
「マア返事を為《な》さいヨ
「お勢お勢
「ハアイ……チョッ五月蠅《うるさい》こと
ト起揚《たちあが》る
「今話した事は皆母親《みんなおっか》さんにはコレですよ
ト文三が(250)手頭《てくび》を振ッて見せる　お勢はただ点頭《うなずい》たのみで言葉はなく二階を降りて奥坐舗《おくざしき》へ参ッた

先程より疳癪《かんしゃく》の眥《まなじり》を釣り上げて手ぐすね引《ひい》て待ッていた母親のお政は　お勢の顔を見るより早く込み上げて来る小言を一時《いちじ》にさらけ出しての大怒鳴《おおがなり》
「お……お……お勢　あれほど呼ぶのがお前には聞えなかッたかエ　聾者《つんぼ》じゃアあるまいし人《しと》が呼んだら好加減《いいかげん》に返事をするがいい……全躰《ぜんたい》マア何の用があッて二階へお出《い》でだ。エ、何の用があッてだエ
ト逆上《のぼせ》あがッて極《き》め付けても此方《こなた》は一向平気なもので

「何にも用はありゃアしないけれども……
「用がないのに何故《なぜ》お出《い》でだ　先刻《さつき》あれほど最《も》うこれからは今《いま》までのようにヘタクタ二階へ往《い》ッてはならないと言ッたのが　お前にはまだ解らないかエ　さかりの附《つい》た犬じゃアあるまいし間《ま》がな透《すき》がな文三の傍《そば》へばッかし往《い》きたがるよ
「今までは二階へ往ッても善くッてこれからは悪いなんぞッて　其様《そん》な不条理な
「チョッ解らないネー　今までの文三と文三が違います　お前にゃア免職になった事が解らないかエ
「オヤ免職になってどうしたの　文さんが人を見ると咬付《かみつ》きでもするようになったのへーそう
「な。な。な。なんだと　何《なん》とお言いだ……コレお勢それはお前あんまりと言うもんだ　余《あん》り親《ま》をば。ば。ば。馬鹿《ばか》にすると言うもんだ
「ば。ば。ば。馬鹿にはしません　へー私《わたくし》は条理のある所を主張するので御座います
(251)ト唇《くちびる》を反《そ》らしていうを聞くや否や　お政は忽《たちま》ち顔色《がんしょく》を変えて手に持ッていた長羅宇《ながらう》の烟管《きせる》を席《たたみ》へ放《ほう》り付け
「エーくやしい

ト歯を喰切《くいしば》ッて口惜《くちお》しがる　その顔を横眼《よこめ》でジロリと見たばかりでお勢はすまアし切ッて座舗《ざしき》を立出《たちい》でてしまッた

しかしながらこれを親子喧嘩と思うと女丈夫の本意に負《そむ》く　どうしてどうして親子喧嘩……其様《そん》な不道徳な者でない　これはこれ辱《かたじけ》なくも難有《ありがた》くも日本文明の一原素ともなるべき新主義と時代後《じだいおく》れの旧主義と衝突をする所　よくお眼を止めて御覧あられましょう

その夜《よ》文三は断念《おもいき》ッて叔母に詫言《わびこと》をもうしたが　ヤ梃《てこ》ずったの梃ずらないのと言《いっ》てそれはそれは……まずお政が今朝言ッた厭味《いやみ》に輪を懸け枝を添えて百曼駝羅《ひゃくまんだら》並べ立てた上《あげ》句《く》　お勢の親を麁末《そまつ》にするのまでを文三の罪にして難題を言懸《いいか》ける　されども文三が死《しん》だ気になって諸事お容《ゆ》るされてで持切《もちき》ッているに　お政も(252)スコだれの拍子抜けという光景《きみ》で(253)厭味《いやみ》の音締《ねじめ》をするようになッたからまず好《よ》しと思う間もなく　ふとまた文三の言葉尻《ことばじり》から焼出《もえだ》して以前にも立優《たちまさ》る火勢　黒烟焔々《くろけぶりえんえん》と顔に漲《みなぎ》る所を見てはとても鎮火しそうもなかッたのも　文三が済《すみ》ませぬの水を斟尽《くみつく》して澆《そそ》ぎかけたので次第次第に下火になって　プスプス薫《いぶり》になって遂に不精不精《ふしょうぶしょう》に鎮火《しめ》る　文三は吻《ほっ》と一息　(254)寸善尺魔《すんぜんしゃくま》の世の習い　またもや御意《ぎょい》の変らぬ内にと挨拶も匇々《そこそこ》に起《た》ッて坐敷《ざしき》を立出で二、三歩すると

後《うしろ》の方《かた》でお政がさも聞《きこ》えよがしの独語《ひとりごと》
「アアアア今度《こんだ》こそは厄介払いかと思ッたらまた背負込《しょいこ》みか

第六回　[255]どちら着《つか》ずのちくらが沖《おき》

秋の日影もやや傾《かたぶ》いて庭の[256]梧桐《ごとう》の影法師が背丈《せたけ》を伸ばす三時頃　お政《まさ》は独り徒然《つくねん》と長《なが》手《て》の火鉢《ひばち》に凭《もた》れ懸《かか》ッて斜《ななめ》に坐りながら　火箸《ひばし》を執《と》て灰へ書く楽書《いたずらがき》も[257]倭文字《やまともじ》牛の角文字《つのもじ》いろいろに心に物を思えばか　[258]怏々《おうおう》たる顔の色動《ややと》もすれば太息《といき》を吐《つ》いている　折しも表の格子戸をガラリト開けて案内もせず這入ッて来て　隔《へだて》の障子の彼方《あなた》からヌット顔を差《さし》出《だ》して
「今日《こんち》は
ト挨拶をした男を見れば　何処《どこ》かで見たような顔と思うも道理　文三《ぶんぞう》の免職になった当日打連《うちつ》れて神田見附の裏《うち》より出て来た　ソレ中背《ちゅうぜい》の男《おとこ》と言ッたその男で　今日は退省後と見えて不断着《ふだんぎ》の[259]秩父縞《ちちぶじま》の袷衣《あわせ》の上へ[260]南部《なんぶ》の羽織をはおり　チト疲労《くたび》れた博多の帯に[261]袂時計《たもとどけい》の紐を捲付《まきつ》けて手に[262]土耳斯形《トルコがた》の帽子を携えている
「オヤ何人《どなた》かと思ッたらお珍らしいこと　此間《こないだ》は薩張《さっぱり》お見限りですネ、マアお這入《はいん》な

さいナ　それとも老婆《ばばア》ばかりじゃアお厭かネ　オホホホホホ

「イヤ結構……結構も可笑《おか》しいアハハハハハ　トキニ何《なに》は内海《うつみ》は居ますか

「ハア居ますヨ

「それじゃちょいと逢《あっ》て来てから　それからこの間の復讐《かたきうち》だ　覚悟をしておおきなさい

「返討《かえりうち》じゃアないかネ

「違いない

ト何《なに》か判らぬ事を言ッて中背の男は二階へ上ッてしまった

帰ッて来ぬ間にチョッピリこの男《おとこ》の小伝をと言うべき所なれども　何者の子で如何《どん》な教育を享《う》け如何《どん》な境界を渡ッて来た事か　過去《すぎさ》ッた事は(263)山媛《やまひめ》の霞に籠《こも》ッておぼろおぼろトント判らぬ事のみ　風聞によれば(264)総角《そうかく》の頃に早く(265)怙恃《こじ》を喪い寄辺《よるべ》渚《なぎさ》の棚なし小舟《おぶね》ではなく宿無《やどなし》小僧となり　彼処《あすこ》の親戚此処《ここ》の知己《しるべ》と流れ渡ッている内　かつて侍奉公《さむらいぼうこう》までした事があるといいイヤないという　紛々たる人の噂は(266)滅多に宛《あて》にならぬ坂《ざか》や児手柏《このてがしわ》の上露《うわつゆ》よりももろいものと旁付《かたづけ》ておいて　さて正味《しょうみ》の確《たし》実《か》な所を掻摘《かいつま》んで誌《しる》せば　産《うまれ》は東京《とうけい》で(267)水道の水臭い士族の一人《かたわれ》だと履歴書を見た者の噺《はな》し　これればかりは偽《うそ》でない　本田昇《ほんだのぼる》と

言ッて文三より二年前《ぜん》に某省の(268)等外《とうがい》を拝命した以来《このかた》　吹小歇《ふきおやみ》のない仕合《しあわせ》の風にグットのした(269)出来星判任《できぼしはんにん》　当時は六等属の(270)独身《ひとりみ》ではまず楽な身の上

昇はいわゆる才子(271)で　頗《すこぶ》る智慧《ちえ》才覚があッてまた能《よ》く智慧才覚を鼻に懸ける　弁舌は縦横無尽　(272)大道《だいどう》に出る豆蔵《まめぞう》の塁《るい》を摩《ま》して雄《ゆう》を争うも可《か》なりというほどではあるが　竪板《たていた》の水の流《ながれ》を堰《せき》かねて折節《おりふし》は覚えず法螺《ほら》を吹く事もある　また小奇用《こぎよう》で何一ツ知らぬという事のない代り　これ一ツ卓絶《すぐれ》て出来るという芸もない　怠《ずるけ》るが性分《しょうぶん》で倦《あき》るが病《やまい》だといえばそれもそのはずか

昇はまた頗《すこぶ》る愛嬌に富《とん》でいて極《きわめ》て世辞《せじ》がよい　殊《こと》に初対面の人にはチヤホヤもまた一段で　婦人にもあれ老人にもあれそれそれ相応に調子を合せてかつてそらすという事なしただ不思議な事には親しくなるに随《したが》い次第に愛想がなくなり　鼻の頭《さき》で待遇《あしらっ》て折に触れては気に障る事を言うかさなくば(273)厭《いや》におひゃらかす　それを憤《いか》りて喰《くっ》て懸《かか》れば手に合う者はその場で捻返《ねじかえ》し　手に合わぬ者は一時《いちじ》笑ッて済まして後《のち》必ず讐《あだ》を酬《むく》ゆる……　尾籠《びろう》ながら(274)犬の糞《くそ》で横面《そっぽう》を打曲《はりま》げる

とはいうものの昇は才子で能《よ》く課長殿に事《つか》える　この課長殿というお方は　かつて西欧の水を飲まれた事のあるだけに「殿様風」という事がキツイお嫌いと見えて　常に口

を極《きわ》めて御同僚方《がた》の尊大の風《ふう》を御誹謗《ごひぼう》遊ばすが　御自分は評判の気《き》六ケ敷《むずかし》屋《や》で　御意《ぎょい》に叶わぬとなると瑣細《ささい》の事にまで眼を剝出《むきだ》して御立腹遊ばす　言わば自由主義の圧制家という御方《おかた》だから　哀れや属官の人々は御機嫌の取様《とりよう》に迷《まごつ》いてウロウロする中に独り昇は迷《まごつ》かぬ　まず課長殿の身態声音《みぶりこわいろ》はおろか　咳払いの様子から嚔《くさめ》の仕方まで真似たものだヤそのまた真似の巧《たくみ》な事というものは　あたかもその人が其処《そこ》に居て云為《うんい》するが如《ごと》くでそっくりそのまま　ただ相違と言ッては課長殿は誰《たれ》の前でもアハハハとお笑い遊ばすが昇は人によッてエヘヘ笑いをするのみ　また課長殿に物など言懸《いいか》けられた時は　まず忙《いそが》わしく席を離れ仔細らしく小首を傾けて謹《つつしん》で承り　承り終ッてさて莞爾《にっこり》微笑して恭しく御返答申上《もうしあげ》る　要するに昇は長官を敬すると言ッても遠ざけるには至らず狎《な》れるといっても瀆《けが》すには至らず　諸事万事御意《ぎょい》の随意《まにまに》随意かつて抵抗した事なく　しかのみならず……此処《ここ》が肝腎要《かんじんかなめ》……他の課長の(275)遺行《いこう》を数《かぞえ》て暗に盛徳《せいとく》を称揚する事も折節はあるので課長殿は「見所のある奴じゃ」ト御意《ぎょい》遊ばして御贔負《ごひいき》に遊ばすが同僚の者は善く言わぬ昇の考《かんがえ》では皆《みな》(276)法界悋気《ほうかいりんき》で善く言わぬのだという

　ともかくも昇は才子で毎日怠らず出勤する　事務に懸けては頗《すこぶ》る活潑《かっぱつ》で他人の一日分《いちじつぶん》沢山《たっぷり》の事を半日で済ましても(277)平気孫左衛門　難渋そうな顔色《かおつき》もせぬが大方は見せかけの

勉強態《ぶり》　小使給事などを叱散《しかりち》らして済ましておく　退省《ひけ》て下宿へ帰る　衣服を着《き》更《かえ》る　直《す》ぐ何処《いずれ》へか遊びに出懸けて落着て在宿《ざいしゅく》していた事は稀だという　日曜日には御機嫌伺《ごきげんうかが》いと号して課長殿の私邸へ伺候し　囲碁のお相手をもすれば御私用をも達《た》す　先頃もお手飼《てがい》に狆《ちん》が欲しいと夫人の御意　聞《きく》よりも早飲込み　日ならずして何処《どこ》で貰ッて来た事か狆の子一疋《いっぴき》を携えて御覧《ごらん》に供える　件《くだん》の狆を御覧じて課長殿が「此奴《こいつ》妙な貌《かお》をしているじゃアないか　ウー」ト御意遊ばすと　昇も「さようで御座いますチト妙な貌をして居《お》ります」ト申上げ　夫人が傍《かたわら》から「それでも狆は此様《こん》なに貌の(278)しゃくんだ方が好《よ》いのだと申《もうし》ます」ト仰《おっ》しゃると　昇も「なるほど夫人《おくさま》の仰《おおせ》の通り狆は此様《こん》なに貌のしゃくんだ方が好いのだと申ます」ト申上げて　御愛嬌にチョイト狆の頭を撫《な》でて見たとか

しかし永い間には取外しもあると見えて　かつて何《なに》かの事で些《すこ》しばかり課長殿の御機嫌を損ねた時は　昇はその当坐一両日《いちりょうにち》の間胸が閉塞《つかえ》て食事が進まなかッたとかいうが　ほどなく夫人の(279)お癪《しゃく》から揉《もみ》やわらげて殿さまの御肝癖《ごかんぺき》も療治し　果《はて》は自分の胸の痞《つかえ》も押《おし》さげたという　なかなか小腕のきく男で、

下宿が眼と鼻の間の所為《せい》か昇はしばしば文三の所へ遊びに来る　お勢《せい》が帰宅してからは一段足繁《あししげ》くなって三日にあげず遊びに来る　初《はじめ》とは違い　近頃は文三に対しては気に

月岡芳年画．文字は「「それはまたどうした訳で「マア本田さん聞てお呉んなさいかうなんですよ」．長火鉢の左にかかっている板は猫板．猫は畳に寝ころがっている．違い棚が描かれているが地袋は見えない．本田の遊冶郎的態度が印象的．彼はパイプで巻煙草を吸っている．お勢が持つ雑誌は『女学雑誌』か．ただし表紙は空白．

障《さ》わる事のみを言散らすかさもなければ同僚の非を数えて「乃公《おれ》は」との自負自讃「人間地道に事をするようじゃ役に立たぬ」などと勝手な熱を吐散《はきち》らすが　それは邂逅《たまさか》の事で　大方は下坐《したざ》敷《しき》でお政を相手に無駄口を叩《たた》き　或る時は(280)花合《はなあわ》せとかいうものを手中に弄《ろう》して如何《いかが》な真似をした上句《あげく》　寿司などを取寄せて奢散《おごりち》らす　勿論お政には殊の外気に入ッてチヤホヤされる　気に入り過ぎはしないかと岡焼《おかやき》をする者もあるが　まさか四十面《づら》をさげて……お勢には……シッ跫音《あしおと》がする　昇ではないか……当ッた

「トキニ内海《うつみ》は如何《どう》も飛《とん》だ事で、実に気の毒な、今も往《いッ》て慰めて来たが塞切《ふさぎき》ッている

「放擲《うっちゃっ》ておおきなさいヨ　身から出た錆《さび》だもの些《ちっ》とは塞《ふさ》ぐも好《いい》のサ

「そう言えば其《そん》様なような者だが　しかし何しろ気の毒だ　こういう事になろうと疾《はや》くから知《しっ》ていたらまた如何《どう》にか仕様《しよう》もあッたろうけれども　何《なに》しても……

「何《なん》とか言ッてましたろうネ

「何《なに》を

「私《わたし》の事をサ

「イヤ何《なん》とも

「フム貴君《あなた》も頼母《たのも》しくないネ　あんな者《もん》を朋友《ともだち》にして同類《ぐる》におなんなさる

「同類《ぐる》にも何《なん》にもなりゃアしないが真実《ほんとう》に

「そう

ト談話《はなし》の内《うち》に茶を入れ地袋の菓子を取出して昇に侑《すす》め　またお鍋《なべ》を以てお勢を召《よ》ばせる何時《いつ》もならば文三にもと言う所を今日は[281]八分《はちぶ》したゆえお鍋が不審に思い　「お二階へは」ト尋ねると「ナニ茶がカッ食《くら》いたきゃア……言《いわ》ないでも宜《いい》ヨ」ト答えた　これを名《なづ》けて[282]Woman's revenge《ウーマンスレヴエンジ》「婦人の復讐」という

「如何《どう》したんです鬩《いじ》り合いでもしたのかネ

「鬩合《いじりあ》いなら宜《いい》がいじめられたの　文三にいじめられたの……

「それはまた如何《どう》した理由《わけ》で

「マア本田さん聞《きい》ておくんなさいこうなんですヨ

ト昨日文三にいじめられた事をおまけにおまけを附着《つけ》てベチャクチャと饒舌《しゃべ》り出しては止度《とめど》なく　滔々蕩々《とうとうとうとう》として勢い[283]百川《ひゃくせん》の一時《いちじ》に決した如くで　言損《いいそん》じがなければ委《たる》みもなく　[284]多年の揣摩《ずいま》一時の宏弁《こうべん》　自然に備わる抑揚頓挫《よくようとんざ》　あるいは開きあるいは闔《と》じて縦横自在に言廻《いいま》わせば[285]鷺《さぎ》も烏《からす》にならずにはおかぬ　哀むべし文三は竟《つい》に世にも怖ろしい悪棍《わるもの》となり切ッた所へ　お勢は手に一部の[286]女学雑誌を把持《も》ち立《たち》ながら読み読み坐舗《ざしき》へ這入《はいッ》て

来て　チョイト昇に一礼したのみで嫣然《にっこり》ともせず　饒舌《しゃべり》ながら母親が汲《くん》で出す茶碗《ちゃわん》を(287)憚《はばか》りとも言わずに受取りて一口飲《のん》で下へ差措《さしおい》たまま　済まアし切ッて再復《またふたた》び読みさした雑誌を取り上げて眺め詰めた　昇と同席の時は何時《いつ》でもこうで

「トいう訳《わけ》でツイそれなり梟《けり》にしてしまいましたがネ　マア本田さん貴君《あなた》は何方《どっち》が理屈だとお思《おもい》なさる

「それは勿論内海が悪い

「そのまた悪《わり》い文三の肩を持ッてサ　私《あたし》に喰《く》ッて懸《かか》ッた者があると思召《おぼしめ》せ

「アラ喰ッて懸りはしませんワ

「喰ッて懸らなくッてサ……私《あたし》は最《も》う最う腹が立《たっ》て腹が立って堪《たま》らなかッたけれども何《なに》してもこの通り気が弱いシ　それに先《さき》には文三という(288)荒神様《こうじんさま》が附《つい》てるから　とても叶う事《こっ》ちゃアないとおもって(289)虫を殺《こ》ろして嘿黙《だまっ》てましたがネ……

「アラ彼様《あんな》な虚言《うそ》ばッかり言ッて

「虚言《うそ》じゃないワ真実《ほんと》だワ……マなんぼなんだッて呆《あき》れ返るじゃありませんか。ネー貴君《あなた》　何処《どこ》の国にか他人の肩を持ッてサ。(290)シシババの世話をしてくれた(291)現在の親に喰ッて懸るという者《もん》があるもんですかネ。ネー本田さんそうじゃアありませんか　ギャット産《うま》れてからこれまでにするにア仇《あだ》や疎《おろそ》かな事《こつ》じゃアありません　子を持てば七十五度泣《たび》くというけれども　この娘《こ》の事《こつ》ではこれまで何百度泣《なんびゃくたびない》たか知れやアしない　其様《そんな》にして養育《そだ》てもらッても露ほども有難いと思ッてないそうで　この頃じゃ一口いう二口目にゃ速《す》ぐ悪《あく》たれ口《ぐち》だ　マなんたら因果で此《こん》様な邪見《じゃけん》な子を持ッたかと思うと　シミジミ悲しくなりますワ

「人が黙ッていれば好気《いいき》になって彼《あ》ん様な事を言ッて　余《あん》まりだから宜《いい》ワ　私《わたし》は三歳の小《しょう》児《に》じゃないから親の恩位は知《しっ》ていますワ　知ていますけれども条理……

「アアモウ解ッた解ッた　何《なん》にも宣《のたも》うナ　よろしいヨ解ッたヨ

ト昇は憤《やっ》然となッて饒《しゃべ》舌り懸けたお勢の火の手を手《て》頸《くび》で煽《あお》り消して　さてお政に向い

「しかし叔母さん此奴《こいつ》は一番失策《しくじ》ッたネ　平生《へいせい》の粋《すい》にも似合わないなされ方《かた》　チトお恨《うら》みだ　マア考えて御覧《ごろう》じろ　内海といじり合いがあッて見ればネ　ソレ……という訳があるからお勢さんも黙ッては見ていられないやアネ　アハハハハ

ト相手のない高笑い　お勢は(292)額《ひたえ》で昇を睨《にら》めたまま何《なに》とも言わぬ　お政も苦笑いをしたのみでこれも黙然《だんまり》　些《ち》と席がしらけた趣き

「それは戯談《じょうだん》だがネ　全体叔母さん余《あま》り慾《よく》が深過《ふかすぎ》るヨ　お勢さんのような此《こん》様な上出

来な娘を持ちながら……

「なにが上出来なもんですか……

「イヤ上出来サ　上出来でないと思うならまず世間の娘子《むすめっこ》を御覧なさい　お勢さん位の年恰好で斯様《こん》なに標致《きりょう》がよくッて見ると　学問や何《なに》かは其方退《そっちの》けで[293]是非色狂《いろぐる》いとか何《なん》とか碌な真似はしたがらぬものだ　けれどもお勢さんはさすがは叔母さんの仕込みだけあって　標致は好くッても品行は方正でかつて浮気らしい真似をした事はなく　ただ一心に勉強してお出《い》でなさるから漢学は勿論出来るシ英学も……今何《なに》を稽古してお出でなさる

「「[294]ナショナル」の「フォース」に[295]列国史《スイントン》に……

「フウ「ナショナル」の「フォース」　「ナショナル」の「フォース」と言えばなかなか難《むつか》しい書物だ　男子でも読《よ》めない者はいくらもある　それを芳紀《とし》も若くッてかつ婦人の身でいながら稽古してお出でなさる　感心な者だ、だからこの近辺じゃア　こう言やア失敬のようだけれども[296]鳶《とび》が鷹《たか》とはあの事だと言ッて評判していますゼ、ソレ御覧　色《いろ》狂《ぐる》いして親の顔に泥を塗《なす》ッても仕様がない所を　お勢さんが出来が宜《い》いばっかりに叔母さんまで人に羨《うらや》まれる　ネ、何《なに》も足腰按《さす》るばかりが孝行じゃアない　親を人に善く言わ

せるのも孝行サ　だから全体なら叔母さんは喜んでいなくッちゃアならぬ所を　それをまだ不足に思ってとやこういうのは慾《よく》サ　慾が深過ぎるのサ
「ナニ些《ち》とばかりなら人様《しとさま》に悪く言われても宜《いい》から最《も》う些《すこ》し優《やさ》しくしてくれると宜《いいん》だけれども　邪慳《じやけん》で親を親臭いとも思ッていないから悪《にく》くッてなりゃアしません
ト眼を細くして娘の方を顧視《みかえ》る　こういう眺《にら》め方もあるものと見える
「喜び叙《ついで》に最う一ツ喜んで下さい　我輩《わがはい》今日一等進みました
「エ
トお政は此方《こなた》を振向き　吃驚《びつくり》した様子で暫《しば》らく昇の顔を目守《みつ》めて
「御結構《ごけつこう》があッたの……へエエー……それはマア何《なに》してもお芽出度《めでとう》御座いました
ト鄭重に一礼して　さて改めて頭《こうべ》を振揚げ
「ヘー御結構があッたの……
お勢もまた昇が「御結構があッた」と聞くと等しく吃驚《びつくり》した顔色《かおつき》をして　些《すこ》し顔を赧《あか》らめた　咄々《とつとつ》怪事もあるもので
「一等お上《あがん》なすッたと言うと月給は
「僅《たつた》五円違いサ

「オヤ五円違いだッて結構ですワ　こうッ今までが三十円だッたから五円殖えて……

「何《なん》ですネー母親《おっか》さん　他人の収入を……

「ママサ五円殖えて三十五円、結構ですワ結構でなくッてサ　貴君《あなた》如何《どう》して今時[297]高利《こうり》貸《か》したッて月三十五円取ろうと言うなア容易な事《こっ》ちゃアありませんヨ……三十五円……どうしても働らき者《もん》は違ッたもんだネー　だからこの娘《こ》とも常不断《じょうふだん》そう言ッてます事サ、アノー本田さんは何《なん》だと　内の文三や何《なん》かとは違ッてまだ若くッてお出《い》でなさるけれども　利口で気働らきがあッて如才がなくッて……

「談話《はなし》も[298]艶消《つやけ》しにしてもらいたいネ

「艶じゃアない真個《ほんと》にサ　如才がなくッてお世辞がよくッて男振《おとこぶり》も好《いい》けれども　ただ[299]物喰《ものぐ》いの悪《わり》いのが可惜瑜《あったらたま》に疵だッて　オホホホホ

「アハハハハ[300]貧乏人の質《しち》で上げ下げが怖ろしい

「それはそうと　いずれ御結構振舞《ごけっこうぶるま》いがありましょうネ　[301]新富《しんとみ》かネ但しは市村《いちむら》かネ

「何処《いずれ》へなりとも　但し[302]負《おん》ぶで

「オヤそれは難有《ありがた》くも何《なん》ともないこと

トまた口を揃えて高笑い

「それは戯談《じょうだん》だがネ　芝居はマア芝居として如何《どう》です明後日《あさって》(303)団子坂《だんござか》へ菊見という奴は

「菊見さようさネ　菊見にもよりけりサ　(304)犬川《いぬかわ》じゃアマア願い下げだネ

「其処《そこ》にはまた異《おつ》な寸法もあろうサ

「(305)笹の雪じゃアないかネ

「まさか

「真個《ほんと》に往《い》きましょうか

「お出《い》でなさいお出でなさい

「お勢お前もお出ででないか

「菊見に

「アア

お勢は生得《しょうとく》の出遊《である》き好き　(306)下地は好きなり御意はよし　菊見の催《もよお》し頗る妙(307)だがオイソレというも不見識と思ッたか　手弱く辞退して直《ただ》ちに同意してしまう　十分ばかりを経て昇が立帰ッた跡でお政は独言《ひとりごと》のように

「真個《ほんと》に本田さんは感心なもんだナ　未《ま》だ年齢《とし》も若いのに三十五円月給取るようにな

んなすった　それから思うと内の文三なんざア盆暗《ぼんくら》の意久地《いくじ》なしだッちゃアない　二十三にもなッて親を養《すご》す所《どこ》か自分の居所《いど》立所《たちど》にさえ迷惑《まごつい》てるんだ　なんぼ何《なん》だッて愛想《あいそ》が尽きらア

「だけれども本田さんは学問は出来ないようだワ

「フム学問学問とお言いだけれども(308)立身出世すればこそ学問だ　居所《いど》立所《たちど》に迷惑《まごつ》くようじゃア些《ちッ》とばかし書物《ほん》が読めたッてねっから難有味《ありがたみ》がない

「それは不運だから仕様がないワ

トいう娘の顔をお政は熟々《しけじけ》目《み》守《つ》めて

「お勢真個《ほんと》にお前は文三と何にも約束した覚えはないかえ、エ、あるならあると言《いッ》ておしまい　隠立《かくしだて》をするとかえッてお前のためにならないヨ

「また彼様《あん》な事を言ッて……昨日《きのう》あらほど其様《そん》な覚えはないと言ッたのが母親《おッか》さんには未《ま》だ解らないの、エ、まだ解らないの

「チョッまた始まッた　覚えがないならないで好《いい》やアネ　何にも其様《そん》なに熱くならなくッたッて

「だッて人をお疑《うたぐ》りだものヲ

暫らく談話《はなし》が断絶《とぎ》れる　母親《ははおや》も娘も何《なに》か思案顔
「母親《おッか》さん明後日《あさッて》は何を衣《き》て行こうネ
「何《なん》なりとも
「エート下着は何時《いつ》ものアレにしてト　それから上着は何衣《どれ》にしようかしら　やっぱり何時もの黄八丈《きはちじょう》にしておこうかしら……
「最《も》う一ツのお召縮緬《めしちりめん》の方におしヨ　彼方《あのほう》がお前にゃア似合うヨ
「デモ彼《あ》れは品《ひん》が悪《わる》いものヲ
「品《しん》が悪《わり》いてッたッて
「アア此様《こん》な時にア洋服(309)があると好《いい》のだけれどもナ……
「働き者《もん》を亭主《ていし》に持ッて洋服なとなんなと拵《こせ》えてもらうのサ
トいう母親の顔をお勢はジット目守《みつ》めて不審顔

新編浮雲第一篇　終

新編 浮　雲　第(1)二篇

春の屋主人
二葉亭四迷　合著

第七回　団子坂《だんござか》の観菊《きくみ》

日曜日は近頃にない天下晴《てんかばれ》　風も穏かで塵《ちり》も起《た》たず　暦を繰《くっ》て見れば旧暦で(2)菊月《きくづき》初旬《はじめ》という十一月二日の事ゆえ　物観遊山《ものみゆさん》には持《もっ》て来いという日和《ひより》

園田一家《そのだいっけ》の者は朝から観菊行《きくみゆき》の支度とりどり　晴衣《はれぎ》の亘長《ゆきたけ》を気にしてのお勢《せい》のじれこみがお政《まさ》の肝癪《かんしゃく》となって　(3)廻りの髪結《かみゆい》の来ようの遅いのがお鍋《なべ》の落度となり　究竟《はて》は(4)万古《ばんこ》の茶瓶《きゅうす》が生れも付かぬ(5)欠口《いぐち》になるやら架棚《たな》の擂鉢《すりばち》が独手《ひとりで》に駈出すやら　(6)ヤッサモッサ捏返《こねかえ》している所へ生憎《あやにく》な来客　しかも名打《なうて》の長尻《ながッちり》で　アノ只今から団子坂へ参ろうと存じてという言葉にまで力瘤《ちからこぶ》を入れて見ても(7)まや薬《ぐすり》ほども利かず　平気で済まして

便々《べんべん》とお神輿《みこし》を据えていられる、そのじれッたさ、もどかしさ、それでも宜《よ》くしたもので案じるより産むが易く　客もその内に帰れば髪結も来る、ソコデ、ソレ支度も調《ととの》い十一時頃には家内も漸く静まッて折節《おりふし》には高笑《たかわらい》がするようになッた

文三《ぶんぞう》(8)は拓落失路《たくらくしつろ》の人、なかなか以て観菊《きくみ》などという(9)空《そら》はない、それに昇《のぼる》は花で言えば今を春辺《はるべ》と咲誇《さきほこ》る桜の身、此方《こッち》は日蔭の枯尾花《かれおばな》、到頭《どうせ》楯突く事が出来ぬ位なら(10)打たせられに行《ゆ》くでもないと境界に随《つ》れて僻《ひが》みを起し　一昨日《おとつい》昇に誘引《さそわれ》た時既にキッパリ辞《ことわ》ッて行かぬと決心したからは　人が騒ごうが騒ぐまいが(11)隣家《となり》の疝気《せんき》で関繫《かけかまい》のない噺《はなし》　ズット澄《すま》して居られそうなもののさて居られぬ　嬉しそうに人のそわつくを見るに付け聞くに付け、またしても昨日《きのう》の我《われ》が憶出《おもいいだ》されて五月雨頃《さみだれごろ》の空と湿《し》める　嘆息もする面白くもない

ヤ面白からぬ、文三には昨日《きのう》お勢《せい》が「貴君《あなた》もお出《いで》なさるか」ト尋ねた時、行かぬと答えたら「へーそうですか」ト平気で澄まして落着払《おちつきはら》ッていたのが面白からぬ、文三の心持ではなろう事なら行けと勧めてもらいたかッた　それでもなお強情を張ッて行かなければ「貴君《あなた》と御一所でなきゃア私《わたし》も罷《よ》しましょう」とか何とか言《いっ》てもらいたかッた

……

「シカシこりゃア嫉妬《しっと》じゃアない……とふと何《なに》か憶出《おもいだ》して我《われ》と我に分疏《いいわけ》を言《いっ》て見たが、　まだ何処《どこ》かくすぐられるようで……不安心で

行《ゆ》くも厭《いや》なり留まるも厭なりで気がムシャクシャとして肝積《かんしゃく》が起《おこ》る　誰《たれ》と云って取留《とりと》めた相手はないが腹が立つ　何《なに》か火急の要事があるようでまたないようで、ないようでまたあるようで立《たっ》ても居られず、坐《すわっ》てもいられず、如何《どう》してもこうしても落着かれない

落着かれぬままに文三がチト読書でもしたら紛れようかと　書函《ほんばこ》の書物を手当放題《てあたりほうだい》に取出して読みかけて見たが、いッかな争《いか》な紛れる事でない　小六《こむずか》ケしい面相《かおつき》をして書物と疾視鏡《にらめくら》をした所はまず宜《よかっ》たが　開巻第一章の第一行目を反覆読過《はんぷくとっか》して見ても更にその意義を解《げ》し得ない、その癖下坐舗《したざしき》でのお勢の笑声《わらいごえ》は意地悪くも善《よ》く聞えて　一回《ひとたび》聞けば則ち耳の洞《ほら》の主人《あるじ》となッて暫らくは立去らぬ　舌鼓を打ちながら文三が腹立しそうに書物を擲却《ほうりだ》して　腹立しそうに机に靠着《もたれかか》ッて　腹立しそうに頬杖を杖《つ》き　腹立しそうに何処《どこ》ともなく凝視《みつ》めて……フトまた起直《おきなお》ッて蘇生《よみがえ》ッたような顔色《かおつき》をして

「モシ罷《や》めになッたら……

(12)ト取外《とりはず》して言いかけて倏忽《たちまち》ハッと心附き　周章《あわて》て口を鉗《つぐ》んで吃驚《びっくり》して狼狽して　遂《つい》に

憤然《やっき》となッて「畜生　ト言いざま拳《こぶし》を振挙げて我《われ》と我を威《おど》して見たが　悪戯《いたずら》な虫奴《むしめ》は心の底でまだ……やはり……

シカシ生憎《あいにく》故障もなかッたと見えて昇は一時頃に参ッた　今日は故意《わざ》と日本服で茶(13)の糸織の一ツ小袖に黒七子《くろななこ》の羽織、帯も何《なに》か乙なもので相変らず立《りゅう》とした服飾《こしらえ》、梯子段を踏轟《ふみとどろ》かして上《あが》ッて来て挨拶をもせずに突如《いきなり》まず大胡坐《おおあぐら》、我《わが》鼻を視るのかと怪しまれるほどの(14)下眼《しため》を遣《つか》ッて文三の顔を視ながら

「どうした(15)土左的宜敷《どざてきよろしく》という顔色《がんしょく》だぜ

「些《すこ》し頭痛がするから

「そうか、(16)尼御台《あまみだい》に油を取られたのでもなかッたかアハ……

チョイと云う事からしてまず気に障わる　文三も怫然《むっ》とはしたが其処《そこ》は内気だけに何とも言わなかった

「どうだ如何《どう》しても往《い》かんか

「まずよそう

「剛情だな……(17)ゴジョウだからお出《いで》なさいよじゃないかアハハハ　ト独りで笑うほかまず仕様がない　何《なに》を云ッても先様《さきさま》にゃお通じなしだ　アハハハ

戯言《ぎげん》とも附《つ》かず罵詈《ばり》とも附かぬ曖昧なお饒舌《しゃべり》に暫らく時刻を移していると　忽《たちま》ち梯子段の下にお勢の声がして

「本田さん

「何《なん》です

「アノ車(18)が参りましたからよろしくば

「出懸《でか》けましょう

「それではお早く

「チョイとお勢さん

「ハイ

「貴嬢《あなた》(19)と合乗《あいのり》なら行《いっ》ても宜《いい》というのがお一方《ひとかた》出来たが承知ですかネ

返答はなくただパタパタと駆出す足音がした

「アハハハ　何《なん》にも言わずに逃出すなぞは未《ま》だしおらしいネ

ト言ったのが文三への挨拶で　昇はそのまま起上《たちあが》ッて二階を降りて往《い》った　跡を目送《みおく》りながら文三がさもさも苦々しそうに口の中《うち》で

「馬鹿奴……

ト言ッたその声《こえ》が未《ま》だ(20)中有《ちゅうう》に徘徊《さまよ》ッている内に　フト今年の春、(21)向島《むこうじま》へ観桜《さくらみ》に往《い》った時のお勢の姿を憶出《おもいだ》し　如何《どう》いう心計《つもり》か蹶然《むっく》と起上《おきあが》りキョロキョロと四辺《あたり》を環視《みまわ》して火入《いれ》に眼《め》を注《つ》けたが　おもい直《な》おして旧《もと》の座になおり　また苦々しそうに

「馬鹿奴

これは自《みずか》ら叱責《しか》ったので

午後はチト風が出たがますます上天気、殊《こと》には日曜と云うので団子坂近傍は花観る人が道去り敢えぬばかり　イヤ出たぞ出たぞ　(22)束髪も出た島田も出た　銀杏返《いちょうがえ》しも出た丸《まる》髷《まげ》も出た　蝶々髷《ちょうちょうまげ》も出たおケシも出た、(23)○○会《なになにかい》幹事実《じつ》は(24)古猫《ふるねこ》の怪《かい》という鍋島騒動《なべしまそうどう》を生《しょう》で見るような「マダム」某《なにがし》も出た　芥子《けし》の実ほどの眇少《かわいら》しい智慧を両足に打込んで(25)飛《とん》だり跳《はね》たりを夢にまで見る「ミス」某《なにがし》も出た　お乳母も出たお爨婢《さんどん》も出た、(26)ぞろりとした半元服《はんげんぷく》、一夫数妻論《いっぷすさいろん》の未《ま》だ行われる証拠《しょうこ》に上《あが》りそうな婦人も出た、イヤ出たぞ出たぞ、(27)坊主も出た散髪も出た五分刈も出た、チョン髷も出た　天帝の愛子《あいし》、運命の寵臣、人の中《うち》の人、男の中《なか》の男と世の人の尊重の的、(28)健羨《けんせん》の府となる昔いわゆるお役人様、(29)今のいわゆる官員さま　後《のち》の世になれば社会の公僕とか何《なん》とか名告《なの》るべき方々も出た　商賈《しょうこ》も出た(30)負販《ふはん》の徒《と》も出た　(31)人の横面《そっぽう》を打曲《はりま》げるが主義で　身を忘れ家を忘れて拘留の辱《はずかしめ》に

逢いそうな毛臑暴出《けずねさらけだ》しの政治家も出た　猫も出た杓子も出た　人様々の顔の相好《すまい》おもいおもいの結髪《かみ》風姿《かたち》、(32)聞覩《ぶんと》に聚《あつ》まる(33)衣香襟影《いこうきんえい》は紛然雑然として千態万状《せんたいばんじょう》　ナッカなか以て一々枚挙するに遑《いとま》あらずで、それにこの辺《へん》は道幅が狭隘《せばい》のでなお一段と雑沓する、そのまた中を(34)合乗で乗切る心なし奴《め》も有難《ありがた》の君が代に　その日活計《ぐらし》の土地の者が(35)摺附木《マッチ》の函《はこ》を張りながら　往来の花観る人をのみ眺めて遂《つい》に真《まこと》の花を観ずにしまうかとおもえば実に浮世はいろいろさまざま

さてまた団子坂の景況は　(36)例の招牌《かんばん》から釣込む植木屋は家々の招きの旗幟《はた》を翩飜《へんぽん》と(37)金風《あきかぜ》に飃《ひるがえ》し　木戸木戸で客を呼ぶ声は彼此《かれこれ》からみ合《あっ》て乱合《みだれあっ》て(38)入我我入《にゅうがにゅう》でメッチャラコ　ただ逆上《のぼせあが》ッた木戸番の口だらけにした面《かお》が見えるのみで何時《いつ》見ても変ッた事もなし中《なか》へ這入《はい》ッて見てもやはりその通りで

一体全体菊というものは　一本《ひともと》の淋《さび》しきにもあれ千本《ちもと》八千本《やちもと》の賑《にぎわ》しきにもあれ　自然のままに生茂《おいしげ》ッてこそ見所のあろう者を、それをこの辺《へん》の菊のようにこう無残無残《むざむざ》と作られては(39)輿《きよう》も明日《あす》も覚めるてや　(40)百草《ひゃくそう》の花のとじめと律義にも(41)衆芳《しゅうほう》に後《おく》れて折角咲いた黄菊白菊《きぎくしらぎく》を何《なん》でも御座れに寄集めて小児騙欺《こどもだまし》の(42)木偶《でく》の衣裳《べべ》　洗張《あらいは》りに糊が過ぎてか何処《どこ》へ触ッてもゴソゴソとしてギゴチなさそうな風姿《とりなり》も　小言いッて観る者は千人に一

人か二人、十人が十人まず花より団子と思詰《おもいつ》めた顔色《がんしょく》　去《さ》りとはまた苦々しい　ト何処のか隠居が菊細工を観ながら愚痴を滴《こぼ》したと思食《おぼしめ》せ　(43)(看官《かんかん》)　何だつまらない

(44)閑話《かんわ》不題《ふだい》

轟然と飛ぶが如くに駆来《かけきた》ッた二台の腕車《くるま》がピッタリと停止《とま》る　車を下りる男女三人の者はお馴染《なじみ》の昇とお勢母子《おやこ》の者で

昇の服装《みなり》は前文にある通り

お政《まさ》は(45)鼠微塵《ねずみみじん》の糸織《いとおり》の一ッ小袖に黒の(46)唐繻子《とうじゅす》の丸帯、(47)繻絆《じゅばん》の半襟《はんえり》も黒縮緬《くろちりめん》に金糸《きんし》でパラリと縫《ぬ》の入《い》ッた奴《やつ》か何《なに》かで　まず気の利いた服飾《こしらえ》

お勢は黄八丈《きはちじょう》の一ッ小袖に(48)藍鼠金入時珍《あいねずみきんいりしゅちん》の丸帯　勿論下には(49)お定《さだま》りの緋縮緬《ひぢりめん》の等身《ついたけ》繻絆《じゅばん》　こいつも金糸で縫《ぬい》の入ッた(50)水浅黄《みずあさぎ》縮緬《ちりめん》の半襟をかけた奴で　帯上《おびあげ》はアレハ(51)時色《ときいろ》縮緬《ちりめん》、統括《ひっくる》めていえば、まず上品なこしらえ

シカシ人足《ひとあし》の留まるは衣裳附《いしょうづけ》よりはむしろその態度で　髪も例《いつも》の束髪ながら(52)何《なん》とか結びとかいう手のこんだ束《たば》ね方で大形の薔薇《ばら》の花挿頭《はなかんざし》を指し(53)本化粧《ほんげしょう》は自然に背《そむ》くとか云ッて薄化粧の清楚《せいそ》な作り　(54)風格牟神《ぼうしん》共に優美で

「色だ　ナニ夫婦サ　ト法界悋気《ほうかいりんき》の岡焼連《おかやきれん》が目《め》引袖引取々《ひきそでひきとりどり》に評判するを漏聞《もれき》く毎《ごと》に　昇

は得々《とくとく》として機嫌顔　これ見よがしに母子《おやこ》の者を其処茲処《そここここ》と植木屋を引廻《ひきま》わしながらも片時と黙してはいない　人の傍聞《かたえぎき》するにも関《かま》わず例の無駄口をのべつに並べ立てた

お勢も今日は取分《とりわ》け気の晴れた面相《かおつき》で　宛然籠《さながらかご》を出た小鳥の如くに　言葉は勿論歩風身体《あるきぶりからだ》のこなしにまで何処《どこ》ともなく活々《いきいき》とした所があッて冴が見える　昇の無駄を聞《きい》ては可笑《おか》しがッて絶えず笑うが、それもそうで、強《あなが》ち昇の言事《いうこと》が可笑しいからではなく黙ッていても自然《おのず》と可笑しいからそれで笑うようで

お政は菊細工には甚だ冷淡なもので　ただ「綺麗《きれい》だことネー」ト云ッてツラリと見亘《みわた》(55)すのみ、さして眼を注《と》める様子もないが　その代りお勢と同年配頃の娘に逢えば叮嚀《ていねい》にその顔貌風姿《かおかたち》を研窮《けんきゅう》する　まず最初に容貌《かおだち》を視て次に衣服《なり》を視て帯を視て爪端《つまさき》を視て行過《ゆきす》ぎてからヅーと後姿《うしろつき》を一瞥《いちべつ》してまた帯を視て髪を視てその跡でチョイとお勢を横眼で視て、そして澄ましてしまう、妙な癖もあればあるもので

昇ら三人の者は最後に坂下の植木屋へ立寄ッて次第次第に見物して　とある小舎《こや》の前に立止ッた　其処《そこ》に飾付《かざりつけ》てあッた木像《にんぎょう》の顔が文三の欠伸《あくび》をした面相《かおつき》に酷《よ》く肖《に》ているとか昇の云ッたのが可笑《おか》しいといって　お勢が嬌面《かお》に袖を加《あ》てて勾欄《てすり》におッ被《かぶ》さッて笑い出したので　傍《かたわら》に鵠立《たたずん》でいた書生体《てい》の男が俄《にわか》に此方《こちら》を振向いて　愕然として眼鏡越しにお

勢を凝視《みつ》めた「みッともないよ」ト母親ですら小言《こごと》を言ッた位で

漸くの事で笑いを留めて　お勢がまだ笑爾笑爾《にこにこ》と微笑《びしよう》のこびり付《つい》ている貌《かお》を擡《もた》げて傍《そば》を視ると昇は居ない「オヤ」と云ッてキョロキョロと四辺《あたり》を環視《みま》わしてお勢は忽ち真《ま》地目《じめ》な貌《かお》をした

只《と》見れば後《あと》の小舎《こや》の前で昇が(56)磬折《けいせつ》という風に腰を屈《かが》めて　其処《そこ》に鵠立《たたずん》でいた洋装紳士の背《せなか》に向ッて荐《しき》りに礼拝していた、されども紳士は一向心附《こころづ》かぬ容子《ようす》でなお彼方《あちら》を向いて鵠立《たたずん》でいたが　再三再四虚辞儀《からじぎ》をさしてから漸くにムシャクシャと頬鬚《ほおひげ》の生弘《はえひろが》ッた気《き》六《むず》ケしい貌《かお》を此方《こちら》へ振向けて昇の貌を眺め　莞然《にっこり》ともせず帽子も被《かぶ》ッたままでただ鷹揚《おうよう》に(57)点頭《てんとう》すると　昇は忽ち平身低頭　何事をか喃々《くどくど》と言いながら続けさまに二ツ三ツ礼拝した

紳士の随伴《つれ》と見える両人《ふたり》の夫人(58)は一人は(59)今様《いまよう》おはつとか称《とな》える(60)突兀《とっこつ》たる大丸髷《おおまるまげ》、今一人は(61)落雪《ぼっとり》とした妙齢の束髪頭《そくはつあたま》いずれも水際《みずぎわ》の立つ玉揃《たまぞろ》い　面相《かおつき》といい(62)風姿《ふうつき》といい如何《どう》も姉妹《きょうだい》らしく見える　昇はまず丸髷《まるまげ》の婦人に一礼して次に束髪の令嬢に及ぶと　令嬢は狼狽《あわて》て卒方《そっぽう》を向いて礼を返えしてサット顔を赧《あか》めた

暫らく立在《たたずん》での談話《はなし》　間《あわい》が隔離《かけはな》れているに四辺《あたり》が騒がしいのでその言事《いうこと》は能《よ》く解らな

課長夫人の髪型がお初丸髷，その妹はマーガレット下げ巻らしい．お勢が羽織を着ている点が本文と異なる．描かれている菊人形は『史記』や『十八史略』でよく知られた中国の漢の高臣，張良の故事．画中の文字は「何事をかグドグドと言ひながら続けさまに二ツ三ツ礼拝した」．画家は尾形月耕(安政六年ー大正九年)，本名鏡正之助．谷文晁や河鍋暁斎に私淑して独学で絵を学び，錦絵，新聞・雑誌の挿絵画家として活躍．明治二十年代が最盛期．篠田鉱造『明治百話』に生粋の江戸っ子としての彼に関する回想，鏑木清方『こしかたの記』(双雅房，昭和十七年)にその絵に関する回想がある．

いが　なにしても昇は絶えず口角《くちもと》に微笑《びしよう》を含んで　折節《おりふし》に手真似をしながら何事をか喋々《ちようちよう》と饒舌《しやべ》り立てていた　その内に何《なに》か可笑《おか》しな事でも言ッたと見えて　紳士は俄然《がぜん》大口《おおぐち》を開《あ》いて肩を揺《ゆす》ッてハッハッと笑い出し丸髷の夫人も口頭《くちもと》に皺《しわ》を寄せて笑い出し束髪の令嬢もまた莞爾《にっこり》笑いかけて　急に袖で口を掩い(63)額越《おおひたえごし》に昇の貌《かお》を眺めて眼元《めもと》で笑った　身に余る面目に昇は得々として満面に笑いを含ませ　紳士の笑い罷《や》むを待ッてまた何《なに》か饒舌《しやべ》り出した　お勢母子《おやこ》の待ッている事は全く忘れているらしい

お勢は紳士にも貴婦人にも眼を注《と》めぬ代り　束髪の令嬢を穴の開《あ》くほど目守《みつ》めて一心不乱、傍目《わきめ》を触《ふ》らなかった　呼吸《いき》をも吻《つ》かなかッた　母親が物を言懸《いいか》けても返答をもしなかった

その内に紳士の一行が(64)ドロドロと此方《こちら》を指して来る容子《ようす》を見て　お政は茫然としていたお勢の袖を匆《いそが》わしく曳揺《ひきうご》かして疾歩《あしばや》に外面《おもて》へ立出《たちい》で　路傍《みちばた》に鵠在《たたずん》で待合わせていると暫らくして昇も紳士の後《しりえ》に随《したが》って出て参り　木戸口の所でまた更に小腰を屈《かが》めて皆《みな》それぞれに分袂《わかれ》の挨拶、叮嚀《ていねい》に慇懃に喋々《ちようちよう》しく陳《の》べ立てて、さて別れて独り此方《こちら》へ両三歩《りようさんぼ》来て　フト何《なに》か憶出《おもいだ》したような面相《かおつき》をしてキョロキョロと四辺《あたり》を環視《みま》わした

「本田さん此処《ここ》だよ

トいうお政の声を聞付けて昇は急足《あしばや》に傍《そば》へ歩寄《あゆみよ》り
「ヤ大《おおき》にお待遠《まちどお》う
「今の方は
「アレガ課長です
トいって如何《どう》した理由《わけ》か莞爾莞爾《にこにこ》と笑い
「今日来るはずじゃなかッたんだが……
「アノ丸髷《まるまげ》に結《い》ッた方はあれは夫人《おくさま》ですか
「そうです
「束髪の方は
「アレですか　ありゃ……
ト言《い》いかけて後《うしろ》を振返って見て
「妻君《さいくん》の妹です……内《うち》で見たよりかよっぽど別嬪《べっぴん》に見える
「別嬪《べっぴん》も別嬪だけれども好《い》いお服飾《こしらえ》ですことネー
「ナニ今日は彼様《あん》なお嬢様然とした風《ふう》をしているけれども　家《うち》にいる時は疎末《そまつ》な衣服《なり》で侍婢《こしもと》がわりに使われているのです

「学問は出来ますか
ト突然お勢が尋ねたので　昇は愕然として
「エ学問……出来るという噺《はなし》も聞かんが……それとも出来るかしらん　この間から課長の所に来ているのだから我輩《わがはい》もまだ深くは情実《ようす》を知らないのです
ト聞くとお勢は忽ち眼元《めもと》に冷笑の気を含ませて振反《ふりかえ》って　今まさに坂の半腹《ちゅうと》の植木屋へ這入《はい》ろうとする令嬢の後姿を目送《みおく》ッてチョイと我帯を撫でて　而《そ》してズーと澄ましてしまッた
坂下《さかした》に待たせておいた車に乗ッて三人の者はこれより上野(65)の方へと参ッた
車に乗ッてからお政がお勢に向い
「お勢お前も今のお娘《こ》さんのように本化粧《ほんげしょう》にして来りゃア宜《よ》かッたのにネー
「厭《いや》サ彼様《あん》な本化粧は
「オヤ何故《なぜ》え
「だッて厭味《いやみ》ッたらしいもの
「ナニお前十代の内なら秋毫《ちッと》も厭味なこたアありゃしないわネ、アノ方《ほう》がいくら宜《いい》か知れない、(66)引立《ひッたち》が好くッて

「フフン其様《そん》なに宜《よ》きゃア慈母《おッか》さんお做《し》なさいな、人が厭だというものを好々《いいいい》ッて、可笑《おか》しな慈母さんだよ

「好《いい》と思ッたからただ好《いい》じゃないかと云ッたばかしだアネ、それを其様《そん》な事いうッて、真個《ほんと》にこの娘《こ》は可笑《おか》しな娘《こ》だよ

お勢は最早《もはや》弁難攻撃は不必要と認めたと見えて何《なん》とも言わずに黙してしまッた、それからというものは塞ぐのでもなく萎れるのでもなくただ何《なに》となく沈んでしまッて　母親が再び(67)談話《はなし》の墜緒《ついしょ》を紹《つ》ごうと試みても相手にもならず、どうも(68)乙な塩梅《あんばい》であったが　シカシ(69)上野公園に来着いた頃にはまた口をきき出して、また旧《もと》のお勢に立戻ッた

上野公園の秋景色、彼方此方《かなたこなた》にむらむらと立駢《たちなら》ぶ老松奇檜《ろうしょうきかい》は柯《えだ》を交じえ葉を折重ねて鬱蒼《うッそう》として翠《みどり》も深く　観る者の心までが蒼《あお》く染りそうなに引替え　桜杏桃李《おうきょうとうり》の雑木は老《おい》木《き》稚木《わかぎ》も押《おし》なべて一様に枯葉勝《かればがち》な立姿、見るからがまずみすぼらしい、遠近《おちこち》の木間《このま》隠れに立つ山茶花《さざんか》の一本《ひともと》は　枝一杯に花を持ッてはいれど(70)煢々《けいけい》として友欲《ともほ》し気《げ》に見える、楓《もみじ》は既に紅葉《こうよう》したのもありまだしないのもある、鳥の音《ね》も時節に連《つ》れて哀れに聞える、淋《さび》しい……ソラ風が吹通《ふきとお》る、一重桜《ひとえざくら》は戦栗《みぶるい》をして病葉《びょうよう》を震い落し　芝生の上に散布《ちりし》いた落《おち》葉《ば》は魂のあるごとくに立上りて友葉《ともば》を追って舞い歩き　フトまた云合《いいあわ》せたように一斉に

パラパラと伏《ふさ》ッてしまう、満眸《まんぼう》の秋色《しゅうしょく》蕭条《しょうじょう》としてなかなか春のきおいに似るべくもないが　シカシさびた眺望《ながめ》でまた一種の趣味がある、団子坂へ行く者皈《かえ》る者が茲処《ここ》で落合うので処々《しょしょ》に人影《ひとけ》が見える、若い女の笑い動揺《どよ》めく声も聞える

　お勢が散歩したいと云い出したので　三人の者は教育博物館(71)の前で車を降りてブラブラ行《ゆ》きながら石橋を渡りて動物園(72)の前へ出《い》で　車夫には「先へ往《い》ッて観音堂(73)の下辺《したあたり》に待ッていろ」ト命じて其処《そこ》から車に離れ　真直《まッすぐ》に行ッて矗立千尺空《ちくりゅうせんせきくう》(74)を摩《な》でそうな杉の樹《こ》立《だち》の間を通抜《とおりぬ》けて東照宮(75)の側面《よこて》へ出た

　折しも其処《そこ》の裏門より　Let us go on《レットアスゴーオン》(行《い》こう)ト「日本の」(76)と冠詞の付く英語を叫びながらピョッコリ飛出した者がある　只見《と》れば軍艦羅紗《ラシャ》(77)の洋服を着て金鍍金《きんめっき》の徽章を附けた大黒帽子(78)を仰向けざまに被《かぶ》った　年の頃十四歳ばかりの栗虫(79)のように肥《ふと》った少年で同遊《つれ》と見える同じ服装《でたち》の少年を顧みて

「ダガ何《なん》か食《くい》たくなったなア

「食《くい》たくなった

「食《くい》たくなってもか……

ト愚痴ッぽく言懸《いいか》けてフトお政と顔を視合《みあ》わせ

「ヤ……
「オヤ勇《いさみ》が……
ト云う間もなく少年は駈出して来て　狼狽《あわ》てて昇に三ツ四ツ辞儀をしてサッと赤面して
「母親《おッか》さん
「何を狼狽《あわ》てているんだネー
「家《うち》へ往《い》ったら……鍋に聞いたら文さんばッかだッてッたから僕《ぼく》ア……それだから
……
「お前モウ試験は済んだのかえ
「ア済んだ
「如何《どう》だッたえ
「そんな事よりか些《すこ》し用があるから……母親《おっか》さん……
ト心有気《こころありげ》に母親《ははおや》の顔を凝視《みつ》めた
「用があるならここでお言いな
少年は横眼《よこめ》で昇の顔をジロリと視《み》て
「チョイと此方《こっち》へ来ておくれッてば

「フンお前の用なら大抵知れたもんだ、また「小遣いがない」だろう

「ナニ其様《そん》な事《こつ》ちゃない

ト云ッてまた昇の顔を横眼で視て、サッと赤面して調子外れな高笑いをして　無理矢理に母親を引張《ひっぱ》ッて彼方《あちら》の杉の樹の下《もと》へ連れて参ッた

昇とお勢はブラブラと歩き出して　来るともなく往《ゆ》くともなしに宮の背後《うしろ》に出た　折から四時頃の事とて日影も大分傾《かたぶ》いた塩梅　立駢《たちなら》んだ樹立《こだち》の影は古廟の築墻《ついじ》を斑《まだ》らに染めて(80)不忍《しのばず》の池水《ちすい》は大魚の鱗《うろこ》かなぞのように燦《きら》めく　ツイ眼下に瓦葺《かわらぶき》の大家根《おおやね》の翼然《よくぜん》として峙《そばだ》ッているのが視下《みおろ》される、アレハ大方(81)馬見所《ばけんじょ》の家根《やね》で、土手に隠れて形は見えないガ車馬の声が轆々《ろくろく》として聞える

お勢は大榎《おおえのき》の根方《ねがた》の所で立止まり翳《さ》していた(82)蝙蝠傘《こうもりがさ》をつぼめてズイと一通り四辺《あたり》を見《み》亘《わた》し　嫣然《えんぜん》一笑しながら昇の顔を窺き込んで唐突に

「先刻《さっき》の方《かた》はよっぽど別嬪《べつぴん》でしたネー

「エ、先刻の方とは

「ソラ課長さんの令妹《れいまい》とか仰しゃッた

「ウー誰《だれ》の事かと思ッたら……然《そ》うですネ随分別嬪ですネ

「そして家《うち》で視たよりか美《うつく》しくッてネ、それだもんだから……ネ……貴君《あなた》もネ……

ト眼元《めもと》と口元に一杯笑いを溜《た》めてジッと昇の貌《かお》を凝視《みつ》めて、さてオホホホと吹溢《ふきこ》ぼした

「アッ失策《しま》ッた不意を討たれた、ヤどうも[83]おそろ感心　手[84]は二本切りかと思ッたらこれだもの油断も隙《すき》もなりゃしない

「それにあの嬢《かた》もオホホホ　何《なん》だと見えて　お辞儀する度《たんび》に顔を真赤《まッか》にして　オホホホホホ

「トたたみかけて意地目《いじめ》つけるネ、よろしい覚えてお出《い》でなさい

「だッて実際の事ですもの

「シカシあの娘《むすめ》がいくら美しいといッたッても何処《どこ》かの人にゃア……とても……

「アラよう御座んすよ

「だッて実際の事ですもの

「オホホホ直《す》ぐ復讎して

「真《しん》に戯談《じょうだん》は除《の》けて……

ト言懸《いいか》ける折しも　官員風の男が十許《とおばかり》になる女の子の手を引いて来蒐《きかか》ッて　両人《ふたり》の容子《ようす》を不思議そうにジロジロ視《み》ながら行過《ゆきす》ぎてしまッた　昇は再び言葉を続《つ》いで

「戯談《じょうだん》は除《の》けて　いくら美しいといッたッて彼様《あん》な娘《むすめ》にゃア　先方《さき》もそうだろうけれども此方《こっち》も気がない

「気がないから横眼《よこめ》なんぞ遣《つか》いはなさらなかッたのネー

「マアサお聞きなさい、あの娘《むすめ》ばかりには限らない、どんな美しいのを視たッても気移りはしない、我輩《わがはい》には「アイドル」(85)(本尊)が一人あるから

「オヤそう、それはお芽出度《めでと》う

「ところが一向お芽出度くない事サ　いわゆる鮑《あわび》(86)の片思いでネ　此方《こっち》はその「アイドル」の顔が視《み》たいばかりで　気まりの悪いのも堪《こら》えて毎日毎日その家《うち》へ遊びに往《ゆ》けば先方《さき》じゃ五月蠅《うるさい》と云ったような顔をして口も碌々《ろくろく》きかない

ト(87)あじな眼付《めつき》をしてお勢の貌《かお》をジッと凝視《みつ》めた　その意《い》を暁《さと》ッたか暁らないかお勢はただニッコリして

「厭《いや》な「アイドル」ですネ、オホホホ

「シカシ考えて見れば此方《こっち》が無理サ　先方《さき》には隠然《いんぜん》亭主と云ッたような者があるのだから、それに……

「モウ何時《なんじ》でしょう

「それに想《おも》いを懸けるは宜《よ》くない宜くないと思いながら　因果とまた思い断《き》る事が出来ない　この頃じゃ夢にまで見る

「オヤ厭《いや》だ……モウ些《ちッ》と彼地《あッち》の方へ行《いッ》て見ようじゃありませんか

「漸《ようや》くの思いで一所《いっしょ》に物観遊山《ものみゆさん》に出るとまでは漕付《こぎつけ》は漕付たけれども、それもほんの一所に歩くのみで　慈母《おッか》さんというものが始終傍《そば》に附《つい》ていて見れば思うように談話《はなし》もならず

「慈母《おッか》さんと云えば何をしているんだろうネー

ト背後《うしろ》を振返ッて観た

「偶《たまたま》好機会があッて言出せばその通りとぼけておしまいなさるし　考えて見ればつまらんナ

ト愚痴ッぽくいッた

「厭ですよ其様《そん》な戯談《じょうだん》を仰しゃッちゃ

ト云ッて　お勢が莞爾莞爾《にこにこ》と笑いながら此方《こちら》を振向いて視て些《すこ》し真地目《まじめ》な顔をした、昇は萎《しお》れ返ッている

「戯談《じょうだん》と聞かれちゃ塡《(88)う》まらない　こう言出すまでには何位《どのくらい》苦しんだと思いなさる

ト昇は歎息《たんそく》した　お勢は眼睛《め》を地上に注いで黙然《もくねん》として一語をも吐《は》かなかッた

「こう言出したと云ッて　何《な》にも貴嬢《あなた》(89)に義理を欠かして私《わたくし》の望《のぞみ》を遂《と》げようと云うのじゃアないが　ただ貴嬢の口から僅一言《たツたひとこと》「断念《あきら》めろ」と云ッて戴《いただ》きたい　そうすりゃア私《わたくし》もそれを力に断然思い切ッて　今日ぎりでもう貴嬢にもお眼に懸《かか》るまい……ネーお勢さん

お勢はなお黙然としていて返答をしない

「お勢さん

ト云いながら昇が頂垂《うなだ》れていた首を振揚げてジッとお勢の顔を窺き込めば　お勢は周章狼狽《どぎまぎ》してサッと顔を赧《あか》らめ　漸く聞えるか聞えぬほどの小声で

「虚言《うそ》ばッかり

ト云ッて全く差俯向《さしうつむ》いてしまッた

「アハハハハハハ

ト突如《だしぬけ》に昇が轟然と一大笑《だいしょう》を発したので　お勢は吃驚《びっくり》して顔を振揚げて視《み》て

「オヤ厭《いや》だ……アラ厭だ……憎らしい本田さんだネー　真地目《まじめ》くさッて人を威《おど》かして

……

ト云ッて悔《くや》しそうにでもなく恨《うら》めしそうにでもなく　いわば気まりが悪《わ》るそうに莞爾笑《にッこり》ッた

「(90)お巫山戯《ふざけ》でない

ト云う声が忽然背後《こつぜんうしろ》に聞えたのでお勢が喫驚《びっくり》して振返ッて視ると　母親が帯の間へ紙入《かみいれ》を挿《はさ》みながら来る

「大分談判が難かッたと見えますネ

「大きにお待ち遠《ど》うさま

ト云ッてお勢の顔を視て

「お前如何《どう》したんだえ顔を真赤にして

ト咎《とが》められてお勢はなお顔を赤くして

「オヤそう　歩いたら暖《あった》かになッたもんだから……

「マア本田さん聞《きい》ておくんなさい　真個《ほんと》に彼児《あのこ》の銭遣《ぜにづか》いの荒いのにも困りますよ　此間《こないだ》ネ　試験の始まる前に来て(91)一円前借《まえがり》して持ッてッたんですよ　それを十日も経《た》たない内にもう使用《つか》ッちまってまたくれろサ　(92)宿所《うち》ならこだわりを附《つ》けてやるんだけれども……

「彼様《あん》な事を云ッて虚言《うそ》ですよ　慈母《おっか》さんが小遣《こづか》いを遣《や》りたがるのよオホホホ

ト無理に押出《おしだ》したような高笑《たかわらい》をした

「黙ッてお出《い》で　お前の知ッた事《こっ》ちゃない……こだわりを附《つ》けて遣るんだけれども途中だからと思ッてネ　黙ッて五十銭出して遣ッたら　それんばかじゃ足らないから一円くれろと云うんですよ　そうそうは方図《ほうず》がないと思ッて如何《どう》しても遣らなかッたらネ不肖不肖《ふしょうぶしょう》に五十銭取ッてしまッてネ、それからまた今度は明後日《あさって》お友達同志寄ッて(93)飛鳥《あすか》山《やま》で温飩会《うどんかい》とかを……

「オホホホ

この度は真《しん》に可笑《おか》しそうにお勢が笑い出した　昇は荐《しき》りに点頭《うなず》いて

「(94)運動会

「そのうんどうかいとか蕎麦《そば》買いとかをするからもう五十銭くれろッてネ　明日《あした》取りにお出《い》でと云ッても何と云ッても聞かずに持ッて往《い》きましたがネ　それも宜《い》いが憎い事を云うじゃありませんか　私《あたし》が「明日お出でか」ト聞いたらネ「これさえ貰えばもう用はない　またなくなってから行く」ッて……

「慈母《おっか》さん　書生の運動会なら会費といッても高が十銭か二十銭位なもんですよ

「エ十銭か二十銭……オヤそれじゃ三十銭足駄を履《は》かれたんだよ……
ト云って昇の顔を凝視《みつ》めた、とぼけた顔であったと見えて昇もお勢も同時に
「オホホホ
「アハハハ

第八回　団子坂《だんござか》の観菊《きくみ》

お勢母子《せいぼし》の者の出向いた後《のち》、文三《ぶんぞう》は漸く些《すこ》し沈着《おちつい》て徒然《つくねん》と机の辺《ほとり》に蹲踞《うずくま》ったまま、腕を拱《く》み頤《あご》を襟に埋《うず》めて懊悩《おうのう》たる物思いに沈んだ
どうも気に懸《かか》る、お勢の事が気に懸る　此様《こん》な区(95)々たる事は苦に病むだけが損だ損だと思いながら　ツイどうも気に懸ってならぬ
およそ相愛《あいあい》する二ツの心は　一体分身で孤立する者でもなくまたしようとて出来るものでもない　故に一方《かたかた》の心が歓ぶ時には他方《かたかた》の心も共に歓び一方《かたかた》の心が悲しむ時には他方《かたかた》の心も共に悲しみ　一方《かたかた》の心が楽しむ時には他方《かたかた》の心も共に楽《たのし》み　一方《かたかた》の心が苦しむ時には他方《かたかた》の心も共に苦しみ　嬉笑《きしょう》にも相感《あいかん》じ怒罵《どば》にも相感じ愉快適悦《ゆかいてきえつ》不平煩悶《ふへいはんもん》にも相感じ　気が気に通じ心が心を喚起《よびおこ》し　決して齟齬(96)し扞格《かんかく》する者でないと今日が日まで

文三思っていたに、今文三の痛痒をお勢の感ぜぬは如何《どう》したものだろう
どうも気が知れぬ　文三には平気で澄ましているお勢の心意気が呑込《のみこ》めぬ
もし相愛《あいあい》していなければ　文三に親しんでからお勢が言葉遣いを改め起居動作《たちいふるまい》を変え蓮葉《はすは》を罷《や》めて優に艶《やさ》しく女性《にょしょう》らしくなるはずもなし　また今年の夏一夕《いっせき》の情話に　我から隔《へだて》の関を取除《とりの》け(97)乙な眼遣《めづかい》をし麁匆《ぞんざい》な言葉を遣って折節《おりふし》に物思いをする理由《いわれ》もない
もし相愛《あいあい》していなければ　婚姻の相談があった時お勢が戯談《じょうだん》に托辞《かこつ》けて、それとなく文三の肚《はら》を探るはずもなし　また叔母と悶着《もんちゃく》をした時他人同前《どうぜん》の文三を庇護《かば》って真実《しんじつ》の母親と抗論する理由《いわれ》もない

「イヤ妄想《ぼうそう》じゃないおれを思っているに違いない……が……そのまた思ッているお勢が、そのまた(98)死なば同穴《どうけつ》と心に誓った形の影が、そのまた共に感じ共に思慮し共に呼吸生息する身の片割《かたわれ》が　従兄弟《いとこ》なり親友なり未来の……夫ともなる文三の鬱々《うつうつ》として楽まぬのを余所《よそ》に見て　行《ゆ》かぬと云ッても勧《すす》めもせず平気で澄まして不知顔《しらぬかお》でいるのみか文三と意気《そり》が合わねばこそ自家《じぶん》も常居《つね》から嫌いだと云ッている昇如き者に伴われて　物《もの》観遊山《みゆさん》に出懸けて行く……

「解《わか》らないナ、どうしても解らん

解らぬままに文三が想像弁別の両刀を執《と》ッて　種々《さまざま》にしてこの気懸《きがか》りなお勢の冷淡を解剖して見るに　何《なに》か物があってその中《うち》に籠《こも》っているように思われる、イヤ籠っているに相違ない、が何《なに》だか地体《じたい》は更に解らぬ、よってさらにまた勇気を振起してただこの一点に注意を集め　傍目《わきめ》も触《ふ》らさず一心不乱に茲処《ここ》を先途《せんど》と解剖して見るが　(99)歌人のいわゆる箒木《ははきぎ》で　ありとは見えて、どうも解らぬ、文三は徐々《そろそろ》ジレ出した　スルト悪戯《いたずら》な妄想奴《そうめ》が野次馬《やじうま》に飛出して来て、アアではないかこうではないかと真赤な贋物《にせもの》、宛事《あてこと》もない邪推を掴ませる　贋物だ邪推だと必ずしも見透《みす》かしているでもなくまた必ずしも居ないでもなく、ウカウカと文三が掴ませられるままに掴んで、あえだり揉《もん》だり円《まる》めたり、また引延ばしたりして骨を折《おっ》て事実《もの》にしてしまい　今《いま》目前にその事が出来《しゅったい》したように足《あ》掻《が》きつ踠《もが》きつ四苦八苦の苦楚《くるしみ》を嘗《な》め　然《しか》る後《のち》フト正眼《せいがん》を得てさて観ずれば　何《なん》の事だ皆夢だ邪推だ、取越苦労《とりこしぐろう》だ、腹立紛《はらたちまぎ》れに贋物を取ッて骨灰微塵《こっぱいみじん》と打砕《うちくだ》きホッと一息吐《つ》き敢《あ》えず、また穿鑿《せんさく》に取懸り、また贋物を掴ませられて、また事実《もの》にして、また打砕き、打砕いてはまた掴み、掴んではまた打砕くと　何時《いつ》まで経《た》っても果《はて》しも附かず　始終同じ所にのみ止《とま》ッていて前へも進まず後《あと》へも退かぬ、そして退いて能《よ》く視れば　なお何物だか冷淡の中《うち》にあッて朦朧《もうろう》として見透《みす》かされる文三ホッと精を尽かした、今は最《も》う進んで穿鑿《せんさく》する気力も竭《つ》き勇気も沮《はば》んだ、乃《すなわ》ち眼を閉じ頭顱《かしら》を抱えて其処《そこ》へ横に倒れたまま、(100)五官を馬鹿にし七情の守《まもり》を解いて　是非《ぜひ》も曲直《きょくちょく》も栄辱も窮達も叔母もお勢も(101)我《われ》の吾《われ》たるをも何《なに》も角《か》も忘れてしまって　一瞬時なりともこの苦悩この煩悶を解脱《のが》れようと力《つと》め　やや暫《しば》らくの間というものは身動《みうごき》もせず息気《いき》をも吐《つ》かず死人の如くになっていたが　倏忽勃然《たちまちむっく》と跳起《はねお》きて

「もしや本田《ほんだ》に……

ト言い懸けて敢て言い詰めず、宛然何《さながらなに》か捜索《さがし》でもするように愕然として四辺《あたり》を環視《みまわ》した

それにしてもこの疑念は何処《どこ》から生じたものであろう　天より降ッたか地より沸いたかそもそもまた文三の僻《ひが》みから出た(102)蜃楼海市《しんろうかいし》か　忽然として生じて思わずして来《きた》り恍々《こうこう》惚々《こつこつ》としてその来所《らいしょ》を知るに由《よ》しなしとはいえど　何《なん》にもせよあれほどまでに足掻《あが》きつ踠《もが》きつして穿鑿しても解らなかったいわゆる冷淡中の一物《いちぶつ》を　今訳《わけ》もなく造作もなくツイチョット突留《つきと》めたらしい心持がして　文三覚えず身の毛が弥立《よだ》ッた

とは云うものの心持は未《ま》だ事実でない、事実から出た心持でなければウカとは信を措《お》き難い、よって今までのお勢の挙動《そぶり》を憶出《おもいいだ》して熟思審察して見るに　さらに其様《そん》な気色《けしき》は見えない、なるほどお勢はまだ若い、血気も未《いま》だ定《さだま》らない、志操も或《あるい》は根強くあるま

い、が栴檀《せんだん》は二葉から馨《こう》ばしく(103)蛇《じゃ》は一寸にして人を呑む気がある、文三の眼より見る時はお勢はいわゆる女豪の萌芽《めばえ》だ　見識も高尚で気韻《きいん》も高く　洒々落々として愛すべく尊《たっと》ぶべき少女であって見れば　仮令《よし》道徳を飾物《かざりもの》にする偽君子《ぎくんし》、磊落《らいらく》を粧《よそお》う似而非《えせ》豪傑にはあるいは欺《あざむ》かれもしよう　迷いもしようが　昇如き彼《あん》様な卑屈な軽薄な犬畜生にも劣った奴に　(104)怪我にも迷うはずはない、さればこそ常から文三には信切《しんせつ》でも昇には冷淡で文三をば推尊《すいそん》していても昇をば軽蔑《けいべつ》している、相愛《そうあい》は相敬《そうけい》の隣に棲《す》む、軽蔑しつつ迷うというは我輩《わがはい》人間の能《よ》く了解し得《え》る事でない

「シテ見れば大丈夫かしら……ガ……

トまた引懸《ひっかか》りがある、まだ決徹《さっぱり》しない、文三周章《あわ》ててブルブルと首を振ッて見たが　それでも未《ま》だ散りそうにもしない、この「ガ」奴《め》が、(105)藕糸孔中蚊睫《ぐうしこうちゅうぶんしょう》の間《あいだ》にも這入《はい》りそうなこの眇然《びょうぜん》たる一小《いちしょう》「ガ」奴《め》が　眼の中《うち》の星よりも邪魔になり　地平線上に現われた(106)砲車《ほうしゃ》一片の雲よりも畏《おそ》ろしい

然り畏《おそ》ろしい。この「ガ」の先には如何《どん》な不了簡《ふりょうけん》が窈《ひそ》まッているかも知れぬと思えば文三畏ろしい、物にならぬ内に一刻も早く散らしてしまいたい、シカシ散らしてしまいたいと思うほどなお散り難《かね》る、しかも時刻の移るに随《したが》ッて(107)枝雲《えだぐも》は出来る、砲車雲《もとぐも》は拡が

る　今にも一大(108)颶風《ぐふう》が吹起りそうに見える　気が気でない……

国許《くにもと》より郵便が参ッた、(109)散らし薬には倔竟《くっきょう》の物が参ッた、飢えた(110)蒼鷹《くまだか》が小鳥を抓《つか》むのは此様《こん》な塩梅《あんばい》であろうかと思うほどに　文三が手紙を引攫《ひッつか》んで封目《ふうじめ》を押切《おしき》ッて故意《わざ》と声高《だか》に読み出したが　中頃《なかごろ》に至ッて……フト黙して考えて……また読出して……また黙して……また考えて……遂《つい》に天を仰いで轟然《ごうぜん》と一大笑《だいしょう》を発した　何を云うかと思えば

「お勢を疑うなんぞと云ッて我《おれ》もよっぽど、如何《どう》かしているアハハハハ　帰ッて来たら全然《すっかり》咄《はな》して笑ッてしまおう　お勢を疑うなんぞと云ッてアハハハハ

この最後の大笑《たいしょう》で砲車雲《ほうしゃうん》は全く打払《うちはら》ッたが　その代り手紙は何を読んだのだか皆無《かいむ》判《わか》らない

ハッと気を取直おして文三が真地目《まじめ》になッて落着いて　さて再び母の手紙を読んで見ると免職を知らせた手紙のその返辞で　老耄《としよって》の悪い耳、愚痴を溢《こぼ》したり薄命を歎いたりしそうなものの　文《ふみ》の面《おもて》を見れば其様《そん》な(111)けびらいは露ほどもなく　何《なに》も角《か》も因縁《いんえん》ずくと断念《あきら》めた思切《おもいき》りのよい文言《もんごん》　シカシさすがに心細いと見えて　(112)返えす書《がき》に跡で憶出《おもいだ》して書加《かきくわ》えたように薄墨《うすずみ》で

「から申せばそなたはお笑ひ被成《なされ》候《そうろう》かは存じ不申《もうさず》候《そうら》へども　手紙の着きし当日より

一日《いちにち》も早く旧《もと》のやうにお成り被成候やうに　〇〇《どこそこ》の(113)お祖師さまへ茶断《ちゃだち》して願掛《がんが》け致し居り候《そろ》まゝ　そなたもその積《つも》りにて油断なく御奉公口をお尋ね被成度《なされたく》念じ参らせ候《そろ》

文三は手紙を下に措《お》いて黙然として腕を拱《く》んだ

叔母ですら愛想《あいそ》を尽かすに　親なればこそ子なればこそ　ふがいないと云ッて愚痴をも溢《こぼ》さず茶断《ちゃだち》までして子を励ますその親心を汲分《くみわ》けては　難有泪《ありがたなみだ》に暮れそうなもの　トサ文三自分にも思ッたが　如何《どう》したものか感涙も流れずただ何《なに》となくお勢の帰りが待遠しい

「畜生、慈母《おっか》さんがこれほどまでに思ッて下さるのにお勢なんぞの事を……不孝極まる

ト熱気《やっき》として自《みずか》ら叱責《しか》ッて　お勢の貌《かお》を視《み》るまでは外出《そとで》などをしたくないが故意《わざ》と意地悪く

「これから往《い》って頼んで来よう

ト口に言って「お勢の帰って来ない内に」ト内心で言足《いいた》しをして　憤々《ぶんぶん》しながら晩餐《ばんさん》を喫《きっ》して宿所を立出《たちい》で　疾足《あしばや》に番町(114)へ参って知己を尋ねた

知己と云うは石田某《いしだなにがし》と云って　某学校の英語の教師で文三とは師弟の間繋《あいだがら》　かつて某省へ奉職したのも実はこの男の周旋で

　この男はかつて英国に留学した事があるとかで英語は一通り出来る、当人の噺《はなし》によれば彼地《あちら》では経済学を修めて随分上出来の方であったと云う事で、帰朝後も経済学で立派に押廻《おしま》わされる所ではあるが　少々仔細《しさい》あって当分の内(七、八年来の当分の内で)ただの英語の教師をしていると云う事で

　英国の学者社会に多人数《たにんず》知己がある中《なか》に　夫《か》の有名の「ハルベルト、スペンセル」(115)ともかつて半面の識《しき》があるが　シカシ最《も》う七、八年も以前の事ゆえ今《いま》面会したら恐らくは互に面忘《おもわす》れをしているだろうと云う　これも当人の噺《はなし》で

　ともかくもさすがは留学しただけありて英国の事情　即ち上下議院《じょうかぎいん》の宏壮、龍動府市《ロンドンふ》街の繁昌、車馬の華美、料理の献立、衣服杖履《じょうり》(116)日用諸雑品の名称等　すべて閭巷猥瑣《りょこうわいさ》(117)の事には能《よ》く通暁していて、骨牌《カルタ》(118)を弄《もてあそ》ぶ事も出来、紅茶の好悪《よしあし》を飲別《のみわ》ける事も出来　指頭《しとう》(119)で紙巻烟草《シガレット》を製する事も出来　片手で鼻汁《はな》を拭《ふ》く事も出来るが　その代り日本の事情は皆無解らない

　日本の事情は皆無解らないが当人は一向苦にしない、ただ苦にしないのみならず　お

よそ一切の事一切の物を「日本の」トさえ冠詞が附けば則ち鼻息でフムと吹飛ばしてしまって　そして平気で済ましている

まだ中年の癖に　この男はあだかも老人の如くに過去の追想のみで生活している　人に逢えば必ず先ず留学していた頃の手柄噺《てがらばなし》を咄《はな》し出す　尤もこれを封じてはさらに談話《はなし》の出来ない男で

知己の者はこの男の事を種々《さまざま》に評判する、あるいは「懶惰《らんだ》だ」ト云い　あるいは「鉄面皮だ」ト云い　あるいは「自惚《うぬぼれ》だ」ト云い　あるいは「法螺吹きだ」ト云う　この最後の説だけには新知故交《しんちここう》統括《ひっくる》めて総起立《そうきりつ》、(120)薬種屋《やくしゅや》の丁稚《でっち》が熱に浮かされたように「そうだ」トいう

「シカシ毒がなくッて宜《いい》」ト誰《たれ》だか評した者があッたがこれは極めて確評で　恐らくは毒がないから懶惰で鉄面皮で自惚で法螺を吹くのでト云ッたら　あるいは「イヤ懶惰で鉄面皮で自惚で法螺を吹くからそれで毒がないように見えるのだ」ト云う説も出ようが　ともかくも文三はそう信じているので

尋ねて見ると幸い在宿　乃《すなわ》ち面会して委細を咄《はな》して依頼すると「よろしい承知した」ト手軽な挨拶、文三は肚《はら》の裏《うち》で「毒がないから安請合《やすうけあい》をするがその代り身を入れて周旋

はしてくれまい」ト思ッて私《ひそか》に嘆息した
「これが英国だと君一人位《ひとりぐらい》どうでもなるんだが日本だからいかん　我輩こう見えても英国にいた頃は随分知己があったものだ、まず[121]「タイムス」新聞の社員で某《それがし》サ　それから
ト記憶《きおく》に存した知己の名を一々言い立てての噺《はなし》、しばしば聞いて耳にタコが入《い》ッているほどではあるが　イエそのお噺なら最《も》う承りましたとも言兼《いいか》ねて　文三も始めて聞くような面相《かおつき》をして耳を借している、そのジレッタサもどかしさ、モジモジしながらトウトウ二時間ばかりというもの無間断《のべつ》に受けさせられた、その受賃《うけちん》という訳でもあるまいが帰り際になって
「[122]新聞の翻訳物があるから周旋しよう　明後日《あさって》午後に来給《きたま》え　取寄せておこう
トいうから文三は喜びを述べた
「フン新聞か……[123]日本の新聞は英国の新聞から見りゃ全《まる》で小児《こども》の新聞だ　見られたものじゃない……
文三は狼狽《あわ》てて告別《わかれ》の挨拶をしなおして匆々《そこそこ》に戸外《おもて》へ立出《たちい》で　ホッと一息溜息《ためいき》を吐《つ》いた

早くお勢に逢いたい　早くつまらぬ心配をした事を咄《はな》してしまいたい早く心の清い所を見せてやりたい　ト一心に思詰《おもいつ》めながら文三がいそいそ帰宅して見るとお勢はいないお鍋《なべ》に聞けば一旦《いったん》帰ってまた入湯《にゅうとう》に往《い》ったという　文三些《すこ》し拍子抜けがした

居間へ戻ッて燈火を点じ　臥《ね》て見たり起きて見たり立《たっ》て見たり坐ッて見たりして　今か今かと文三が一刻千秋の思いをして頸《くび》を延ばして待構えていると　やがて格子戸の開《あ》く音がして椽側《えんがわ》に優しい声がして　梯子段を上《あが》る跫音《あしおと》がして　お勢が目前に現われた、只《と》見れば　常さえ艶《つや》やかな緑の黒髪は水気《すいき》を呑《ふく》んで天鵞絨《ビロウド》をも欺むくばかり　玉《たま》と透徹《すきとお》る肌《はだえ》は(124)塩引《しおびき》の色を帯びて眼元《めもと》にはホンノリと紅《こう》を潮《ちよう》した塩梅、(125)何処《どこ》やらが悪戯《いたずら》らしく見えるが　ニッコリとした口元の(126)塩《しお》らしい所を見ては是非を論ずる遑《いとま》がない　文三は何《なに》も角《か》も忘れてしまッて、だらしもなくニタニタと笑いながら

「お帰《かえん》なさい　如何《どう》でした団子坂は

「非常に雑沓《ざっとう》しましたよ　お天気が宜《いい》のに日曜だッたもんだから

ト言いながら膝から先へベッタリ坐《すわ》ッて　お勢は両手で嬌面《かお》を掩《おお》い

「アアせつない　厭《いや》だと云うのに本田さんが無理にお酒を飲まして

「母親《おっか》さんは

ト文三が尋ねた、お勢が何を言ッたのだかトント解らないようで

「お湯から買物に回ッて……そしてネ　自家《じぶん》もモウ好加減に酔《よっ》てるくせに私《わたし》が飲めないというとネ　助《す》けて遣《や》るッてガブガブそれこそ牛飲《ぎゅういん》したもんだから　究竟《しまい》にはグデングデンに酔《よっ》てしまッて

ト聞いて文三は満面の笑《わらい》を半引込《なかばひきこ》ませた

「それからネ　私《わたし》どもを家《うち》へ送込《おくりこ》んでから仕様がないんですものヲ　巫山戯《ふざけ》て巫山戯て　それに慈母《おっか》さんも悪いのよ　今夜だけは大眼《おおめ》に看《み》ておくなんぞッていうもんだから好気《いいき》になってなお巫山戯て……オホホホ

ト思出《おもいだ》し笑《わらい》をして

「真個《ほんと》に失敬な人だよ

文三は全く笑を引込《ひきこ》ませてしまッて腹立しそうに

「そりゃさぞ面白かッたでしょう

ト云ッて顔を皺《しか》めたがお勢はさらに気が附かぬ様子、暫らく黙然として何《なに》か考えていたがやがてまた思出し笑をして

「真個《ほんと》に失敬な人だよ

つまらぬ心配をした事を全然《すっぱり》咄《はな》して、快よく一笑に付して心の清い所を見せてお勢に……お勢に……感信《かんしん》させてそして自家《じぶん》も安心しようという文三の胸算用《むなざんよう》は　ここに至ッてガラリ外れた　昇が酒を強《し》いた、飲めぬといッたら助《す》けた、何《なん》でもない事　送り込んでから巫山戯《ふざけ》た……(127)道学先生に聞かせたら巫山戯させておくのが悪いと云うかも知れぬが　シカシこれとても酒の上の事《こと》　一時の戯《たわむれ》ならそう立腹する訳にもいかなかッたろう要するにお勢の噺《はなし》において深く咎《とが》むべき節もないが　シカシ文三には気に喰わぬ、お勢の言様《いいよう》が気に喰わぬ、「昇如き犬畜生《いぬちきしょう》にも劣ッた奴の事をそう嬉しそうに「本田さん本田さん」ト噂をしなくても宜《よ》さそうなものだ、」トおもえば　また不平になッてまた面白くなくなッて、またお勢の心意気が呑込めなくなッた、文三は差俯向《さしうつむ》いたままで黙然《もくねん》として考えている

「何《なに》を其様《そんな》に塞いでお出《い》でなさるの

「何も塞いじゃいません

「そう　私《わたし》はまたお留《とめ》さん（大方老母が文三の嫁に欲しいといッた娘の名で）とかの事を懐出《おもいだ》してそれで塞いでお出でなさるのかと思ッたら　オホホホ

文三は愕然としてお勢の貌《かお》を暫らく凝視《みつ》めて　ホッと溜息を吐《つ》いた

「オホホホ溜息をして、やっぱり当ッたんでしょう、ネそうでしょオホホホ　当ッたもんだから黙ッてしまッて

「そんな気楽じゃありません　今日母の所から郵便が来たから読《よん》で見れば　私《わたくし》のこういう身になッたを心配してこの頃じゃ茶断《ちゃだち》して願掛《がんが》けしているそうだシ……

「茶断して、慈母《おっか》さんがオホホホ　慈母さんもまだ旧弊だ事ネー

文三はジロリとお勢を尻眼に懸けて恨めしそうに

「貴嬢《あなた》にゃ可笑《おか》しいか知らんが私《わたくし》にゃ薩張《さっぱり》可笑しくない　薄命とは云いながら私《わたくし》の身が定《きま》らんばかりで　老耋《としよ》ッた母にまで心配掛けるかと思えば随分……耐《たま》らない、それに慈母《おっか》さんも……

「また何《なん》とか云いましたか

「イヤ何とも仰しゃりはしないが　アレ以来始終気不味《きまず》い顔ばかりしていて打解けては下さらんシ……それに……それに……

「貴嬢《あなた》も」ト口頭《くちさき》まで出たが　如何《どう》も鉄面皮《あつかま》しく(128)嫉妬《じんすけ》も言いかねて思《おも》い返《かい》してしまい

「ともかくも一日も早く身を定《き》めなければならぬと思ッて　今も石田の所へ往《い》ッて頼んでは来ましたが　シカシこれとても宛《あて》にはならんシ　実に……弱りました　ただ私《わたし》一

人苦しむのなら何《なん》でもないが　私《わたくし》の身が定《きま》らぬために「方々《ほうぼう》」が我他彼此《がたびし》するので誠に困る
ト萎《しお》れ返ッた
「そうですネー
ト今まで冴えに冴えていたお勢もトウトウ引込《ひきこ》まれて共に気をめいらしてしまい　暫らくの間黙然《もくぜん》としてつまらぬものでいたが　頓《やが》て少《ちい》さな欠伸《あくび》をして
「アア寐《ね》むくなッた　ドレ最《も》う往《い》ッて寐ましょう　お休みなさいまし
ト会釈《えしやく》をして起上《たちあが》ッてフト立止まり
「アそうだッけ……文さん貴君《あなた》はアノー　課長さんの令妹《おいもとご》を御存知
「知りません
「そう、今日ネ団子坂でお眼に懸ッたの　年紀《とし》は十六、七でネ　随分別品《べつぴん》は……別品だッたけれども束髪のくせにヘゲルほどお白粉《しろい》を施《つ》けて……薄化粧なら宜《い》いけれども彼様《あん》なに施けちゃア厭味《いやみ》ッたらしくッてネー……オヤ好気《いいき》なもんだ、また噺込《はなしこ》んでいるつもりだと見えるよ　お休みなさいまし
ト再び会釈してお勢は二階を降りてしまッた

椽側《えんがわ》で唯今帰ッたばかりの母親に出逢ッた

「お勢

「エ

「エじゃないよ、またお前二階へ上《あが》ッてたネ

また始まッたと云ッたような面相《かおつき》をして　お勢は返答をもせずそのまま子舍《へや》へ這入ッてしまッた

さて子舍へ這入ッてからお勢は手疾《てばや》く寐衣《ねまき》に着替えて床《とこ》へ這入り　暫らくの間臥《ね》ながら今日の新聞を覧《み》ていたが……フト新聞を取落した　寐入《ねい》ッたのかと思えばそうでもなく眼はパッチリ視開《みひら》いている　その癖静まり返ッていて身動きをもしない、やがて

「何故《なぜ》アア不活潑《ふかつぱつ》だろう

トロへ出して考えて　フト両足《りようそく》を蹈延《ふみの》ばして莞然《にっこり》笑い　狼狽《あわ》てて起揚《おきあが》ッて枕頭《まくらもと》の洋燈《ランプ》を吹消してしまい　枕に就いて二、三度臥反《ねがえ》りを打ッたかと思うと間もなくスヤスヤと寐入ッた

第九回　すわらぬ肚《はら》

今日は十一月四日　打続いての快晴で空は余残《なごり》なく晴渡ッてはいるが　憂愁《うれい》ある身の心は曇る　文三《ぶんぞう》は朝から一室《ひとま》に垂籠《たれこ》めて独り屈托《くったく》の頭《こうべ》を疾《や》ましていた　実は昨日朝飯《あさはん》の時　文三が叔母に対《むかっ》て一昨日《おととい》教師を番町に訪《と》うて身の振方《ふりかた》を依頼して来た趣《おもむき》を縷々《るる》咄《はな》し出したが　叔母は木然《ぼくぜん》として情寡《じょうすくな》き者の如く「へー」ト余所事《よそごと》に聞流していてさらに取合わなかッた　それが未《いま》だに気になって気になってならないので

一時頃に勇《いさみ》が帰宅したとて遊びに参ッた　浮世の塩を踏まぬ身の(129)気散《きさん》じさ　(130)腕押《うでおし》(131)坐相撲《すわりずもう》の噺《はなし》、体操音楽の噂、(132)取締との議論、(133)賄方《まかないかた》征討の義挙から試験の模様、落第の分疏《いいわけ》に至るまでおよそ偶然に懐《むね》に浮んだ事は　(134)月足らずの水子《みずこ》思想まだ完成《まとまっ》ていなかろうが如何《どう》だろうが　其様《そん》な事に頓着はない　訥弁《とつべん》ながらやたら無性《むしょう》に陳《なら》べ立てて返答などは更に聞《きい》ていぬ　文三も最初こそ相手にもなっていたれ　遂《つい》にはホッと精《せい》を尽かしてしまい　勇には随意に空気を鼓動さしておいて自分は自分で余所事《よそごと》を　と云ッた所がお勢《せい》の上や身の成行《なりゆき》で　熟思黙想しながら折々間外《まはず》れな溜息噛交《ためいきかみま》ぜの返答をしていると　フトお勢が階子段を上《のぼ》ッて来て中途から貌《かお》のみを差出して

「勇

「だから僕《ぼか》ア議論して遣《や》ッたんだ　ダッテ君失敬じゃないか「(135)ボート」の順番を「ク

尾形月耕画．文三の部屋の模様は机の形を除いて，第一篇の挿絵と大差ないが，ここでは階段の中途から顔を出すお勢を描くために角度が変わっている．お勢と文三はおたがいに見えないように描かれている．勇の左手にあるのは大黒帽子．画中の文字は「勇といへばお前の耳は木くらげかい　ダカラ何だといツてるぢやないか」．

ラッス」(級)の順番で……
「勇と云えば　お前の耳は(136)木《き》くらげかい
「だから何《なん》だと云ってるじゃないか
「綻《ほころび》を縫《ぬっ》てやるからシャツをお脱ぎとよ
勇はシャツを脱ぎながら
「「クラッス」の順番で定《き》めると云うんだもの　「ボート」の順番を「クラッス」の順番で定めちゃア僕《ぼか》ア何《なん》だと思うな　僕《ぼか》ア失敬だと思うな、だって君「ボート」は……
「さッさとお脱ぎでないかネー、人が待《まっ》ているじゃないか
「其様《そん》なに急がなくッたッて宜《いい》やアネ、失敬な
「誰方《どっち》が失敬だ……アラ彼様《あん》な事言ッたらなお故意《わざ》と愚頭愚頭《ぐずぐず》しているよ、チョッ、ジレッタイネー　早々《さっさ》としないと姉さん知らないから宜《い》い
「そんな事云うならBridle path《ブライドルパッス》ト云う字を知《しっ》てるか　I was at our uncle's《アイウオズエットアワーアンクルス》ト云う事知てるか　I will keep your《アイウイルキープユアー》……
「チョイとお黙り……
トロ早に制してお勢が耳を聳《そばだ》てて何《なに》か聞済《ききす》まして　忽《たちま》ち満面に笑《わらい》を含んでさも嬉しそう

に
「必《きっ》と本田《ほんだ》さんだよ
ト言いながら狼狽《あわ》てて梯子《はしご》段《だん》を駈下《かけお》りてしまった
「オイオイ姉さんシャツを持ッてッとくれッてば……オイ……ヤ失敬な、モウ往《いっ》ちまッた、渠奴《あいつ》近頃生意気になっていかん　先刻《さっき》も僕ア喧嘩して遣《やっ》たんだ　婦人《おんな》のくせに園《その》田勢子《だせいこ》という(137)名刺《なふだ》を拵《こし》らえるッてッたから　お勢《せい》ッ子《こ》で沢山だッてッたら非常に憤《おこ》ッたッけ
「アハハハハ
ト今まで黙想していた文三が突然無茶苦茶に高笑《たかわらい》をしだしたが　勿論秋毫《すこし》も可笑《おか》しそうではなかッた　シカシ少年の議論家は称讃されたのかと思ッたと見えて
「お勢《せい》ッ子《こ》で沢山だ　婦人《おんな》のくせにいかん　生意気で
ト云いながら得々《とくとく》として二階を降りて往《いっ》た跡で　文三は暫らくの間《あいだ》また腕を拱《く》んで黙想していたが　フト何《なに》か憶出《おもいだ》したような面相《かおつき》をして起上《たちあが》ッて　羽織だけを着替えて帽子を片手に二階を降りた
奥の間の障子を開《あ》けて見ると果して昇《のぼる》が遊《あそび》に来ていた、しかも傲然と火鉢の側《かたわら》に大《おお》

胡坐《あぐら》をかいていた　その傍《そば》にお勢がベッタリ坐ッて何《なに》かツベコベと端手《はした》なく囀《さえず》ッていた、少年の議論家は素肌の上に上衣《うわぎ》を羽織ッて　仔細らしく首を傾《かし》げてふかし甘藷《いも》の皮を剝《む》いて居《い》、お政《まさ》は囂々《ぎょうぎょう》しく針箱を前に控えて　覚束ない手振りでシャツの綻《ほころび》を縫合わせていた

文三の顔を視ると昇が顔(138)で電光《いなびかり》を光らせた　けだし挨拶のつもりで　お勢もまた後方《うしろ》を振反《ふりかえ》ッて顧《み》は顧たが　「誰《だれ》かと思ッたら」ト云わぬばかりの索然とした情味のない相面《かおつき》をして急にまた彼方《あちら》を向いてしまッて

「真個《ほんとう》

ト云いながら首を傾《かし》げて　チョイと昇の顔を凝視《みつ》めた光景《ようす》

「真個さ

「虚言《うそ》だと聴きませんよ

アノ筋の解《わか》らない他人の談話と云う者は　聞いて余り快くはないもので

「チョイと番町まで」ト文三が叔母に会釈をして起上《たちあが》ろうとすると　昇が

「オイ内海《うつみ》　些《すこ》し噺《はなし》がある

「些《ち》と急ぐから……

「此方《こっち》も急ぐんだ

文三はグッと視下《みお》ろす　昇は視上げる、眼《め》と眼を疾視合《にらみあ》わした、何だか異な塩梅(139)《おつ》で

それでも文三は渋々ながら坐舗《ざしき》へ這入《はい》ッて坐に着いた

「他《ほか》の事でもないんだが

ト昇がイヤに冷笑しながら咄《はな》し出した　スルトお政はフト針仕事の手を止《とど》めて不思議そうに昇の貌《かお》を凝視《みつ》めた

「今日役所での評判に　この間免職になった者の中《うち》で二、三人復職する者が出来るだろうと云う事だ　そう云やア課長の談話《はなし》に些《すこ》し思当《おもいあた》る事もあるからあるいは実説だろうかと思うんだ　ところで我輩考えて見るに　君が免職になったので叔母さんは勿論お勢さんも……

ト云懸《いいか》けてお勢を尻眼(140)に懸けてニヤリと笑ッた　お勢はお勢で可笑《おか》しく下唇を突出してムッと口を結んで額《ひたえ》で昇を疾視付《にらみつ》けた　イヤ疾視付ける真似をした

「お勢さんも非常に心配してお出《い》でなさるシ　かつ君だッてもナニモ遊《あす》んでいて食えると云う身分でもあるまいシするから　もし復職が出来ればこの上もないと云ッたようなもんだろう　ソコデもし果してそうならば　宜《よろ》しく人の定《きま》らぬ内に課長に呑込ませて

おくべしだ、がシカシ君の事《こつ》たから今更直付《じかづ》けに往《い》き難《にく》いとでも思うなら　我輩(141)一臂《いっぴ》の力を仮《か》しても宜しい　橋渡《はしわたし》をしても宜しいが如何《どう》だお思食《ぼしめし》は

「それは御信切《ごしんせつ》……難有《ありがた》いが……

ト言懸けて文三は黙してしまった、迷惑は匿《かく》しても匿し切れない　自《おのずか》ら顔色《がんしょく》に現われている、(142)モジ付く文三の光景《ようす》を視て昇は早くもそれと悟ッたか

「厭《いや》かネ、ナニ厭なものを無理に頼んで周旋しようと云うんじゃないから　そりゃ如何《どう》とも君の随意サ、ダガシカシ……瘦我慢《やせがまん》なら大抵にしておく方が宜《よ》かろうぜ

　文三は血相を変えた……

「そんな事仰しゃるが無駄だよ

トお政が横合から嘴《くちばし》を容《い》れた

「内の文さんはグッと気位が立上《たちあが》ってお出《い》でだから　其様《そん》な卑劣な事ア出来ないッサ

「ハハアそうかネそれは至極お立派な事《こつ》た　ヤこれは飛《とん》だ失敬を申し上げました　アハハハ

ト聞くと等しく　文三は真青《まっさお》になッて慄然《ぶるぶる》と震え出して拳《こぶし》を握ッて歯を喰切《くいしば》ッて昇の半面をグッと疾視《にらみつ》付けて　今にもむしゃぶり付きそうな顔色《がんしょく》をした……がハッと心を取直

して
「エヘ……
何《なに》となく席がしらけた　誰《たれ》も口をきかない　勇がふかし甘藷《いも》を頬張ッて右の頬を脹らませながら　モッケな顔をして文三を凝視《みつ》めた　お勢もまた不思議そうに文三を凝視めた
「お勢が顔を視ている……このまま阿容阿容《おめおめ》と退くは残念　何《なに》か云ッて遣《や》りたい何かコウ品の好《い》い悪口雑言　一言《いちごん》の下《もと》に昇を気死《きし》させるほどの事を云ッて　アノ鼻頭《はなづら》をヒッ擦《こす》ッてアノ者面《しゃツつら》を赧《あか》らめて……」トあせるばかりで凄み文句は以上見附《みつ》からず　そしてお勢を視ればなお文三の顔を凝視《みつ》めている……文三は周章狼狽《どぎまぎ》とした……
「モウそ……それッ切りかネ
ト覚えず(143)取外《とりはず》して云ッて　我ながら我音声《わがおんせい》の変ッているのに吃驚《びっくり》した
「何《なに》が
またやられた　蒼《あお》ざめた顔をサッと赧《あか》らめて文三が
「用事は……
「ナニ用事……ウー用事か　用事と云うから判らない……さようこれッきりだ

モウ席にも堪えかねる　黙礼するや否や文三が蹶然起上《けつぜんたちあが》ッて坐舗《ざしき》を出て二、三歩すると　後《うしろ》の方でドッと口を揃えて高笑いをする声がした　文三また慄然《ぶるぶる》と震えてまた蒼ざめて　口惜《くちお》しそうに奥の間《ま》の方を睨詰《にらみつ》めたまま暫らくの間《あいだ》釘付けに逢《あ》ッたように立在《たたずん》でいたが　やがてまた気を取直おして悄々《すごすご》と出て参ッたが文三無念で残念で口惜《くちお》しくて堪え切れぬ　憤怒《ふんぬ》の気がクワッと計《ばか》りに激昂したのをば無理無体に圧着《おしつ》けたために　発しこじれて内攻して胸中に(144)磅礴鬱積《ほうはくうっせき》する　胸板が張裂ける腸《はらわた》が断《ち》ぎ絶れる

無念無念文三は耻辱《ちじょく》を取ッた　ツイ近属《ちかごろ》と云ッて　二、三日前までは官等に些《ち》とばかりに高下《こうげ》はあるとも同じ一課の局員で　優《まさ》り劣りがなければ押しも押されもしなかッた昇如き(145)犬自物《いぬじもの》のために耻辱を取ッた、然《しか》り耻辱を取ッた、シカシ何《なん》の遺恨があッて如何《いか》なる原因があッて

想《おも》うに文三　昇にこそ怨《うらみ》はあれ昇に怨みられる覚えは更にない　然《しか》るに昇は何《なん》の道理もなく何の理由もなく　あたかも人を辱める特権でも有《もっ》ているように文三を土芥《どかい》の如くに蔑視《みくだ》して犬猫の如くに待遇《とりあつか》ッて　剰《あまっさ》え叔母やお勢の居る前で嘲笑した侮辱した

復職する者があると云う役所の評判も課長の言葉に思当《おもいあた》る事があると云うも　昇の云

う事なら宛《あて》にはならぬ　仮令《よし》それらは実説にもしろ　人の痛い(146)のなら百年も我慢すると云う昇が　自家《じぶん》の利益を賭物《かけもの》にして他人のために周旋しようと云う、まずそれからが呑《のみ》込《こ》めぬ

仮りに一歩を譲ッて全く朋友の信実心《しんじつしん》からあのような事を言出したとした所で、それならそれで言様《いいよう》がある、それを昇は　官途を離れて零丁孤苦(147)《れいていこく》みすぼらしい身になッたと云ッて文三を見括《みくび》ッて　失敬にも無礼にも復職が出来たらこの上がなかろうト云ッた

それも宜しいが　課長は昇のために課長なら文三のためにもまた課長だ、それを昇はあだかも自家一個《うぬひとり》の課長のように課長課長とひけらかして　頼みもせぬに「一臂《いっぴ》の力を仮《か》してやろう橋渡しをしてやろう」と云ッた

疑いもなく昇は課長の信用　三文不通(148)《さんもんふつう》の信用　主人が奴僕《ぬぼく》に措《お》く如き信用を得ていると云ッてそれを鼻に掛けているに相違ない、それも己一個《うぬひとり》で鼻に掛けて己一個《うぬひとり》でひけらかして　己《うぬ》と己《うぬ》が愚《ぐ》を披露している分の事なら空家(149)《あきや》で棒を振ッたばかり　当り触りがなければ文三も黙ッてもいよう立腹もすまいが、その三文信用を挟《さしはさ》んで人に臨んで、人を軽蔑して人を嘲弄して人を侮辱するに至ッては文三腹に据えかねる

面と向ッて図大柄《ずおおへい》に「痩我慢なら大抵にしろ」と昇は云ッた

瘦我慢瘦我慢　誰《たれ》が瘦我慢していると云った、また何を瘦我慢していると云ッた　俗務をおッつくね(150)て課長の顔色《がんしょく》を承けて　強《しい》て笑ッたり諛言《ゆげん》を呈したり四《よっ》ン這《ばい》に這廻《はいま》わッたり乞食《こつじき》にも劣る真似をして　漸くの事で三十五円の慈恵金《じえきん》に有附《ありつ》いた……それが何処《どこ》が栄誉になる　頼まれても文三には其様《そん》な卑屈な真似は出来ぬ、それを昇はお政如き愚痴無知の婦人に持長《もちちょう》じられると云ッて　我《おれ》ほど働き者はないと自惚《うぬぼれ》てしまい　しかも廉潔な心から文三が手を下げて頼まぬと云えば　嫉《ねた》み妬《そね》みから負惜しみをすると臆測を逞うして　人もあろうにお勢の前で「瘦我慢なら大抵にしろ」

口惜《くちお》しい腹が立つ　余《よ》の事はともかくも　お勢の目前で辱《はずかし》められたのが口惜しい

「しかも辱められるままに辱められていて手出《てだし》もしなかッた

ト何処《どこ》でか異(151)《おつ》な声が聞えた

「手出がならなかッたのだ　手出がなってもし得《え》なかッたのじゃない

ト文三憤然《やっき》として分疏《いいわけ》をし出《だ》した

「我《おれ》だッて男児《だんじ》だ虫(152)もある胆気《たんき》もある　昇なんぞは蚊(153)蜻蛉《かとんぼ》とも思ッていぬが、シカシ彼時《あのとき》愁《なま》じ此方《こっち》から手出をしては　益々向うの思う坪に陥《はま》ッて玩弄されるばかりだシ　かつ婦人の前でもあッたからし難《にく》い我慢もして遣《や》ッたんだトは知らずしてお勢が怜悧に見えても(154)未惚女《おぼこ》の事なら　蟻とも螻《けら》とも糞中の蛆《うじ》とも云いようのない人非人　利のためにならば人糞をさえ嘗《な》めかねぬ廉恥《れんち》知らず、昇如き者のために文三が嘲笑されたり玩弄されたり侮辱されたりしても手出をもせず　阿容阿容《おめおめ》として退いたのを視て　あるいは不甲斐《ふがい》ない意久地《いくじ》がないと思いはしなかッたか……仮令《よし》お勢は何《なに》とも思わぬにしろ　文三はお勢の手前面目ない耻《はず》かしい……

「ト云うも昇、貴様から起ッた事だぞ　ウヌ如何《どう》するか見やがれ

ト憤然《やっき》として文三が拳《こぶし》を握ッて歯を喰切《くいしば》ッてハッタとばかりに疾視《にらみつ》付けた、疾視付けられた者は通りすがりの巡査で、巡査は立止ッて不思議そうに文三の背長《せたけ》を眼分量《めぶんりょう》に見積ッていたが、それでも何《なに》とも言わずにまた彼方《あちら》の方へと(155)巡行して往《い》ッた

愕然として文三が夢の覚めたような面相《かおつき》をしてキョロキョロと四辺《あたり》を環視《みま》わして見れば　何時《いつ》の間にか(156)靖国神社の華表際《とりいぎわ》に鵠立《たたずん》でいる、考えて見るとなるほど(157)俎橋《まないたばし》を渡ッて九段坂を上《あが》ッた覚えが微《かすか》に残ッている

乃《すなわ》ち社内へ進入《すすみい》ッて左手の方の杪枯《うらが》れた桜の樹の植込みの間へ這入《はい》ッて　両手を背後に合わせながら顔を皺《しか》めて其処此処《そこここ》と徘徊《うろつ》き出した　けだし尋ねようという石田の宿所は後門《うらもん》を抜ければツイ其処ではあるが　何分にも胸に燃《もや》す修羅苦羅《しゅらくら》の火の手が盛《さかん》なので

暫らく散歩して余熱《ほとぼり》を冷ますつもりで

「シカシ考えて見ればお勢も恨みだ

ト文三が徘徊《うろつ》きながら愚痴を溢《こぼ》し出した

(158)「現在自分の……我《おれ》が本田のような畜生に辱められるのを傍観していながら　悔しそうな顔もしなかッた……平気で人の顔を視ていた……

「しかも立際《たちぎわ》に一所《いっしょ》になッて高笑いをした」ト無慈悲な記憶《きおく》が用捨《ようしゃ》なく言足《いいたし》をした

「そうだ高笑いをした……シテ見ればいよいよ心変りがしているか知らん……

ト思いながら文三が力なさそうに　とある桜の樹の下《もと》に据え付けてあったペンキ塗りの腰掛へ腰を掛けると云《い》うよりはむしろ尻餅《しりもち》を搗《つ》いた　暫らくの間は腕を拱《く》んで頤《あご》を襟に埋《うず》めて身動きをもせずに静《しず》り返ッて黙想していたが　忽《たちま》ちフッと首を振揚げて

「ヒョットしたらお勢に愛想を尽かさして……そして自家《じぶん》の方に靡《な》びかそうと思ッて……それで故意《わざ》と我《おれ》を……お勢のいる処で我《おれ》を……そういえばアノ言様《いいざま》　アノ……お勢を視た眼付き……コ、コ、コリャこのままには措けん……

ト云ッて文三は血相を変えて突起上《つッたちあが》ッた

が如何《どう》したものであろう

何《なに》かコウ非常な手段を用いて非常な豪胆《ごうたん》を示して　「文三は男児《だんじ》だ虫も胆気《たんき》もこの通りある　今まで何《なん》と言われても笑ッて済ましていたのはな、全く恢量大度《かいりょうたいど》だからだぞ無気力だからではないぞ」トロで言わんでも行為で見付《みせつ》けて　昇の胆《たん》(159)を褫《うば》ッて叔母の睡《ねぶり》を覚まして　もし愛想を尽かしているならばお勢の信用をも買戻して　そして……そして……自分も実に胆気《たんき》があると……確信して見たいが如何《どう》したものであろう

思うさま言ッて言いまくッて　そして断然絶交する……イヤイヤ昇も仲々口強《くちこわ》(160)馬《うま》、舌戦は文三の得策でない　ト云ッてまさか腕力に訴える事も出来ず

「ハテ如何《どう》してくれよう

ト殆んど口へ出して云いながら　文三がまた旧《もと》の腰掛に尻餅《しりもち》を搗《つ》いて熟々《つくづく》と考込《かんがいこ》んだまま　一時間ばかりと云うものは静まり返ッていて身動きをもしなかッた

「オイ内海《うつみ》君

ト云う声が頭上《とうじょう》に響いて誰《だれ》だか肩を叩く者がある　吃驚《びッくり》して文三がフッと貌《かお》を振揚げて見ると　手摺《てず》れて垢光《あかびか》りに光ッた洋服　しかも二、三ケ所手疵《てきず》を負うた奴を着た壮年の男が　よほど酩酊していると見えて鼻持のならぬほどの熟柿臭《じゅくしくさ》い香《におい》をさせながら　何時《いつ》の間にか目前《もくぜん》に突立《つッた》ッていた　これは旧《も》と同僚であッた山口某《やまぐちなにがし》と云う男で　第一回に

チョイト噂をしておいたアノ山口と同人《どうにん》でやはり踏外《ふみはず》し連《れん》の一人

「ヤ誰《だれ》かと思ッたら一別以来だネ

「ハハハ一別以来か

「大分御機嫌のようだネ

「然り御機嫌だ　シカシ酒でも飲まんじゃー堪《たま》らん　アレ以来今日で五日になるが毎日酒浸《さけびた》しだ

ト云《い》ッてその証拠立《しょうこだて》のためにか胸で妙(161)な間投詞を発して聞かせた

「何故《なぜ》またそうDespair《デスペヤ》を起したもんだネ

「Despair《デスペヤ》じゃーないが　シカシ君面白くないじゃーないか　何《なん》らの不都合があッて我々どもを追出したんだろう、また何らの取得《とりえ》があって彼様《あんな》な庸劣《やくざ》な奴《やつ》ばかりを撰んで残したのだろう、その理由が聞いて見たいネ

ト真黒になッてまくし立てた　その貌《かお》を見て傍《そば》を通りすがッた黒衣《こくい》の園丁らしい男が冷笑した、文三は些《すこ》し気まりが悪くなり出した

「君もそうだが僕だッても事務にかけちゃー……

「些《すこ》し少《ち》いさな声で咄《はな》し給《たま》え　人に聞える

ト気を附けられて俄《にわか》に声を低めて
「事務に懸けちゃ　こう云やア可笑《おか》しいけれども　跡に残ッた奴らに敢《あえ》て多くは譲らんつもりだ　そうじゃないか
「そうとも
「そうだろう
ト乗地《のりじ》(162)になッて
「しかるにただ一種事務(163)外の事務を勉励しないと云ッて我々どもを追出した　面白くないじゃないか
「面白くないけれども　シカシいくら云ッても仕様がないサ
「仕様がないけれども面白くないじゃないか
「トキニ本田の云事《いうこと》だから宛《あて》にはならんが　復職する者が二、三人出来るだろうと云う事だが君は其様《そん》な評判を聞いたか
「イヤ聞かない、へー復職する者が、二、三人
「二、三人
山口は俄《にわか》に口を鉗《つぐ》んで何歟《なにか》黙考していたが　やがてスコシ絶望気味《やけぎみ》で

「復職する者があッても僕じゃない　僕はいかん　課長に憎まれているから最《も》う駄目だ

ト云ッてまた暫《しば》らく黙考して

「本田は一等上《あが》ッたと云うじゃないか

「そうだそうだ

「どうしても事務外の事務の巧《たくみ》なものは違ッたものだネ　僕のような愚直なものにはとてもアノ真似は出来ない

「誰《だれ》にも出来ない

「奴《やつ》の事だからさぞ得意でいるだろうネ

「得意も宜《い》いけれども人に対《むか》ッて失敬な事を云うから腹が立つ

ト云ッてしまッてから　アア悪い事を云ッたと気が附いたが　モウ取返しは附かない

「エ失敬な事を　如何《どん》な事を如何な事を

「エ、ナニ些《すこ》し……

「どんな事を

「ナニネ　本田が今日僕に或《ある》人の所へ往《い》ッてお(164)髯《ひげ》の塵を払わないかと云ッたから　失

敬な事を云うと思ッてピッタリ跳付《はねつ》けてやッたら　痩我慢と云わんばかりに云やアがッた

「それで君黙ッていたか

ト山口は憤然として眼睛《ひとみ》を据えて文三の貌《かお》を凝視《みつ》めた

「よッぽどやッつけて遣《や》ろうかと思ッたけれども　シカシ彼様《あん》な奴の云う事を取上げるも大人気《おとなげ》ないと思ッて赦《ゆる》しておいてやッた

「そ、そ、それだから不可《いかん》、そう君は内気だから不可《いかん》

ト苦々しそうに冷笑《あざわら》ッたかと思うと　忽《たちま》ちまた憤然として文三の貌《かお》を疾視《にら》んで

「僕なら直《す》ぐその場でブン打《なぐ》ッてしまう

「打《な》ぐろうと思えば訳はないけれども　シカシ其様《そん》な疎暴《そぼう》な事も出来ない

「疎暴だッて関《かま》わんサ　彼様奴《あんなやつ》は時々打《な》ぐッてやらんと癖になっていかん　君だから何《なん》だけれども僕なら直《す》ぐブン打《なぐ》ッてしまう

文三は黙してしまッて最早弁駁《べんばく》をしなかッたが　暫らくして

「トキニ君は何だと云ッて此方《こっち》の方へ来たのだ

山口は俄《にわ》かに何《なに》か思い出したような面相《かおつき》をして

「アそうだッけ……(165)一番町に親類があるから　この勢《いきおい》でこれから其処《そこ》へ往《い》ッて金を借りて来ようと云うのだ、それじゃこれで別れよう　些《ち》と遊びに遣ッて来給《きたま》え　失敬」ト自己《おの》が云う事だけを饒舌《しゃべ》り立てて人の挨拶《あいさつ》は耳にも懸けず　急歩《あしばや》に通用門の方へと行く　その後姿を目送《みおく》りて文三が肚《はら》の裏《うち》で

「彼奴《あいつ》まで我《おれ》の事を意久地《いくじ》なしと云わんばかりに云やアがる

第十回　負《まけ》るが勝《かち》

　知己を番町の家に訪《と》えば主人《あるじ》は不在　留守居の者より翻訳物を受取ッて　文三《ぶんぞう》が旧《も》と来た路を引返して組橋《まないたばし》まで来た頃は　モウ点火《ひとも》し頃で町家《ちょうか》では皆(166)店頭《みせ》洋燈《ランプ》を点《とも》している

「免職になッて懐淋《ふところざみ》しいから今頃帰るに食事をもせずに来た」ト思われるも残念と　つまらぬ所に力瘤《ちからこぶ》を入れて文三はトある(167)牛店《ぎゅうてん》へ立寄ッた

　この牛店は開店してまだ間もないと見えて　見掛けは至極よかッたが裏《なか》へ這入《はい》ッて見ると大違い　尤《もっと》も客も相応にあッたが　給事の婢《おんな》が不慣れなので迷惑《まごつ》くほどには手が廻わらず　帳場でも間違えれば出し物も後《おく》れる　酒を命じ肉を命じて文三が待てど暮らせど持《もっ》て来ない、催促をしても持て来ない、また催促をしてもまた持て来ない　偶々《たまたま》持て

来れば後《あと》から来た客の所へ置いて行く　さすがの文三も遂《つい》には肝癪を起して、厳《きび》しく談じ付けて不愉快不平な思いをして漸くの事で食事を済まして、勘定を済まして「毎度難有《ありがとう》御座い」の声を聞流《ききなが》して、戸外《おもて》へ出た時には、厄落《やくおと》しでもしたような心地がした

両側の夜見世《よみせ》を窺きながら文三がブラブラと神保町《じんぼうちょう》(168)の通りを通行した頃には　胸のモヤクヤも漸く絶え絶えになッて　どうやら酒を飲んだらしく思われて　昇《のぼる》に辱められた事も忘れお勢《せい》の高笑いをした事をも忘れ山口の言葉の気に障ッたのも忘れ、牛店《ぎゅうてん》の不快をも忘れてただ酡顔《かお》(169)に当る夜風の涼味《りょうみ》をのみ感じたが　シカシ長持はしなかッた

宿所へ来た、何心なく文三が格子戸を開けて裏《うち》へ這入《はい》ると　奥坐舗《おくざしき》の方でワッワッという高笑いの声がする　耳を聳《そばだ》てて能《よ》く聞けば昇の声もその中《うち》に聞える……まだ居ると見える　文三は覚えず立止ッた「もしまた無礼を加えたらモウその時は破れかぶれ」と思えば荐《しき》りに胸が浪《なみ》だつ　暫らく鵠立《たたずん》でいて度胸を据えて　戦争が初まる前の軍人の如くに思切《おもいき》ッた顔色《がんしょく》をして文三は椽側《えんがわ》へ廻《めぐ》り出た

奥坐舗を窺いて見ると杯盤狼藉《はいばんろうぜき》(170)と取散らしてある中《なか》に　昇が背なかに円《まろ》く切抜いた白《しら》紙《かみ》を張られてウロウロとして立《たっ》ている、その傍《そば》にお勢とお鍋《なべ》が腹を抱えて絶倒している、がお政《まさ》の姿はカイモク見えない、顔を見合わしても「帰ッたか」ト云う者もなく「叔母

さんは」ト尋ねても返答をする者もないので　文三が憤々《ぷりぷり》しながらそのままにして行過《ゆきす》ぎてしまうと　忽《たちま》ち後《うしろ》の方で

(昇) オヤ此《こ》様な悪戯《いたずら》をしたネ

(勢) アラ私《わたし》じゃありませんよ　アラ鍋ですよオホホホホ

(鍋) アラお嬢さまですよオホホホ

(昇) 誰《たれ》も彼《かれ》もない二人とも敵手《あいて》だ　ドレまずこの肥満奴《ふとっちょ》から

(鍋) アラ私《わたくし》じゃありませんよオホホホホ　アラ厭《いや》ですよ……アラー御新造《ごしんぞ》さアン引

ト大声を揚げさせての騒動　ドタバタと云う足音も聞えた、オホホホと云う笑声《わらいごえ》も聞えた、お勢の荐《しき》りに「引掻《ひっかい》てお遣《や》りよ引掻て」ト叫喚《わめ》く声もまた聞えた

騒動《さわぎ》に気を取られて文三が覚えず立止りて後方《うしろ》を振向く途端に　バタバタと跫音《あしおと》がして避ける間もなく　誰《たれ》だかトンと文三に衝当《つきあた》ッた　狼狽《あわて》た声でお政の声で

「オー危ない……誰《だれ》だネー此《こ》様な所《とこ》に黙ッて突立《つった》ッてて

「ヤ、コリャ失敬……文三です……何処《どこ》ぞ痛めはしませんでしたか

お政は何《なん》とも言わずにツイと奥坐舗《おくざしき》へ這入《はい》りて跡ピッシャリ、恨めしそうに跡を目送《みおく》ッて文三は暫らく立在《たたずん》でいたが　やがて二階へ上《あが》ッて来てまず手探りで洋燈《ランプ》を点じ

て机辺《つくえのほとり》(171)に蹲踞《そんこ》してから　さて

「実に淫哇《みだら》だ　叔母や本田は論ずるに足らんがお勢が、品格品格と口癖に云ッているお勢が彼様《あん》な猥褻《わいせつ》な席に連《つらな》ッている……しかも一所《いっしょ》になッて巫山戯《ふざけ》ている……平生《へいぜい》の持論は何処《どこ》へ遣《や》ッた　何《なん》のために学問をした　(172)先自侮而後人侮レ之《まずみずからあなどるしこうしてのちひとこれをあなどる》　その位の事は承知しているだろう、それでいて彼様《あん》な真似を……実に淫哇《みだら》だ　叔父の留守に不取締《ふとりしまり》があッちゃ我《おれ》が済まん　明日《あした》厳《きび》しく叔母に……

トまでは調子に連れて黙想したが　ここに至ッてフト今の我身を省みてグンニャリと萎《しお》れてしまい　暫らくしてから「まずともかくも」ト気を替えて　懐中して来た翻訳物を取出して読み初めた

(173)The ever difficult task of defining the distinctive characters and aims of English political parties threatens to become more formidable with the increasing influence of what has hitherto been called the Radical party. For over fifty years the party ……

ドッと下坐舗《したざしき》でする高笑いの声に(174)流読《りゅうどく》の腰を折られて　文三はフト口を鉗《つぐ》んで

「チョッ失敬極まる　我《おれ》の帰ッたのを知ッていながら何奴《どいつ》も此奴《こいつ》も本田一人の相手に

なッてチヤホヤしていて　飯《めし》を喰《く》ッて来たかと云う者もない……アまた笑ッたアリャお勢だ……いよいよ心変りがしたならしたと云うが宜《いい》　切れてやらんとは云わん　何《なん》の糞我《おれ》だッて男児《だんじ》だ心変《こころがわり》のした者に……

ハッと心附《こころづい》てまた一越《いちおつ》調子高に

The ever difficult task of defining the distinctive characters and aims of English political ……

フト格子戸の開《あ》く音がして笑い声がピッタリ止ッた、文三は耳を聳《そばだ》てた　匆《いそが》わしく椽《えん》側《がわ》を通る人の足音がして　暫らくすると梯子段の下で洋燈《ランプ》を如何《どう》とかこうとか云うお鍋の声がしたが　それから後《のち》は蕭然《ひっそ》として音沙汰をしなくなった、何《なに》となく来客でもある容子《ようす》、

高笑いの声がする内は何をしている位は大抵想像が附《つい》たからまず宜《よ》かッたが　こう静《しずま》ッて見るとサア容子が解らない、文三些《すこ》し不安心になッて来た「客の相手に叔母は坐《ざ》舗《しき》へ出ている　お鍋も用がなければ可《よ》し　あれば傍《そば》に附《つい》てはいない　シテ見ると……」

文三は起《た》ッたり居《い》(175)たり

(176)キット思付《おもいつ》いた　イヤ憶出《おもいだ》した事がある、今初まッた事ではないが先刻《せんこく》から酔醒《よいざ》めの

気味で咽喉《のど》が渇く　水を飲めば渇《かわき》が歇《と》まるがシカシ水は台所より外《ほか》にはない　而《しこう》して台所は二階には附《つ》いていない　故にもし水を飲まんと欲せば是非とも下坐舗《したざしき》へ降りざるを得ず「折が悪いから何《なん》となく何だけれどもシカシ我慢しているも馬鹿気ている」ト種々《さまざま》に分疏《いいわけ》をして文三は遂《つい》に二階を降りた

台所へ来て見ると小洋燈《こランプ》が点《とぼ》してはあるがお鍋は居ない　皿小鉢の洗い懸けたままで打捨ててある所を見れば　急に用が出来て遣《つかい》にでも往《いっ》たものか「奥坐舗《おくざしき》は」と聞耳《ききみみ》を引立《ひきた》てればヒソヒソと私語《ささや》く声が聞える　全身の注意を耳一ツに集めて見たがどうも聞取れない　ソコで窃《ぬす》むが如くに水を飲んで抜足《ぬきあし》をして台所を出ようとすると忽《たちま》ち奥坐舗の障子がサッと開《あ》いた　文三は振反《ふりかい》ッて見て覚えず立止ッた　お勢が開懸《あけか》けた障子に摑《つか》まッて出るでもなく出ないでもなく　ただ此方《こっち》へ背を向けて立在《たたず》んだままで坐舗の裏《うち》を窺《のぞ》き込んでいる

「チョイとここへお出《い》で

ト云うは慥《たしか》に昇の声　お勢はだらしもなく頭振《かぶ》りを振りながら

「厭《いや》サ彼様《あん》な事をなさるから

「モウ悪戯《いたずら》しないからお出でと云えば

尾形月耕画．画中の文字は「お勢があけかけた障子につかまツた儘で出るでもなく出ないでもなく此方へ背を向けて坐敷の裏をのぞきこんでゐる」．右上に描かれているのは懸軸．昇の姿は見えないが，手招きする手だけが見える．本文では文三は立っているはずだが，絵では板敷に座っている．お勢が文三に背を向けて昇の方を向いていることが，三者の関係を象徴的に表している．

「厭

「ヨーシ厭と云ッたネ

「真個《ほんと》か其処《そこ》へ往《い》きましょうか

ト　チョイと首を傾《かし》げた

「アお出で　サア……サア……

(177)「何方《どっち》の眼《め》で

「コイツメ

ト確《たしか》に起上《たちあが》る真似

オホホホと笑いを溢《こぼ》しながら　お勢は狼狽《あわ》てて駈出して来て危《あやう》く文三に衝当《つきあた》ろうとして立止ッた

「オヤ誰《だれ》……文さん……何時《いつ》帰ッたの

文三は何《なん》にも言わずツンとして二階へ上《あが》ッてしまッた

その後《あと》からお勢も続いて上《あが》ッて来て遠慮会釈もなく文三の傍《そば》にベッタリ坐ッて　常よりは馴々《なれなれ》しくしかも顔を皺《しか》めて可笑《おか》しく身体《からだ》を揺《ゆす》りながら

「本田さんが巫山戯《ふざけ》て巫山戯て仕様がないんだもの

ト鼻を鳴らした
文三は恐ろしい顔色《がんしょく》をしてお勢の柳眉《りゅうび》を顰《ひそ》めた嬌面《かお》を疾視付《にらみつ》けたが　恋は曲物　こう疾視付けた時でも　なお「美は美だ」と思わない訳にはいかなかった　折角の相好《そうごう》もどうやら崩れそうになった……が　はッと心附《こころづ》いて故意《わざ》と苦々しそうに冷笑《あざわら》いながら率方《そっぽう》を向いてしまった
おりから梯子段を蹈轟《ふみとどろ》かして昇が上《あが》ッて来た　ジロリと両人《ふたり》の光景《ようす》を見るや否や忽《たちま》ちウッと身を反らして　さも業山《ぎょうさん》そうに
「これだもの……大切なお客様を置去りにしておいて
「だッて貴君《あなた》が彼様《あん》な事をなさるもの
「何様《どん》な事を
ト云いながら昇は坐ッた
「どんな事ッて彼様《あん》な事を
「ハハハ此奴《こいっ》ア宜《い》い、それじゃー彼様《あん》な事ッて如何《どん》な事を　ソラいいたちこッこだ(178)
「そんなら云ッてもよう御座んすか
「宜しいとも

「ヨーシ宜しいと仰《おッ》しゃッたネ、そんなら云ッてしまうから宜《い》い　アノネ文さん　今ネ本田さんが……

ト言懸《いいか》けて昇の顔を凝視《みつ》めて

「オホホホ　マアか(179)にして上げましょう

「ハハハ言えないのか　それじゃー我輩《わがはい》が代ッて噺《はな》そう　「今ネ本田さんがネ……

「本田さん

「私《わたし》の……

「アラ本田さん　仰《おっ》しゃりゃー承知しないから宜《い》い

「ハハハ自分から言出しておきながらそうも亭主と云うものは恐《こわ》いものかネ

「恐かアないけれども私《わたし》の不名誉になりますもの

「何故《なぜ》

「何故と云ッて貴君《あなた》に凌辱《りょうじょく》されたんだもの

「ヤこれは飛《とん》でもないことお云いなさる　ただチョイと……

「チョイとチョイと本田さん　敢《あえ》て一問を呈すオホホホ　貴君《あなた》は何ですネ　口には同(180)権論者だ同権論者だと仰しゃるけれども虚言《うそ》ですネ

「同権論者でなければ何《なん》だと云うんでゲス[181]
「非同権論者でしょう
「非同権論者なら
「絶交してしまいます
「エ絶交してしまう　アラ恐ろしの決心じゃなアじゃないかアハハハ、如何《どう》してどうして我輩《わがはい》ほど熱心な同権論者は恐らくはあるまいと思う
「虚言《うそ》仰《おッ》しゃい　譬《たと》えばネ熱心でも貴君《あなた》のような同権論者は私《わたし》ア大嫌い
「これは御挨拶《ごあいさつ》　大嫌いとは情ない事を仰しゃるネ　そんなら如何《どう》いう同権論者がお好き
「如何《どう》云うッて　アノー僕[183]の好きな同権論者はネ　アノー……
ト横眼で天井を眺めた
昇が小声で
「文さんのような
お勢も小声で
「Yes《イエス》……

ト微《かす》かに云ッて　可笑《おか》しな身振りをして両手を貌《かお》に宛てて笑い出した　文三は愕然としてお勢を凝視《みつ》めていたが　見る間《ま》に顔色《がんしょく》を変えてしまッた

「イヨー妬《やけ》ます引　羨《うらや》ましいぞ引、どうだ内海《うつみ》エ、今の御託宣《ごたくせん》は「文さんのような人が好きッ」　アッ堪《たま》らぬ堪らぬモウ今夜家《うち》にゃ寝られん

「オホホホホ其様《そん》な事仰しゃるけれども　文さんのような同権論者が好きと云ッたばかりで　文さんが好きと云わないから宜《い》いじゃありませんか

「その分疏闇《いいわけくら》い闇い　文さんのような人が好きも文さんが好きも同じ事で御座います

「オホホホホそんならばネ……アこうですこうです　私《わたし》はネ文さんが好きだけれども文さんは私が嫌いだから宜《い》いじゃありませんか　ネー文さんそうですネー

「ヘン嫌い所《どころ》か好きも好き　(184)足駄穿《あしだは》いて首《くび》ッ丈《たけ》という念の入《い》ッた落《おッ》こちようだ　些《すこ》し水層《みずかさ》が増そうものならブクブク往生しようと云うんだ　ナア内海

文三はムッとしていて莞爾《にッこり》ともしない、その貌《かお》をお勢はチョイと横眼で視て

「あんまり貴君《あなた》が戯談《じょうだん》仰しゃるものだから　文さん憤《おこ》ッてしまいなすッたよ

「ナニまさか嬉《うれ》しいとも云えないもんだから　それで彼様《あん》な貌《かお》をしているのサ、シカシ、アア澄ました所は内海もなかなか好男子だネ、苦味ばしッていて　モウ些《すこ》し彼《あ》の顋《あご》

がつまると申分《もうしぶん》がないんだけれどもアハハハハ
「オホホホ
ト笑いながらお勢はまた文三の貌を横眼で視た
「シカシそうは云うものの内海は果報者だよ　まずお勢さんのような此様《こん》な
ト　チョイとお勢の膝を叩いて
「頗《すこぶ》る付きの別品　しかも実《じつ》のあるのに想《おも》い附《つ》かれて　叔母さんに油を取られたといッては保護《ほうご》してもらい　ヤ何《なん》だと云ッては保護《ほうご》してもらう　実に羨《うらや》ましいネ　(185)明治年代の丹治《たんじ》と云うのはこの男の事だ　(186)焼《やい》て粉《こ》にして飲んでしまおうか　そうしたら些《ちっ》とはあやかるかも知れんアハハハハ
「オホホホ
「オイ好男子　そう苦虫を喰潰《くいつぶ》していずと些《ちっ》と此方《こっち》を向いてのろけ給《たま》え　コレサ丹治君　これはしたり御返答がない
「オホホホホ
トお勢はまた作笑《つくりわら》いをして　また横眼でムッとしている文三の貌を視て
「アー可笑《おか》しいこと　余《あんま》り笑ッたもんだから咽喉《のど》が渇いて来た　本田さん下へ往《い》ッて

お茶を入れましょう

「マア最《も》う些《ちっ》と御亭主さんの傍《そば》に居て顔を視せてお上げなさい

「厭《いや》だネー御亭主さんなんぞッて、そんなら入れてここへ持ッて来ましょうか

「茶を入れて持《もっ》て来る実《じつ》があるなら　寧《いっ》そ水を持ッて来てもらいたいネ

「水を、お砂糖入れて

「イヤ砂糖のない方が宜《い》い

「そんならレモン入れて来ましょうか

「(187)レモンが這入《はい》るなら砂糖気《さとうけ》がチョッピリあっても宜《い》いネ

「何《なん》だネーいろんな事云ッて

ト云いながらお勢は起上《たちあが》ッて二階を降りてしまッた　跡には両人《ふたり》の者が暫らく手持無沙汰と云う気味で黙然《もくぜん》としていたが　やがて文三は厭《いや》に落着いた声で

「本田

「エ

「君は酒に酔ッているか

「イイヤ

「それじゃア些《すこ》し聞く事があるが　朋友の交《まじわり》と云うものは互に尊敬していなければ出来るものじゃあるまいネ

「何《なん》だ可笑《おか》しな事を言出《いいだ》したな　さよう尊敬していなければ出来ない

「それじゃア……

ト云懸《いいか》けて黙していたが　思切《おもいき》ッて些《すこ》し声を震わせて

「君とは暫らく交際していたがモウ今夜ぎりで……絶交してもらいたい

「ナニ絶交してもらいたいと……何だ唐突千万な　何だと云ッて絶交しようと云うんだ

「その理由は君の胸に聞《きい》てもらおう

(188)「可笑《おか》しく云うな　我輩《わがはい》少しも絶交しられる覚えはない

「フン覚えはない　彼《あれ》ほど人を侮辱しておきながら

「人を侮辱しておきながら、誰《だれ》が、何時《いつ》、何《なん》と云ッて

「フフン仕様がないな

「君がか

文三は黙然《もくねん》として暫らく昇の顔を凝視《みつ》めていたが　やがて些《すこ》し声高《こわだか》に

「何《な》にもそうとぼけなくッたッて宜《い》いじゃないか　君みたようなものでも人間と思うからして　即ち廉恥《れんち》を知ッている動物と思うからして　人間らしく美しく絶交してしまおうとすれば　君は一度ならず二度までも人を侮辱しておきながら……

「オイオイオイ　人に物を云うならモウ些《ちっ》と解るように云ってもらいたいネ　君一人《ひとり》位《ぐらい》友人を失ッたと云ッてそんなに悲しくもないから絶交するならしても宜《よろ》しいが　シカシその理由も説明せずしてただ無暗《むやみ》に人を侮辱した侮辱したと云うばかりじゃ　ハアそうかとは云ッて居《い》られんじゃないか

「それじゃ何故《なぜ》先刻《さっき》叔母やお勢《カズン》のいる前で僕に「痩我慢なら大抵にしろ」と云ッた

「それが其様《そんな》に気に障ッたのか

「当前《あたりまえ》サ……何故《なぜ》今また僕の事を明治年代の丹治《たんじ》　即ち意久地《いくじ》なしと云ッた

「アハハハいよいよ(189)腹筋《はらすじ》だ、それから

「(190)事に大小はあッても理に巨細《こさい》はない　痩我慢と云ッて侮辱したも丹治と云ッて侮辱したも帰する所はただ一の軽蔑《けいべつ》からだ　既に軽蔑心がある以上は朋友の交際は出来ないものと認めたからして絶交を申出《プロポーズ》したのだ　解ッているじゃないか

「それから

「但しこうは云うようなものの園田《そのだ》の家と絶交してくれとは云わん、からして今《いま》までのように毎日遊びに来て叔母と骨牌《カルタ》を取ろうが
ト云《い》ッて文三冷笑した
「お勢《カズン》を芸娼妓《げいしょうぎ》の如く弄ぼうが
ト云ッてまた冷笑した
「僕の関係した事でないから僕は何《なん》とも云うまい、だから君もそう落胆イヤ狼狽《ろうばい》して
(191)遁辞《とんじ》を設ける必要もあるまい
「フフウ嫉妬の原素も雑《まざ》ッている、それから
「モウこれより外《ほか》に言う事もない、また君も何《な》にも言う必要。。もあるまいからこのまま下へ降りてもらいたい
「イヤ言う必要がある 冤罪を被《こうぶ》ッてはこれを弁解する必要がある、だからこのまま下へ降りる事は出来ない 何故《なぜ》痩我慢なら大抵にしろと「忠告」したのが侮辱になるなるほど親友でないものにそう直言したならば侮辱したと云われても仕様がないが シカシ君と我輩《わがはい》とは親友の関繫《かんけい》じゃないか
「(192)親友の間《あいだ》にも礼義はある しかるに君は面と向ッて僕に「痩我慢なら大抵にしろ」

と云ッた　無礼じゃないか

「何が無礼だ　「痩我慢なら大抵にしろ」と云ッたッけか「大抵にした方がよかろうぜ」と云ッたッけか何方《どっち》だッたかモウ忘れてしまッたが　シカシ何方《どっち》にしろ忠告だ　およそ忠告と云う者は——君にかぶれて哲学者ぶるのじゃアないが——忠告と言う者は人の所行を非と認めるから云うもので　是《ぜ》と認めて忠告を試みる者はない　故にもし非を非と直言したのが侮辱になれば　総《すべて》の忠告と云う者は皆《みな》君のいわゆる無礼なものだ　もしそれで君が我輩《わがはい》の忠告を怒《いか》るのならば我輩一言もない　謹《つっしん》で罪を謝そう、がそうか

「何故《なぜ》

「忠告なら僕はかえって聞く事を好む　シカシ君の言ッた事は忠告じゃない侮辱だ

「もし忠告なら何故人のいる前で言ッた

「叔母さんやお勢さんは内輪《うちわ》の人じゃないか

「そりゃ内輪の者サ……内輪の者サ……けれども……しかしながら……

文三は狼狽《ろうばい》した　昇はその光景《ようす》を見て私《ひそ》かに冷笑した

「内輪な者だけれども　シカシ何《な》にもアアロ汚《くちきたな》く言わなくッても好《いい》じゃないか

「どうも種々《しゅじゅ》に論鋒《ろんぽう》が変化するから君の趣意が解りかねるが、それじゃ何《なに》か我輩《わがはい》の言《いい》

方《かた》　即《すなわ》ち忠告の(193)Manner《マンナア》が気に喰わんと云うのか

「勿論Manner《マンナア》も気に喰《くわ》んサ

「Manner《マンナア》が気に喰わないのなら改めてお断り申そう　君には侮辱と聞えたかも知れんが我輩は忠告のつもりで言ッたのだ、それで宜《よ》かろう、それならモウ絶交する必要もあるまい　アハ、ハハハ

文三は何と駁《ばく》して宜《よ》いか解らなくなッた　ただムシャクシャと腹が立つ　(194)風《かぜ》が宜ければさほどにも思うまいが風が悪いのでなお一層腹が立つ　油汗を鼻頭《はなさき》ににじませて下唇を喰締《くいし》めながら　暫らくの間口惜《くちお》しそうに昇の馬鹿笑いをする顔を疾視《にら》んで黙然《もくぜん》としていた

お勢が溢《こぼ》れるばかりに水を盛ッた「コップ」を盆に載せて持ッて参ッた

「ハイ本田さん

「これはお待遠《まちど》うさま

「何《なん》ですと

「エ

「アノとぼけた顔

「アハハハハ　シカシ余り遅かッたじゃないか
「だッて用があッたんですもの
「浮気でもしていやアしなかッたか
「貴君《あなた》じゃあるまいシ
「我輩《わがはい》がそんなに浮気に見えるかネ……ドッコイ「課長さんの令妹《れいまい》」と云いたそうな口付《くちつき》をする　いえば此方《こっち》にも「文さん」ト云う武器があるから直ぐ返討《かえりうち》だ
「厭《いや》な人だネー　人が何《なん》にも言わないのに邪推を廻《ま》わして
「邪推を廻わしてと云えば
ト文三の方を向いて
「如何《どう》だ隊長[195]　まだ胸に落《おち》んか
「君の云う事は皆遁辞《とんじ》だ
「何故《なぜ》
「そりゃ説明するに及ばん[196]　Self-evident truth《セルフエヴィデントツルース》だ
「アハハハとうとう Self-evident truth《セルフエヴィデントツルース》にまで達したか
「どうしたの

「マア聞《きい》ていて御覧なさい　よほど面白い議論があるから

ト云ッてまた文三の方を向いて

「それじゃその方の口はまず片が附《つい》たと、それからして最《も》う一口の方は何だッけ……

そうそう丹治《たんじ》丹治アハハハ　何故《なぜ》丹治と云ッたのが侮辱になるネ　それもやはりSelf-evident truth《セルフエヴィデントツルース》かネ

「どうしたの

「ナニネ先刻《さつき》我輩《わがはい》が明治年代の丹治と云ッたのが御気色《みけしき》に障ッたと云ッて　この通り顔色《がんしよく》まで変えて御立腹だ　貴嬢《あなた》の情夫《いろ》にしちゃ些《ち》と野暮天《やぼてん》すぎるネ

「本田

昇は飲《のみ》かけた「コップ」を下に置いて

「何《なん》でゲス

「人を侮辱しておきながら　咎められたと云ッて遁辞《とんじ》を設けて逃《にげ》るような破廉恥的《はれんちてき》の人間と舌戦は無益と認める、からしてモウ僕は何《なん》にも言うまいが　シカシ最初の「プロポーザル」(申出)より一歩も引く事は出来んからモウ降りてくれ給《たま》え

「まだ其様《そん》な事を云ッてるのか、ヤどうも君も驚くべき負惜《まけお》しみだな

「何だと

「負惜《まけお》しみじゃないか　君にも最《も》う自分の悪かッた事は解ッているだろう

「失敬な事を云うな　降りろと云ッたら降りたが宜《いい》じゃないか

「モウお罷《よ》しなさいよ

「ハハハお勢さんが心配し出した、シカシ真《しん》にそうだネ、モウ罷した方が宜《い》い　オイ内海笑ッてしまおう　マア考えて見給え　馬鹿気《ばかげ》切ッているじゃないか　忠告の仕方が気に喰わないの丹治と云ッたが癪に障るのと云ッて絶交する　全《まる》で子供の喧嘩のようで人に対して噺《はな》しも出来ないじゃないか、ネ、オイ笑ッてしまおう

文三は黙ッている

「不承知か　困ッたもんだネ、それじゃ宜《よ》ろしいこうしよう　我輩《わがはい》が謝まろう　全くそうした深い考《かんがえ》があッて云ッた訳じゃないからお気に障ッたら真平《まっぴら》御免下さい、それでよかろう

文三はモウ堪《た》え切れない憤《いか》りの声を振上げて

「降りろといッたら降りないか

「それでもまだ承知が出来ないのか、それじゃ仕様がない降りよう、今何《なに》を言ッても

解らない　逆上《のぼせあが》ッているから

「何《なん》だと

「イヤ此方《こっち》の事だ　ドレ

ト起上《たちあが》る

「馬鹿《ばか》

昇も些《すこ》しムッとした趣きで立止ッて暫らく文三を疾視付《にらみつ》けていたが　やがてニヤリと冷笑《あざわら》ッて

「フフン前後忘却の体《てい》か

ト云いながら二階を降りてしまッた　お勢も続いて起上《たちあが》ッて不思議そうに文三の容子《ようす》を振反《ふりかえ》ッて観《み》ながら　これも二階を降りてしまッた

跡《あと》で文三は悔しそうに歯を喰切《くいしば》ッて拳《こぶし》を振揚げて机を撃ッて

「畜生ッ

梯子段の下あたりで昇とお勢のドッと笑う声が聞えた

第十一回　取付く島

翌朝朝飯《よくちようあさはん》の時家内《かない》の者が顔を合わせた　お政《まさ》は始終顔を皺《しか》めていて口も碌々《ろくろく》聞かず　文三《ぶんぞう》もその通り　独りお勢《せい》のみはソワソワしていて更《さ》らに沈着《おちつ》かず　端手《はした》なく囀《さえず》ッて他愛もなく笑う、かと思うとフトロを鉗《つぐ》んで真地目《まじめ》になッて　憶出《おもいだ》したように額越《ひたえご》しに文三の顔を眺めて　笑うでもなく笑わぬでもなく不思議そうな剣呑《けんのん》そうな奇々妙々な顔色《がんしよく》をする　食事が済む　お勢がまず起上《たちあが》ッて坐舗《ざしき》を出て　椽側《えんがわ》でお鍋《なべ》に戯《たわぶ》れて高笑《たかわらい》をしたかと思う間もなく　忽《たちま》ち部屋の方で低声《ていせい》に詩吟をする声が聞えた

益々《ますます》顔を皺《しか》めながら文三が続いて起上《たちあが》ろうとして　叔母に呼留められてまた坐直《すわりなお》して不思議そうに恐々《おそるおそる》叔母の顔色《がんしよく》を窺《うかが》ッて見てウンザリした　思做《おもいなし》かして叔母の顔は尖ッている

人を呼留めながら叔母は悠々としたもので　まず煙草《たばこ》を環《わ》に吹くこと五、六ぷく　お鍋の膳《ぜん》を引終《ひきおわ》るを見済ましてさて漸くに

「他《ほか》の事でもありませんがネ　昨日私《きのうわたし》がマア傍《そば》で聞《きい》てれば――また余計なお世話だッて叱《しか》られるかも知れないけれども――本田《ほんだ》さんがアアやッて信切《しんせつ》に言《いッ》てておくんなさるも

のをお前さんはキッパリ断《ことわ》ッておしまいなすッたが　ソリャモウお前さんの事《こっ》たから、いずれ先《さき》に何《なん》とか確乎《たしか》な見当《みあて》がなくッて彼様《あん》な事をお言いなさりゃアすまいネ

「イヤ何《な》にも見当《みあて》があッての如何《どう》のと云う訳じゃありませんが　ただ……

「ヘー見当もありもしないのに無暗《むやみ》に辞《ことわ》ッておしまいなすッたの

「目的なしに断わると云ッてはあるいは無考《むかんがえ》のように聞えるかも知れませんが　シカシ本田の言ッた事でもホンノ風評と云うだけでナニモ確《たしか》に……

椽側《えんがわ》を通る人の跫音《あしおと》がした　多分お勢が英語の稽古《けいこ》に出懸《でかけ》るので　改《あらたま》ッて外出をする時を除くの外《ほか》はお勢は大抵母親に挨拶をせずして出懸る、それが習慣で

「確にそうとも……

「それじゃ何《なん》ですか　いよいよとなりゃ(197)御布告《ごふこく》にでもなりますか

「イヤ其様《そん》な、布告なんぞになる気遣《きづか》いはありませんが

「それじゃマア　人の噂を宛《あて》にするほか仕様がないと云ッたようなもんですネ

「デスガ　それはそうですが　シカシ……本田なぞの言事《いうこと》は……

「宛《あて》にならない

「イヤそ、そ、そう云う訳でもありませんが……ウー……シカシ……いくら苦しいと

云ッて……課長の所へ……

「何ですとえ　いくら苦しいと云ッて課長さんの所《とこ》へは往《い》けないとえ、まだお前さんは其様《そん》な気楽な事を言《いっ》てお出《い》でなさるのかえ」

トお政が層に懸って極付けかけたので文三は狼狽てて

「そ、そ、そればかりじゃありません……仮令《たとえ》今課長に依頼して復職が出来たと云ッても　とても私《わたくし》のような者は永くは続きませんから　むしろ官員はモウ思切《おもいき》ろうかと思います

「官員はモウ思切る、フン何《なに》が何《なん》だか理由《わけ》が解《わか》りゃしない　この間お前さん何《なん》とお言いだ　私《わたし》がこれから如何《どう》して行くつもりだと聞いたら　また官員の口でも探そうかと思ッてますとお言いじゃなかッたか　それを今となッてモウ官員は思切る……さようサ親の口は干上《ひあが》ッてもかまわないから　モウ官員はお罷《や》めなさるが宜《い》いのサ

「イヤ親の口が干上ッても関わないと云う訳じゃありませんが　シカシ官員ばかりが職業でもありませんから　教師(198)になッても親一人位《ぐらい》は養えますから……

「だから誰《だれ》もそうはならないとは申しませんよ、そりゃお前さんの勝手だから教師になと車夫(199)《くるまひき》になと何《なん》になとおなんなさるが宜《い》いのサ

「デスガそう御立腹なすッちゃ　私《わたくし》も実に……

「誰《だれ》が腹を立《たっ》てると云いました、ナニお前さんが如何《どう》しようと此方《こっち》に関繋《くいあい》のない事だから誰《たれ》も腹も背も立ちゃしないけれども　ただ本田さんがアアやッて信切《しんせつ》に言ッておくンなさるもんだから　周旋《とりもっ》てもらッて課長さんに取入ッておきゃア　仮令《よし》んば今度の復職とやらは出来ないでも　また先へよって何《なん》ぞれ角《か》ぞれお世話アして下さるまいものでもないトネー　そうすりゃお前さんばかしか慈母《おっか》さんも御安心なさる事《こっ》たシ　それに……何だから「三方四方《さんぼうしほう》」円《まる》く納まる事《こっ》たから(この時文三はフット顔を振揚げて不思議そうに叔母を凝視《みつ》めた)　ト思ッてチョイとお聞き申したばかしサ　けれどもナニお前さんがそうした了簡方《りょうけんかた》ならそれまでの事サ

両人共暫らく無言

「鍋

「ハイ

トお鍋が襖《ふすま》を開けて顔のみを出した、見れば口をモゴ付かせている

「まだ(200)御膳《ごぜん》を仕舞わないのかえ

「ハイまだ

「それじゃ仕舞ッてからで宜《い》いからネ　何時《いつ》もの車屋《くるまや》へ往《い》ッて一人乗一挺《いちにんのりいっちょうあつ》誂らえて来ておくれ　(201)浜町《はまちょう》まで上下《じょうげ》

「ハイそれでは只今直《ただいまじき》に

ト云ッてお鍋が襖《ふすま》を閉切《たてき》るを待兼ねていた文三が　また改めて叔母に向って

「段々と承ッて見ますと　叔母さんの仰しゃる事は一々御尤《ごもっとも》のようでもあるシ　かつ私《わたくし》一個《ひとり》の強情から　母親《おふくろ》は勿論叔母さんにまで種々《いろいろ》御心配を懸けまして甚だ恐入《おそれい》りますから　今一応篤《とく》と考えて見まして

「今一応も二応もないじゃありませんか　お前さんがモウ官員にゃならないと決めてお出《い》でなさるんだから

「そ、それはそうですがシカシ……事に寄ッたら……思い直《な》おすかも知れませんから

……

お政は冷笑しながら

「そんならマア考えて御覧なさい　だがナニモ何《なん》ですよ、お前さんが官員になッておくんなさらなきゃア私《わたし》どもが立往《たちい》かないと云うんじゃないから　無理に何ですよ勧めはしませんよ

「ハイ
「それから序《ついで》だから言ッときますがネ　聞けば昨夕《ゆうべ》本田さんと何だか入組《いりく》みなすったそうだけれども、そんな事があッちゃ誠に迷惑しますネ　本田さんはお前さんのお朋友《ともだち》とは云いじょう　今じゃア家《うち》のお客も同前《どうぜん》の方《かた》だから
「ハイ
トは云ッたが　文三実《じつ》は叔母が何を言ッたのだかよくは解らなかッた　些《すこ》し考え事があるので
「そりゃアア云う胸の広《しろ》い方《かた》だから　其様《そん》な事があッたと云ッてそれを根葉《ねは》に有《も》ッて周旋《とりもち》をしないとはお言いなさりゃすまいけれども　全体なら……マアそれは今言ッても無駄だ　お前さんが腹を極《き》めてからの事にしよう
ト自家撲滅(202)　文三はフト首を振揚げて
「ハイ
「イエネまたの事にしましょうと云う事サ
「ハイ
何だかトンチンカンで、

叔母に一礼して文三が起上《たちあが》ッて　そこそこに部屋へ戻ッて室《しつ》の中央に突立《つった》ッたままで坐りもせず　やや暫《しばら》くの間《あいだ》というものは(203)造付《つくりつ》けの木偶《にんぎょう》の如くに黙然《もくぜん》としていたが　やがて溜息《ためいき》と共に

「如何《どう》したものだろう

ト云ッて　宛然雪達摩《さながらゆきだるま》が日の眼に逢ッて解《と》けるようにグズグズと崩れながらに坐《ざ》に着いた

何故《なぜ》「如何《どう》したものだろう」かとその理由《ことわけ》を繹《たず》ねて見ると　概略《あらまし》はまずこうで先頃《さきごろ》免職が種《たね》で油を取られた時は　文三は一途《いちず》に叔母を薄情な婦人と思詰《おもいつ》めて恨みもし立腹もした事ではあるが　その後沈着《おちつ》いて考えて見ると如何《どう》やら叔母の心意気が飲込めなくなり出した

なるほど叔母は賢婦でもない烈女でもない　文三の感情思想を忖度《そんたく》し得ないのも勿論の事ではあるが　シカシ(204)菽麦《しゅくばく》を弁ぜぬほどの痴女子でもなければ自家独得の識見をも保《ほう》着《ちゃく》している　(205)論事矩《ろじっく》をも保着している　処世の法をも保着している、それでいて何故《なぜ》アア何《なん》の道理もなく何の理由もなく　ただ文三が免職になッたと云うばかりで自身も恐らくは無理と知りつつ、無理を陳《なら》べて一人で立腹して、また一人で立腹したとてまた一人

で立腹して　罪も咎《とが》もない文三に手を杖《つ》かして謝罪《わび》さしたのであろう　お勢を嫁《か》するのが厭《いや》になってとあの時は思いはしたようなものの　考えて見ればそれも可笑《おか》しい　二《に》、三分時《さんぷんじ》前《まえ》までは文三は我女《わがむすめ》の夫　我女《わがむすめ》は文三の妻と思詰《おもいつ》めていた者が　免職と聞くより早くガラリ気が渝《かわ》ッて　俄《にわか》に配合《めあわ》せるのが厭《いや》になッて急拵《きゅうごしらえ》の愛想尽かしを陳立《ならべ》てて故意に文三に立腹さして　そして娘と手を切らせようとした……如何《どう》も可笑《おか》しい

こうした疑念が起ッたので文三がまた叔母の言草《いいぐさ》、悔しそうな言様《いいよう》、ジレッタそうな顔色《がんしょく》を一々漏らさず憶起《おもいおこ》して　さらに出直《でな》おして思惟《しゆい》して見て　文三は遂《つい》に昨日《きのう》の非を覚《さと》ッた

叔母の心事を察するに　叔母はお勢の身の固まるのを楽《たのし》みにしていたに相違ない　来年の春を心待《こころまち》に待《まッ》ていたに相違ない　アノ帯をアアしてコノ衣服をこうしてと私《ひそか》に胸算用をしていたに相違ない　それが文三が免職になッたばかりでガラリト宛《あて》が外れたので　それで失望したに相違ない　およそ失望は落胆を生み落胆は愚痴を生む　「叔母の言艸《いいぐさ》を愛想尽かしと聞取ッたのは全く此方《こちら》の僻耳《ひがみみ》で　あるいは愚痴であッたかも知れん」ト云う所に文三気が附いた

こう気が附《つい》て見ると文三は幾分か恨《うらみ》が晴れた　叔母がそう憎くはなくなった　イヤむ

しろ叔母に対して気の毒になッて来た　(206)文三の今我《こんが》は故吾《こご》でない　シカシお政の故吾も今我でない

悶着以来まだ五日にもならぬにお政はガラリその容子《ようす》を一変した　勿論以前とてもナニモ非常に文三を親愛していた　(207)手車に乗せて下へも措《お》かぬようにしていたト云うではないが　ともかくも以前はチョイと顔を見る眼元《めもと》　チョイと物を云う口元《くちもと》に真似て真似のならぬ一種の和気《わき》を帯びていたが　この頃は眼中には雲を懸けて口元には苦笑《にがわらい》を含んでいる　以前は言事《いうこと》がさらさらとしていて厭味気《いやみけ》がなかッたが　この頃は言葉に針を含めば聞《きい》て耳が痛くなる　以前は(208)人我《にんが》の隔歴《かくれき》がなかッたが　この頃は全く他人にする　(209)霽《せい》顔《がん》を見せた事もない温語《おんご》をきいた事もない　物を言懸《いいか》ければ聞えぬ風《ふり》をする事もあり　気に喰わぬ事があれば(210)目を側《そばだ》てて疾視《にらみつ》付ける事もあり　要するに可笑《おか》しな処置《しょち》振《ふ》りをして見せる　免職が種《たね》の悶着はここに至ッて沍《い》てて凝結し出した

文三は篤実温厚な男　仮令《よし》その人と為《な》りは如何《どう》あろうとも叔母は叔母　有恩《うおん》の人に相違ないから　尊尚親愛して(211)水乳《すいにゅう》の如くシックリと和合したいとこそ願え　決して乖背《かいはい》し(212)睽離《きり》したいとは願わないようなものの　(213)心は境《さかい》に随《したが》ッてその相《そう》を顕《げん》ずるとかで　叔母にこう仕向けられて見ると万更好《まんざらよ》い心地もしない　好い心地もしなければツイ不吉《ふきつ》な

顔もしたくなる、が其処《そこ》は篤実温厚だけに何時《いつ》も思返《おもいかえ》してジッと辛抱している　けだし文三の身が極《き》まらなければお勢の身も極まらぬ道理　親の事ならそれも苦労になろう人世《じんせい》の困難に遭遇《であっ》て独りで苦悩して独りで切抜けると云ぅは俊傑《すぐれもの》のする事、並《なみ》(214)や通途《つうず》の者ならばそうはいかぬがち、自心に苦悩がある時は必ずその由来する所を自身に求めずして他人に求める　求めて得なければ天命に帰してしまい　求めて得れば則ちその人を(215)媢嫉《ぼうしつ》する　そうでもしなければ自《みずか》ら慰める事が出来ない　「叔母もそれでこう辛く当るのだな」トその心を汲分《くみわ》けて　如何《どん》な可笑《おか》しな処置振《しょちぶ》りをされても文三は眼を閉《ねむ》ッて黙ッている

「がもし叔母が慈母《おふくろ》のように我《おれ》の心を噛分《かみわ》けてくれたら　もし叔母が心を和《やわら》げて共に困厄《こんやく》に安んずる事が出来たら我《おれ》ほど世に幸福な者はあるまいに」ト思ッて文三屢々《しばしば》嘆息した　よって至誠は天をも感ずるとか云ぅ古賢《こげん》の格言を力にして　折さえあれば力《つと》めて叔母の機嫌を取ッて見るが　お政は(216)油紙に水を注《そそ》ぐように跳付《はねつ》けてのみいてさらに取合わず　そして独りでジレている　文三は針の莚《むしろ》に坐ッたような心地

シカシまだまだこれしきの事なら忍んで忍ばれぬ事もないが　ここに尤《もっと》も心配で心配で耐《たえ》られぬ事が一ツある　他《ほか》でもない　この頃叔母がお勢と文三との間を関《せく》ような容子《ようす》

が徐々《そろそろ》見え出した一事で　尤《もっと》も今の内はただお勢を戒めて今までのように文三と親しくさせないのみで　さして思切《おもいき》ッた処置もしないからまず差迫ッた事ではないが　シカシこのままにして捨置けば将来何等《どん》な傷心恨事《かなしいこと》が出来《しゅったい》するかも測られぬ　一念ここに至るごとに　文三は我《が》も折れ気も挫じけてそして胸膈《むね》も塞《ふさ》がる

こういう矢端《やさき》には得て疑心も起りたがる　(217)縄麻《じょうま》に蛇相《じゃそう》も生じたがる　(218)株杭《しゅこう》に人想《にんそう》の起りたがる　実在の苦境《くぎょう》の外《ほか》に文三が別に妄念《もうねん》から一苦界《ひとくがい》を産み出して　求めてその中《うち》に沈淪してあせッて踠《もが》いて極大苦悩《ごくだいくのう》を嘗めている今日この頃　(219)我慢勝他《しょうた》が性質《もちまえ》の叔母のお(220)政がよくせきの事なればこそ我《われ》から折れて出て　「お前さんさえ我《が》を折れば三方四《さんぽうし》方円《ほうまる》く納まる」ト穏便《おんびん》をおもって言ッてくれる、それを(221)無面目《むめんもく》にも言破《いいやぶ》ッて立腹をさせて我《われ》から我他彼此《がたびし》の種子《たね》を蒔《ま》く……文三そうはしたくない　なろう事なら叔母の言状《いいじょう》を立ててその心を慰めて　お勢の縁をも繋《つな》ぎ留《と》めて老母の心をも安《やす》めて而《そ》して自分も安心したい、それで文三は先刻《せんこく》も言葉を濁《にご》して来たので、それで文三は今また屈托《くッたく》の人と為《な》ッているので

「如何《どう》したものだろう

ト文三再び我《われ》と我に相談を懸けた

「寧《いッ》そ叔母の意見について　廉恥《れんち》も良心も棄ててしまッて課長の所へ往《い》ッて見ようか知らん　依頼さえしておけば　仮令《たと》えば今が今如何《どう》ならんと云ッても叔母の気が安まるそうすれば　お勢さえ心変りがしなければまず大丈夫と云うものだ　かつ慈母《おッか》さんもこの頃じゃア茶断《ちゃだち》して心配してお出《い》でなさる所だから　こればかりで犠牲《ヴイクチーム》になッたと云ッても敢《あえ》て小胆とは言われまい　コリャ寧《いッ》そ叔母の意見に……

が猛然として省思《せいし》すれば　叔母の意見につこうとすれば厭《いや》でも昇に親《したし》まなければならぬ　昇とあのままにしておいて独り課長にのみ取入ろうとすれば　渠奴《きやつ》必ず邪魔を入れるに相違ない、からして厭でも昇に親まなければならぬ　老母のためお勢のためならあるいは良心を傷《きずつ》けて自重の気を拉《とりひし》いで課長の鼻息《びそく》を窺《うかが》い得《え》るかも知れぬが　如何《いか》に窮したればと云ッて苦しいと云ッて　昇に、面と向ッて図太柄《ずおおへい》に「痩我慢なら大抵にしろ」ト云ッた昇に、昨夜《さくや》も昨夜とて小児《しょうに》の如くに人を愚弄して　陽《あらわ》に負けて陰《ひそか》に復《かえ》り討《うち》に逢わした昇に、不倶戴天の讎敵《あだ》、生《いき》ながらその肉を啖《くら》わなければこの熱腸《ねっちょう》が冷《ひや》されぬと怨《うら》みに思ッている昇に　今更手を杖《つ》いて(222)一着《いっちゃく》を輸《ゆ》する事は文三には死しても出来ぬ課長に取入るも昇に上手《じょうず》を遣うも　その趣《おもむ》きは同じかろうが同じくあるまいが其様《そん》な事に頓着はない　ただ是《ぜ》もなく非《ひ》もなく利もなく害もなく　昇に一着を輸する事は文三に

は死しても出来ぬ　ト決心して見れば叔母の意見に負《そむ》かなければならず　叔母の意見に負くまいとすれば昇に一着を輸さなければならぬ、それも厭《いや》なりこれも厭なりで　二時間ばかりと云うものは黙坐《もくざ》して腕を拱《く》んで　沈吟して嘆息して千思万考審念熟慮《しんねんじゆくりよ》して屈托して見たが　詮《せん》ずる所は(223)旧《もと》の木阿弥《もくあみ》

「ハテ如何《どう》したものだろう

(224)物皆終《みなおわり》あれば古筵《ふるむしろ》も鳶《とび》にはなりけり　久しく苦しんでいる内に文三の屈托も遂《つい》にその極度に達して　忽《たちま》ち一ッの思案を形作ッた　いわゆる思案とはお勢に相談して見ようと云う思案で

けだし文三が叔母の意見に負《そむ》きたくないと思うも　叔母の心を汲分《くみわ》けて見れば道理《もっとも》な所もあるからと云い　叔母の苦《にが》り切ッた顔を見るも心苦しいからと云うは少分《しょうぶん》で、その多分は　全くそれが原因《もと》でお勢の事を断念《おもいき》らねばならぬように成行《なりゆ》きはすまいかと危ぶむからで、故にもしお勢さえ　天は荒れても地は老《おい》ても海は枯れても石は爛《ただ》れても　文三がこの上何様《どん》なに零落しても母親がこの後《ご》何様な言《こと》を云い出しても　決してその初《はじめ》の志を悛《あらた》めないと定《きま》ッていれば　叔母が面《つら》を脹《ふく》らしても眼《め》を剝出《むきだ》してもそれしきの事なら忍びもなる　文三は叔母の意見に背く事が出来る　既に叔母の意見に背く事が出来れば

モウ昇に一着《いっちゃく》を輸《ゆ》する必要もない「かつ窮(225)して乱するは大丈夫のするを愧《はず》る所だ」

そうだそうだ　文三の病原はお勢の心にある　お勢の心一ッで進退去就を決しさえすればイサクサ(226)はない　なぜ最初から其処《そこ》に心附かなかッたか　今となッて考えて見ると文三我《われ》ながら我が怪しまれる

お勢に相談する、極めて上策、恐らくはこれに越す思案もあるまい、もしお勢が小挫《しょうざ》折《せっ》に逢ッたと云ッてその節(227)《せつ》を移さずして　なお未《いま》だに文三の智識《ちしき》で考えて文三の感情で感じて文三の息気《いき》で呼吸して文三を愛しているならば　文三に厭《いや》な事はお勢にもまた厭に相違はあるまい　文三が昇に一着《いっちゃく》を輸《ゆ》する事を屑《いさぎよし》と思わぬなら　お勢もまた文三に昇に一着を輸させたくはあるまい　相談を懸けたら飛《とん》だ手軽《てがる》ろく「母が何《なん》と云おうと関《かま》やアしませんやアネ　本田なんぞに頼む事はお罷《よ》しなさいよ」ト云ッてくれるかも知れぬ、またこの後《ご》の所を念を押したら　恨めしそうに「貴君《あなた》は私《わたくし》をそんな浮薄なものだと思ッてお出《い》でなさるの」ト云ッてくれるかも知れぬ、お勢がそうさえ云ッてくれればモウ文三天下に懼《おそ》る者はない　火にも這入《はい》れる水にも飛込める　況《いわ》んや叔母の意見に負《そむ》く位の事は朝飯前の仕事　(228)お茶の子さいさいとも思わない

「そうだそれが宜《い》い

ト云ッて文三起上《たちあが》ッたが　また立止《たちどま》ッて

「がこの頃の挙動《そぶり》と云い容子《ようす》と云い　ヒョッとしたら本田に……何《なに》しては居ないかしらん……チョッ関《かま》わん　もしそうならばモウそれまでの事だ　ナニ我《おれ》だッて男子《だんじ》だ　心渝《こころがわり》のした者に未練は残らん　断然手を切ッてしまッて　今度こそは思い切ッて非常な事をして非常な豪胆を示して本田を拉《とりひ》しいで　そしてお勢にも……お勢にも後悔さしてそして……そして……そして……

ト思いながら二階を降りた

がここが妙で　観菊行《きくみゆき》の時同感せぬお勢の心を疑ッたにも拘《かかわ》らず　その夜帰宅してからのお勢の挙動《そぶり》を怪《あや》しんだのにも拘らず　また昨日《きのう》の高笑い昨夜《ゆうべ》のしだら(229)を今以《いまもっ》て面白からず思ッているにも拘らず　文三は内心の内心では　なおまだお勢において心変りするなどと云う其様《そん》な水臭い事はないと信じていた　なおまだ相談を懸ければ文三の思う通りな事を云って　文三を励ますに相違ないと信じていた　こう信ずる理由があるからこう信じていたのではなくて　こう信じたいからこう信じていたので

第十二回　いすかの嘴《はし》(230)

文三《ぶんぞう》が二階を降りてソットお勢《せい》の部屋の障子を開ける　その途端に今まで机に頬杖《ほおづえ》をついて何事か物思いをしていたお勢が　吃驚《びっくり》した面相《かおつき》をして些《すこ》し飛上《とびあが》ッて居住居《いずまい》を直おした　顔に手の痕《あと》の赤く残ッている所を観《み》ると久《ひさ》しく頬杖《ほおづえ》をついていたものと見える

「お邪魔じゃありませんか

「イイエ

「それじゃア

ト云いながら文三は部屋へ這入《はい》ッて坐に着いて

「昨夜は大《おおき》に失敬しました

「私《わたくし》こそ

「実に面目がない　貴嬢《あなた》の前をも憚《はばか》らずして……今朝《けさ》その事で慈母《おっか》さんに小言を聞きました　アハハハハハ

「そう　オホホホ

ト無理に押出したような笑い　何となく冷淡《つめた》い　今朝のお勢とは全《まる》で他人のようで

「トキニ些《すこ》し貴嬢《あなた》に御相談がある　他《ほか》の事でもないが今朝慈母《おっか》さんの仰《おっ》しゃるには

……シカシ最《も》うお聞きなすッたか

「イイエ

「なるほどそうだ御存知《ごぞんじ》ないはずだ……慈母《おッか》さんの仰《おっ》しゃるには　本田《ほんだ》がアア信切《しんせつ》に云ッてくれるものだから　橋渡しをしてもらッて課長の所へ往《い》ッたらば如何《どう》だと仰しゃるのです、そりゃなるほど慈母《おッか》さんの仰しゃる通り今茲処《ここ》で私《わたくし》さえ我《が》を折れば　私《わたくし》の身も極《き》まるシ老母も安心するシ　「三方四方《さんぼうしほう》」ト(言葉に力瘤《ちからこぶ》を入れて)円《まる》く納まる事だから私《わたくし》も出来る事ならそうしたいが　シカシそうしようとするには良心を締殺《しめころ》さなければならん　課長の鼻息《びそく》を窺《うかが》わなければならん　其様《そん》な事は我々には出来んじゃありませんか

「出来なければそれまでじゃありませんか

「サ其処《そこ》です　私《わたくし》には出来ないが　シカシそうしなければ慈母《おッか》さんがまた悪い顔をなさるかも知れん

「母が悪い顔をしたッて其様《そん》な事は何だけれども……

「エ関《かま》わんと仰しゃるのですか

ト文三はニコニコと笑いながら問懸《といか》けた

「だッてそうじゃありません　貴君《あなた》が貴君の考《かんがえ》どおりに進退して良心に対して毫《すこ》しも

恥《はず》る所がなければ　人が如何《どん》な貌《かお》をしたッて宜《い》いじゃありませんか
文三は笑いを停《と》めて
「デスガ　ただ慈母《おッか》さんが悪い顔をなさるばかりならまだ宜《い》いが　あるいはそれが原因となッて……貴嬢《あなた》には如何《どう》かはしらんが……私《わたくし》のためには尤《もッと》も忌《い》むべき尤も哀《かなし》むべき結果が生じはしないかと危ぶまれるから　それで私《わたくし》も困《こ》まるのです……尤も其《そ》んな結果が生ずると生じないとは貴嬢《あなた》の……貴嬢の……
ト云い懸《か》けて黙してしまッたが　やがて聞えるか聞えぬほどの小声で
「心一ツにある事だけれども……
ト云ッて差俯向《さしうつむ》いた　文三の懸けた謎々が解けても解けない風《ふり》をするのか　それとも如何《どう》だか其所《そこ》は判然しないが　ともかくもお勢は頗《すこぶ》る無頓着な容子《ようす》で
「私《わたくし》にはまだ貴君《あなた》の仰《おっ》しゃる事がよく解りませんよ　何故《なぜ》そう課長さんの所へ往《ゆく》のがお厭《いや》だろう　石田さんの所へ往《いっ》てお頼みなさるも課長さんの所へ往てお頼みなさるもその趣《おもむき》は同一じゃありませんか
「イヤ違います
ト云ッて文三は首を振揚げた

「非常な差がある　石田は(231)私《わたくし》を知《しっ》ているけれど課長は私《わたくし》を知らないから……
「そりゃ如何《どう》だか解りゃしませんやアネ　往《いっ》て見ない内は
「イヤそりゃ今までの経験で解ります、そりゃ掩《おお》うべからざる事実だから何《なん》だけれども……それに課長の所へ往《ゆ》こうとすれば是非とも先《ま》ず本田に依頼をしなければなりません　もちろん課長は私《わたくし》も知らない人じゃないけれども……
「宜《い》いじゃありませんか本田さんに依頼したッて
「エ本田に依頼をしろと
ト云ッた時は文三はモウ今までの文三でない　顔色《がんしょく》が些《すこ》し変ッていた
「命令するのじゃありませんがネ　ただ依頼したッて宜《い》いじゃありませんかと云うの
「本田に
ト文三はあだかも我耳を信じないように再び尋ねた
「ハア
「彼様《あん》な卑屈な奴に……課長の腰巾着《こしぎんちゃく》……奴隷……
「そんな……
「奴隷と云われても耻《はじ》とも思わんような犬……犬……犬猫同前《どうぜん》な奴に手を杖《つ》いて頼め

と仰しゃるのですか

ト云ッてジッとお勢の顔を凝視《みつ》めた

「昨夜《ゆうべ》の事があるからそれで貴君《あなた》は其様《そんな》に仰《おっ》しゃるんだろうけれども　本田さんだッて其様《そん》なに卑屈な人じゃありませんワ

「フフン卑屈でない、本田を卑屈でない

ト云ッてさも苦々しそうに冷笑《あざわら》いながら顔を背けたが　忽《たちま》ちまたキッとお勢の方を振向いて

「何時《いつ》か貴嬢《あなた》何と仰しゃッた　本田が貴嬢に対《むか》ッて失敬な情談《じょうだん》を言ッた時に……

「そりゃあの時《とき》には厭《いや》な感じも起ッたけれども　能《よ》く交際して見れば其様《そんな》に貴君《あなた》のお言いなさるように破廉恥《はれんち》の人じゃありませんワ

文三は黙然《もくねん》としてお勢の顔を凝視《みつ》めていた　但し宜《よろ》しくない徴候で

「昨夜《ゆうべ》もアレから下へ降りて　本田さんがアノー「慈母《おっか》さんが聞《きく》と必《きっ》と喧《やか》ましく言出すに違いない　そうすると僕は何だけれどもアノ内海《うつみ》が困るだろうから黙ッていてくれろ」と口止めしたから　私《わたくし》は何とも言わなかッたけれども鍋《なべ》がツイ饒舌《しゃべ》ッて……

「古狸奴《ふるだぬきめ》そんな事を言やアがッたか

「また彼様《あん》な事を云ッて……そりゃ文さん貴君《あなた》が悪いよ　彼《あれ》ほど貴君に罵詈《ばり》されても腹も立てずにやっぱり貴君の利益を思ッて云う者を　それをそんな古狸なんぞッて……

そりゃ貴君は温順だのに本田さんは活潑《かっぱつ》だから気が合わないかも知れないけれども貴君《あなた》と気の合わないものは皆《みんな》破廉恥《はれんち》と極《きま》ッても居ないから……それを無暗《むやみ》に罵詈《ばり》して……其様《そん》な失敬な事ッて……

ト些《すこ》し顔を赧《あか》めて口早にいッた　文三は益々腹立しそうな面相《かおつき》をして

「それでは何《なん》ですか　本田は貴嬢《あなた》の気に入ッたと云うんですか

「気に入るも入らないもないけれども　貴君《あなた》の云うような其様《そん》な破廉恥な人じゃありませんワ……それを古狸《ふるだぬき》なんぞッて無暗《むやみ》に人を罵詈して……

「イヤまず私《わたくし》の聞く事に返答して下さい　いよいよ本田が気に入ッたと云うんですか言様《いいよう》が些《すこ》し烈《はげ》しかッた　お勢はムッとして暫《しば》らく文三の容子《ようす》をジロリジロリと視ていたが　やがて

「其様《そん》な事を聞いて何《なん》になさる　本田さんが私《わたくし》の気に入ろうと入るまいと貴君《あなた》の関係した事はないじゃありませんか

「あるから聞くのです

尾形月耕画．場所はお勢の室内．机上にあるのは洋装本．書架にも和本とともに数冊の洋装本が見える．ペン立ての孔雀の羽根ペンが印象的．画中の文字は「スコシ胸を突出して儼然として　ハイ本田さんは私の気に入りました…それがドウしました」．

「そんなら如何《どん》な関係があります
「如何な関係でもよろしい　それを今説明する必要はない
「そんなら私《わたくし》も貴君《あなた》の問《とい》に答える必要はありません
「それじゃア宜《よ》ろしい、聞かなくッても
ト云ッて文三はまた顔を背けて　さも苦々しそうに独語《ひとりごと》のように
「人に問詰《といつ》められて逃《にげ》るなんぞと云ッて　実にひひ卑劣極まる
「何《なん》ですと卑劣極まると……宜《よ》う御座んす、其様《そん》な事お言いなさるなら、匿《かく》したッて仕様がない　言《いッ》てしまいます……言てしまいますとも……
ト云ッてスコシ胸を突出して儼《き》然《ッ》として
「ハイ本田さんは私《わたくし》の気に入りました……それが如何《どう》しました
ト聞くと文三は慄然《ぶるぶる》と震えた　真蒼《まッさお》になッた……暫《しば》らくの間《あいだ》は言葉はなくて　ただ恨めしそうにジッとお勢の澄ました顔を凝視《みつ》めていた　その眼縁《まぶち》が見る見るうるみ出した
……が　忽《たちま》ちはッと気を取直おして儼《き》然《ッ》と容《かたち》を改めて震声《ふるえごえ》で
「それじゃ……それじゃこうしましょう　今までの事は全然《すッかり》……水に……
言切《いいき》れない、胸が一杯になッて、暫らく杜絶《とぎ》れていたが　思い切ッて

「水に流してしまいましょう……
「何《なん》です今までの事とは
「この場になってそうとぼけなくッても宜《い》いじゃありませんか　寧《いッ》そ別れるものなら……綺麗《きれい》に……別れようじゃ……ありませんか……
「誰《だれ》がとぼけています　誰が誰に別れようというのです
文三はムラムラとした　些《すこ》し声高《こわだか》になッて
「とぼけるのも好加減《いいかげん》になさい　誰が誰に別れるのだとは何《なん》の事です　今までさんざ人の感情を弄んでおきながら今となッて……本田なぞに見返《みか》えるさえあるに　人が穏《おだや》かに出れば附上《つけあが》ッて　誰が誰に別れるのだとは何の事です
「何ですと　人の感情を弄んでおきながら……誰が人の感情を弄びました……誰が人の感情を弄びましたよ
ト云った時はお勢もうるみ眼《め》になっていた　文三はグッとお勢の顔を疾視《にらみつ》付けているのみで一語をも発しなかった
「余《あんまり》だから宜《い》い……人の感情を弄んだの本田に見返ったのといろんな事を云って(232)讒謗《ざんぼう》して……自分の己惚《うぬぼれ》で如何《どん》な夢を見ていたって人の知《しッ》た事《こッ》ちゃありゃしない……

トまだ言終《いいおわ》らぬ内に文三はスックと起上《たちあが》って　お勢を疾視付《にらみつ》けて
「モウ言う事もない聞く事もない　モウこれが口のきき納めだからそう思ってお出《い》でなさい
「そう思いますとも
「沢山……浮気をなさい
「何《なん》ですと
ト云った時にはモウ文三は部屋には居なかった
「畜生……馬鹿……口なんぞ聞いてくれなくッたッて些《ちッ》とも困りゃしないぞ……馬鹿
……
ト跡でお勢が敵手《あいて》もないに独りで熱気《やっき》となって悪口を並べ立てている所へ　何時《いつ》の間に帰宅したかフと母親が這入《はい》って来た
「如何《どう》したんだえ
「畜生……
「如何《どう》したんだと云えば
「文三と喧嘩したんだよ……文三の畜生と……

「如何して

「先刻《さつき》突然《いきなり》這入《はい》ッて来て　今朝《けさ》慈母《おッか》さんがこうこう言ッたが如何しようと相談するから、それから昨夜《ゆうべ》慈母さんが言《いッ》た通りに……

「コレサ静かにお言い

「慈母《おッか》さんの言《いッ》た通りに云ッて勧めたら腹を立てやアがッて　人の事をいろんな事を云ッて

ト手短かに　勿論自分に不利な所は悉皆《しッかい》取除いて次第を咄《はな》して

「慈母《おッか》さん私《わたし》アロ惜《くや》しくッてロ惜しくッてならないよ

ト云ッて繻袢《じゆばん》の袖口で泪《なみだ》を拭いた

「フウそうかえ其《そん》様な事を云ッたかえ　それじゃ最《も》うそれまでの事だ　彼様《あん》な者《もん》でも家大人《おとッさん》の血統《ちすじ》だから今となッて彼此《かれこれ》言出しちゃ面倒《めんど》臭《くさ》いと思ッて　此方《こッち》から折れて出て遣《や》れば附上《つけあが》ッて其《そん》様な我儘《わがまま》勝手をいう……モウ勘弁がならない

ト云ッて些《すこ》し考えていたが　やがてまた娘の方を向いて一段声を低めて

「実はネ　お前にはまだ内々《ないない》でいたけれども家大人《おとつさん》はネ　行々《ゆくゆく》はお前を文三に配合《めあわ》せるつもりでお出《い》でなさるんだが　お前は……厭《いや》だろうネ

「厭サ厭サ誰《だれ》が彼様《あん》な奴に……

「必《きつ》とそうかえ

「誰《だれ》が彼様《あん》な奴《や》つに……乞食したッて彼様な奴のお嫁になるもんか

「その一言《いちごん》をお忘れでないよ　お前がいよいよその気なら慈母《おつか》さんも了簡《りようけん》があるから

「慈母《おつか》さん今日から私《わたし》を下宿さしておくんなさいな

「なんだネこの娘《こ》は藪《やぶ》から棒に

「だッて私《わたし》ア、モウ文さんの顔を見るのも厭だもの

「そんな事言ッたッて仕様がないやアネ、マア最《も》う些《ちつ》と辛抱してお出《い》で　その内にゃ慈母《おつか》さんが宜《い》いようにして上《あげ》るから

この時はお勢は黙していた　何《なに》か考えているようで

「これからは真個《ほんとう》に慈母《おつか》さんの言事《いうこと》を聴いて　モウ余《あん》り文三と口なんぞお聞きでないよ

「誰《だれ》が聞《きい》てやるもんか

「文三ばかりじゃない本田さんにだッてもそうだよ　彼様《あんな》に昨夜《ゆうべ》のように遠慮のない事をお言いでないよ、ソリャお前の事だからまさかそんな……不埒《ふらち》なんぞはおしじゃあ

るまいけれども　今が嫁入前で一番大事な時だから

「慈母《おっか》さんまで其様《そんな》事を云ッて……そんならモウこれから本田さんが来たッて口もきかないから宜《い》い

「口を聞くなじゃないがただ昨夜《ゆうべ》のように……

「イイエイイエ　モウ口も聞かない聞かない

「そうじゃないと云えばネ

「イイエ、モウ口も聞かない聞かない

ト頭《かぶ》振りを振る娘の顔を視て母親は

「全《まる》で狂気《きちがい》だ　チョイと人が一言《ひとこと》いえば直《すぐ》に腹を立《たっ》てしまッて　手も附《つ》けられやアしない

ト云い捨てて起上《たちあが》ッて部屋を出てしまッた

新編浮雲第二篇　終

浮（1） 雲　第三篇

二葉亭四迷

浮雲第三篇は都合によってこの（2）雑誌へ載せる事にしました。固《も》とこの小説はつまらぬ（3）事を種《たね》に作ッたものゆえ、人物も事実も皆《みな》つまらぬもののみでしょうが、それは作者も承知の事です。ただ作者にはつまらぬ事にはつまらぬという面白味があるように思われたからそれで筆を執《と》ッてみたばかりです。

第十三回

心理の上から観れば、智愚の別なく人咸《ことごと》く面白味はある。内海文三《うつみぶんぞう》の心状を観れば、それは解《わか》ろう。

前回参看《さんかん》（4）。文三は既にお勢《せい》に窘《たしな》められて、憤然として部屋へ駈戻《かけもど》ッた。さてそれからは独り演劇《しばい》、泡を噛《かん》だり、拳《こぶし》を握ッたり。どう考えて見ても心外でたまらぬ。「本田さんが気に入りました、」それは一時の激語、も承知しているでもなく、また居ないでもない。から、強《あなが》ちそればかりを怒《いか》ッた訳でもないが、ただ腹が立つ、まだ何《なに》か他《た》の事で、おそろしくお勢に欺《あざ》むかれたような心地がして、訳もなく腹が立つ。

　腹の立つまま、遂《つい》に下宿と決心して、宿所《しゆくしよ》を出た。では、お勢の事は既にすッぱり思《おも》切《き》ッているか、というに、そうではない、思切ッてはいない。思切ッてはいないが、思切らぬ訳にもゆかぬから、そこで悶々《むしやくしや》する。利害得喪《りがいとくそう》、今はそのような事に頓着ない。ただ己《おの》れに逆らッてみたい、己れの望まない事をして見たい。(5)鴆毒《ちんどく》？　持ッて来い。嘗《な》めてこの一生をむちゃくちゃにして見せよう！……

　そこで宿所を出た。同じ下宿するなら、遠方がよいというので、(6)本郷辺《ほんごうへん》へ往《い》ッて尋ねてみたが、どうもなかッた。から、彼地《あれ》から(7)小石川《こいしかわ》へ下りて、其処此処《そここここ》と尋廻《たずねま》わるうちに、ふと(8)水道町《すいどうちょう》で一軒見当てた。宿料《しゆくりよう》も廉《れん》、その割には坐舗《ざしき》も清潔、下宿をするなら、まず此所《ここ》らと定《き》めなければならぬ……となると文三急に考え出した。「いずれ考えてから、またそのうちに……」言葉を濁してその家《うち》を出た。

「お勢と諍論《いいあ》ッて家《うち》を出た――叔父が聞いたら、さぞ心持を悪くするだろうなア……」

と歩きながら徐々《そろそろ》畏縮《いじけ》だした。「と云ッて、どうもこのままには済まされん……思切《おもいき》ッて今の家《うち》に下宿しようか？……」

　今更《いまさら》心が動く、どうしてよいか訳がわからない。時計を見れば、まだ漸く三時半すこし廻《ま》わッたばかり。今から帰るも何《なん》となく気が進まぬ。から、彼所《あれ》から牛込見附《うしごめみつけ》(9)へ懸《かか》ッて、腹の屈托《くったく》を口へ出して、折々往来の人を驚かしながら、いつ来るともなく番町《ばんちょう》へ来て、例の教師の家《うち》を訪問《おとずれ》てみた。

　折善《おりよ》く最《も》う学校から帰ッていたので、すぐ面会した。が、授業の模様、旧生徒の噂、留学、龍動《ロンドン》、「たいむす」、(10)はッぱァと、すぺんさあ――相変らぬ噺《はなし》で、おもしろくも何《なん》ともない。「私《わたし》……事に寄ると……この頃に下宿するかも知れません。」唐突に宛《あて》もない事を云ッてみたが、先生少しも驚かず、何故《なにゆえ》かふむと鼻を鳴らして、ただ「羨ましいな。もう一度其様《そん》な身になってみたい、」とばかり。とんと方角が違う。面白くないから、また辞して教師の宅をも出てしまッた。

　出た時の勢《いきおい》に引替えて、すごすご帰宅したは八時ごろの事であッたろう。まず眼を配ッてお勢を探す。見えない、お勢が……棄てた者に用も何《なに》もないが、それでも、文三に云わせると、人情というものは妙なもので、何《なん》となく気に懸るから、火を持ッて上《あが》ッて来たお鍋《なべ》にコッそり聞いてみると、お嬢さまは気分が悪いと仰《おっ》しゃって、御膳《ごぜん》も碌《ろく》に召《めし》上《あが》らずに、もウお休みなさいました、という。

「御膳も碌に？……」

「御膳も碌に召しやがらずに。」

(11)確《たしか》められて文三急に萎《しお》れかけた……が、ふと気をかえて、「へ、へ、へ、御膳も召上らずに……今に(12)鍋焼饂飩《なべやきうどん》でも喰《くい》たくなるだろう。」

おかしな事をいうとは思ッたが、使《つかい》に出ていて今朝の騒動を知らないから、お鍋はそのまま降りてしまう。

と、独りになる。「へ、へ、へ、」とまた思出《おもいだ》して冷笑《あざわら》ッた……が、ふと心附《こころづ》いてみれば、今は其様《そん》な、つまらぬ、くだらぬ、(13)薬袋《やくたい》もない事に拘《かかわ》ッている時ではない。「叔父の手前何《なに》と云ッて出たものだろう？」と改めて首を捻《ひね》ッて見たが、もウ何《なん》となく馬鹿気《ばかげ》ていて、真面目《まじめ》になって考えられない。「何と云ッて出たものだろう？」と強《し》いて考えてみても、心奴《こころめ》がいう事を聴かず、それとは全く関繫《かんけい》もない余所事《よそごと》を何時《いつ》からともなく思ッてしまう。いろいろに紛れようとしてみても、どうも紛れられない、意地悪くもその余所事が気に懸《かか》ッて、気に懸ッて、どうもならない。怺《こら》えに、怺えに、怺えて見たが、とうどう怺え切れなくなって、「して見ると、同じように苦しんでいるか知らん。」はッといッても追付かず。こう思うと、急におそろしく気の毒になッて来て、文三は狼狽《あわ》てて後悔をしてしまッた。

叱るよりは謝罪《あやま》る方が文三には似合うと誰《たれ》やらが云ッたが、そうかも知れない。

第十四回

「気の毒気の毒、」と思い寐《ね》にうとうととして眼を覚まして見れば、烏《からす》の啼声《なきごえ》、雨戸を繰る音、裏の井戸で釣瓶《つるべ》を軋《きし》らせる響。少し眠《ね》足《た》りないが、無理に起きて下坐舗《したざしき》へ降りてみれば、ただお鍋《なべ》が睡《ね》むそうな顔をして釜《かま》の下を焚付《たきつ》けているばかり。誰《たれ》も起きていない。

朝寐《あさね》が持前のお勢《せい》、まだ臥《ね》ているは当然の事、とは思いながらも、何《なん》となく物足らぬ心地がする。

早く顔が視《み》たい、如何《どん》な顔をしているか。顔を視れば、どうせ好《よ》い心地がしないは知れていれど、それでいてただ早く顔が視たい。

三十分たち、一時間たつ。今に起きて来るか、と思えば、肉癢《こそば》ゆい。髪の寐乱《ねみだ》れた、

第三篇の挿絵はこの一葉のみ．画家は第一篇同様，月岡芳年．右下袋戸棚の柄のように署名がある．画中の文字が消える．お勢の髪型が和風の島田になっているのは，これまでの記述から見ればおかしい．

顔の蒼《あお》ざめた、腫瞼《はれまぶち》の美人が始終眼前《めさき》にちらつく。

「昨日下宿《きのう》しようと騒いだは誰《たれ》であッたろう、」と云ッたような顔色《かおつき》……

朝飯《あさはん》がすむ。文三《ぶんぞう》は奥坐舗《おくざしき》を出ようとする、お勢はその頃になッて漸々《ようよう》起きて来て、入《はい》ろうとする、——椽側《えんがわ》でぴッたり出会ッた……はッと狼狽《うろた》えた文三は、予《かね》て期《ご》した事ながら。それに引替えて、お勢の澄ましようは、じろりと文三を尻眼《しりめ》に懸けたまま、奥坐舗へツイとも云わず入《はい》ッてしまッた。ただそれだけの事であッた。

が、それだけで十分。そのじろりと視た眼付が眼の底に染付《しみつ》いて忘れようとしても忘れられない。胸は痞《つか》えた。気は結ぼれる。搗《か》てて加えて、朝の薄曇りが昼少し下《さが》る頃より雨となッて、びしょびしょと降り出したので、気も消えるばかり。

お勢は気分の悪いを口実《いいだて》にして英語の稽古《けいこ》にも往《ゆ》かず、ただ一間《ひとま》に籠《こも》ッたぎり、音沙汰《おとさた》なし。昼飯《ひるはん》の時、顔を合わしたが、お勢はなりたけ文三の顔を見ぬようにしている。偶々《たまたま》眼を視合《みあ》わせれば、すぐ首を据えて可笑《おか》しく澄ます。それが睨付《にらみつけ》られるより文三には辛い。雨は歇《や》まず、お勢は済(15)まぬ顔、家内《かない》も湿り切ッて誰《たれ》とて口を聞く者もなし。文三は泣出《なきだ》したくなッた。

心苦しいその日も暮れてやや雨はあがる。昇《のぼる》が遊びに来たか、門口《かどぐち》で華やかな声。お鍋のけたたましく笑う声が聞える。お勢はその時奥坐舗《おくざしき》に居たが、それを聞くと、狼狽《うろた》えて起上《おきあが》ろうとしたが、間に合わず、──気軽《きがる》に入《はい》ッて来る昇に視られて、さも余義なさそうにまた坐ッた。

何《なに》も知らぬから、昇、例の如く、好もしそうな眼付をしてお勢の顔を視て、挨拶よりまず戯言《ざれごと》をいう、お勢は莞爾《にっこり》ともせず、真面目《まじめ》な挨拶をする、──かれこれ齟齬《くいちが》う。から、昇も怪訝《けげん》な顔色《かおつき》をして何《なに》か云おうとしたが、突然お政《まさ》が、三日も物を云わずにいたように、(16)たてつけて饒舌《しゃべ》り懸けたので、つい紛《はぐ》らされてその方《ほう》を向く。その間《ま》にお勢はコッそり起上《たちあが》ッて坐舗を滑り出ようとして……見附《みつ》けられた。

「何処《どこ》へ、勢ちゃん?」

けれども、聞えませんから返答を致しませんと云わぬばかりで、お勢は坐舗《ざしき》を出てしまッた。

部屋は真《しん》の闇《やみ》。手探りで摺附木《マッチ》だけは探り当てたが、洋燈《ランプ》が見附《みつか》らない。大方《おおかた》お鍋が忘れてまだ持ッて来ないのであろう。「鍋や、」と呼んで少し待ッてみてまた「鍋や……」返答をしない。「鍋、鍋、鍋」たてつけて呼んでも返答をしない。焦燥《じれ》きッていると、気の抜けたころに、間《ま》の抜けた声で、

本の豆知識

●函・はこ・箱??●

「はこ」というと，日常的には箱という字がよく使われるが，本を差し込み式で入れる形のものは多く「函」と表記される．函は本を守るためだけではなく，本の存在感や個性の演出にも一役買っている．図は貼函《はりばこ》といい，膠（ゼラチン）を用いて手で貼る伝統的な製法である．他にも，もう少し簡便な機械函（針金止め，天地糊付函，型抜函）がある．背の部分を持って下に向けたとき，中の本がスーッとゆっくり出てくるのが理想的といわれている．

「お呼びなさいましたか?」

「知らないよ……そんな……呼んでも呼んでも、返答もしないンだものを。」

「だッてお奥で御用をしていたンですものを。」

「用をしていると返答は出来なくッて?」

「御免遊ばせ……何か御用?」

「用がなくッて呼びはしないよ……そンな……人を……くらみ(暗黒)[17]でるのがわかッ(分ら)なッかえッ?」
二、三度聞直《ききなお》して漸く分《わか》ッて洋燈《ランプ》は持ッて来たが、心なし奴《め》が跡をも閉めずして出て往《い》ッた。
「ばか。」

顔に似合わぬ悪体《あくたい》を吐《つ》きながら、起上《たちあが》ッて邪慳《じゃけん》に障子を〆切《しめき》り、再び机の辺《ほとり》に坐る間《ま》もなく、折角〆《しめ》た障子をまた開けて……己《おの》れ、やれ、もう堪忍が……と振《ふ》り反《かえ》ッてみれば、案外な母親。お勢は急に他所《よそ》を向く。

「お勢、」と小声ながらに力瘤《ちからこぶ》を込めて、お政は呼ぶ。此方《こちら》はなに返答をするものかと力身《りきん》だ面相《かおつき》。

「何《なん》だと云ッて、彼様《あん》なおかしな処置振《しょちぶ》りをおしだ？　本田さんが何とか思いなさらアね。彼方《あっち》へお出《い》でよ。」

と暫《しば》らく待ッていてみたが、動きそうにもないので、また声を励まして、

「よ、お出でといッたら、お出でよ。」

「それ位《くらい》なら彼様《あん》な事云わないがいい……」

と差俯向《さしうつむ》く、その顔を窺《のぞ》けば、おやおや泪《なみだ》ぐんで……

「ま、呆《あき》れけえッちまわア！」と母親はあきれけエッちまッた。「たンとお脹《ふく》れ。」

とは云ッたが、また折れて、

「世話ア焼かせずと、お出《い》でよ。」

返答なし。

「ええ、も、じれッたい！　勝手にするがいい！」

そのまま母親は奥坐舗《おくざしき》へ還《かえ》ってしまッた。

これで坐舗へ還る綱も截《き》れた。求めて截ッておきながら今更《いまさら》惜しいような、じれッたいような、おかしな顔をして暫《しばら》く待ッていてみても、誰《たれ》も呼びに来てもくれない。また呼びに来たとて、おめおめ還られもしない。それに奥坐舗では想像《おもいやり》のない者どもが打揃《うちそろ》

ッて、噺《はな》すやら、笑うやら……肝癪紛れにお勢は色鉛筆を執ッて、まだ真新《まあたらしな》すうぃん(18)とんの文典の表紙をごしごし擦《こす》り初めた。不運なはすうぃんとんの文典！

表紙が大方真青《おおかたまつさお》になッたころ、ふと椽側《えんがわ》に足音……耳を聳《そばだ》てて、お勢ははッと狼狽《うろた》えた……手ばしこく文典を開けて、倒《さか》しまになッているとも心附《こころづ》かで、ぴッたり眼《め》で喰込《くいこ》んだ、とんと先刻《せんこく》から書見《しょけん》していたような面相《かおつき》をして。

すらりと障子が開《あ》く。文典を凝視《みつ》めたままで、お勢は少し震えた。遠慮気《えんりょげ》もなく、無造作に入《はい》ッて来た者は云わでと知れた昇。華美《はで》な、軽い調子で、「遁《に》げたね、好男子《いろおとこ》が来たと思ッて。」

と云わしておいて、お勢は漸く重そうに首を擡《あ》げて、世にも落着いた声で、さもにべなく、

「あの失礼ですが、まだ明日《あした》の支度をしませんから……」

けれども、敵手《あいて》が敵手だから、一向利《き》かない。

「明日《あした》の支度？　明日の支度なぞは如何《どう》でも宜《い》いさ。」

と昇はお勢の傍《そば》に陣を取ッた。

「本統《ほんとう》にまだ……」

「何をそう拗捩《すね》たンだろう？　令慈《おっかさん》に叱《しか》られたね？　え、そうでない。はてな。」
と首を傾《かたぶ》けるより早く横手《よこで》を拍《う》ッて
「あ、ああわかッた。な、な、それで……それならそうと早く一言《ひとこと》云えばいいのに……なンだろう大方《おおかた》かく申す拙者奴《せつしやめ》に……ウ……ウといッたような訳なンだろう？
(19)大蛤《おおはまぐり》の前じゃアロが開《あ》きかねる、――これゃア尤《もっとも》だ。そこで釣寄せて(20)おいて……ほん(21)ありがた山《やま》の蜀魂《ほととぎす》、一声《ひとこえ》漏らそうとは嬉しいぞえ嬉しいぞえ。」
と妙な身振りをして、

「それなら、実は此方《こっち》も疾《とう》からその気ありだから、それ白痴(22)《こけ》が出来合靴《できあいぐつ》を買うのじゃないが、しッくり嵌《は》まるというもンだ。嵌まるといえば、邪魔の入《はい》らない内だ。ちょッ(23)くり抱ッこのぐい極《ぎ》めと往《い》きやしょう。」

と白(24)らけた声を出して、手を出しながら、摺寄《すりよ》ッて来る。

「明日《あした》の支度が……」

とお勢は泣声を出して身を縮ませた。

「ほい間違ッたか。失敗、失敗。」

何を云ッても敵手《あいて》にならぬのみか、この上手《うえ》を附《つ》けたら雨になりそうなので、さすがの本田も少し持《もち》あぐねた所へ、お鍋が呼びに来たから、それを幸いにして奥坐舗《おくざしき》へ還《かえ》ッてしまッた。

文三は昇が来たから安心を失《な》くして、起《た》ッて見たり、坐《すわ》ッて見たり。我他彼此《がたぴし》するのが薄々分るので、いよいよもって堪《たま》らず。ない用を拵《こしら》えて、この時二階を降りてお勢の部屋の前を通りかけたが、ふと耳を聳《そばだ》て、抜足をして障子の間隙《ひずみ》から内を窺《のぞい》てはッと顔《がお》。お勢が伏臥《うちぶし》になッて泣……い……て……

「Explanation《エキスプラネーション》（示談《はなしあい》）」と一時《いちじ》に胸で破裂した……

第十五回

Explanation《エキスプラネーション》（示談《はなしあい》）、と肚《はら》を極《き》めてみると、大きに胸が透《す》いた。己《おの》れの打解けた心で推測《おしはか》るゆえ、さほどに難事とも思えない。もウ些《すこ》しの辛抱、と、哀《あわれ》むべし、文三《ぶんぞう》は眠らでとも知らず夢を見ていた。

機会《おり》を窺《み》ている二日目の朝、(25)見知り越しの金貸《かねかし》が来てお政《まさ》を連出《つれだ》して行く。時機到来……今日こそは、と領《えり》を延ばしているとも知らずして帰ッて来たか、下女部屋《げじょべや》の入口で「慈母《おッか》さんは？」と優しい声。

その声を聞くと均《ひと》しく、文三起上《たちあが》りは起上ッたが、据えた胸も率《いざ》となれば躍《おど》る。前へ一歩《ひとあし》、後《うしろ》へ一歩、躊躇《ためらい》ながら二階を降りて、ふいと椽《えん》を廻《ま》わッて見れば、部屋にとばかり思ッていたお勢《せい》が入口に柱に靠着《もた》れて、空を向上《みあ》げて物思い顔……はッと思ッて、文三立ち止まッた。お勢も何心なく振《ふ》り反《かえ》ッてみて、急に顔を曇らせる……ツと部屋へ入《はい》ッて跡ぴッしゃり。障子は柱と額合《はちあ》わせをして、二、三寸跳《は》ね返《かえ》ッた。

跳ね返ッた障子を文三は恨めしそうに凝視《みつ》めていたが、やがて思い切りわるく二歩三《ふたあしみ》歩《あし》。わななく手頭《てさき》を引手《ひきて》へ懸けて、胸と共に障子を躍らしながら開けてみれば、お勢は机の前に端坐《かしこま》ッて、一心に壁と睨《にら》め競《くら》。

「お勢さん」

と瀬踏《せぶみ》をしてみれば、愛度気《あどけ》なく返答をしない。危《あやう》きに慣れて縮めた胆《きも》を少し太くして、また、

「お勢さん。」

また返答をしない。

この分なら、と文三は取越(26)して安心をして、莞爾《にこ》莞爾《にこ》しながら部屋へ入り、好《よ》きほどの所に坐を占めて、

「少しお噺《はなし》が……」

この時になッてお勢は初めて、首の筋でも蹙《つま》ッたように、徐々《そろそろ》顔を此方《こちら》へ向け、可愛《かあい》らしい眼に角《かど》を立てて、文三の様子を見ながら、何《なに》か云いたそうな口付《くちつき》をした。今打とうと振上げた拳《こぶし》の下に立ッたように、文三はひやりとして、思わず一生懸命にお勢の顔を凝視《みつ》めた。けれども、お勢は何《なに》とも云わず、また向うを向いてしまッたので、やや顔を霽《は》らして、極《きま》りわるそうに莞爾莞爾《にこにこ》しながら、

「この間《あいだ》は誠にどう……」

もと云い切らぬうち、つと起《お》き上《あが》ッたお勢の体が……不意を打たれて、ぎょッとする。女帯《おんなおび》が、友禅染《ゆうぜんぞめ》の、眼前《めさき》にちらちら……はッと心附く……我を忘れて、しッかり捉えたお勢の袂《たもと》を……

「何をなさるンです？」

と慳貪《けんどん》にいう。

「少しお噺《はな》し……お……」

「今用があります。」

邪慳《じゃけん》に袂を振払ッて、ついと部屋を出《で》てしまッた。

その跡を眺めて文三は(27)呆《あき》れた顔……「この期《ご》を外しては……」と心附いて起《た》ち上《あが》りてはみたが、まさか跡を慕ッて往《ゆ》かれもせず、萎《しお》れて二階へ狐鼠狐鼠《こそこそ》と帰ッた。「失敗《しま》ッた、」と口へ出して後悔して後《おく》れ馳《ば》せに赤面。「今にお袋が帰ッて来る。『慈母《おっか》さんこれこれの次第……　失敗《しま》ッた、失策《しくじ》ッた。」

千悔《せんかい》、万悔《ばんかい》、臍《ほぞ》を噬《か》んでいる胸元《むなもと》を貫くような午砲(28)の響。それと同時に「御膳《ごぜん》で御座いますよ。」けれど、ほいきたといッて降りられもしない。二、三度呼ばれて拠《よん》どころなく、薄気味わるわる降りてみれば、お政はもウ帰ッていて、娘と(29)取膳《とりぜん》で今《いま》食事最中。文三は黙礼をして膳に向ッた。「もウ咄《はな》したか、まだ咄《はな》さぬか、」と思えど胸も落着かず、臆病で好事《ものずき》な眼を額越《ひたえごし》にそッと親子へ注いでみればお勢は澄ました顔、お政は意味のない顔、——咄したとも付かず、咄さぬとも付かぬ。

寿命を縮めながら、食事をしていた。

「そらそら、気をお付けなね。小供じゃアあるまいし。」

ふと轟《とどろ》いたお政の声に、怖気《おじけ》の附いた文三ゆえ、吃驚《びっくり》して首を矯《あ》げてみて、安心した。お勢が誤まッて茶を膝に滴《こぼ》したのであッた。(30)気を附けられたからというえこじな顔をして、お勢は澄ましている。拭《ふ》きもしない。

「早くお拭きなね、」と母親は叱《しか》ッた。「膝の上へ茶を滴して、ぽかんと見てえる奴《やつ》があるもんか。三歳児《みつご》じゃアあるまいし、意久地《いくじ》のないにも方図《ほうず》があッたもンだ。」

最早《もはや》こうなッては穏《おだやか》に収まりそうもない。黙ッても視《み》ていられなくなッたから、お鍋《なべ》は(31)一《ひ》とかたけ頬張《ほおば》ッた飯《めし》を鵜呑《うのみ》にして、「はッ、はッ、」と笑ッた。同じ心に文三も「へ、へ、」と笑ッた。

するとお勢は佶《きっ》と振向いて、可畏《こわ》らしい眼付《めつき》をして文三を睨《ね》め出《だ》した。その容子《ようす》が常でないから、お鍋はふと笑い罷《や》んでもッけな顔をする。文三は色を失ッた……

「どうせ私《わたし》は意久地《いくじ》がありませんのさ、」とお勢はじ(32)ぶくりだした、誰《だれ》に向ッていうともなく。「笑いたきゃア沢山《たんと》お笑いなさい……失敬な。人の叱《しか》られるのが何処《どこ》が可笑《おか》しいンだろう？ げたげたげたげた。」

「何《なん》だよ、やかましい！ 言艸《いいぐさ》いわずと、早々《さっさ》と拭《ふ》いておしまい。」

と母親は火鉢の布巾《ふきん》を放《な》げ出す。けれども、お勢は手にだも触れず、

「意久地がなくッたッて、まだ自分が云ッたことを忘れるほど盲録《もうろく》はしません。余計なお世話だ。人の事よりか自分の事を考えてみるがいい。男の口から最《も》う口も開《き》かないなンぞッて云ッておきながら……」

「お勢！」

と一句に力を籠《こ》めて制する母親、その声ももウこうなッては耳には入《はい》らない。文三を尻眼《しりめ》に懸けながらお勢は切歯《はぎし》りをして、

「まだ三日も経《た》たないうちに、人の部屋へ……」

「これ、どうしたもンだ。」

「だッて私《わたし》ア腹が立つものを。人の事を浮気者《うわきもん》だなンぞッて罵《ののし》ッておきながら、三日も経たないうちに、人の部屋へつかつか入《はい》ッて来て……人の袂《たもと》なンぞ捉《つかま》えて、咄《はなし》があるだの、何《なん》だの、種々《いろいろ》な事を云ッて……なんぼ何だッて余《あん》まり人を軽蔑《けいべつ》した……云う事があるなら、茲処《ここ》でいうがいい、慈母《おっか》さんの前で云えるなら、云ッてみるがいい……」

留めれば留めるほど、なお喚《わめ》く。散々《さんざん》喚かしておいて、最《も》う好《よ》い時分となッてから、お政が「彼方《アッチ》へ、」と顋《あご》でしゃくる。しゃくられて、放心して人の顔ばかり視ていたお鍋は初めて心附き、倉皇箸《あわててはし》を棄ててお勢の傍《そば》へ飛んで来て、いろいろに賺《す》かして連れて行《ゆ》こうとするが、なかなか素直に連れて行かれない。

「いいえ、放擲《うっちゃ》ッといとくれ。何だか云う事があるッていうンだから、それを……聞かないうちは……いいえ、私《わた》しゃ……あンまり人を軽蔑した……いいえ、其処《そこ》お放しよ

……お放しッてッたら、お放しよッ……」

けれども、お鍋の腕力には敵《かな》わない。無理無体に引立《ひきた》てられ、がやがや喚きながらも坐舗《ざしき》を連れ出されて、(33)やや部屋へ収まったようす。

となッて、文三始めて人心地《ひとごこち》が付いた。

いずれ宛擦《あてこす》りぐらいはあろうとは思ッていたが、こうまでとは思い掛けなかッた。(34)晴天の霹靂《へきれき》、思いの外《ほか》なのに度肝《どぎも》を抜《ぬか》れて、腹を立てる遑《いとま》もない。脳は乱れ、神経は荒れ、心神《しんじん》錯乱して是非の分別《ふんべつ》も付かない。たださしあたッた面目なさに消えも入《い》りたく思うばかり。叔母を観れば、薄気味わるくにやりとしている。このままにも置かれない、――から、余義なく叔母の方へ膝を押向け、おろおろしながら、

「実に……どうもす、す、済まんことをしました……まだお咄《はなし》はいたしませんでしたが……一昨日《いっさくじつ》お勢《せい》さんに……」

と云いかねる。

「その事なら、ちらと聞きました、」と叔母が受取ッてくれた。「それはああした我儘《わがまま》者《もの》ですから、定めしお気に障るような事もいいましたろうから……」

「いや、決してお勢さんが……」

「それゃアもう、」と一越調子高《いちおつちょうしだか》に云ッて、文三を云い消してしまい、また声を並《なみ》に落して、「お叱《しか》んなさるも、あれの身のためだから、いいけれども、ただまだ婚嫁前《よめいりまえ》の事《こっ》てすから、彼様《あん》な者《もん》でもね、余り身体《あんまからだ》に疵《きず》の……」

「いや、私《わたくし》は決して……其様《そん》な……」

「だからさ、お云いなすッたとは云わないけれども、これからもある事《こっ》たから、おねがい申しておくンですよ。わるくお聞きなすッちゃアいけないよ。」

びッたり釘《くぎ》を打たれて、ぐッともいえず、文三はただ口惜《くちお》しそうに叔母の顔を視詰《みつ》めるばかり。

「子を持ッてみなければ、分らない事《こっ》たけれども、女の子というものは嫁《かたづ》けるまでが心配なものさ。それゃア、人さまにゃア彼様《あん》な者《もん》を如何《どう》なッてもよさそうに思われるだろうけれども、親馬鹿《おやばか》とは旨《うま》く云ッたもンで、彼様《あん》な者《もん》でも子だと思えば、ありもしねえ悪名《あくみょう》つけられて、ひょッと縁遠くでもなると、厭《いや》なものさ。それに誰《たれ》にしろ、踏付《ふみつけ》られれゃア、あンまり好《い》い心持もしないものさ、ねえ、文さん。」

もウ文三堪《たま》りかねた。

「す、す、それじゃ何《なん》ですか……私《わたくし》が……私がお勢さんを踏付たと仰《お》ッしゃるンですかッ？」

「可畏《こわ》い事をお云いなさるねえ、」とお政はおそろしい顔になッた。「お前さんがお勢を踏付たと誰《だれ》がいいました？　私《わたし》ア自分にも覚えがあるから、ただの世間咄《せけんばなし》に踏付られたと思うと厭《いや》なもンだと云ッたばかしだよ。それを其様《そん》な云いもしない事をいって……ああ、なンだね、お前さん云い掛《がか》りをいうンだね？　女だと思ッて、其様《そん》な事を云ッて、人を困らせる気だね？」

と層《かさ》に懸《かか》ッて極付《きめつけ》る。

「ああわるう御座ンした……」と文三は狼狽《あわ》てて謝罪《あやま》ッたが、口惜《くちお》し涙が承知をせず、両眼《りょうがん》に一杯溜《たま》るので、顔を揚げていられない。差俯向《さしうつむ》いて「私《わたくし》が……わるう御座ンした……」

「そうお云いなさると、さも私《わたし》が難題でもいいだしたように聞こゆるけれども、なにもそう遁《に》げなくッてもいいじゃないか？　其様《そん》な事を云い出すからにゃア、お前さんだッて、何か訳がなくッちゃア、お云いなさりもすまい？」

「私《わたくし》がわるう御座ンした……」と差俯向《さしうつむ》いたままで重ねて謝罪《あやまっ》た。「全く其様《そん》な気で申した訳じゃアありませんが……お、お、思違いをして……つい……失礼を申しました……」

こう云われては、さすがのお政も最《も》う嚙付《かみつ》きようがないと見えて、無言で少選《しばらく》文三を眤《ね》めるように視ていたが、やがて、

「ああ厭《いや》だ、厭だ、」と顔を皺《しか》めて、「此様《こん》な厭な思いをするも皆彼奴《みんなあいつ》のお蔭《かげ》だ。どれ、」と起《た》ち上《あが》ッて、「往《い》ッて(35)土性骨《どしょうぼね》を打挫《ぶっくじ》いてやりましょう。」

お政は坐舗《ざしき》を出てしまッた。

お政が坐舗を出るや否や、文三は今までの溜涙《ためなみだ》を一時《いちじ》にはらはらと落した。ただそのまま、さしうつむいたままで、やや久《しば》らくの間、起《た》ちも上がらず、身動きもせず、黙念として坐ッていた。が、そのうちにお鍋が帰ッて来たので、文三も、余義なく、うつむいたままで、力なさそうに起《た》ち上《あが》り、悄々我《すごすごわが》部屋へ戻ろうとして梯子段《はしごだん》の下まで来ると、お勢の部屋で、さも意地張《いじば》ッた声で、

「私《わたし》ゃアもう家《うち》に居るのは厭《いや》だ厭だ。」

第十六回

あれほどまでにお勢母子《せいおやこ》の者に辱《はずかし》められても、文三《ぶんぞう》はまだ園田《そのだ》の家《いえ》を去る気になれな

い。ただ、そのかわり、火の消えたように、鎮《しず》まッてしまい、いとど無口が一層口を開《き》かなくなッて、呼んでも捗々《はかばか》しく返答をもしない。用事がなければ下へも降りて来ず、ただ一間《ひとま》にのみ垂《た》れ籠《こ》めている。余り静かなので、つい居《い》ることを忘れて、お鍋《なべ》が洋燈《ランプ》の油を注《つ》がずにおいても、それを吩咐《いいつ》けて注《つ》がせるでもなく、油がなければないで、真《まっ》闇《くら》な坐《ざ》舗《しき》に悄然《しょんぼり》として、始終何事をか考えている。

けれど、こう静まッているは表相《うわべ》のみで、その胸臆《きょうおく》の中《うち》へ立入ッてみれば、実に一方《ひとかた》ならぬ変動。あたかも心が顚動《てんどう》した如くに、昨日好《きのうよ》いと思ッた事も今日《きょう》は悪く、今日悪いと思う事も昨日は好いとのみ思ッていた。情慾《じょうよく》の曇が取れて心の鏡が明《あきら》かになり、睡《ね》入《い》ッていた智慧《ちえ》は俄《にわか》に眼を覚まして決然として断案を下し出す。眼に見えぬ処《ところ》幽妙の処で、文三は――全くとは云わず――やや変生《うまれかわ》ッた。

眼を改めてみれば、今までして来た事は夢か将《は》た現《うつつ》か……と怪しまれる。お政《まさ》の浮薄、今更《いまさら》いうまでもない。が、過《あや》まッた文三は、――実に今まではお勢を見《み》謬《あや》まッていた。今となッて考えてみれば、お勢はさほど高潔でもない。移気《うつりぎ》、開豁《はで》、軽《かる》躁《はずみ》、それを高潔と取違えて、意味もない外部の美、それを内部のと混同して、愧《はず》かしいかな、文三はお勢に心を奪われていた。

我《われ》に心を動かしていると思ッたがあれがそもそも誤まりの緒《いとぐち》。苟《かりそ》めにも人を愛するというからには、必ず先《ま》ず互いに天性気質を知りあわねばならぬ。けれども、お勢は初《はじめ》より文三の人と為《な》りを知ッていねば、よし多少文三に心を動かした如き形迹《けいせき》があればとて、それは真に心を動かしていたではなく、ただほんの一時《いちじ》感染《かぶ》れていたのであッたろう。

感受の力の勝つ者は誰《たれ》しも同じ事ながら、お勢は眼前に移り行く事や物やのうち少しでも新奇な物があれば、眼早《めばや》くそれを視て取ッて、直ちに心に思い染《し》める。けれども、惜しい哉《かな》、殆《ほとん》ど見たままで、別に(36)烹煉《ほうれん》を加うるということをせずに、無造作にその物その事の見解を作ッてしまうから、自《おのずか》ら真相を看破《あきら》めるというには至らずして、動《やや》もすれば浅膚《せんぷ》の見《けん》に陥《おち》いる。それゆえ、その物に感染《かぶ》れて、眼色《めいろ》を変えて、狂い騒ぐ時を見れば、如何《いか》にも熱心そうに見えるものの、固《もと》より一時《いちじ》の浮想《ふそう》ゆえ、まだ真味《しんみ》を味《あじ》わぬうちに、早くも熱が冷めて、厭気《いやき》になッて惜し気もなく打棄《うちす》ててしまう。感染《かぶ》れる事の早い代りに、飽きる事も早く。得る事に熱心な代りに、既に得た物を失うことには無頓着。書物を買うにしても、そうで。買いたいとなると、矢も楯《たて》もなく買いたがるが、買ッてしまえば、余り読みもしない。英語の稽古を初めた時も、またその通りで。初めるまでは一日《いちじつ》をも争ッたが、初めてみれば、さほどに勉強もしない。万事そうした気風であってみれば、お勢の文三に感染《かぶ》れたも、また厭《あ》いたも、その間《あいだ》にからまる事情を棄てて、単にその心状をのみ繹《たず》ねてみたら、恐らくはそのような事であろう。

かつお勢は開豁《はで》な気質、文三は朴茂《じみ》な気質。開豁《はで》が朴茂《じみ》に感染《かぶ》れたから、何処《どこ》か仮衣《かりぎ》をしたように、恰当《そぐ》わぬ所があって、落着《おちつき》が悪かッたろう。悪ければ良くしようというが人の常情《じょうじょう》であってみれば、仮令《たと》え免職、窮愁《きゅうしゅう》、恥辱《ちじょく》などという外部の激因がないにしても、お勢の文三に対する感情は早晩一変せずにはいなかッたろう。

お勢は実に軽躁《かるはずみ》である。けれども、軽躁《かるはずみ》でない者が軽躁《かるはずみ》な事をしようとてし得《え》ぬが如く、軽躁《かるはずみ》な者は軽躁《かるはずみ》な事をしまいと思ッたとて、なかなかしずにはおられまい。軽躁《かるはずみ》と自《みずか》ら認めている者すら、なおこうしたものであってみれば、ましてお勢の如き、まだ我《われ》をも知らぬ、罪のない処女が己《おのれ》の気質に克《か》ち得ぬとて、強《あなが》ちにそれを無理ともいえぬ。もしお勢を深く尤《とが》むべき者なら、較《くら》べていえば、やや学問あり智識《ちしき》ありながら、なお軽《けい》躁《そう》を免がれぬ、譬《たと》えば、文三の如き者は(はれやれ、文三の如き者は?)何《なん》としたものであろう?

人事《ひとごと》でない。お勢も悪《わ》るかッたが、文三もよろしくなかッた。「人の頭の蠅《はえ》を逐《お》うよりは先《ま》ず我《わが》頭のを逐え、」――聞旧《ききふる》した諺《ことわざ》も今は耳新しく身に染《し》みて聞かれる。から、何事につけても、己一人《おのれいちにん》をのみ責めてあえて叨《みだ》りにお勢を尤《とが》めなかッた。が、如何《いか》に贔負眼《ひいきめ》にみても、文三の既に得たいわゆる識認というものをお勢が得ているとはどうしても見えない。軽躁《けいそう》と心附《こころづ》かねばこそ、身を軽躁《けいそう》に持崩《もちくず》しながら、それを憂《う》しとも思わぬ様子。醜穢《しゅうかい》と認めねばこそ、身を不潔な境《さかい》に処《お》きながら、それを何《なに》とも思わぬ顔色《かおつき》。これが文三の近来最も傷心な事。半夜夢覚めて燈《ともしび》冷《ひやや》かなる時、想《おも》うてこの事に到《いた》れば、毎《つね》に悵然《ちょうぜん》として太息《たいそく》せられる。

して見ると、文三は、ああ、まだ苦しみが嘗《な》め足りぬそうな!

第十七回

お勢《せい》のあくたれた時、お政《まさ》は娘の部屋で、およそ二時間ばかりも、何《なに》か諄々《くどくど》と教誨《いいきか》せていたが、爾後《それから》は、如何《どう》したものか、急に母子《おやこ》の折合が好《よ》くなッて来た。とりわけてお勢が母親に孝順《やさしく》する、折節には機嫌を取るのかと思われるほどの事をも云う。親も子も眤《ね》める敵《かたき》は同じ文三《ぶんぞう》ゆえ、こう比周《したしみあ》うもそのはずながら、動静《ようす》を窺《み》るに、ただそればかりでもなさそうで。

昇《のぼる》はその後ふッつり遊びに来ない。顔を視《み》れば鬩《いが》み合う事にしていた母子《おやこ》ゆえ、折合が付いてみれば、咄《はなし》もなく、文三の影口《かげぐち》も今は道尽《いいつく》す、——家内《かない》が何時《いつ》からとなく湿ッて来た。

「ああ、辛気《しんき》だこと！」と一夜《あるよ》お勢が欠《あく》びまじりに云ッて泪《なみだ》ぐンだ。

新聞を拾読《ひろいよみ》していたお政は眼鏡越しに娘を見遣《みや》ッて、「欠びをして徒然《つくねん》としていることはないやアね。本でも出して来てお復習《さらい》なさい。」

「復習《さらえ》ッて、」とお勢は鼻声になッて眉を顰《ひそ》めた。

「明日《あした》の支度はもう済《すま》してしまッたものを。」

「済ましッちまッつッて。」

お政は復《また》新聞に取掛《とりかか》ッた。

「慈母《おっか》さん。」とお勢は何《なに》をか憶出《おもいだ》して事《こと》あり気《げ》にいッた。「本田《ほんだ》さんは何故《なぜ》来ないンだろう？」

「何故だか。」

「憤《おこ》ッているのじゃないのだろうか？」

「そうかも知れない。」

何を云ッても取合わぬゆえ、お勢も仕方なく口を箝《つぐ》んで、少《しばら》く物思《ものおも》わし気《げ》に洋燈《ランプ》を凝視《みつめ》ていたが、それでもまだ気に懸《かか》ると見えて、「慈母《おつか》さん。」

「何《なん》だよ？」と蒼蠅《うるさ》そうにお政は起直《おきなお》ッた。

「真個《ほんとう》に本田さんは憤《おこ》ッて来ないのだろうか？」

「何《なに》を？」

「何をッて、」と少し気を得て、「そら、この間来た時、私が構わなかったから……」

と母の顔を凝視《みつめ》た。

「(37)なに人《ひと》、」とお政は莞爾《にっこり》した、何《なん》と云ッてもまだおぼだ(38)なと云いたそうで。「お前に構ッてもらいたいンで来なさるンじゃあるまいシ。」

「あら、そうじゃないンだけれどもさ……」

と愧《はず》かしそうに自分も莞爾《にっこり》。
(39)おほんという罪を作ッているとは知らぬから、昇が、例の通り、平気な顔をしてふいと遣《や》ッて来た。
「おや、ま、噂をすれば影とやらだよ、」とお政が顔を見るより饒舌《しゃべ》り付けた。「今貴君《あなた》の噂をしていた所《とこ》さ。え？ 勿論《もちろん》さ、義理にもよくは云えないッさ……ははは。それは情談《じょうだん》だが、きついお見限りですね。何処《どこ》か穴(40)でも出来たンじゃないかね？ 出来たとえ? そらそら、それだもの、だから(41)鰻男《うなぎおとこ》だということさ。ええ(42)鰌《どじょう》でなくッてお仕合せ? 鰌とはえ?…… あ、ほンに鰌と云えば、向う横町に出来た鰻屋《うなぎや》ね、ちょいと異《おつ》ですッさ。久し振りだッて、奢《おご》らなくッてもいいよ。ははは。」

(43)皺延《しわの》ばしの太平楽、聞くに堪《た》えぬというは平日《へいじつ》の事、今宵《こよい》はちと情実《わけ》があるから、お勢は顔を皺《しか》めるは扨置《さてお》き、昇の顔を横眼でみながら、追蒐《おっか》け引蒐《ひっか》けて高笑い。てれ隠《がく》しか、嬉しさの溢《こぼ》れか当人に聞いてみねば、とんと分からず。

「今夜は大分《だいぶ》御機嫌だが、」と昇も心附《こころづ》いたか、お勢を調戯《なぶり》だす。「この間は如何《どう》したもンだッた? 何をいッても、『まだ明日《あした》の支度をしませんから。』はッ、はッ、はッ、憶出《おもいだ》すと可笑《おか》しくなる。」

「だッて、気分が悪かッたンですものを、」と淫哇《いやら》しい、形容も出来ない身振り。

「何《なに》が何《なん》だか、訳が解《わか》りゃアしません。」

少ししらけた席の穴を塡《うめ》るためか、昇が俄《にわ》かに問われもせぬ無沙汰《ぶさた》の分疏《いいわけ》をしだして、近ごろは頼まれて、(44)一夜《ひとよ》はざめに課長の所へ往《いっ》て、細君と妹《いもと》に英語の下稽古《したげいこ》をしてやる、という。「いや、迷惑な、」と言葉を足す。

と聞いて、お政にも似合わぬ、正直な、まうけに受けて、その不心得《ふこころえ》を諭《さと》す、これが立身の踏台になるかも知れぬといって。けれども、御弟子《おでし》が御弟子ゆえ、飛《とん》だ事まで教えはすまいかと思うと心配だと高く笑う。

お勢は昇が課長の所へ英語を教えに往《ゆ》くと聞くより、如何《どう》したものか、俄《にわ》かに萎《しお》れだしたが、この時母親に釣られて淋《さび》しい顔で莞爾《にっこり》して、「令妹《れいまい》の名は何《なん》というの？」

「花(45)とか耳とか云ッたッけ。」

「よほど出来るの？」

「英語かね？　なアに、から駄目だ。(46)Thank《サンク》 you《ユー》 for《フォア》 your《ユアー》 kind《カインド》だから、まだまだ。」

お勢は冷笑の気味で、「それじゃアア……」

(47)I《アイ》 will《ウイル》 ask《アスク》 to《ツー》 you《ユー》といって今日教師に叱られた、それはこの時忘れていたのだから、仕方がない。

「ときに、これは、」と昇はお政の方を向いて親指を出してみせて、「如何《どう》しました、その後《ご》？」

「居《い》ますよまだ、」とお政は思い切ッて顔を皺《しか》めた。

「ずうずうしいと思ッてねえ！」

「それも宜《いい》が、また何《なに》かお勢に云いましたッさ。」

「お勢さんに？」

「はア。」

「如何《どん》な事を？」

おッとまかせと饒舌《しゃべ》り出した、文三のお勢の部屋へ忍び込むから段々と順を逐《お》ッて、剰《あま》さず漏《もら》さず、おまけまでつけて。昇は頤《あご》を撫《な》でてそれを聴いていたが、お勢が悪《あく》たれた一段となると、不意に声を放ッて、大笑《おおわらい》に笑ッて、「そいつア痛かッたろう。」

「なにそン時こそ些《ちっと》ばかし可怪《おかし》な顔をしたッけが、半日も経《た》てば、また平気なものさ。なンと、本田さん、ずうずうしいじゃアありませんか！」

「そうしてね、まだ私《わたし》の事を浮気者だなンぞッて。」

「ほんとに其様《そん》な事も云ったそうですがね、なにも、其様なに腹がたつなら、此所《ここ》の家《うち》に居ないが宜《いい》じゃありませんか。私《わたし》ならすぐ下宿《げしく》か何かしてしまいまさア。それを、其様《そん》な事を云ッておきながら、ずうずうしく、のべんくらりと、大飯《おおめし》を食らッて……ているとは何所《どこ》まで押《おし》が重《おもた》いンだか数《すう》(48)が知れないと思ッて。」

昇は苦笑《にがわら》いをしていた。暫時《しばらく》して返答とはなく、ただ、「何《なに》しても困ッたもンだね。」

「ほんとに困ッちまいますよ。」

困ッている所へ勝手口で、「梅本《うめもと》でござい。」梅本というは近処の料理屋。「おや家《うち》では……」とお政は怪しむ、その顔も忽《たちま》ち莞爾莞爾《にこにこ》となッた、昇の吩咐《いいつけ》とわかッて。

「それだからこの息子は可愛《かあい》いよ。」片腹痛い言《こと》まで云ッてやがて下女が持込む(49)岡持《おかもち》の蓋《ふた》を取ッて見るよりまた意地の汚い言《こと》をいう。それを、今夜に限《かぎ》ッて、平気で聞いているお勢どのの心持が解らない、と怪しんでいる間《ま》もあればこそ、それッと炭を継《つ》ぐ、吹く、起こす、燗《かん》をつけるやら、鍋《なべ》を懸けるやら、瞬《またた》く間《ま》に酒となッた。

(50)あいのおさえのという蒼蠅《うるさ》い事のない代《かわ》り、洒落、担《かつ》ぎ合《あ》い、大口、高笑《たかわらい》、(51)都々逸《どどいつ》の素《す》じぶくり、替歌《かえうた》の伝受など、いろいろの事があッたが、蒼蠅《うるさ》いからそれは略す。

刺身は調味《つま》のみになッて噎《おくび》で応答《うけこたえ》をするころになッて、お政は、例の所へでも往《ゆ》きたくなッたか、ふと起《た》ッて坐舗《ざしき》を出た。

と両人《ふたり》差向いになッた。顔を視合《みあ》わせるともなく視合わして、お勢はくすくすと吹出したが、急に真地目《まじめ》になッてちんと澄ます。

「これアおかしい。何《なに》がくすくすだろう？」

「何《なん》でもないの。」

「のぼる源氏のお顔を拝んで嬉しいか？」

「呆れてしまわア、ひょッとこ面《づら》のくせに。」

「何《なん》だと?」

「綺麗《きれい》なお顔で御座《ござ》いますということ。」

昇は例(52)の黙ッてお勢を睨《ね》め出す。

「綺麗なお顔だというンだから、ほほほ、」と用心しながら退却《あとすざり》をして、「いいじゃア……おッ……」

ツと寄ッた昇がお勢の傍《そば》へ……空《くう》で手と手が閃《ひらめ》く、からまる……と鎮《しず》まッた所をみれば、お勢は何時《いつ》か手を握られていた。

「これが如何《どう》したの?」と平気な顔。

「如何もしないが、こうまず俘虜《いけどり》にしておいてどッこい……」と振放《ふりはな》そうとする手を握りしめる。

「あちちち」と顔を皺《しか》めて、「痛い事をなさるねえ!」

「ちッとは痛いのさ。」

「放して頂戴よ。よう。放さないとこの手に喰付《くいつき》ますよ。」

「喰付たいほど思えども……」と平気で鼻歌。

お勢はおそろしく顔を皺《しか》めて、甘《あま》たるい声で、「よう、放して頂戴と云えばねえ……声を立てますよ。」

「お立てなさいとも。」

と云われて一段声を低めて、「あら引　本田さんが引　手なんぞ握ッて引　ほほほほいけません、ほほほ。」

「それはさぞ引　お困りで御座いましょう引。」

「本統《ほんとう》に放して頂戴よ。」

「何故《なぜ》？　内海《うつみ》に知れると悪いか？」

「なに彼様《あん》な奴《やつ》に知れたッて……」

「じゃ、ちッとこうしていたまえ。大丈夫だよ、淫褻《いたずら》なぞする本田にあらずだ……が、ちょッと……」と何《なに》やら小声《こごえ》で云ッて、「……位《ぐら》いは宜《よ》かろう？」

するとお勢は、如何《どう》してか、急に心から真面目《まじめ》になッて、「あたしゃア知らないからいい……私《わた》しゃア……其様《そん》な失敬な事ッて……」

昇は面白そうにお勢の真面目くさッた顔を眺めて莞爾莞爾《にこにこ》しながら、「いいじゃないか？　ただちょいと……」

「厭《いや》ですよ、そんな……よッ、放して頂戴と云えばねえッ。」一生懸命に振放そうとする、放させまいとする、暫時《ざんじ》争ッて居ると、椽側《えんがわ》に足音がする、それを聞くと、昇は我からお勢の手を放《はなし》て大笑《おおわらい》に笑い出した。

ずッとお政が入《はい》ッて来た。

「叔母さん叔母さん、お勢さんを放飼《はなしがい》はいけないよ。今も人を捉《つかま》えて口説《くど》いて口説いて困らせ抜いた。」

「あらあら彼様《あんな》な虚言《うそ》を吐《つ》いて……非道《ひど》い人だこと!……」

昇は天井を仰向いて、「はッ、はッ、はッ。」

第十八回

一週間と経《た》ち、二週間と経つ。昇《のぼる》は、相かわらず、繁々《しげしげ》遊びに来る。そこで、お勢《せい》も益々《ますます》親しくなる。

けれど、その親しみ方が、文三《ぶんぞう》の時とは、大きに違う。かの時は華美《はで》から野暮《じみ》へと感染《かぶ》れたが、この度は、その反対で、野暮《じみ》の上塗《うわぬり》が次第に剝《は》げて漸《ようや》く木地《きじ》の華美《はで》に戻る。両人とも顔を合わせれば、ただ戯《たわ》ぶれるばかり。落着いて談話《はなし》などした事更になし。それも、お勢に云わせれば、昇が宜《よろ》しくないので。此方《こちら》で真面目《まじめ》にしているものを、とぼけた顔をし、剽軽《ひょうきん》な事を云い、軽《かろ》く、気なしに、調子を浮かせてあやなしかける。(53)それゆえ、念に掛けて笑うまいとはしながら、おかしくて、おかしくて、どうも堪《たま》らず、唇を噛締《かみし》め、眉《まゆ》を釣上げ、真赤になッても耐《こら》え切れず、つい吹出して大事の大事の品格を落してしまう。果《はて》は、何《なに》を云われんでも、顔さえ見れば、可笑《おか》しくなる。「本当に本田さんはいけないよ、人を笑わしてばかりいて。」お勢は絶えず昇を憎がッた。

こうお勢に対《むか》うと、昇は戯《たわぶ》れ散らすが、お政には無遠慮といううちにも、何処《どこ》かしっとりした所があッて、戯言《たわごと》を云わせれば、云いもするが、また落着く時には落着いて、随分真面目な談話《はなし》もする。勿論、真面目な談話《はなし》と云ッた所で、金利公債の話、(54)家屋敷の売買《うりかい》の噂、さもなくば、借家人《しゃくやにん》が更《さ》らに家賃《たなちん》を納《い》れぬ苦情、——皆つまらぬ事ばかり。一つとしてお勢の耳には面白くも聞こえないが、それでいて、両人《ふたり》の話している所を聞けば、何か、談話《はなし》の筋の外《ほか》に、男女交際、(55)婦人嬌風《きょうふう》の議論よりは、遥《はるか》に優《まさ》りて面白い所があッて、それを眼顔《めかお》で話合ッて娯《たの》しんでいるらしいが、お勢には薩張解《さっぱりわか》らん。が、よほど面白いと見えて、そのような談話《はなし》が始まると、お政は勿論、昇までが平生《へいぜい》の愛嬌《あいきょう》は何処《どこ》へやら遣《や》ッて、お勢の方は見向もせず、一心になッて、あるいは公債を書替える極《ごく》簡略な法、あるいは誰《たれ》も知ッている銀行の内幕、またはお得意の課長の生計の大した事を喋々《ちょうちょう》と話す。お勢は退屈で退屈で、欠《あく》びばかり出る、起上《たちあが》ッて部屋へ帰ろうとは思いながら、つい起《たち》そそくれて潮合《しおあい》を失い、(56)まじりまじり思慮のない顔をして面白《おもしろく》もない談話《はなし》を聞いているうちに、いつしか眼が曇り、両人《ふたり》の顔がかすんで、話声《はなしごえ》もやや遠く籠《こも》ッて聞こえる……「なに、十円さ、」と突然鼓膜《こまく》を破る昇の声に駭《おどろ》かされ、震《ふる》え上《あが》る拍子に眼を看開《みひら》いて、忙《いそが》わしく両人《ふたり》の顔を窺えば、心附《こころづ》かぬ様子。まずよかッたと安心し、何喰《なにく》わぬ顔をしてまた両人《ふたり》の話を聞出すと、また眼の皮がたるみ、引入れられるような、快《よ》い心地になッて、睡《ねむ》るともなく、つい正体を失う……誰《たれ》かに手《て》暴《あら》く揺《ゆす》ぶられて、また愕然《がくぜん》として眼を覚ませば、耳元にどっと高笑《たかわらい》の声。お勢もさすがに莞爾《にッこり》して、「それでも睡いんだものを、」と睡そうに分疏《いいわけ》をいう。またこういう事もある。前のように慾《よく》張《ば》ッた談話《はなし》で両人《ふたり》は夢中になッている。お勢は退屈やら、手持無沙汰《てもちぶさた》やら、いびつに坐《すわ》りてみたり、(57)危坐《かしこま》ッてみたり。耳を借していては際限もなし、そのうちにはまた睡気《ねむけ》がさしそうになる、から、ちと談話《はなし》の仲間入りをしてみようとは思うが、一人が口を箝《つぐ》めば、一人が舌を揮《ふる》い、喋々《ちょうちょう》として両《ふた》つの口が結ばるという事がなければ、嘴《くちば》しを容《い》れたいにも、更にその間隙《すきま》が見附《みつ》からない。その見附からない間隙《すきま》を漸《よう》やく見附けて、ここぞと思えば、さて肝心のいうことが見附からず、迷《まご》つくうちにはや人に取られてしまう。経験が知識を生んで、今度《このたび》はいうべき事も予《かね》て用意して、じれッたそうに挿頭《かんざし》で髪を掻《か》きながら、漸《ようや》くの思《おもい》で間隙《すき》を見附け、「公債は今いくらなの？」と嘴《くちばし》を挿《は》さんでみれば、さて我ながら唐突千万！　無理ではないが、昇も、母親も、胆を潰《つぶ》して顔を視合《みあ》わせて、大笑《おおわらい》に笑い出す。――今のは(58)半襟《はんえり》の間違いだろう。――なに、(59)人形の首だッさ。――違《ちげ》えねえ。またしても口を揃えて高笑い。――あんまりだから、いい！　とお勢は膨《ふく》れる。けれど、膨れたとて、機嫌を取られれば、それだけ畢竟《つまり》(60)安目《やすめ》にされる道理。どうしても、こうしても、敵《かな》わない。

　お勢はこの事を不平に思ッて、あるいは口を聞《き》かぬと云い、あるいは絶交すると云ッて、恐喝《おど》してみたが、昇は一向平気なものなかなか其様《そん》な甘手《あまて》ではいかん。(61)圧制家《ですぽと》利己論者《いごいすと》と口では呪いながら、お勢もついその不届者《ふとどきもの》と親しんで、玩《もてあそ》ばれると知りつつ、玩ばれ、調戯《なぶ》られると知りつつ、調戯られている。けれど、そうはいうものの、戯《ふざ》けるも満更《まんざら》でもないと見えて、偶々《たまたま》昇が、お勢の望む通り、真面目にしていれば、さてどうも物足りぬ様子で、此方《こちら》から、遠方から、危《あや》うがりながら、ちょッかいを出してみる。相手にならねば、甚《はなはだ》機嫌がわるい。から、余義なくその手を押さえそうにすれば、忽《たちま》ちきゃッきゃッと軽忽《きょうこつ》な声を発し、高く笑い、遠方へ逃げ、例(62)の瞼《まぶち》の裏を返して、べべべーという。総《すべ》てなぶられても厭《いや》だが、なぶられぬも厭、どうしましょう、といいたそうな様子。

母親は見ぬ風《ふり》をして見落しなく見ておくから、歯癢《はが》ゆくてたまらん。老功の者の眼から観《み》れば、年若の者のする事は、総《すべ》てしだらなく、手緩《てぬ》るくて更に埒《らち》が明かん。そこで耐《こら》え兼《かね》て、娘に向い、厳《おごそ》かに云い聞かせる、娘の時の心掛《こころがけ》を。どのような事かと云えば、皆《みな》多年の実験から出た交際の規則で。男、とりわけて若い男という者はこうこういう性質のものであるから、もし情談《じょうだん》をいいかけられたら、こう、花を持たせられたら、こう、弄《なぶ》られたら、こう待遇《あしら》うものだ、など、いう事であるが、親の心子知らずで、こう利益《ため》を思ッて、云い聞かせるものを、それをお勢は、生意気な、まだ世の態《さま》も見知らぬくせに、明治生れの婦人は芸娼妓《げいしょうぎ》でないから、男子に接するに其様《そん》な手管《てくだ》は入《い》らないとて、鼻の頭《さき》で待遇《あしら》ッていて、更に用いようともしない。手管ではない、これが娘の時の心掛《こころがけ》というものだと云い聞かせても、そのような深遠な道理はまだ青いお勢には解らない。そんな事は女(63)大学にだッて書いてないと強情を張る。勝手にしなと肝癪《かんしゃく》を起こせば、勝手にしなくッてと口答《くちごたえ》をする。どうにも、こうにも、なッた奴《やつ》じゃない！

けれど、母親が気を揉むまでもなく、幾程《いくほど》もなくお勢は我から自然に様子を変えた。まずその初《はじめ》をいえば、こうで。

この物語の首《はじめ》にちょいと噂をした事のあるお政の知己《しりびと》「須賀町《すがちょう》のお浜」という婦人が、近頃に娘をさる商家へ縁付《えんづけ》るとて、それを風聴《ふいちょう》かたがた、その娘を伴《つ》れて、或日《あるひ》お政を尋ねて来た。娘というはお勢に一ツ年下で、姿色《きりょう》は少し劣る代り、遊芸は一通り出来て、それでいて、おとなしく、愛想《あいそ》がよくて、お政に云わせれば、如才のない娘《こ》で、お勢に云わせれば、旧弊な娘《むすめ》、(64)お勢は大嫌い、母親が贔負《ひいき》にするだけに、なお一層この娘を嫌う。但しこれは普通の勝心《しょうしん》のさせる業《わざ》ばかりではなく、この娘の蔭《かげ》で、おりおり高い鼻(65)を擦《こす》られる事もあるからで、縁付《えんづけ》ると聞いて、お政は羨《うらや》ましいと思う心を、少しも匿《かく》さず、顔はおろか、口へまで出して、事々《ことごと》しく慶《よろこ》びを陳《の》べる。娘の親も親で、慶びを陳べられて、一層得意になり、さも誇貌《ほこりが》に婿の財産を数え、または支度に費《つか》ッた金額の総計から内訳《うちわけ》まで細々《こまごま》と計算をして聞かせれば、聞く事ごとにお政はかつ驚き、かつ羨やんで、果《はて》は、どうしてか、婚姻の原因を娘の行状に見出して、これというも平生の心掛《こころがけ》がいいからだと、口を極めて賞《ほ》める、嫁《よめい》る事が何故《なぜ》其様《そんな》に手柄であろうか、お勢は猫が鼠を捕ッたほどにも思ッていないのに！　それをその娘は、耻《はず》かしそうに俯向《うつむ》きは俯向きながら、己《おの》れも仕合《しあわせ》と思い顔で高慢は自《おのずか》ら小鼻に現われている。見ていられぬほどに醜態を極める！　お勢は固《もと》より羨ましくも、妬《ねた》ましくもあるまいが、ただ己れ一人でそう思ッているばかりでは満足が出来んと見えて、おりおりさも苦々しそうに冷笑《あざわら》ッてみせるが、生憎誰《あやにくだれ》も心附《こころづ》かん。そのうちに母親が人の身の上を羨やむにつけて、我身の薄命を歎《かこ》ち、「何処《どこ》かの人」が親を蔑《ないがし》ろにしてさらにいうことを用いず、何時《いつ》身を極《き》めるという考《かんがえ》もないとて、苦情をならべ出すと、娘《むすめ》の親は失礼な、なにこの娘《こ》の姿色《きりよう》なら、ゆくゆくは「(66)立派な官員さん」でも夫《おッと》に持ッて親に安楽をさせることであろうと云ッて、嘲けるように高く笑う。見よう見真似《みまね》に娘までが、お勢の方を顧みて、これもまた嘲けるようにほほと笑う。お勢はおそろしく赤面してさも面目なげに俯向《うつむ》いたが、十分も経《たた》ぬうちに座舗《ざしき》を出てしまッた。我部屋《わがへや》へ戻りてから、始めて、後馳《おくればせ》に憤然《やッき》となッて「一生お嫁になんぞ行《い》くもんか」と奮激《ふんげき》した。

　客は一日打《いちにちうち》くつろいで話して夜《よ》に入《い》ッてから帰ッた。帰ッた後《のち》に、お政はまた人の幸福《しあわせ》をいいだして羨やむので、お勢は最早《もはや》勘弁がならず、胸に積《つも》る昼間からの鬱憤《うつぶん》を一《いち》時《じ》に霽《はら》そうという意気込《いきごみ》で、言葉鋭く云いまくッてみると、母の方にも存外な道理があッて、ついにはお勢もなるほどと思ッたか、少し受大刀《うけだち》になッた。が、負けじ魂から、滅多には屈服せず、なおかれこれと諍論《いいあらそ》ッている、そのうちにお政は、何か妙案を思い浮べたように、俄《にわか》に顔色《がんしょく》を和《やわら》げ、今にも笑い出しそうな眼付《めつき》をして、「そんな事をお云いだけれども、本田さんなら、どうだえ？　本田さんでも、お嫁に行くのは厭《いや》かえ？」という。「厭なこった、」と云ッて、お勢は今まで顔へ出していた思慮を尽《ことごと》く内へ引込ましてしまう。「おや、何故《なぜ》だろう。本田さんなら、いいじゃないか。ちょいと気が利いていて、小金《こがね》も少《ちっ》とは持ッていなさりそうだし、それに第一男が好《よ》くッて。」「厭なこッた。」「でも、もし本田さんがくれろと云ッたら、何《なに》と云おう？」と云われて、お勢は少し躊躇《たゆた》ッたが、狼狽《うろた》えて、「い……いやなこッた。」お政はじろりとその様子をみて、何を思ッてか、高く笑ッたばかりで、再び娘を詰《なじ》らなかッた。その後《のち》はお勢は故《ことさ》らに何喰わぬ顔を作ッてみても、どうも旨《うま》くいかぬようすで、動《やや》もすれば沈んで、眼を細くして何処《どこ》か遠方を凝視《みつ》め、恍惚《うっとり》として、夢現《ゆめうつつ》の境《さかい》に迷うように見えたこともあッた。「十一時になるよ、」と母親に気を附けられたときは、夢の覚めたような顔をして溜息《ためいき》さえ吐《つ》いた。

部屋へ戻ッても、なお気が確かにならず、何心《なにごころ》なく寐衣《ねまき》に着代えて、力なさそうにべッたり、床《とこ》の上へ坐《すわ》ッたまま、身動《みうごき》もしない。何を思ッているのか？　母の端《はし》なく云ッた一言の答を求めて求め得んのか？　夢のように、過ぎこした昔へ心を引戻してこれまで文三如き者に拘《かかずら》ッて、良縁をも求めず、徒《いたずら》に歳月《としつき》を送ッたを惜しい事に思ッているのか？　あるいは母の言葉の放ッた光りに我身を縈《めぐ》る暗黒《やみ》を破られ、始めて今が浮沈の潮界《しおざかい》、一生の運の定《さだ》まる時と心附《こころづ》いたのか？　そもそもまた狂い出す妄想《ぼうそう》につれられて、我知らず心を華やかな、娯《たの》しい未来へ走らし、望みを事実にし、現《うつつ》に夢を見て、嬉しく、畏《おそ》ろしい思《おもい》をしているのか？　恍惚《うっとり》とした顔に映《うつ》る内の想《おもい》がないから、何を思ッていることかすこしも解らないが、とにかくやや久《しば》らくの間は身動《みうごき》をもしなかッた、そのままで十分ばかり経《た》ったころ、忽然《こつぜん》として眼が嬉しそうに光り出すかと思う間《ま》に、見る見る耐《こら》えようにも耐え切れなさそうな微笑《びしょう》が口頭《くちもと》に浮び出て、頬《ほお》さえいつしか紅を潮《さ》す。閉じた胸の一時に開《ひら》けたため、天成《てんせい》の美も一段の光を添えて、艶《えん》ならうちにも、何処《どこ》か豁然《からり》と晴やかに快さそうな所もありて、宛然蓮《さながらはす》の花の開くを観るように、見る眼も覚めるばかりであッた。突然お勢は跳ね起きて、嬉しさがこみあげて、徒《ただ》は坐《すわ》ッていられぬように、そして柱に懸けた薄暗い姿見に対《むか》い、糢糊《ぼんやり》写る己《おの》が笑顔を覗《のぞ》き込んで、あやすような真似をして、片足浮かせて床の上でぐるりと回り、舞踏でもするような運歩《あしどり》で部屋の中《うち》を跳ね廻《まわ》ッて、また床の上へ来るとそのまま、其処《そこ》へ臥倒《ねたお》れる拍子に手ばしこく、枕《まくら》を取ッて頭《かしら》に宛《あて》がい、渾身《みうち》を揺《ゆす》りながら、締殺《しめこ》ろしたような声を漏らして笑い出して。

この狂気《きちがい》じみた事のあッた当坐《とうざ》は、昇が来ると、お勢は臆《おく》するでもなく恥《はじ》らうでもなく、ただ何《なに》となく落着《おちつき》が悪《わろ》いようであッた。何《なに》か心に持ッているそれを悟られまいため、やはり今までどおり、おさなく、愛度気《あどけ》なく待遇《あしらお》うと、影では思うが、いざ昇と顔を合わせると、どうももうそうはいかないと云いそうな調子で。いう事にさしたる変りもないが、それをいう調子に何処《どこ》か今までにないところがあッて、濁ッて、厭味《いやみ》を含む。用もないに坐舗《ざしき》を出たり、はいッたり、おかしくもないことに高く笑ッたり、誰《たれ》やらに顔を見られているなと心附《こころづ》きながら、それを故意《わざ》と心附かぬ風《ふり》をして、磊落《らいらく》に母親に物をいッたりするはまだな事、昇と眼を見合わして、狼狽《うろたえ》て横へ外《そ》らしたことさえ度々あッた。総《すべ》て今までとは様子が違う、それを昇の居る前で母親に怪しまれた時はお勢もぱッと顔を赧《あか》めて、如何《いか》にも極《きま》りが悪そうに見えた。が、その極り悪そうなもいつしか失せて、その後《のち》は、昇に飽いたのか、珍らしくなくなったのか、それとも何《なに》か争《いさか》いでもしたのか、どうしたのか解らないが、とにかく昇が来ないとても、もウ心配もせず、来たとて、一向構わなくなッた。以前は鬱々《うつうつ》としている時でも、昇が来れば、すぐ冴《さ》えたものを、今は、その反対で、冴えている時でも、昇の顔を見れば、すぐ顔を曇らして、冷淡になって、余《あま》り口数もきかず、総て、仲(68)のわるい従兄妹同士《いとこどし》のように、遠慮気《えんりよげ》なく余所《よそ》余所《よそ》しく待遇《もてな》す。昇はさして変らず、なお折節《おりふし》には戯言《ざれごと》など云い掛けてみるが、云ッても、もウお勢が相手にならず、勿論嬉しそうにもなく、ただ「知りませんよ」と彼方《あちら》向くばかり。それ故《ゆえ》に、昇の戯《ざれ》ばみも鋒尖《ほこさき》が鈍ッて、大抵は、泣眠《なきね》入《い》るように、眠入ッてしまう。こうまで昇を冷遇する。その代り、昇の来て居ない時は、おそろしい冴《さ》えようで。誰彼《たれかれ》の見さかいなく戯《たわぶ》れかかって、詩吟するやら、(69)唱歌《しようか》するやら、いやがる下女をとらえて舞踏の真似をするやら、飛《と》んだり、跳ねたり、高笑《たかわらい》をしたり、さまざまに騒ぎ散らす。が、こう冴えている時でも、昇の顔さえ見れば、不意にまた眼の中《うち》を曇らして、落着いて、冷淡になッて、しまう。

けれど、母親には大層やさしくなッて、騒いで叱られたとて、鎮《しず》まりもしないが、悪《にく》まれ口もきかず、かえッて憎気《にくげ》なく母親にまでだれかかるので、母親も初《はじめ》のうちは苦い顔を作ッていたものの、竟《つい》には、どうか、こうか釣込《つりこ》まれて、叱る声を崩して笑ッてしまう。但し朝起《おこ》される時だけはそれは例外で、その時ばかりは少し頬《ほお》を脹《ふく》らせる。が、それもその程が過ぎれば、我から機嫌を直して、華やいで、時には母親に媚びるのかと思うほどの事をもいう。初《はじめ》の程はお政も不審顔をしていたが、慣れれば、それも常となッてか、後《のち》には何《なに》とも思わぬ様子であッた。

そのうちにお勢が編物(70)の夜稽古《よげいこ》に通いたいといいだす。編物よりか、心易《こころやす》い者に日本(71)の裁縫を教える者があるから、昼間其所《そこ》へ通えと、母親のいうを押反《おしかえ》して、幾度《いくたび》か、幾度か、掌《て》を合せぬばかりにして是非に編物をと頼む。西洋の処女なら、今にも母の首にしがみ付いて頬《ほお》の辺《あたり》に接吻《せっぷん》しそうに、あまえた、強請《ねだ》るような眼付《めつき》で顔をのぞかれ、やいやいとせがまれて、母親は意久地《いくじ》なく、「ええ、うるさい！　どうなと勝手におし、」と賺《すか》されてしまッた。

編物の稽古は、英語よりも、面白いとみえて、隔晩《かくばん》の稽古を楽しみにして通う。お勢は、全体、本化粧《ほんげしよう》が嫌いで、これまで、外出《そとで》するにも、薄化粧ばかりしていたが、編物の稽古を初めてからは、「皆《みんな》が大層作ッて来るから、私《わたし》一人なにしない……」と咎《とが》める者もないに、我から分疏《いいわけ》をいいいい、こッてりと、人品《じんぴん》を落すほどに粧《つく》ッて、衣服もなりたけ美《よ》いのを撰《えら》んで着て行く。夜だから、此方《こちら》ので宜《よ》いじゃないかと、美《よ》くない衣服を出されれば、それを厭《いや》とは拒みはしないが、何となく機嫌がわるい。

お政はそわそわして出て行く娘の後姿を何時《いつ》も請難《うけに》(72)くそうに目送《みおく》る……

昇は何時《いつ》からともなく足を遠くしてしまッた。

第十九回

お勢《せい》は一旦《いったん》は文三《ぶんぞう》を仂《はした》なく辱《はずかし》めはしたものの、心にはさほどにも思わんか、その後《のち》はただ冷淡なばかりで、さして辛くも当らん。が、それに引替えて、お政《まさ》はますます文三を憎んで始終出て行けがしに待遇《もてな》す。何か用事がありて下座敷《したざしき》へ降りれば、家内中寄集《かないじゅうよりこぞ》りて、口を解《ほど》いて面白そうに雑談《ぞうだん》などしている時でも、皆云い合したように、ふと口を箝《つぐ》んで顔を曇らせる、というちにもとりわけてお政は不機嫌な体《てい》で、少し文三の出ようが遅ければ、何を愚頭愚頭《ぐずぐず》していると云わぬばかりに、此方《こちら》を睨《ね》めつけ、時には気を焦《いら》ッて、聞えよがしに舌鼓《したつづみ》など鳴らして聞かせる事もある。文三とても、白痴でもなく、瘋癲《ふうてん》でもなければ、それほどにされんでも、今茲処《ここ》で身を退けば眉を伸べて喜ぶ者がそこらに沢山あることに心附《こころづ》かんでもないから、心苦しいことは口に云えぬほどである、けれど、なお園田《そのだ》の家《いえ》を辞し去ろうとは思わん。何故《なにゆえ》にそれほどまでに園田の家を去りたくないのか、(73)因循《いんじゅん》な心から、あれほどにされても、なおそのような角立《かどだ》った事は出来んか、それほどになっても、まだお勢に心が残るか、そもそもまた、文三の位置では陥り易い謬《あやまり》、お勢との関繫《かんけい》がこのままになってしまッたとは情談《じょうだん》らしくてそうは思えんのか？　総《すべ》てこれらの事は多少は文三の羞《はじ》を忍んでなお園田の家《いえ》に居る原因となったに相違ないが、しかし、重《おも》な原因ではない。重な原因というは即ち人情の二字(74)。この二字に羈絆《しばら》れて文三は心ならずもなお園田の家に顔を皺《しか》めながら留《とど》まッている。

　心を留《とど》めて視なくとも、今の家内《かない》の調子がむかしとは大《おお》いに相違するは文三にも解る。以前まだ文三がこの調子をなす一つの要素であッて、人々が眼を見合しては微笑し、幸福といわずして幸福を楽《たのし》んでいたころは家内全体に生温《なまぬる》い春風《はるかぜ》が吹渡ッたように、総《すべ》て穏《おだやか》に、和《やわら》いで、沈着《おちつ》いて、見る事聞く事が尽《ことごと》く自然に適《かな》ッていたように思われた。そのころの幸福は現在の幸福ではなくて、未来の幸福の影を楽しむ幸福で、我も人も皆《みな》何か不足を感じながら、強《あなが》ちにそれを足そうともせず、かえって今は足らぬが当然と思っていたように、急《せ》かず、騒がず、優游《ゆうゆう》として時機の熟するを竢《ま》っていた、その心の長閑《のどか》さ、寛《ゆるやか》さ、今憶《おも》い出しても、閉じた眉《まゆ》が開くばかりな……　そのころは人々の心が期せずして自《おのずか》ら一致し、同じ事を念《おも》い、同じ事を楽《たのし》んで、強《あなが》ちそれを匿《か》くそうともせず、また匿くすまいともせず。胸に城郭(75)を設けぬからとて、言って花(76)の散るような事は云わず、また聞こうともせず。まだ妻でない妻、夫でない夫、親でない親、——も、こう三人集ッたところに、誰《たれ》が作り出すともなく、自《おのずか》らに清く、穏《おだやか》な、優しい調子を作り出して、それに随《つ》れて物を言い、事をしたから、人々があだかも平生《へいぜい》の我よりは優《まさ》ったようで、お政のような婦人でさえ、なお何処《どこ》か頼母《たのも》し気《げ》な所があったのみならず、かえってこれが間《あいだ》に介《はさ》まらねば、余り両人《ふたり》の間が接近しすぎて穏さを欠くので、お政は文三らの幸福を成すになくて叶《かな》わぬ人物とさえ思われた。が、その温《あたたか》な愛念も、幸福な境界《きょうがい》も、優しい調子も、嬉しそうに笑う眼元《めもと》も口元も、文三が免職になッてから、とりわけて昇《のぼる》が全く家内《かない》へ立入ってから、皆《みな》突然に色が褪《さ》め、気が抜けだして、遂《つい》に今日この頃のこの有《あり》様《さま》となった……

　今の家内の有様を見れば、最早《もはや》以前のような和《やわら》いだ所もなければ、沈着《おちつ》いた所もなく、(77)放心《なげやり》に見渡せば、総《すべ》て華《はなや》かに、賑《にぎや》かで、心配もなく、気あつかいもなく、浮々《うかうか》として面白そうに見えるものの、熟々《つらつら》視《み》れば、それは皆衣服《みなきもの》で、裸体《はだかみ》にすれば、見るも汚《けがら》わしい私欲、貪婪《どんらん》、淫褻《いんせつ》、不義、無情の塊《かたまり》である。以前人々の心を一致さした同情もなければ、私心の垢《あか》を洗った愛念もなく。人々己《おのれ》一個の私《わたくし》をのみ思ッて、(78)己《おの》が自恣《じし》に物を言い、己が自恣に挙動《たちふるま》う。欺いたり、欺かれたり、戯言《ぎげん》に託して人の意《こころ》を測ッてみたり、二つ意味のある言《こと》を云ってみたり、疑ッてみたり、信じてみたり、――いろいろさざまに不徳を尽す。

お政は、いうまでもなく、(79)死灰《しかい》の再び燃えぬうちに、早く娘を昇に合せて多年の胸の塊《かたまり》を一時におろしてしまいたいが、娘が、思うように、如才なくたちまわらんので、それで歯癢《はがゆ》がって気を揉み散らす。昇はそれを承知しているゆえ、後《のち》の面倒を慮《おも》って迂《う》闊《かつ》に手は出さんが、罠《わな》のと知りつつ、(80)油鼠《あぶらねずみ》の側《そば》を去られん老狐《ふるぎつね》の如《ごと》くに、遅疑《ちぎ》しながらも、なおお勢の身辺を廻《まわ》って、横眼で睨《にら》んでは舌舐《したねぶ》りをする(文三は何故《なぜ》か昇の妻となる者は必ず愚《おろか》で醜い代り、権貴《けんき》な人を親に持った、身柄の善い婦人とのみ思いこんでいる)。お政は昇の意《こころ》を見抜いてい、昇もまたお政の意《こころ》を見抜いている。しかも互《たがい》に見《み》抜《ぬか》れているとほぼ心附《こころづ》いている。それゆえに、故《ことさ》らに無心な顔を作り、思慮のない言《こと》を云い、互《たがい》に瞞着《まんちゃく》しようと力《つと》めあうものの、しかし、双方とも力は牛角《ごかく》のしたたかものゆえ、優《まさ》りもせず、劣《おとり》もせず、挑《いど》み疲れて今はすこし睨合《にらみあい》の姿となった。総《すべ》てこれらの動静《ようす》は文三もほぼ察している。それを察しているから、お勢がこのような危《あやう》い境に身を処《お》きながら、それには少しも心附かず、私欲と淫欲《いんよく》とが(81)爍《れき》して出来《でか》した、軽く、浮いた、汚《けが》らわしい家内《かない》の調子に乗せられて、何心《なにごころ》なく物を言っては高笑《たかわらい》をする、その様子を見ると、手を束《つか》ねて安座していられなくなる。

お勢は今甚《はなは》だしく迷っている、(82)豕《いのこ》を抱《いだ》いて臭きを知らずとかで、境界《きょうがい》の臭みに居ても、おそらくは、その臭味《くさみ》がわかるまい。今の心の状《さま》を察するに、譬《たと》えば酒に酔ッた如くで、気は暴《あれ》ていても、心は妙に昧《くら》んでいるゆえ、見るほどの物聞くほどの事が眼や耳やへ入ッても底の認識までは届かず、皆《みな》中途で立消《たちぎえ》をしてしまうであろう。またただ外界《がいかい》と縁遠くなったのみならず、我内界《わがないかい》とも疎《うと》くなったようで、我心《わがこころ》ながら我心の心地はせず、始終何《なに》か本体の得知《えし》れぬ、一種不思議な力に誘《いざな》われて(83)言動作息《げんどうさそく》するから、我《われ》にも我《われ》が判然とは分るまい、今のお勢の眼には宇宙は鮮《あざや》いで見え、万物は美しく見え、人は皆我一《みなわれいち》人《にん》を愛して我一人のために働いているように見えよう。もし顔を皺《しか》めて溜息《ためいき》を吐《つ》く者があれば、この世はこれほど住みよいに、何故《なぜ》人はそう住み憂《う》く思うか、殆《ほとん》どその意《こころ》を解《かい》し得まい。また人の老《おい》やすく、色の衰え易いことを忘れて、今の若さ、美しさは永劫《えいごう》続くように心得て未来の事などは全く思うまい、よし思ッたところで、華かな、耀《かがや》いた未来の外《ほか》は夢にも想像に浮ぶまい。昇に狎《な》れ親んでから、お勢は故《もと》の吾《われ》を亡くした、が、それには自分も心附《こころつ》くまい。お勢は昇を愛しているようで、実は愛してはいず、ただ昇に限らず、総《すべ》て男子に、とりわけて、若い、美しい男子に慕われるのが何《なに》となく快いのであろうが、それにもまた自分は心附《こころつ》いていまい。これを要するに、お勢の病《やまい》は外《ほか》から来たばかりではなく、内からも発したので。文三に感染《かぶ》れて少し畏縮《いじけ》た血気が今外界《がいかい》の刺激を受けて一時《いちじ》に暴《あ》れだし、理性の口をも閉じ、認識の眼《め》を眩《くら》ませて、おそろしい力を以て、さまざまの醜態に(84)奮見《ふんけん》するのであろう。もしそうなれば、今がお勢の一生中で尤《もっと》も大切な時。能《よ》く今の境界《きょうがい》を渡り課《おお》せれば、この一時《ひととき》にさまざまの経験を得て、己《おのれ》の人《ひと》と為《な》りをも知り、いわゆる(85)放心を求め得て始《はじめ》て心でこの世を渡るようになろうが、もし躓《つまず》けばもうそれまで、倒《たおれ》たままで、再び起上《おきあが》る事も出来まい。(86)物のうちの人となるもこの一時《ひととき》、人の中《うち》の物となるもまたこの一時。今が浮沈の潮界《しおざかい》、尤も大切な時であるに、お勢はこの危《あやう》い境を放心《うっかり》して渡ッていて何時《いつ》眼が覚めようとも見えん。

　このままにしてはおけん。早く、手遅れにならんうちに、お勢の眠《ねぶ》った本心を覚まさなければならん、が、しかし誰《たれ》がお勢のためにこの事《こと》に当ろう？

　見渡したところ、孫兵衛は留守、仮令《たとい》居たとて役にも立たず、お政は、あの如く、娘を愛する心はありても、その道を知らんから、娘の道心を縊殺《しめころ》そうとしていながら、しかも得意顔《したりがお》でいるほどゆえ、固《もと》よりこれは妨《さまたげ》になるばかり、ただ文三のみは、愚昧《ぐまい》ながらも、まだお勢よりは少しは智識《ちしき》もあり、経験もあれば、もしお勢の眼を覚ます者が必要なら、文三を措《お》いて誰《たれ》がなろう？

　と、こうお勢を見棄《みすて》たくないばかりでなく、見棄てはむしろ義理に背くと思えば、凝《こり》性《しょう》の文三ゆえ、もウ余事《よじ》は思ッていられん、朝夕《あさゆう》ただこの事ばかりに心を苦《くるし》めて悶苦《もだえくるし》んでいるから、あたかも感覚が鈍くなったようで、お政が顔を皺《しか》めたとて、舌鼓《したつづみ》を鳴らしたとて、その時ばかり少し居辛《いづら》くおもうのみで、久しくそれに拘《かかずらっ》てはいられん。それでこう邪魔にされると知りつつ、園田の家《いえ》を去る気にもなれず、いまに六畳の小座舗《こざしき》に気を詰《つま》らして始終壁に対《むか》ッて歎息のみしているので。

歎息のみしているので、何故《なぜ》なればお勢を救おうという志はあっても、その道を求めかねるから。「どうしたものだろう?」という問《とい》は日に幾度《いくたび》となく胸に浮ぶが、いつも浮ぶばかりで、答を得ずして消えてしまい、その跡に残るものはただ不満足の三字。その不満足の苦を脱《のが》れようと気をあせるから、健康《すこやか》な智識《ちしき》は縮んで、出過《ですぎ》た妄想《ぼうそう》が我から荒出《あれだ》し、抑《おさ》えても抑え切れなくなッて、遂《つい》にはまだどうしてという手順をも思附《おもいつ》き得ぬうちに、早くもお勢を救い得た後《のち》の楽しい光景《ありさま》が眼前《めさき》に隠現《ちらつ》き、払っても去らん事が度々ある。

しかし、始終空想ばかりに耽《ふけ》ッているでもない。多く考えるうちには少しはやや行われそうな工夫を付ける、そのうちでまず上策というは　この頃の家内《かない》の動静《ようす》を詳《くわし》く叔父の耳へ入れて父親の口から篤《とく》とお勢にいい聞かせる、という一策である。そうしたら、あるいはお勢も眼が覚めようかと思われる。が、また思い返せば、他人の身の上なればともかくも、我《われ》と入組《いりく》んだ関繫《かんけい》のあるお勢の身の上を　かれこれ心配してその親の叔父に告げるも何《なに》となく後《うしろ》めだくてそうも出来ん。仮使《たとい》思い切ッてそうしたところで、叔父はお勢を諭《さと》し得ても、我儘《わがまま》なお政は説き伏せるを扨置《さてお》き、かえッて反対にいいくるめられるも知れん、と思えば、なるべくは叔父に告げずして事を収めたい。叔父に告げずして事を収めようと思えば、今一度お勢の袖を扣《ひか》えて(87)打附《うちつ》けに掻口《かきく》説《ど》く外《ほか》、他《ほか》に仕方もないが、しかし、今の如くに、こう齟齬《くいちが》ッていては言ったとて聴きもすまいし、また(88)毛を吹いて疵《きず》を求めるようではと思えば、こうと思い定《さだ》めぬうちに、まず気が畏縮《いじ》けて、どうもその気にもなれん。から　また思い詰めた心を解《ほご》して、更に他《た》にさまざまの手段を思い浮べ、いろいろに考え散《ちら》してみるが、一つとして行われそうなのも見当らず、回《めぐ》り回ってまた旧《もと》の思案に戻って苦しみ悶《もだ》えるうちに、ふとまた例の妄想《もうそう》が働きだして無益な事を思わせられる。時としては妙な気になッて、総《すべ》てこの頃の事は皆一時《みないちじ》の戯《たわぶれ》で、お勢は心から文三に背いたのではなくて、ただ背いた風《ふり》をして文三を試《こころみ》ているので、その証拠には今にお勢が上《あが》って来て　例の華《はなや》かな高笑《たかわらい》で今までの葛藤《もだくだ》を笑い消してしまおうと思われる事がある。が、固《もと》より永くは続かん。無慈悲な記憶が働きだしてこの頃あくたれた時のお勢の顔を憶《おも》い出させ、瞬息の間《ま》にその快い夢を破ってしまう。またこういう事もある。ふと気が渝《かわ》って、今から零落していながら、このような薬袋《やくたい》もない事に拘《かかずら》ッて徒《いたずら》に日を送るは極《きわめ》て愚《ぐ》のように思われ、もうお勢の事は思うまいと、少時《しばらく》思《おもい》の道を絶ッて(89)まじまじとしていてみるが、それではどうも大切な用事を仕懸《しか》けて罷《や》めたようで心が落居《おちい》ず、狼狽《うろたえ》てまたお勢の事に立戻って悶《もだ》え苦しむ。

人の心というものは同一の事を間断《かんだん》なく思ッていると、遂《つい》に考え草臥《くたびれ》て思弁力の弱るもので。文三もその通り、始終お勢の事を心配しているうちに、何時《いつ》からともなく注意が散って一事《ひとこと》には集らぬようになり、おりおり互《たがい》に何の関係をも持たぬ零々砕々《ちぎれちぎれ》の事を

(90)取締《とりしめ》もなく思う事もあった。かつて両手を頭《かしら》に敷き、仰向《あおむ》けに臥しながら天井を凝視《みつ》めて初《はじめ》は例の如くお勢の事をかれこれと思っていたが、その中《うち》にふと天井の木目《もくめ》が眼に入《い》って突然妙な事を思った。「こう見たところは水の流れた痕のようだな。」こう思うと同時にお勢の事は全く忘れてしまった、そしてなお熟々《つくづく》とその木目に視入《みい》って、「心の取り方によっては高低《たかびく》があるようにも見えるな。ふふん、「(91)おぷちかる、いるりゅうじょん」か。」ふと文三らに物理を教えた外国教師の立派な髯《ひげ》の生えた顔を憶《おも》い出すと、それと同時にまた木目《もくめ》の事は忘れてしまった。続いて眼前《めさき》に七、八人の学生が現わ

れて来たと視れば、皆《みな》同学の生徒らで、あるいは鉛筆を耳に挿《はさ》んでいる者もあれば、あるいは書物を抱えている者もありまたは開《ひら》いて視ている者もある。能《よ》く視れば、どうか文三もその中《うち》に雑《まじ》っているように思われる。(92)今越歴《エレキ》の講義が終《おわ》ッて試験に掛る所で、皆(93)「えれくとりある、ましん」の周辺《まわり》に集って、何事とも解らんが、何《なに》か頻《しき》りに云い争いながら騒いでいるかと思うと、忽《たちま》ちその「ましん」も生徒も烟《けぶり》の如く痕迹《あとかた》もなく消え失せて、ふとまた木目が眼《め》に入《い》った。「ふん、「おぷちかる、いるりゅうじょん」か」と云って、(94)何故《なにゆえ》とも莞爾《にっこり》した。「「いるりゅうじょん」と云えば、今まで読《よん》だ書物の中《うち》で(95)さるれえの「いるりゅうじょんす」ほど面白く思ったものはないな。二日《ふつか》一晩《ひとばん》に読切《よみき》ってしまったっけ。あれほどの頭には如何《どう》したらなるだろう。よほど組織が緻密《ちみつ》に違いない……」サルレーの脳髄とお勢とは何《なに》の関係もなさそうだが、この時突然お勢の事が、噴水の迸《ほとばし》る如くに、胸を突いて騰《あが》る。と、文三は腫物《はれもの》にでも触《さわ》られたように、あっと叫びながら、跳ね起きた。しかし、跳ね起きた時は、もうその事は忘れてしまった、何《なん》のために跳ね起きたとも解らん。久《ひさし》く考えて居て、「あ、お勢の事か、」と辛《から》くして憶《おも》い出しは憶い出しても、宛然《さながら》世を隔てた事の如くで、面白くも可笑《おかしく》もなく、そのままに思い棄てた、暫くは惘然《ぼうぜん》として気の抜けた顔をしていた。

　こう心の乱れるまでに心配するが、しかしただ心配するばかりで、事実には少しも益《えき》がないから、(96)自然は己《おの》がすべき事をさっさとして行ってお勢は益々深味《ますますふかみ》へ陥る。その様子を視て、さすがの文三も今は殆《ほとん》ど志を挫《くじ》き、とても我力《わがちから》にも及ばんと(97)投首《なげくび》をした。

　が、その内にふと嬉しく思い惑う事に出遇《であ》ッた。というは他《ほか》の事でもない、お勢が俄《にわか》に昇と疎々《うとうと》しくなった、その事で。それまではお勢の言動に一々目を注《つ》けて、その狂う意《こころ》の跟《あと》を随《した》いながら、我《われ》も意《こころ》を狂わしていた文三もここに至って忽《たちま》ち道を失って暫《しばら》く思念の歩《あゆみ》を留《とど》めた。あれほどまでにからんだ両人《ふたり》の関繫《かんけい》が故《ゆえ》なくして解《ほつ》れてしまうはずはないから、早まって安心はならん。けれど、喜ぶまいとしても、喜ばずには居《い》られんはお勢の文三に対する感情の変動で、その頃までは、お政ほどにはなくとも、文三に対して一種の敵意を挟《さしはさ》んでいたお勢が俄《にわか》に様子を変えて、(98)顔を赧《あか》らめ合《あっ》た事は全く忘れたようになり、眉《まゆ》を皺《しか》め眼の中《うち》を曇らせる事は扨置《さてお》き、下女と戯《たわぶ》れて笑い興じて居る所へ行《ゆ》きがかりでもすれば、文三を顧みて快気《こころよげ》に笑う事さえある。この分なら、もし文三が物を言いかけたら、快く返答するかと思われる。四辺《あたり》に人眼《ひとめ》がない折などには、文三も数々《しばしば》話しかけてみようかとは思ったが、万一《ばんいち》に危《あやぶ》む心から、暫《しばら》く差控《さしひかえ》ていた――差控ているはむしろ愚《ぐ》に近いとは思いながら、なお差控ていた。

編物を始めた四、五日後《ご》の事であった、或日《あるひ》の夕暮、何《なに》か用事があって文三は奥座敷へ行こうとて、二階を降りて只見《とみ》ると、お勢が此方《こちら》へ背を向けて椽端《えんばな》に佇《たたず》んでいる。少しうなだれて何《なに》か一心にしていたところ、編物かと思われる。(99)珍しいうちゆえと思いながら、文三は何心《なにごころ》なくお勢の背後《うしろ》を通り抜けようとすると、お勢が彼方《あちら》向いたままで、突然「まだかえ?」という。勿論人違《ひとたがえ》と見える。が、この数週《すしゅう》の間《あいだ》妄想《ぼうそう》でなければ言葉を交《まじ》えた事のないお勢に　今思い掛《がけ》なくやさしく物を言いかけられたので、文三ははっと当惑して我にもなく立留《たちどま》る。お勢も返答のないを不思議に思ってか、ふと此方《こちら》を振向く途端《とたん》に、文三と顔を相視《みあわ》しておッと云って驚いた、しかし驚きは驚いても、狼狽《うろたえ》はせず、ただ莞爾《にっこり》したばかりで、また彼方《あちら》向いて、そして編物に取掛《とりかか》ッた。文三は酒に酔った心地、如何《どう》しようという方角(100)もなく、ただ茫然《ぼうぜん》として殆《ほとん》ど無想の境《さかい》に彷徨《さまよ》ッているうちに、ふと心附《こころづ》いた。(101)は今日お政が留守の事。またとない上首尾。思い切って物を言ってみようか……と思い掛けてまたそれと思い定《さだ》めぬうちに、下女部屋の紙障《しょうじ》がさらりと開《あ》く、その音を聞くと文三は我にもなく突《つ》と奥座敷へ入《はい》ッてしまった——我にもなく、殆《ほとん》ど見られては不可《わるい》とも思わずして。奥座敷へ入ッて聞いていると、やがてお鍋《なべ》がお勢の側《そば》まで来て、ちょいと立留《たちどま》ッた光景《けはい》で「お待遠《まちど》うさま」という声が聞えた。お勢は返答をせず、ただ何《なに》か口疾《くちばや》に囁いた様子で、忍音《しのびね》に笑う声が漏れて聞えると、お鍋の調子《ちょうし》外《はずれ》の声で「ほんとに内海《うつ》……」「しッ！……まだ其所《そこ》に」と小声《こごえ》ながら聞取れるほどに「居るんだよ。」お鍋も小声になりて「ほんとう？」「ほんとうだよ。」

こうなッて見ると、もう潜《ひそま》ッているも何《なに》となく極《きまり》が悪くなって来たから、文三が素知《そし》らぬ顔をしてふッと奥座敷を出る、その顔をお鍋は不思議そうに眺めながら、小腰を屈《ひく》めて「ちょいとお湯へ。」と云ッてから、ふと何か思い出して、肝を潰《つぶ》した顔をして周章《あわ》て、「それから、あの、もし御新造《ごしんぞ》さまがお帰《かえん》なすって御膳《ごぜん》を召上《めしやが》ると仰《おつしや》ッたら、お膳立《ぜんだて》をしてあの戸棚へ入れときましたから、どうぞ……お嬢さま、もう直宜《すぐよ》うござんすか？　それじゃア行ってまいります。」お勢は笑い出しそうな眼元《めもと》でじろり文三の顔を掠《かす》めながら、手ばしこく手で持っていた編物を奥座敷へ投入《なげい》れ、何《なに》やらお鍋に云って笑いながら、面白そうに打連《うちつ》れて出て行った。主従とは云いながら、同《おなじ》ほどの年頃ゆえ、双方とも心持は朋友《ほうゆう》で。尤《もツと》もこれは近頃こうなッたので、以前はお勢の心が(102)高ぶっていたから、下女などには容易に言葉をもかけなかった。

出て行くお勢の後姿を目送《みおく》って、文三は莞爾《にっこり》した。如何《どう》してこう様子が渝《かわ》ったのか、それを疑って居るに遑《いとま》なく、ただ何《なに》となく心嬉しくなって、莞爾した。それからは例の妄想《ぼうそう》が勃然《ぼつぜん》と首を擡《もた》げて抑えても抑え切れぬようになり、種々《さまざま》の取留《とりとめ》もない事が続々胸に浮んで、遂《つい》には総《すべ》てこの頃の事は皆《みな》文三の疑心から出た暗鬼で、実際はさして心配するほどの事でもなかったかとまで思い込んだ。が、また心を取直して考えてみれば、故《ゆえ》なくして文三を辱めたといい、母親に忤《さから》いながら、何時《いつ》しかそのいうなりになったといい、それほどまで親《したし》かった昇と俄《にわか》に疏々《うとうと》しくなったといい、――どうも常事《ただごと》でなくも思われる。と思えば、喜んで宜《よ》いものか、悲《かなし》んで宜いものか、殆《ほとん》ど我にも胡乱《うろん》(103)になって来たので、あだかも遠方から撩《こそぐ》る真似をされたように、思い切っては笑う事も出来ず、泣く事も出来ず、快と不快との間に心を迷《まよわ》せながら、暫《しばら》く縁側を往《ゆ》きつ戻《もど》りつしていた。が、とにかく物をいったら、聞いていそうゆえ、今にも帰ッて来たら、今一度運を試して聴かれたらその通り、もし聴かれん時にはその時こそ断然叔父の家を辞し去ろうと、遂《つい》にこう決心して、そして一《ひ》と先《まず》二階へ戻った。

(終)(104)

注

はしがき・序

（1）明治十八年ごろから、洋風束髪の流行にともなって薔薇の花かんざしが若い女性間にひろまった。この花かんざしは、生花を用いることもあったが、後出（二七六頁注46）の出雲屋が従来の花かんざしに代わって薔薇の花かんざしを発売して以来、圧倒的に造花が多くなった。

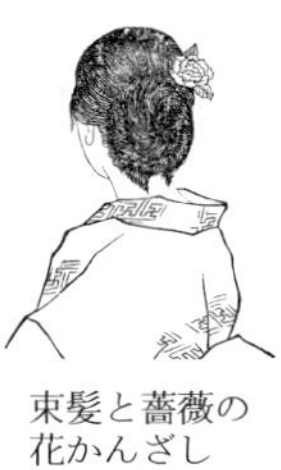
束髪と薔薇の花かんざし（『女学雑誌』明19.5）

（2）活人画（タブロー・ヴィヴァン）のこと。舞台上に歴史的に有名な場面を設定し、扮装した人物が五、六分間静止したポーズを取って再現して見せる催し物。明治二十年三月十二日、虎ノ門にあった工科大学（現、東京大学）において博愛社（赤十字）が募金のために興行した「欧洲活人画」が最初。当時の新風俗の一つ。

（3）頬張ったものを嚙みこなすこと。転じて物事の始末をつけること。ここでは「頬返しを附けかね」で、時代遅れの漢文が新時代を表現する役に立たないこと。

（4）ここでは曖昧で十分に新時代を写すことができない和文を指す。「二葉亭氏の序で見ても四角張った漢語を省き、舌足らずの和文を脱し、自由自在に思の儘を書記さうといふ一点から俗文に為さつたのでしやう」(山田美妙「新編浮雲」)。
(5) 仏・法・僧の三宝を守護する神。困った時や成功を祈る時に、「南無三(宝)」「真闇三宝」などの言葉を発した。かまどを守護する神を三宝荒神とも言うので、「お先真闇」から三宝荒神と続けた技巧。
(6) 坪内逍遥(雄蔵)のペンネーム、春の屋おぼろ(別名、朧月庵主人)による。
(7) 坪内逍遥に対する挨拶。無能な身ながら春の屋先生のご恩を頂戴しての意。
(8) 「欠けた硯で墨を磨る」と、「空が墨を流したように暗くなる」との双方を懸ける。
(9) 月にかかる雲に、作品の題名を利かせる。「浮雲」には不安定の意があり、江戸時代から明治時代にかけて「アブナシ・あぶない」という訓みかたがよく用いられた。
(10) 坪内逍遥の作風を暗示。
(11) 物の模様もわからない。
(12) 「烏夜玉の」は「闇」に懸かる枕詞。「やみらみっちゃ」は目鼻の区別もつかないほどめちゃくちゃなこと。「みっちゃ」はあばたのこと。

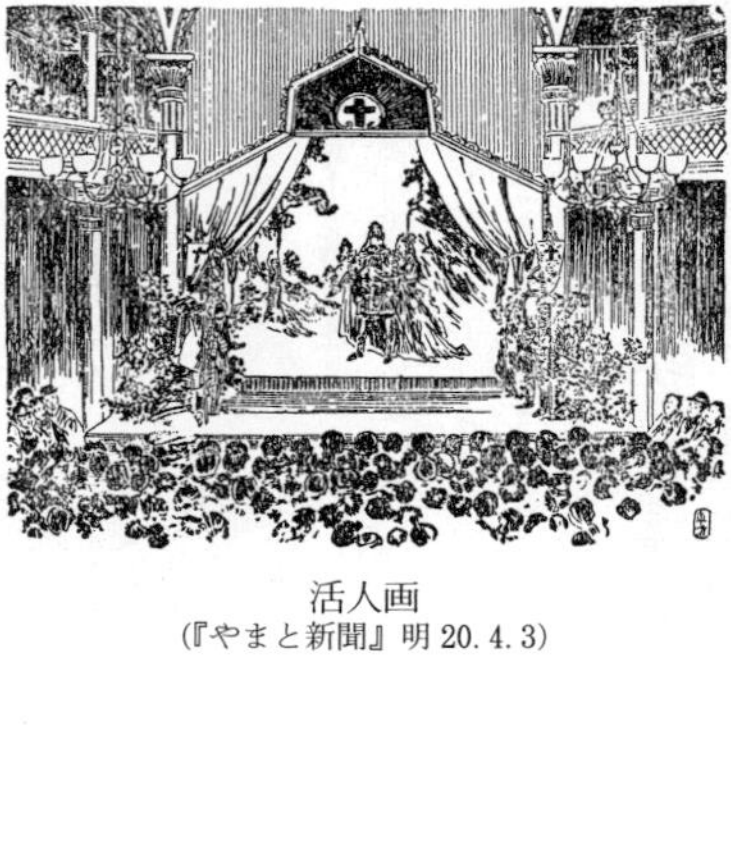

活人画
(『やまと新聞』明20.4.3)

(13) 明治時代の丁亥の年は明治二十年にあたる。
(14) ここでは文章上の正しい考え。
(15) 本居宣長が念頭にあると思われる。『玉勝間』二の巻「あらたにいひ出たる説はとみに人のうけひかぬ事」に、学者が新説に対して不寛容で、旧説に固執したり新説の小さな疵を探そうとする傾向が強いことが記されている。ただし同書は、功名心から十分に考えずに新説を出すことをも戒めている。
(16) この直後に坪内逍遥は、「批評の標準」で「感情に拠れる批評」の弊を説いた。
(17) 「尋常《よのつね》の譚《ものがたり》（小説《ノベル》）」と「奇異譚《きいのものがたり》（ローマンス）」とに大別される坪内逍遥の小説分類は、『小説神髄』上巻に示されている。
(18) 二葉亭の回想「余が言文一致の由来」や坪内逍遥の『柿の蔕』によれば、逍遥は文章をもう少し上品にとか、漢語を増やしてはどうかとか、三遊亭円朝の「落語《はなし》」を参照しては、などと忠告したという。
(19) 当時は政治小説風の「結構の雄大」を喜ぶ風潮が強く、坪内逍遥の『一読三歎 当世書生気質』も「陋猥《ろうわい》卑俗」と非難されていた。

第一篇

(1) 初版では「上篇」とあるが、本書では第一篇、第二篇、第三篇で統一した。
(2) 明治五年(一八七二)十一月九日の詔書で、太陰太陽暦から太陽暦への転換が決定され、この年の十二月三日が明治六年一月一日となった。しかし改革が強引かつ倉卒に行われたため、新旧の対応関係には季節感との矛盾が生じ、混乱は明治二十年代にも残っていた。「神無月も最早跡二日の余波となった二十八日」は、旧暦十月の呼称を用いているが新暦十月のことでないと、第二篇の「旧暦で菊月初旬という十一月二日」の観菊と計算が合わない。ただし新暦十月は大の月だから、「跡三日」とあるべきところ。新旧の錯覚による間違いだろう。

(3) 明治六年六月十日の太政官達(番外)によると当時の官員の服務時間は各省とも「午前九時出頭、午後三時退出」である。ただし同年は暑中休暇として八月二日から三十一日までは午前八時出頭、正午十二時退出。この規定は暑中休暇を除いて同二十五年十一月二十二日の閣令第六号まで続いたので、作中、文三や昇の出勤、退省はこの時間枠に支配されている。

(4) 現、千代田区大手町北側。江戸城の見付(番所)の一つで、当時は堀の内側に大蔵省・内務省・農商務省などの官庁があった。↓地図1①。

(5) したあご。ここでは生計。「おとがいを養う」で生計を立てるの意。当時の官吏はちょっとした政変ですぐ失職したため地位不安定で、たえず保身を考えていた。それをひやかす表現。

(6) やたらに先端を長く延ばしたナポレオン三世風の口髭。「おやす」は生《は》やす。明治期の上流紳士間に流行。

(7) 当時ドイツの宰相として高名だったビスマルク風の口髭。狆の口もとに似て鼻下に固まっている。

(8) ちゃぼのように小さな口髭と、貉のように薄い口髭。当時の官吏は多く髭を生やして威張っていたので、鯰《なまず》と蔑称された。

ナポレオン三世
(『日本百科大辞典』)

ビスマルク
(『日本百科大辞典』)

下級官吏は鰌《どじょう》。ここではそれを踏まえて髭の様子で身分を表す。

(9) 寛永年間、江戸の日本橋に開店した大呉服店。のち白木屋百貨店。明治十九年十月に洋服部を開業し、大盛況で紳士服だけでも需要に応じられぬほどだったので、「女服裁縫」に熟達したイギリス人ミス・カーチスの指導で翌月から女性服部門も開設した。当時、勅任官・奏任官の高級官僚は、黒ラシャ地の大礼服に金の飾章、通常礼服は「黒若シクハ紺色ノ上服」(フロックコート)で換用することができた。判任官以下の通常礼服は羽織袴の日本服でもよかった。

(10) 「カーフ・キッド 俗にフランス革と称し又油革ともいふ」(『日本百科大辞典』)。つやの少ない黒染の皮で仔牛皮を原料とする。「ありうち」はよくあること。黒ずくめの洋服と「キッド」の黒皮靴の組み合わせは似合いで、よくあること、の意。

(11) 「背皺よると枕詞の付く」は、古びてたたみ皺がついていることの形容。「スコッチ」はスコッチ・ツイードの略。当時は黒ラシャ以外のウール全般を指していたようである。

(12) 鞣《なめし》が十分でない粗皮《あらかわ》で作った安物の靴。古靴がひびわれ、その亀裂に泥が「お飾」のようについている、というひやかし。毛皮靴が泥を引きずり、ズボンの裾も汚れているありさまを、長生きの亀が泥の上に尾を引くありさま(『荘子』外篇以来の故事)に喩えた。

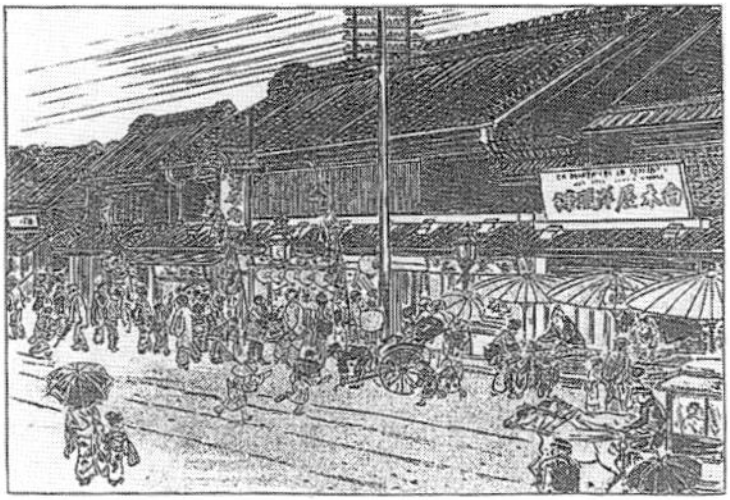

白木屋
(『風俗画報』明 34.2)

(13) 古着屋に吊してあった古着の擬人化。吊されていた苦しみ。

(14) 「木頭」には木の頭(頭のはたらきがにぶい)の意があり、得意になっている愚かさと火をつけた木《き》屑《くず》のようにそっくりかえっている様子を一緒にした表現か。あるいは単に木屑の当て字か。

(15) 弓のように曲げているが張りの弱い腰。ここでは弁当をぶら下げて通勤する判任官以下の下級官吏の様子。「腰弁当」はやがてサラリーマンの代名詞になるが、当初は下級官吏を指していた。

(16) 絵草紙、雑誌、錦絵などを売っていた店。絵草紙屋が売っていたものの中には相当エロ・グロの絵も交じっていたという。

(17) 半鐘泥棒。火の見櫓の半鐘に手が届くほどののっぽ。

(18) 霜が降りたように、グレイ地または黒地に白い斑点が浮き出した生地の柄。他に縞スコッチ、玉スコッチなどがある。

(19) リボン様の組紐を胴に巻いた中山鍔広帽《ちゅうやまつばひろ》。

(20) 上着丈の短いフロック・コート。略式の通常礼服。

(21) 山高帽子。

(22) 当時の官制では課長は判任官が普通だが、部下の進退身分については課長が処理することができた。

(23) 免職になった。明治十八年の官制改革にともなって大量の免職者が出て、免職・非職(待命休暇)は、官吏の世界だけでなく一般的にも使われ、流行語となった。

(24) 本来は役所の長を言うが、ここでは直属の上司、課長のこと。

中山鍔広帽
(『東京風俗志』)

山高帽子
(『日本百科大辞典』)

(25) 当時の官制では判任官の文官を「属」と称し、一等から十等に分かれていた。ここでは下級官吏ぐらいの意。
(26) 変に、妙に。
(27) 顔を動かさず横目に見ること。ここでは相手の言葉に取り合わない態度。
(28) 現在の千代田区神田錦町、当時は神田区神田錦町。↓地図1②。
(29) お悔みを言うべきだが、同時にお祝いも言うべきだ。
(30) 現在の千代田区神田小川町で、当時は神田区小川町。区内の盛り場だった。↓地図1④。
(31) 「チョンボリ」は、チンマリ、小さな。指でつまんだように穴が上を向いた小さな鼻。
(32) 頰っぺたに血が集まって、日の丸を染めたように赤く見えることの形容。
(33) 当時は板ガラスは輸入品で高価だったので、雨戸(板戸)を開けると障子があるのが普通。ただしこの家では、階下はガラス障子になっているらしい。
(34) 当時の歯ブラシ。楊柳の枝をけずり、その先を叩いて房状にした総楊枝《ふさようじ》。
(35) 山口県厚狭《あさ》郡から産出する赤間石で作った硯。中級品。
(36) 木製縦長の書棚を二つ合わせて一連とした和式の本箱。一七頁挿絵参照。
(37) 煙草の火付けの、炭火入れ。
(38) マッチ。明治十九年からは黄燐マッチが禁止されている。
(39) 毛布。blanket の上半分を略し、音を生かして意味を当てた語。
(40) あわただしく行動するさま。ばたばた。促音で「トッパクサ」と言うことが多い。

(41) 英語 physiology の訳語(ヘボン『和英語林集成 第三版』)。「生理学上の美人」は体格のよい女性へのひやかし。
(42) 江戸時代から引き続き、「よそいき」には小袖(袷《あわせ》の着物)を二枚、または三枚重ね着することが流行した(喜田川守貞『守貞謾稿』、『東京風俗志』)。
(43) 黄色地に鳶色《とびいろ》・黒色などの縞、格子柄などを表した絹織物。もとは八丈島産なので、その名がある。江戸時代から娘たちに好まれた織物で、当時束髪に黄八丈の着物は若い娘の定番。
(44) 「いーいしま」と読む。「引」は長音記号の一種。絹の撚糸《よりいと》で織った上等の織物。縞柄はこの時代の流行。
(45) イボジリはカマキリの異称。巻いた髷が下にさがっている形がカマキリの後姿に似るのでこの名がある。ここでは日本髪ではなく、当時若い女性に人気のあった束髪「下げ巻」の一種。
(46) 麹町区麹町(現、千代田区麹町)二丁目九番地にあった出雲屋熊次郎の「婦人束髪かもじ附曲《つけまげ》製造売捌所」。
(47) 沢山。
(48) 下女の名の代表。森銑三『明治東京逸聞史』一によれば、この呼称が始まったのは明治十年台か。
(49) 色が黒く醜い者を形容して「炭団に目鼻」という。ここではそれを踏まえて、その黒い顔にお白粉を塗った様子を冷笑。
(50) 夢中になって。一生懸命に。
(51) (果実などが)熟しきってはじけそうな。

(52) 参らせ候。女性が手紙文で「差上げます」「ございます」「おります」などの意味で使った敬語の慣用句。字体も草書にくずして書く。

(53) 修験者が吉野山中に入って修行することを大峰入りと言う。ここではそれをもじって、「初恋」を「恋の初峯入」と表現。

(54) 「時津風」はその時代の順風。ここでは王政復古のありがたい御時勢に従わぬ人民はいない、の意。

(55) 幕府が倒れ、徳川慶喜が駿府(静岡)に謹慎したのに従った家臣という設定。府中(現、静岡市)を中心とする静岡藩は、明治四年の廃藩置県で静岡県となり、明治九年に足柄県、浜松県を併せて現在の静岡県となった。

(56) 剣道の一派。柳生新陰流。「真影流」は正確には新陰流。江戸初期に上泉伊勢守が創始した陰流を柳生宗厳《むねよし》が発展させたもの。その子宗矩が将軍師範となったため、大いに広まった。

(57) 百姓はできず。

(58) 武士が使う言葉の代表的口調。

(59) 商人の返事の口調。

(60) 天秤棒をかついで町をまわる物売り。

(61) 公文書などを写す役目。明治五年一月の官制表では、判任官(八等から十五等)のうち十四等(『明治史要』)。なお二葉亭の父長谷川吉数は、同三年十二月に名古屋藩史生准席となった。

(62) 心が休まる間もない。

(63) ここでは小学校(尋常小学校四年、高等小学校四年)卒業。当時の小学生の学齢は、六歳から十四歳が原則。
(64) 言い言いしながら死ぬこと。
(65) 言葉もなく、泣くばかり。「なく」は懸詞。
(66) ここではおそらくメリヤスシャツの手編み。幕末の手編みメリヤスはすべて武家の内職で、幕府瓦解後も藩士の家庭の家内工業だった。「縫ける」は縫目が表に見えないように縫うこと。
(67) 金禄公債の利息。明治政府は秩禄(家禄と賞典禄)を奉還した華士族らに対して、明治六年から七年にかけて秩禄公債を発行し、禄高の半分を現金、半分を公債(利子年八分)として二年間据え置き後、七年間で償還することとした。しかし財政困難と手続きの煩瑣のため、同九年にこれを廃止し、同年八月五日に金禄公債証書発行条例を公布してすべてを金禄公債に切り換えた。文三の父親の死亡は明治十年と推定されるから、ちょうど金禄公債が実施された年。文三の父は下士と思われるので、たとえば千円の公債を持っていたとしても最高で年七十円の利子、月割で六円弱という設定である。これらの公債は質入・売買を禁じられていたが、同十一年九月九日にそれが解除され、同月十一日から兜町の株式取引所に上場されることになった。
(68) 浮世の辛さ。正確には「浮世の塩を踏む」と言う。
(69) 旧暦明治元年七月十七日、江戸が東京と改められた。西京(京都)に対してトウキョウ、トウケイと呼ばれたが、最初はトウケイが多く、トウキョウが優勢になるのは明治三十一年ごろかららしい。
(70) 孫兵衛が内海家から園田家へ養子に行ったことを示唆。
(71) 携帯用筆記具。筆筒と墨壺とがセット。ここでは帳付けの喩え。

(72)「浜」は横浜。そこで商館に輸出用の茶を売っていた茶問屋または製茶業（たとえば宮川町に大谷嘉兵衛の「製茶会社」があった）の支配人か。
(73)女中奉公から主人のお手付となり、ずるずるべったりに後妻となったこと。
(74)主に色欲の強い女性をいう。
(75)陰口を利くこと。
(76)女性としては蕾の十二歳。ただし彼女の年齢は、数えで明治十一年に十二歳とすれば十九年には二十歳のはずだが、第四回には「年は鬼もといふ十八の娘盛り」とあり、一定していない。
(77)「機」は、ここでは心のしくみ、はたらき。
(78)官立学校で官が学費を支給する制度。給費生は一旦は寄宿舎に入った。
(79)気の利いたこと。
(80)「ネブ一挺」の訛り。おはじきを撒き散らした時に、二つが密着して弾けないものを「ネブと云て、こと所にのけおきて後に弾くなり。その如く人をのけものにするを喩てネブ一挺のけ物と云」（『俚言集覧』）。
(81)案内役、または主人となって客の世話をすること。ここでは文三が叔父の家の世話になること。
(82)生松葉は物怪《もののけ》などをいぶし出す時に火にくべる。「蕃椒」は刺激の強い煙が出て咳こむので、ここでは叔母の「いびり」がどんどん激しくなってきたことの喩え。
(83)鼻の穴を押さえて煙を吸わないようにしていた。叔母の「いびり」を聞かないふりでやりすごしていた。

(84) 当時の官制では、各省が定員を定めて判任官及びそれに準ずる役人を採用することができた。「文武官員表」(明治十三年)によれば、「准判任」は「等外」の上に位置する。「御用係」は事務員。
(85) 妙な感じ、違和感。
(86) 眉を八字に寄せて顔をしかめることから、ここでは額にしわを寄せること。
(87) 和算のそろばんで割算の規則に「八さんの割《わり》こえ」があり、現在の九九のように暗記されていた。ここではそれを声に出している様子。五十を六で割ると商が八で二残ること。
(88) 正しくは「いちこつ」だが、訛って「いちおつ」とも発音された。和音十二律で一番低い音。ここでは音階に関係なく、単に「一段と」の意。
(89) 「油」「心」はランプの縁語。遅くまで燈火の下で勉強に励んだこと。
(90) 諺「心は向かう境涯に移る」。「心は境遇によって良くも悪くもなる」意味で使われることが多いが、ここでは、時間が経てば自然に新しい境遇になじんでいく、の意。
(91) 「眉を開く」と「額の皺を伸ばす」を混同した表現。ほっとする、一安心する。
(92) 冠につける美しい造花と、値段がつけようのないほど尊い宝珠。溺愛することの喩え。
(93) 「オイ」と承知して「ソレ」とすぐに差し出す掛け声から、即座に、よし来た、の意。相手の言うなりになること。
(94) 女子七歳(数え)の十一月十五日に、着物の付け紐をやめ、帯を締める儀式。女性として扱われる祝い。男子五歳の袴着に対応。
(95) 学制発布は明治五年。お勢六歳という設定。最初のころ女子で学校へ通う者は少なかった。

(96) 顔をくちゃくちゃにして喜ぶこと。
(97) 隣同士の暑さ寒さの時候の挨拶が始まりで。
(98) 漢学者。明治維新後、「今斯る益なき学問（注、漢詩・漢文・歌学）は先づ次にし、専ら勤むべきは人間普通日用に近き実学なり」（『学問のすゝめ』）という福沢諭吉の意見に代表されるように、一時漢学は不要の学問とされた。ただし実際には漢学塾は盛んで、「明治二十年頃までは、漢学塾の全盛」（篠田鉱造『明治百話』）という状態だった。
(99) いい年をしながら。「いけ」は「いけしゃあしゃあ」のように罵るときの接頭語。
(100) 生まれつきのおっちょこちょい。深い考えもなく、すぐ他人に乗せられてしまう者。
(101) 芝区。現在港区に編入。当時芝区には寄宿舎付きの「郁文学舎」などがあった。お勢が入塾したのは、漢学中心の女子の塾であろう。
(102) 「なまよみの」は「甲斐」に懸かる枕詞。学問などしても何にもならない女性の身で。
(103) 「トサア」がつづまった形。前文を受けて「とそのように」「と言うのは」の意。
(104) 新聞記事をそのまま自分の意見のように述べること。
(105) ちょっとにらまれた程度の、わずかな怨み。
(106) 内では大威張するが、外へ出ると小さくちぢこまってしまう人間を馬鹿にした諺。
(107) 和服の肌着を襦袢から洋風のシャツに変える。当時男女ともに行われた風俗。
(108) 和風の「唐人髷」を洋風の「束髪」に変える。唐人髷は江戸末期から流行した十四、五歳の少女の髪型。洋風の束髪は明治十八年の夏ごろから次第に流行し、同年七月の日本婦人束髪会結成によって単なる風俗にとどまらず、女性の生きかたを決定するような大問題となり、「本年春頃には一時衰退せし束髪も近頃は又非常に流行し山の手小川町本郷辺にては中等以上の婦女子並に学校女生徒は過半束髪にて」という状態となった(『女学雑誌』同年十一月)。

(109) 当時の新しがりの女学生の風俗。『女学雑誌』(明治二十三年六月)でも、若い女性がハンカチを首に巻き、近眼でもないのに眼鏡をかける風俗に苦言を呈している

唐人髷
(落合直文『ことばの泉』)

(110) 猿の鳴き声と「お茶っぴい」のはしゃぎぶりから、猿真似をして得意がる軽薄娘を指す。

(111) 自分の宿。実家。

(112) 少女用のやや細い帯。大人の女性の丸帯は普通八寸五分(約二六センチメートル)。

(113) 「姉様人形」の略。縮緬紙で髷を作り、千代紙や布で着物を作った花嫁姿の雛人形。挿絵で小屏風の前に描かれている。

(114) 長い間の知り合い。

(115) 正月の楽しさ。新暦では正月を第一月と呼ぶように奨励した。

(116) 「虚有」は虚無の言い換えか。虚無は何もない、何も見えないことの意だが、ここでは有るような無いような状態を「虚有」と表現。

(117) 「日本婦人の有様」「束髪の利害」「男女交際の得失」などは、当時さかんに議論された問題。

(118) 玉のようにうるわしい花(瓊葩)と、縫い取りをしたように美しい葉(「綉葉」)。

(119) 寝台。

(120)「田の実」(稲の実、米)と「頼み」を懸けた表現。
(121) 正しくは「卯の花くたし」。卯の花を腐らせる五月雨のように。「ふる」を導く序詞的用法。「ふる」は雨が降ると人を振るの懸詞。「振る」は遊里語で、当時は下品な言葉。
(122) 当時、「同然」と同じように用いられた。
(123) 直接に。
(124) ここでは「相手にされない」の意。
(125) 仏教で、人間の煩悩を「意馬」とか「心猿」と呼ぶ。煩悩にはやる心を押さえて。
(126)「海女《あま》の刈る藻に棲む虫のわれからと音《ね》をこそ泣かめ世をば恨みじ」(『古今集』恋五、藤原直子)を踏まえた表現。上の句の五七は「われから」を引き出す序詞。「われから」は虫の名と、自分からの意の「我から」との懸詞。
(127) 陰暦の五月。新暦では七月にあたる。夏の真中の月。
(128) 漢語では「こくりつ」。白鳥のように首を伸ばし、つま先立ちで待つ姿勢。
(129)「蟀」は鳴き声のきれいな、白いむぎわら蟬。美女の美しい額を蟀首という。転じて美女のこと。
(130) わが国の有史以来の習慣。男女が二人でいるとすぐ怪しげなことを想像する悪習を廃して、性的関係を含まない男女の「友情」をめざすことを意味する、お勢の大げさな表現。
(131) さしあたって。現実には。
(132)「聞いた風をすること、出過ぎ」(『辞林』)。幕末来の新語。『なまいき新聞』という新聞もあった。
(133) 西洋風の男女交際を指す。対等の男女関係や結婚の自由など。

(134) 両親の命ずるままに結婚することを「圧制結婚」または「干渉結婚」などと称した。反対は「自由結婚」。

(135) 「自由結婚」を主張する論者の多くは、次のような考えを持っていた。「凡そ婚姻なるものは、或る男女の間を結び付け、双方苦楽を共にして互ひの生涯を送る可き大切の関係を生ぜしむる手続なれば、双方共に其人となりを知り尽し、意気相投合して相愛するの念極めて深からざる可らず」(河田鏻也『日本女子進化論』)。

(136) 本来仏教や儒教でまことの道理を表す語だったが、明治維新後、キリスト教や科学の導入によって、さまざまな分野で人間がめざすべき目標とされた。

(137) 深くため息を吐く様子。

(138) さまざまに愚弄すること。和《あ》える(味噌和え)、揉む(きゅうり揉み)など元来料理の用語。

(139) 月の神。記紀神話でイザナギの子、アマテラスの弟。夜の国を治めたという。月夜見尊《つきよみのみこと》とも言う。

(140) 今戸焼などの素焼の鉢に稗を蒔き、その若芽を鑑賞する盆景の一種。水の流れに橋をかけ、高札や百姓、釣師、かかし、鷺などの人形を付属品として配し、田園の風景を表す初夏の風物詩。ここではその稗蒔の青田に月の光が映り、さざ浪を立ててきらきら輝く様子。

(141) 月の光が風鈴のガラスを通って美しく輝く様子。「簷《えん》(檐)馬《ば》」は本来竜の形の玉を糸で吊した風鈴の一種。

(142) (人工の)小さな燈火などを無用のものとする。「一穂」は穂の形をした燈火。

(143) 竹や木で作った、背の低い、目のあらい垣。

(144) 沢山の。

(145) 少しの間。しばらく。

(146) じっと。

(147) さざえのように口をつぼめたおちょぼ口。可愛い口とされる。

(148) 「大根ノ一種、太サ指ノ如ク、長サ、尺ニ満タズ、東京近在ニ産ス」(『言海』)。ここでは白くほっそりした腕の大げさな比喩。「白魚」は江戸時代以来の東京の名物。ここは細く白い指を白魚に見たてたもの。

(149) 言葉として表現できない熱い思いを口にしさえすれば、先には楽しい結婚生活が待っている、の意。「妹背山」は古来からの歌枕。和歌山県伊都郡、奈良県吉野郡など。浄瑠璃『妹背《いもせ》山婦女庭訓《やまおんなていきん》』で名高く、夫婦の契りの喩えとされる。

(150) 「砧」は槌で布を打って布地を和らげ、つやを出すのに用いる木や石の台。またそれを打つこと。古来、漢詩・和歌などに秋・冬の寒夜の情景として詠われることが多い。

(151) 末摘花は紅花《べにばな》。末摘花のように恋心を顔色にも出さず。

(152) 岩に堰きとめられる水のように。

(153) 「鞅掌《おうしょう》」は、ここでは仕事が多くて服装を整える暇もないこと。この時期の暑中休暇は、制度としては七月十一日から九月十日までの間に、判任官は五日の休みを申請することができた。なお明治十八―二十一年は規則どおり暑中休暇が実施された。ここでは全日休暇がなかったことを指している。この期間中の勤務は午前八時から正午まで。

(154) 交野は現大阪府枚方市・交野市一帯の平野で、平安時代の皇室の御猟場。(皇室の御猟場だった)交野にうずくまっている鶉といったかっこうで動かない、の意。
(155) 妙に下心のあるような誘いの言葉(を向ける)。
(156) 石地蔵のようにカチカチの堅物に生まれついた以上。
(157) わざと知らぬ顔をすること。羽柴秀吉の軍師・竹中半兵衛の故事にもとづく。
(158) 「うろうろ」の略。混乱し、迷うこと。
(159) 臍下三寸の丹田《たんでん》に住むべき魂が、嬉しさのあまりはるか空のかなたに飛んでいってしまった。魂には勇気、胆力などが含まれる。「有頂天」は仏教で形ある世界の最上に位置する世界で、魂がそこに行くとは我を忘れた状態。
(160) 変った、変な。「変ぽこらい」「変てこらい」とも。
(161) 「じゃらくら」は色めかしくふざけるさま。「どやくや」は混乱するさま。「どやぐや」はその訛り。ふざけが度をすごして大騒ぎになること。
(162) 男女関係はこれまで「情」のままに流されて来たが、自分たちは「二千年来の習慣」を破って、理性的、意志的にふるまわなければならない、という考えにもとづく。
(163) 「沍《こ》」はきびしい寒さに凍りつく様子。
(164) 男女の縁結びの神。月下氷人とも言う。
(165) 親としての私心、親心。
(166) 友人同士で写真を交換したり、好きな男性(女性)の写真を求めるのは、当時の若者の流行。

(167) ○印は挿入の符号。「初めお勢が」から次の○印(四五頁一三行目)「そのはずの事で」までの部分が、現在にいたるまでの過去の事情の説明であることを示す。

(168) うまくあしらって。

(169) 感心しない、良くない。

(170) 不和。

(171) 諭旨免官。上司が理由を告げて免職にする処分。服務規律違反と人員整理などのケースがある。後者の場合は所属の直接の「長官」が理由を説明し、本人が辞職願を提出することになっていた。

(172) 「煞《さつ》」は殺。星のめぐりあわせが悪いこと。古代中国で生年月日の運命判断をした星命家の用語。

(173) 横から見るとT字形が連なっている手すりの様式。

(174) 小石川区表町(現、文京区小石川三丁目)にある、浄土宗の無量山寿経寺。徳川家康の生母・於大《おだい》の墓所として名高く、その法号を取って普通伝通院と呼ばれる。

(175) まるで。

(176) 「心なき身にもあはれはしられけり鴫《しぎ》立つ沢の秋の夕暮」(『新古今集』秋上、西行法師)を踏まえる。

(177) 仏教で「生死《しょうじ》の海」は生死流転の苦しみが深いことを言う。人生の憂さや辛さ。

(178) 現金。「むき出し」の略。

(179) 胸算用。合算すること。江戸時代の「燕算用」の略。

(180) 栄枯盛衰のはかない喩え。中国唐代の小説『枕中記』の主人公盧生が黄粱飯が炊ける間に見た夢にもとづく。

(181) (役所から免職取消しの)呼び出し状。
(182) どっきりした。「突」は接頭語。
(183) 長火鉢。長方形の箱火鉢。ひき出し、猫板、銅壺などが付属し、茶の間、居間に置かれるのが普通。
(184) きりりとして粋な女性の身体つきの形容。
(185) どことなく。
(186) 本来男が威勢よく、気っぷがいいことだが、やがてその真似をする女性にも使われるようになった。
(187) 櫛に髪を巻きつけて結う女性の髪型。略式だが、伝法肌の女性に好まれた。

櫛　巻
(『東京風俗志』)

(188) こまかな弁慶縞。
(189) 「養老絞り」の略。絞り染の一種。縦じわを作って絞り、線の文様をあらわしたもの。江戸では単衣《ひとえ》を「ゆかた」と呼ぶことがあり、ここでは準単衣として普段に用いる着物。浴用は「ゆかたびら」と呼んで区別した(『守貞謾稿』)。
(190) 「黒繻子」は、滑らかで光沢がある厚地の絹織物。帯地に用いられる。「八段」は「八端織」の略。ふとん地、帯地などに用いる綾糸織の一種。「腹合わせの帯」は、表と裏を違う布地で縫い合わせた女帯。昼夜帯とも。
(191) 女帯の締め方の一つ。背中でお太鼓に結ばず垂らしておく。
(192) 膝をくずして。
(193) 四谷区須賀町(現、新宿区)。ＪＲ東日本四谷駅西方。

(194) 赤坂区青山三筋町(現、港区北青山一丁目)。ＪＲ東日本信濃町駅南方。

(195) 当時、さまざまな会合に「親睦会」と名づけることが流行。

(196) 京橋区新富町(現、中央区新富二丁目)にあった歌舞伎の劇場。江戸三座の一つだった森田座、守田座を経て、十二代守田勘弥の時に(明治五年)浅草猿若町三丁目から新富町に移転、同八年に座名を新富座に改称。

(197) 浅草区猿若町二丁目(現、台東区浅草六丁目)にあった歌舞伎の劇場、市村座の通称。江戸三座の一つ。同じく猿若町一丁目にあった中村座とまぎらわしいので、この通称ができた。

(198) 「七里結界」のなまり。仏語で七里四方に境界を設け(結界)、魔障を排除したこと。転じて魔除けの言葉となり、嫌なものを寄せつけないこと。

(199) 入場料。

(200) 「鬼も十八番茶も出花」という諺を踏まえる。鬼も年頃には美しく見え、番茶も入れたては香りがいいように、どんな女性も年頃にはきれいに見える。

(201) 顔の印象を生かすも殺すもこれ次第という眼元の愛嬌、の意。「塩」は潮の誤記。潮には情趣、愛嬌の意があり、「潮の目」は愛嬌のある目付き。

(202) 笑うときにも口をすぼめて愛嬌を口の中に含み込むこと。

(203) しぶい趣き。眼元も口元もただ愛嬌があるだけでなく、それをセーブする趣きがある。

(204) お勢が顔の化粧にわざとかまわず、額と襟足の毛が延びているのであろう。

(205) 「臙脂《えんじ》」は紅色の顔料。昔、紅《べに》はそれに脂を交ぜて製した。「嘗《な》める」は、ここでは口紅をつけるこ

引かけ
(『東京風俗志』)

と。「鉛華」は鉛の粉を用いておしろいを作ったことから生まれた表記。ただし鉛毒が指摘され、鉛白粉に批判が高まっていた。

(206) 熱を加えて枝を曲げて作った不自然な造花の美しさ。

(207) 美しい肌の色が衣を通して照り輝いたという允恭《いんぎょう》天皇の妃(『日本書紀』)。小町は小野小町。

(208) 鼻の穴が上を向いていること。

(209) 「吹聴」は言いふらす、ひろく知らせる意味だが、ここでは単に知らせるくらいの意。

(210) 『東京風俗志』に、常磐津、清元は下流の職人好みで、女師匠が教えるため、若い男が集り稽古場の柄が悪いこと、長唄はこれにくらべて「文句の渾雅典麗」で「俗曲中品位あるもの」という指摘がある。

(211) 「岡安」「松永」ともに江戸長唄の流派の名。当時の家元は四世岡安喜三郎(嘉永二年—明治三十九年)、三世松永和楓(天保十年—大正五年)。『幕末明治女百話』に「和楓さんは長唄の歌い尻を随分長く引く方」だったとあり、「ただつッこむばかり」はその芸風を指すか。

(212) 清元「山帰強桔梗《やまがえりまけぬききょう》」、通称「山帰り」の一節。

(213) 馬の鳴き声と品格の品とを懸ける。お政の発音は「ヒ」を「シ」という東京下町(あるいは江戸)の特徴を写している。

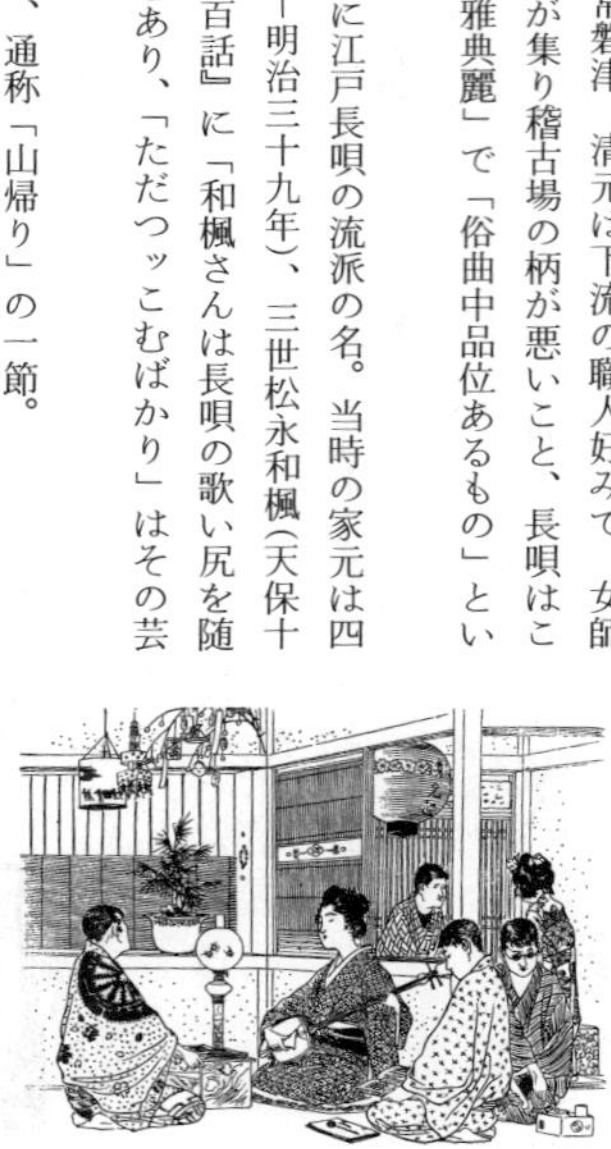

清元の稽古
(『東京風俗志』)

(214) 本来の味噌田楽に対して幕末から流行。関西では関東煮《かんとうだき》。当時は「煮込みおでん」と書いた行燈を掲げた屋台で売り、上品な食べ物とはされなかった。

(215) あてこする。

(216) 夫、孫兵衛を指す。

(217) 懐子《ふところご》のこと。親の懐を離れたことのない世間知らず。箱入娘(息子)。「ぽっぽ」は懐の幼児語。

(218) 程なく、おっつけ。

(219) ずっと独身で。

(220) お勢の年齢は、第二回の設定では、文三と三歳違いで、現在二十歳となるが、十八歳とすれば、当時は早婚の弊がさかんに唱えられていたので、お勢がまだ結婚を意識していないことにも一応の理由はある。巌本善治の意見として、「二十才より早く嫁ぐべきものにあらず　之よりも早ければ衛生にも学文にも経済にも大なる損毛あり」(「婚姻のをしへ」)。『女学雑誌』によれば、当時日本の結婚年齢は平均で男二十二・一歳、女十九・〇四歳。

(221) 思慮分別。

(222) 口争い。

(223) 「奥手《おくて》(=晩生)」の略。比較的成長が遅い人。

(224) 情夫《いろおとこ》の一人ぐらいは持った。

おでん屋
(『風俗画報』明 42. 12)

(225) 一向に、まったくの。「……しき(式)」は「……的」という意味の接尾語。
(226) 親子としての差し支え、差し障り。
(227) 「恐れ入りました」の「いり」と「煎豆」の「いり」を懸け、煎豆に同種の「はじけ豆」を添えて語調を軽快に整えた技巧。
(228) 朝一番に鳴く鶏。明《あけ》八つ(午前二時ごろ)に鳴くとされた。
(229) 「見一」はそろばんの割算の規則で、「法」(除数)が二けた以上でその首位が一のとき、まずその首位を見て割ること。ここではお政の胸算用(お勢を文三と結婚させる)が狂い、「法」(文三の結婚資格)がないので、お政が無理難題を言うこと。「無法」はそろばんの用語と、無理やりの意と両方に懸かる。
(230) 「芣苢」は車前(おおばこ・おんばこ)、蛙葉《かえるば》、蝦蟇衣《ひきごろも》とも呼ばれる薬草。地面に小穴を掘り、車前を敷いて蛙の死骸を置き、また車前で覆ってまじないを唱えると、蛙が蘇生するという小児の遊び(『嬉遊笑覧』)。ここでは免職で気落ちし、死んだように眠っていた文三が突然起き上がった様子。
(231) 夜着、蒲団の類。
(232) 神田区駿河台(現、千代田区神田駿河台)。JR東日本お茶の水駅南側の高台。当時から各種学校が多かった。↓地図1⑤。
(233) 人員整理。明治十八年末から十九年にかけて官制改革が断行され、太政官制度に代わって内閣制度ができた。これにともなって多数の官吏が職を失ったが、文三の免職の背景には、この改革があったと思われる。
(234) 金属や木の板で作った鳥の風向計。お高くとまっていることの形容。

(235) キセルの火壺と吸口をつないだ竹筒を羅宇《らう》と呼ぶ。その竹筒の長いもの。
(236) 今日様《こんにちさま》(＝お天道様)が与えてくれる恵みに対しても申し訳がない。
(237) 「明治十一年　文三が十五になった春」(二二頁八行)とすれば、二十三歳の現在は明治十九年になる。
(238) 空とぼけたふりをして。煙草を輪に吹かすのは、こういう場合の決まった動作。
(239) 第二回には十五歳で上京とある。「ポッと出の山出し」は都会に出てきたばかりの田舎者。
(240) 博多帯。博多で生産される博多織で作った帯。つやのある地の硬い絹織物で、横うねが際立って見えるのが特徴。男の晴れ着の帯として用いられる。
(241) 高級な絹織物。表面に細かな「皺《しぼ》」が出ているのが特徴。「お召」はもと貴人が着用したことから言う。
(242) 勤勉に。精を出して。
(243) 江戸時代から「焼玉子」は種々あるが、現在の玉子焼に近いのは「薄焼玉子」である。維新後は、次第に洋風料理に近づき、簡単な家庭洋食の代表となった。
(244) ここでの「女郎」は、女性の名の下につけ、親愛や軽蔑の気持を示す接尾語。お鍋のやつ。
(245) 思いもかけぬという気持。漢字では「勿怪」「物怪」と書く。
(246) 男性のハンカチは、手拭にくらべてハイカラでややキザにも見えた。色は白。
(247) 顔を罵って言う言葉。「しゃっ」は罵りの接頭語「しゃ」の促音化。
(248) 平生食べ馴れた、という意味から転じて、ここでは平生からのなじみの感情(親思い)。
(249) 一部の女学生間に、男言葉で「僕」「君」と言う傾向があった。お勢は第二篇では「僕」と自称。

(250) 言ってはいけないという手振り。
(251) 下唇をそらした小生意気な態度。人を馬鹿にするときの表現。
(252) 少しだれて。「スコ」は「すこし」の下略。江戸の通人の用語。
(253) 厭味をやめて、穏かな調子になること。「音締」は三味線などの弦を巻き締めて、適正な調子に合わせること。
(254) 世の中は善いことが少なく、悪いことが多いこと。
(255) 「ちくら」は筑羅。巨済島の古称、瀆盧《とくら》の転かという。韓国と日本の潮界にある「ちくらが沖」から、どっちつかずの意。ここではお勢のどっちつかずの状態を表す。
(256) 青桐の異称。
(257) 「倭文字」は漢字に対して日本で作られた仮名文字(平仮名)。「牛の角文字」はその形から「い」の字。下の「いろいろ」を引き出す修辞。
(258) 満足できない様子。楽しまない様子。
(259) (埼玉県)秩父地方から産する縞柄の銘仙。不断着に用いる。
(260) 東北の南部地方(盛岡中心)に産する紬《つむぎ》、縮緬《ちりめん》などの織物。
(261) 現在の懐中時計。明治期前半には袖時計、根付《ねつけ》時計などとも呼んだ。
(262) 円錐台形のフェルト製の帽子。房つき。トルコ帽。トルコのオスマン帝国が陸軍の制帽に定めてから流行。
(263) 山媛が霧のかなたに隠れてしまったようにおぼろげ。山媛は山を守り、司る

土耳斯《トルコ》形帽子
(『東京風俗志』)

という女神。
(264) 幼少のころ。「総角」は古代の小児の髪型で、左右に分けた髪を頭上に巻き上げ、二つの輪を作る。転じて小児の意。あげまき。
(265) 父と母、両親。
(266) 「滅多に宛にならない」と「奈良坂」の懸詞。奈良坂は奈良から京都に向かう際に木津へ出る坂道。「児手柏《このてがしわ》」はヒノキ科の常緑低木。古来、奈良山に生育するとされる。その葉が表裏相似て見分けがつけにくいことから、非常に似ている場合の比喩や、人心に二つの面がある比喩に使われることが多い。奈良坂に生えているという児手柏の葉に置く露よりももろいものとして、の意。
(267) 江戸の用水だった神田上水(明治三十六年廃止)を指す。水道の水で産湯を使った、水道の水で磨き上げた、などは江戸っ子の自慢だった。ここでは東京生れで水道で育ったと言うだけに水臭いの意。
(268) 明治十九年の改正で判任官は一等から十等までに定められ、それ以下の官吏は等外とされた。
(269) 成り上がりの判任官。「出来星」は成り上がり。
(270) 判任官六等。明治十九年の時点では月給三十円。判任官はこの時には一等(七十五円)から十等(十二円)まで。明治二十年の東京における白米一〇キログラムの標準小売価格は、四十六銭だった。
(271) 才知にすぐれた人(男)。佳人(女)と並称して用いられ、物語・小説の主人公となることが多かった。その種の小説を才子佳人小説と呼んだ。
(272) 室町時代以来、放下師《ほうかし》と呼ばれた芸人がさまざまの曲芸・幻術を見せたが、江戸時代になってその一部が見世物小屋ではなく大道で芸を演じて銭を乞うようになった(辻放下)。貞享元禄(一六八四―一七〇四)のころ豆蔵という芸人が、その弁舌と妙技とで名声を得て、辻放下師の代名詞のようになった。ここでは、昇の弁舌が豆蔵の域に迫って、どちらが優勢かを争うほどと言ってもよい、という意。

(273) 厭味ったらしくひやかすこと。

(274) 卑劣な方法で相手をやっつけること。

(275) 悪い行い。ここでは、(他の課長の悪い点を言いたてることによって)間接的に(自分の)課長が立派なことを賞めたたえる、の意。

(276) 自分に関係のない他人の事に嫉妬すること。岡焼き。

(277) 何があってもしゃあしゃあと、平然としている人物の擬人名。

(278) 中央がくぼむ。しゃくれる。狆は当時流行した犬。

(279) 「癪」は本来は「さしこみ」(胸や腹に起こる激痛の総称)のことだが、ここでは腹立ちの意。

(280) 花札、花カルタ。江戸時代には賭博のめくり札とまぎらわしいため天保二年以来禁止され、明治十七年にも賭博取締の太政官布告が出たが、同十九年ごろ取締りがゆるやかになり、あらゆる階層に流行した。「如何な真似」はいかがわしい真似。

(281) 仲間はずれにした。

(282) 直接の問題とは関係のないところで復讐すること。

(283) 百の川の堤防が一度に決壊したように。

(284) 長い間心中で臆測していたことを一度に吐き出したような雄弁。「揣摩」は「しま」と読むのが普通。他人の気持を推し量ること。

(285) 諺「鷺を烏」。物事の道理を反対に曲げて主張すること。白を黒と言いくるめること。

(286) 当時麹町区飯田町一丁目七番地(現、千代田区)にあった明治女学校を母胎として発行されていた女性啓蒙雑誌。キリスト教にもとづく良妻賢母の育成をめざし、女性の独立、男女交際、恋愛と「ホーム」、束髪問題、女子と文学などを論じ、明治の新女性の指針となった。この時期の主筆は巌本善治。創刊明治十八年七月。終刊明治三十七年二月。『浮雲』の記述にはこの雑誌と関連するところが多い。

(287) 「はばかりさま」(お世話様、すいません)の略。世話になった時の挨拶の語。

(288) 陰にいてその人を保護すると信じられていた神。

(289) 痼癪を押さえて黙っていた。

(290) 大小便の小児語。

(291) 実の親。

(292) 目玉を上へあげ、額に寄せてにらむ様子。

(293) かならず。

(294) Charles J. Barnes ed., *New National Readers* の第四読本。ニューヨークで出版されたが、日本国内で戸田直秀ほかによる複製も作られ、明治大正期にもっとも広く使用された英語の教科書。第五読本まであり、第四読本はかなり高度である。女学生の学力としては第三読本程度が普通だったらしい。

(295) William Swinton, *Outlines of the World's History.* 世界史や英語の教科書として広く使用された。

「万国史」とも呼ぶ。

(296) 諺「鳶が鷹を産む」。平凡な親がすぐれた子供を生むことの喩え。

(297) 高利で貸したって、の意。お政は小金を貸しつけている。

(298) お愛想もほどほどに、の意。「艶」はここではお世辞、うれしがらせ。

(299) 悪食《あくじき》。いかもの食い。ここでは女遊びに対するあてこすり。

(300) 貧乏人の質草と同じで、入れたり出したりがはげしい。「上げ下げ」は、ここでは賞めたりけなしたりの意を含む。

(301) 新富座と市村座。二八九頁注196・197参照。

(302) 連れに費用を持たせて飲食、遊興などをすること。

(303) 現在の文京区不忍通と本郷通の間を東西に横切る坂(潮見坂)。菊人形は文化五年(一八〇八)に麻布狸穴《まみあな》に始まったが、まもなく巣鴨一帯に盛んになり、安政三年(一八五六)からは団子坂に植梅(植木屋)が忠臣蔵の名場面を出して大当りとなった。維新直後は中絶したが、明治八年に再興し、木戸銭を取って、当り狂言などの菊細工によって全盛となり、秋の東京の名物となった。

(304) 「犬の川端あるき」の略。犬が食物を求めて川端を歩くように、しっかりした目的を持たずにうろつくこと。

(305) 下谷区根岸(現、台東区根岸二丁目)にある豆腐料理店。場

団子坂菊人形
(『東京風俗志』)

所柄、吉原の朝帰りの遊客が立寄ることも多く、そのために朝風呂を立てたという。

(306) 諺。もともと自分が好きなところへ相手から好意をもって勧められること。

(307) 心を惹かれる。

(308) 「立身出世」は福沢諭吉『学問のすゝめ』、中村正直『西国立志編』などの啓蒙思想によって生まれた俗流の考えかた。

(309) 女性の洋装は、当初宮中や華族、富豪の夜会用バッスル・ドレスとして上流階級に広まり始めたが、一般的には抵抗感が強く、率先して洋服を着用した女子教員たちにも非難の声が高かった。しかしいわゆる鹿鳴館時代（明治十六年鹿鳴館設立）、特に二十年一月の皇后の「思召書」によって洋装が奨励された前後から、東京女子高等師範学校を筆頭に地方師範学校女子部でも制服に洋服を採用する学校が増え、東京京橋区には「婦人洋服裁縫女学校」も出来た。ただし国民英学会のイーストレーキのように、洋服が日本女性の体型に合わぬとして反対する意見もあり、また洋服は高価だったので、一般化するには至らなかった。園田家程度の家では、まだ贅沢にすぎたのであろう。

「新双六淑女鑑」部分
（坪内逍遥閲，小林清親画）

第二篇

(1) 初版の内題には「二篇」とある。
(2) 旧暦九月を言う。ただし当時新旧暦の対応は混乱しており、十月を菊月と呼ぶものもあるので、ここでは暦を繰って確認する必要があった。
(3) 得意先をまわって、女性の髪を結っていた女髪結。流行に遅れぬように、彼女たちも束髪を勉強していた。
(4) 万古焼。元文年間(一七三六―四一)に伊勢の桑名から始まった陶器。赤絵と異国趣味の文様が特徴。のち江戸でも製造されるようになった。
(5) 口が欠けて兎唇《としん》のようになること。
(6) いざこざ、大騒ぎ。掛け声「えさまさ」の転
(7) 「まや」は「まやかし」の略。いんちきな薬。
(8) 落ちぶれて前途を見失うこと。
(9) ここでは、気持の意。
(10) 苦しめられるために。
(11) 諺「隣の疝気を頭痛に病む」の略。自分に関係ないことによけいな心配をすることの喩え。
(12) うっかりと。
(13) 「糸織」は高級な絹織物。男性の正装は多く黒か紺地であり、茶の着物の「一つ小袖」のいでたち

は、遊び着として、昇の洒落者《しゃれもの》らしい特色を示している。「七子」は「魚子」「斜子」とも書き、魚卵のような織り柄が浮いて見えるのでこの名がある高級絹織物。黒七子の羽織は男性の晴れ着。

(14) 下目を使って相手を見るのは軽蔑的な目つき。

(15) 土左衛門そっくり。土左衛門は溺死者のようにふくれていた江戸時代の力士の名にもとづく。ここでは顔色の悪さを喩えている。

(16) 「尼御台所」の略。ここでは源頼朝の妻で、後に鎌倉幕府の実権を握って尼将軍と称された北条政子と同名のお政を指す。

(17) 「後生《ごしょう》だから」の駄洒落。上の「剛情」を受けて言う。お願いだからいらっしゃいよ、と誰か（お勢）が言うんじゃないか、の意。

(18) 人力車。明治三年から東京で開業。

(19) 二人乗、三人乗の人力車が当初からあったが、明治二十年代に入ると次第に数が減った。萩原乙彦『東京開化繁昌誌』には、二人乗人力車の男女の醜態が描かれている。

(20) 仏教で人間が死んでから次の生をうけるまでの間。わが国では四十九日間。ここでは声がまだ消え去らず残っていることとの形容。

(21) 東京都墨田区の区域の名。江戸時代から文人墨客の好む風流の地として名高く、隅田川東岸の堤は桜の名所。

(22) 以下、髪型によって女性の年齢や身分などを表現。「束髪」は女学生や西洋風の女性。「島田」にはさまざまな形があるが、年頃の娘に好まれる和風の髪型。「銀杏返し」は少女から年増にかけて用いられた和風の髪型で、比較的簡単に自分でも結うことができるので、平常の場合に用いられた。明治時代からは三十代ぐらいの女性に多い。髷の形が銀杏の葉に似ているのでこの名がある。「丸髷」は人妻の和風の髪型。さまざまな種類があるが、年とともに髷を小さく結うのが通例。「蝶々髷」は十歳前後の少女の髪型(和風)で形が蝶の羽をひろげた姿に似ている。「おケシ」は幼児の髪型。男女ともに用いる。頂上だけまるく残して周囲の髪を剃り、けしの実のようにする。

(23) 当時、たとえば婦人矯風会、婦人束髪会、婦人編物会、交際会のような会が設立され、中心人物は「幹事」と称していた。

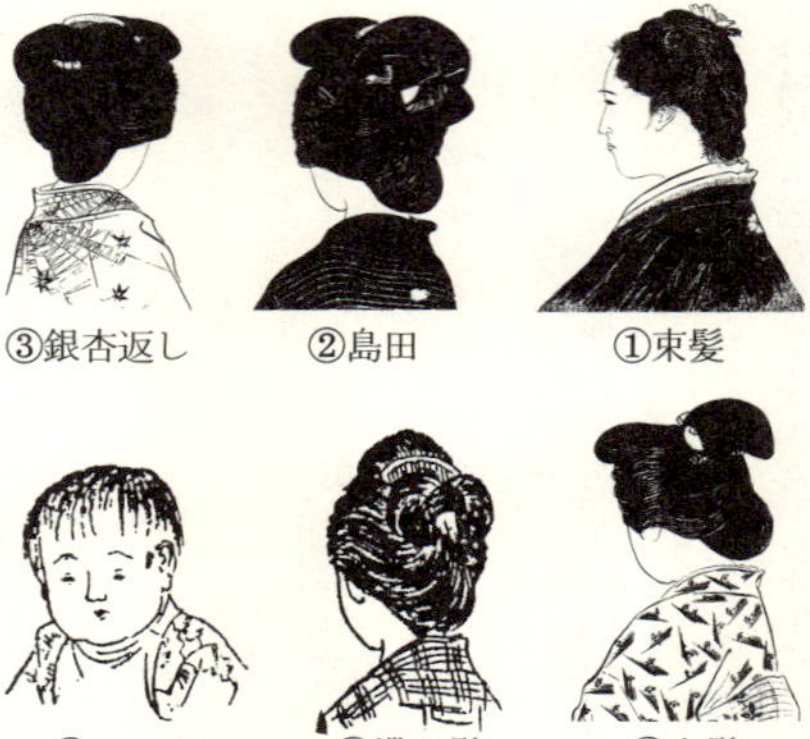

①東髪　②島田　③銀杏返し
④丸髷　⑤蝶々髷　⑥おケシ

①『風俗画報』(明 29.5)　②③④『風俗画報』(同 41.8)　⑤⑥『東京風俗志』

(24) 「鍋島騒動」は佐賀の鍋島家のお家騒動に仮託した怪猫の物語。お家騒動の犠牲となった侍女の怨念が愛猫に乗り移り、化猫となって復讐する。「古猫の怪」は「○○会」のもじり。

(25) 江戸後期から「飛人形」「亀山の化物」の名で浅草雷門で売っていた猿や河童の張子人形(『嬉遊笑覧』)。明治時代には「飛んだり跳ねたり」と呼ばれることが多かったが、三十年代には次第に廃れた

『東京風俗志』)。張子を重ねて跳ねかえらすと、別の張子が現れて顔が変わるしかけ。

(26) 「半元服」は男女ともに言うが、ここは女性の場合。眉を剃らずお歯黒だけをつけた、未婚とも人妻ともつかぬ妾風の風俗。「ぞろり」は着物を少しくずれたように着る様子。

(27) 以下、髪型によって男性の風俗的価値観を代表させる。「坊主」は坊主頭、イガグリ頭。頭髪を剃った者も、バリカン(明治十六年輸入)で一分、二分に刈りそろえた者もある。「散髪」はジャンギリ、ザンギリとも呼ぶ。元結を結ばず髪を切り下げたままにしておく髪型。文明開化の象徴的風俗。「五分刈」は五分(約一・五センチメートル)に髪を刈りそろえた頭。「チョン髷」は江戸以来の古い髪型。明治四年の散髪脱刀勝手令、同六年の明治天皇の断髪実行によって古いチョン髷はどんどん減っていき、同二十年ごろには、相撲取を除けばほとんど姿を見かけないようになっていた。

飛んだり跳たり
(『東京風俗志』)

(28) 羨望の的。

(29) 大きな企業が少なく、個人商店は身分、収入が不安定だったせいもあって、当時官員になることは大多数の青年の憧れだった。

(30) 商品を背負って売り歩く行商人。

(31) 言動が粗暴で、一身も家庭も顧みず国事に奔走して、官憲に検束される短慮な壮士のイメージ。腕まくりをして着物や袴を短く着るのが特徴。

(32) 聞いたり見たり。
(33) (人々の)着物にしみこんでいるよい香と美しい様子。
(34) その雑踏を合乗の人力車で通り抜けようとする不心得者もあり、の意。「あり」と「ありがたい」は懸詞。
(35) 当時の代表的な内職。マッチは最初輸入品だったが、まもなく国産に転じ、十年代には香港・ウラジオストックなどに輸出するほど発展した。製造にはたくさんの女子・子供が雇われ、箱張りは主に貧民の内職に頼った。やや後の記録だが、横山源之助『日本之下層社会』(明治三十二年)によれば賃銀は千二百箱で十二銭、普通には一日六、七銭だったという。
(36) 例のように看板で(人目を引き)客を誘い入れる植木屋。
(37) 五行説(中国古来の哲理で、万物組成の元素を木火土金水とする)では、金は秋に当たるので秋風を金風と言う。
(38) 本来は密教で仏と我がたがいに入り交わり、一切諸仏の功徳をわが身に備えることだが、ここでは各店の客引きの声がからみあって誰が何を言っているかわからないこと。
(39) 「興」と「今日」を懸けて「明日」を引き出した修辞。まったく興ざめ。
(40) すべての草花の締めくくり。

マッチの箱はり
(文通家たより『古葛籠』挿絵,『やまと錦』明 22.7)

(41) 多くのかぐわしい花々。
(42) 木で作った人形。菊人形は木で形を作り、その上に菊の花の衣装を飾る。普通の鉢植えに対して作《つくり》物《もの》と呼んだ。
(43) 見る人。ここでは読者。
(44) 話題を元に戻すために、語り物や読本などの戯作でしばしば用いられた言葉。「閑話休題」とも。
(45) ねずみ色の微塵縞（最も小さな格子模様）。
(46) 「唐繻子」は中国の蘇州・杭州地方で織られる練絹織物の日本での呼び名。女帯に用いる。「丸帯」は同じ布を折り合わせて作る正装用の帯。
(47) 現在同様に「一つ小袖」で長襦袢を着る風習が、男女ともにハレの機会に流行りはじめていた。それに伴って半襟の柄もただの黒ではなく、派手になりつつあった。
(48) 藍色がかったねずみ色の繻珍《しゅちん》の丸帯。「時珍」は繻珍のこと。繻子の地合に別の糸で文様を浮き織りにしたもの。女帯や袋物に用いる。
(49) 江戸後期以来、未婚の娘はハレの場合には緋鹿子、緋縮緬などの長襦袢を着用するのが定まりだった『守貞謾稿』)。「等身繻絆」は身の丈と同じに仕立てた長襦袢。
(50) 薄い水色の縮緬。普通は「水浅葱」と書く。ここではその地に金糸で刺繍がされている半襟。
(51) 鴇《とき》の羽の色。淡紅色。
(52) 「英吉利《イギリス》結び」の類。
(53) 白粉・頬紅・口紅・眉墨などを使う本格的化粧。関西と比較して東京、特に江戸の美意識を受け継ぐ下町は、濃化粧を嫌って淡粧を好んだ。しかし当時は洋風の薄化粧が流行すると同時に、関西風の濃化粧も東京に浸透しつつあった。

(54) 人品も顔立ちも。「牟」は本来は牛の鳴声の擬音だが、「眸」と同音でひとみの意。

(55) ちらりと。

(56) 「磬」は玉《ぎょく》や石で出来た中国古代の打楽器。への字形。「磬折」はその形のように深々と礼をすること。最敬礼。

(57) うなずく。

(58) 当時は、一般に女性の尊称としても用いた。

(59) 現代風お初髷。「おはつ」は江戸時代からあった丸髷の一種。

(60) 山や岩が高くそびえる形容。お初髷は髷の根が高く、髷の端が角ばっている。

(61) おっとり。ふっくらと愛らしいさま。ここでは令嬢の束髪がおとなしい型であることの形容。

(62) 風体《ふうてい》に同じ。

(63) 上目づかいに。

(64) ここでは通行人の群の足音の形容。ただし「ドロドロ」は本来は歌舞伎の囃子で幽霊、妖術使いなどの出入りや雷に用いる擬音なので、お政・お勢親子には課長一行が、何か自分たちとは違う恐ろしい人種のように感じられたのかもしれない。

(65) 当時下谷区、現在は台東区。徳川家の墓所や寛永寺がある聖地で鳴物禁止だったが、明治六年に上

英吉利結び
（村野徳三郎編『洋式婦人束髪法』）

野公園が出来、大いに賑わうようになった。麓の山下は不忍池《しのばずのいけ》の池之端《いけのはた》とともに江戸時代からの盛り場。上野駅も明治十六年に開業していた。団子坂から谷中を通ってほぼ一キロメートル。↓地図2。

(66)「引き立つ」の促音「引立《ひった》つ」の名詞化。見栄え。

(67) ここでは途切れてしまった会話。「墜緒」は衰えてしまった事業。

(68) 妙な。

(69) 明治六年、恩賜公園として皇室より東京府に下賜。わが国最初の公園として開放された。桜や紅葉のシーズンはもちろん、深山幽谷の感じや眼下の眺望も人気を呼んだが、それに加えて政府が文明開化のしるしとして内国博覧会を開き、博物館・動物園・図書館・音楽学校等の文化施設を作ったので、山内は大いに賑わった。しかしそれとともに出来た飲食店で展開される光景は、堕落した風俗をも生み、かつての霊山の雰囲気は失われつつあった。↓地図2。

(70) 孤独で頼りないさま。

(71) 明治十年、現在の東京芸術大学美術学部(明治二十年創設の東京美術学校の後身)がある場所に創設。「国内教育進歩の度を知らしむ」るために「各府県教育物品を陳列」した。同十四年、文部省教育博物館から名称を東京教育博物館と改称、同二十一年暮に昌平坂聖堂跡に移転。↓地図2②。

(72) 現在の位置に開園したのは明治十五年三月。当初は農商務省、同十九年三月から宮内省、同二十二年五月からは帝国博物館附属となった。最初は猛獣は皆無で、同二十年二月に、来日中のチャリネ曲馬団で生まれた子虎が入園した。↓地図2④。

(73) 清水《きよみず》観音堂。京都の清水寺にならって寛永八年(一六三一)天海大僧正が建立。↓地図2①。

(74) まっすぐにそびえ立って千尺(約三〇〇メートル)も伸び、空に迫りそうな。
(75) 徳川家康を祀る神社。藤堂高虎の建言により、江戸の守護として寛永四年建立。↓地図2⑤。
(76) よくこなれていない、日本的な英語、の意。普通はLet's go.
(77) 軍艦羅紗は厚地の毛織物で外套、制服に用いられることが多かった。
(78) 盛り上がった上部にくらべて側面の周囲が小さく、大黒天の頭巾に似ているのでこの名がある。ここでは徽章をつけているので、勇の学校の制帽と思われる。学校の制帽、徽章は明治十七年ごろから一般化した。
(79) 栗の実を食べる害虫が丸々と肥っていることから、赤ん坊が肥えて可愛い形容に用いる。
(80) 上野公園の南西部にある池。周囲約二キロメートル。蓮の花で有名。↓地図2⑦
(81) 明治十七年、不忍共同競馬会社によって不忍池をめぐる馬場が作られ、十月の第一回競馬以後、同二十七年に廃止されるまで毎年春秋二回の競馬が開催された。馬見所は現在で言う観覧席だが、当時の風潮を受けて典型的な和洋折衷の建築。上野の社交場としてさまざまな催しの会場ともなったが、同二十七年に競馬が廃止され、馬見所も同二十八年に市区改正の道路に当たるため売却された。↓地図2⑥。
(82) 令嬢形として、深張りの絹の傘が流行していた。日傘用。

蝙蝠傘(令嬢形)
(『東京風俗志』)

(83) 恐れ入った、感心した、の意。「おそろ」は「恐ろしい」の下略。「感心」と同音の韓信(漢の武将)の名を使って「おそろ韓信」とも表記される。

（84）奥の手という手があったか、と感心して見せる。
（85）idol（偶像）。ここでは本命の女性。
（86）成句「（磯の）鮑の片思い」。鮑は片貝なので片思いの喩えとして用いる。
（87）意味ありげな。乙な。
（88）引き合わない。「うまる」は必ず否定語を伴って用いる。
（89）（文三に対する）これまでの関係をないがしろにさせて。
（90）漢字の音を用いた当て字。巫山は中国四川省の山名。「巫山之夢」は楚の懐王の故事から男女の情交を言う。
（91）『値段の明治大正昭和風俗史』によれば、もり・かけそば一銭（明治二十年）、まんじゅう一銭（明治二十五年）の時代だから、十日で一円はたしかに金遣いが荒い。
（92）家でなら文句を言ってやるんだけれども。「こだわり」は文句、抗議。
（93）現、東京都北区、JR東日本王子駅近辺の丘。飛鳥山公園。江戸時代から桜の名所として知られ、明治六年から公園。
（94）明治七年三月に海軍兵学校の寮生が「競闘戯遊」（陸上競技運動会）を行なったのが最初だが、当時は身体を動かすことを運動と言い、何人かで散歩・遠足・ピクニックに行くことを運動会と称した。学校行事としての運動競技会が一般化するのは明治三十年前後。
（95）小さくて、つまらないこと。
（96）たがいに相容れないこと。

(97) ここでは、意味ありげな、の意。
(98) 死後は同じ墓穴に入るほどむつまじい夫婦の契り。『詩経』王風から出た熟語「偕老同穴《かいろうどうけつ》」による。
(99) 信濃国薗原《そのはら》にあって、遠くから見るとあるように見え、近くへ寄ると形が見えないという伝説の木。古来、和歌や物語にしばしば登場する。
(100) あらゆる感覚や情動から逃れて。「五官」は視覚・聴覚・嗅覚・味覚・触覚。「七情」は儒教で喜・怒・哀・懼・愛・悪・欲。仏教で喜・怒・哀・楽・愛・悪・欲。
(101) この小説では意識する自分、あるいは現在の自分に「我」が用いられ、意識される自分、あるいは過去の自分には「吾」が用いられている。ここでは、自分が自分であること。
(102) 「蜃楼」も「海市」も蜃気楼のこと。「蜃」は大はまぐり。昔、蜃気楼は大はまぐりが吐く息で出来ると考えられていた。
(103) 諺「蛇は一寸にして人を呑む」。蛇が一寸ほどのうちから人を呑む勢いがあるように、才能ある者が幼時からその片鱗を示すことの喩え。
(104) まかりまちがっても。
(105) 蓮の糸(蓮の根や茎にある繊維)の穴や、蚊のまつげの間のように、ごく小さなすきま。
(106) 暴風の知らせという砲車雲の、かすかな兆し。「砲車」は雲の名。
(107) 派生して分れた雲。最初の疑念を「もとぐも」と表現したことから言う。
(108) つむじ風、暴風の総称。
(109) 痛みを消散させる薬。

(110) 熊鷹《くまたか》は暗褐色のワシ目タカ科の猛禽。蒼鷹《そうよう》は白いタカ。特に凶暴なタカなのでこの文字を用いたのであろう。

(111) そぶり。

(112) 追伸。追って書き。

(113) 各宗の開祖の尊称。特に日蓮宗の日蓮を指すことが多い。

(114) 現在の千代田区(当時麹町区)の一画。一番町から六番町まであり、屋敷町が多い。明治女学校や桜井女学校(のち女子学院、二葉亭が一時教えに行っていた)などの学校もあった。

(115) Herbert Spencer(一八二〇―一九〇三)。イギリスの哲学者・社会学者。ダーウィンの進化論を受けて社会進化論を唱え、欧米の文明社会、およびわが国の思想界に大きな影響を与えた。尾崎行雄訳『権理提綱』、松島剛訳『社会平権論』、井上勤訳『女権真論』などが早い紹介で、自由民権運動、保守層、双方に受け入れられた。

(116) ステッキと靴。

(117) 市井の些末なことがら。世間の俗事。

(118) カード、トランプ。

(119) 紙巻煙草を自分の指で巻くこと。ここでは下情に通じているさま。日本での紙巻煙草製造は明治八年から始まり、同二十年前後から従来の刻み煙草を圧倒し、輸入・国産ともに流行するようになった。

(120) 薬を調合し販売する店。江戸時代は漢方の薬屋だが、ここでは西洋の薬も扱う薬屋。その小僧が万能薬のように口にする「ソーダ」(曹達)と、そのとおりの意の「そうだ」を懸ける。重曹(重炭酸曹達)

は「健胃散」などの胃薬の主成分として重宝された。
(121) The Times(タイムズ)。イギリスを代表する新聞紙。一七八五年創刊。
(122) 当時の新聞社では、西洋事情などの雑報の翻訳を下請けに出していた。
(123) 明治二十年前後の新聞紙は、政党会派の変動に左右されて離合集散をくりかえし、新聞紙条例改正(明治十六年)の弾圧下で主義主張が制約されていた。硬派中心の大《おお》新聞と軟派主体の小《こ》新聞の性格も、両者の接近による中《ちゅう》新聞への再編によってあいまいとなり、紙面の体裁、記事の配列などにおいても、まだ未発達な点があった。
(124) 塩引きの鮭の色。サーモン・ピンク。
(125) (造物主の)悪いいたずら。(全体のバランスから見ると)どこかちぐはぐにも見える。
(126) 可憐な。「塩」は仮名違いの当て字。
(127) 道徳や理屈ばかりにこだわって、人情や世事にうとい学者、人物をあざけって言う。
(128) やきもち。性欲の強いことを「腎張《じんば》り」と言い、そこから色欲の強い男、やきもちやきを「甚助(介)」と呼ぶ擬人名ができた。江戸時代の遊里から派生した流行語。
(129) ここでは、気苦労のなさ。のんきさ。
(130) 腕相撲。
(131) 居相撲《いずもう》。対座して上半身で相手を押し倒す。
(132) (勇は寮生なので)舎監との談判。
(133) 賄征伐。寮の食事は概してまずく単調だったので、血気盛んな少年たちはしばしば食事係をつるし上げて改善を要求し、ウサを晴らした。

(134)「水子」は生まれたばかりの赤ん坊。月足らずで生まれた赤ん坊のように、未熟な考え。

(135)ボート競漕は明治二年に駐日の英兵間で始まったが、やがて同十六年ごろから大学生を中心に普及し、専門学校生・高等中学(のち旧制高校)生間にもひろがった。勇は中学生か。選手選抜の順を学業成績で決めることに反対している。

(136)耳に似た形をしたキノコ。食用。自分の言うことを理解しない相手を罵るときに比喩として言う。

(137)当時は名札とも書いた。印刷の名刺は明治維新後、急速に普及し、明治二十年前後には若い女性間でも名刺を持つことが流行した。

(138)眼をピカッと光らせて挨拶の代わりとしたこと。無礼な態度。

(139)ここでは、変な雰囲気の意。

(140)ここでは、流し目に見て。

(141)ちょっと手助けをしてもよい。

(142)もじもじする。

(143)うっかりと。やりそこなって。

(144)ここでは無念と怒りの感情が交ざり合って、積もりつもって内攻すること。

(145)犬のようなもの、犬畜生。

(146)諺「人の痛いのは三年でも辛抱する」をさらに強調した表現。

(147)落ちぶれて、ひとり苦しむ境遇。

(148) 一字も読めない人間を「一文不《いちもんふ》通《つう》」と言うところから、一文を銅銭一文と置き換えた言葉。三文にしか通じない安っぽい信用。三文は極めて安いことの喩え。

(149) 諺「空家で棒を振る」。当たり障りがない、苦労しても誰も見る人のない喩え。

(150) 「つくねる」を強めた語。こね上げて作るの意から転じて、ここでは(公用と私用を)引っくるめて一つにする、の意。

(151) (文三の憤慨とは)ちょっと違った声。

(152) ある考えや感情を起こす元になるもの。心の中にそういう虫がいると考えられていた。

(153) ガガンボの別称。蚊に似ているが形はそれより大きく、血は吸わない。

(154) まだ世馴れぬ子供。ここではまだ男女の別など意識しないという意味での表記。

(155) ここでは巡査が受け持ち区域を定時に見廻ること。明治七年一月に東京警視庁が設立され、翌月、従来の邏卒・番人の呼称を廃して巡査と改めた。翌八年からは全国的に巡査の名称で統一された。

(156) 戊辰戦役以来の戦死者を中心に祀った招魂社(明治二年)が起源。明治十二年、靖国神社と改称。千代田区九段北三丁目。↓地図1⑧。

(157) 日本橋川の神保町と九段坂下の中間にかかっている橋。千代田区。↓地図1⑥。

(158) 現に、外ならぬ、の意。外ならぬ(婚約者である)……と思ったのであろう。

(159) 驚かせ、恐れさせること。

(160) 強く言いはってやりにくい相手。

(161) ゲップ。

(162) 調子に乗ってしゃべる様子。
(163) 公務以外の仕事。ごますり。
(164) こびへつらうことの形容。『宋史』寇準伝の故事による。
(165) 麹町区一番町。現、千代田区三番町。↓地図1⑨。
(166) 軒燈。仲田定之助『明治商売往来』によれば、商店や住宅の軒先に「ブリキ製の山型屋根のある四角い硝子張りの街燈」があり、「東京点燈会社」の点燈夫が、この石油ランプに点燈して歩いたという。
(167) 牛鍋屋。文明開化を代表する風俗で、この当時は東京中いたるところに牛店があった。ナマ(牛肉)と五分《ごぶ》(＝葱)を甘辛く煮て食べる。朱色で牛肉と大書した旗や看板が特徴。
(168) 明治維新後の新開地(もとは武家屋敷、特に旗本神保氏)で通りの両側は小商店で賑わっていた。現、千代田区。↓地図1③。
(169) 酒に酔った顔。
(170) 酒盛りの後、杯や皿・鉢などが乱れている様子。
(171) うずくまる、しゃがむ。
(172) 『孟子』離婁《りろう》上に「夫人必自侮、然後人侮之」とある。
(173) 「英国の諸政党の独自の性格と目的とを定義づけるという困難な課題は、これまで急進党と呼ばれて来た勢力の影響力が増大して来たことによって、ますます厄介なものになる恐れがある。五十年以上もの間、この政党……」の意。
(174) 一語、一語の意味にこだわらず、ざっと読んで行くこと。特に明治期に多く用いられた言葉。

(175) ここでは座ったりの意。
(176) 確かに、はっきりと。
(177) あかんべいをして拒絶を示した言葉か。
(178) 二人が向かいあって「鼬《いーたち》こっこ、鼠《ねーずみ》こっこ」と言いながら、交互に手を代えて相手の手の甲を抓り合う児戯(『東京風俗志』)。ここではお勢と昇の「彼様な事を」「何様な事を」「どんな事ッて彼様な事を」「彼様な事ッて如何な事を」と繰り返すさまを指す。
(179) 「堪忍《かんにん》する」の訛り。
(180) ここでは男女同権論者。福沢諭吉が「近日男女同権ノ論甚《はなはだ》喧《かまびす》シク」(「男女同数論」と述べたように、「人民同権」(『文明論之概略』)とともに明治八年ごろから大いに行われ、「権」の意味をめぐって賛否両論があった。
(181) 江戸語で「ございます」に当たる丁寧語。明治時代にはいかにも通人ぶった、気取った言い方となった。
(182) 浄瑠璃のせりふを真似た言い方。「浄瑠璃風に言えば、アラ恐しの決心じゃなア」というところじゃあないか、の意。
(183) 当時の女学生が使った男言葉。
(184) 異性に惚れこみ、足駄をはいても首のあたりまで深みにはまることの洒落。
(185) 明治の丹治郎。「丹治郎」は為永春水の人情本『春色梅児誉美《しゅんしょくうめごよみ》』の主人公・唐琴屋丹次郎のことで、

鼬こっこ鼠こっこ
(『東京風俗志』)

悪人に店を乗っ取られるが、深川の芸者・米八など三人の女性から慕われてその世話を受ける。幕末から明治時代にかけて美男、色男の代名詞となる。「色男金と力はなかりけり」という俗諺に言うような柔弱な面が多かった。

(186) 「惚れ薬」として、たとえばイモリ(井守)の黒焼を飲むと利くという俗説があった。イモリの雌雄一対を焼いて粉にしたものを想う相手に振りかけたり、酒に入れて飲ませたりすると効果があるという。

(187) 「レモン水」を希望したと思われる。『明治節用大全』によれば、「黎檬水《れもんすい》」は砂糖を溶かした水に酒石酸を加え、レモン油(濃縮ジュース)を注入するという。明治六年ごろから登場し、明治八年六月に岸田吟香が精錡水本店で製造し、ビン詰で発売してから一般化した。

(188) いやに含んだように言うな、の意。

(189) 「腹筋を縒《よ》る」の略。腹筋がよじれるほどおかしくてたまらないこと。

(190) 問題に大小の違いはあっても、(自分に対する軽蔑という) 基本的な道理(態度)に大小はない。

(191) 逃げ口上。

(192) 格言「親しき中にも礼儀あり」にもとづく。

(193) やり方、作法。

(194) 情勢。

(195) 気やすく、からかい気味に相手を呼ぶ言葉。

(196) 自明の理。

(197) 官庁からのお達し。太政官布告、教部省布達など、法令公示・伝達形式の一つ。正式には明治十八年に官報を通じて通知するようになってから、法的制度としては消滅していった。ここではお政がまだ古い制度に従っていることを示す。

(198) 官員にくらべて一般教員の給料は非常に低かった。かりに文三の月給が二十円か二十五円程度だったとすると、小学校教員(訓導)の初任給は明治十九年で五円である。

(199) 人力車夫。当時は牛馬同然の最下等の職業とされていた。警視庁と東京府は、明治十五年から「人力車取締規則」を強化してその質を向上させようとしたが、効果はなかなか現れなかった。

(200) 食事が終わらないのか、の意。

(201) 浜町は当時日本橋区、現在は中央区日本橋浜町。隅田川に面している。「上下」は往復。

(202) 自分で自分を滅ぼすこと。ここではお政が自分で自分の言葉を言い消したこと。

(203) 台の上に取りつけて動かすことができない人形。

(204) 豆と麦との区別がつけられないほど愚かなことの喩え。「菽」は豆類の総称。『春秋左氏伝』成公十八年の「不能弁菽麦」から出た言葉。

(205) logic(英語)の音と意味両方を取った当て字。ロジックの漢字表記は「論理」の方が圧倒的に優勢で、「論事矩」はまもなく消えて行く。

(206) 現在の文三は以前の文三ではない。しかし以前のお政も今のお政ではない、の意。

(207) 人がかつぐ乗物。輿《こし》。特に天子の乗物を指す。ここでは大切にして持ち上げることの喩え。

(208) 他人と自分とのへだて。

(209) はればれした顔。

(210) 目に角を立てて。
(211) 水と乳のようにうまく交ざることの喩え。水と油の逆。
(212) 背き離れること。正しくは「けいり」と読む。
(213) 人の心は境遇に従って違った相を現す、の意。諺「心は向から境涯に移る」。
(214) 普通、ありふれたこと。「通塗」とも書く。
(215) そねみ、にくむ。
(216) 桐油紙《とうゆし》。和紙に桐油や荏油《えのあぶら》をひいて作る。防水用で、水をはじく。
(217) 麻縄も蛇の姿に見えてくる、の意。
(218) 木の切り株や杭が人の姿のように思われがちになる。
(219) 生まれつきわがままで、決して他人に譲らない性質。
(220) よくよく。
(221) 物の道理もわからぬように。「無面目」は、本来は面目を解さぬこと。
(222) 遅れを取ること。「一等を輸する」「一籌を輸する」とも言う。「輸」は負ける、劣る。
(223) 苦心もむなしく元の状態にもどってしまうこと。戦国時代の人名木阿弥にもとづく表現。
(224) 物事にはすべて終りがあるので、古筵も最後には乞食の「とんび」になる、の意。ここでは、物事には行きつくところがあることの喩え。「とんび」は鳶合羽。ダブルの袖なし外套。
(225) 困ったときに動揺して、法や道徳に背くのは立派な男子の恥とするところだ、の意。『論語』衛霊公の項にもとづく。

(226) いざこざ。もめごと。
(227) 節操を変えないで。
(228) 簡単にできることの喩え。へっちゃら。お茶の子(お茶菓子)が腹にたまらないところから言う。
(229) ていたらく。ありさま。
(230) 鳥の鶍《いすか》のくちばしが交叉していることから、物事が食い違って思うようにならないことの喩え。鶍はスズメ目アトリ科の小鳥。雄は暗紅色、雌は黄緑色で、雀よりやや大きい。

いすか
(『広辞苑 第五版』)

(231) 人と為《な》りを理解してくれている知己、の意。
(232) 人を誹謗中傷すること。明治八年に讒謗律と新聞紙条例が公布され、政治家や豪商を批判することに対する言論統制が行われたが、前者の法律から発生した当時の流行語。

第三篇

(1) 第三篇から角書がとれて単に「浮雲」となる。作者名も「二葉亭四迷」となる。また、章題もなくなり、単に回数のみとなる。
(2) 金港堂から出版されていた文芸雑誌『都の花』。なお第三篇の連載が開始される『都の花』第十八号(明治二十二年七月七日)では、この作者前書きの前に「浮雲第一篇及び第二篇の趣意摘要」と題したあらすじが掲げられている。掲載された文章は次のとおり。
浮雲第一篇及び第二篇の趣意摘要。――

内海文三という男は小さい時から縁戚《つづきあい》の家に養われて居ると、その家は下宿屋でお勢《せい》という活潑な娘があって、これも小さい時から文三と一途《いっしょ》に育ッてかれこれ昵《むつ》ましくなッて居たが、しかしこの娘は物に移りやすい気質であッた――文三はつまらぬ官吏になッて居たがふと免職になると大きにお勢の母親のお政《まさ》に口汚く小言を言われた――処へ文三の同僚でちと阿諛《あゆ》のような気質の男の本田昇というものも遊びに来てお政母子《おやこ》にちやほや言われ、三人揃ッて団子坂の菊見にさえ行ッた……本田もお勢を見込んでは居た――が、どうもならなかッた――これらの体《てい》を見る文三は口惜《くや》しがッたが、内気ゆえ何とも言えない。何か言うと反対に本田に嘲弄《ちょうろう》されるので、如何《いか》にも胸苦《むなくる》しくて胸ぐるしくてならない。あるいはお勢が我を疎《うと》むのかとも疑ッてちょっと言葉を交えると、つい言い合いになッた。

『都の花』（明 22. 7. 7）

（3）『浮雲』には当時その小世界を指摘する批評があった。「元来此の小説たるや、面白くもなく、可笑《おかし》くもなく、雄大なる事もなく、美妙なる事もなく、言はゞつまらぬ世話小説なれども、斯のつまらぬ題に依つて、人をして愁殺、恨殺、驚殺、悩殺せしむるは、天晴《あっぱ》れなる著者の伎倆と謂はざる可からず」（大江逸＝徳富蘇峰「浮雲（二篇）の漫評」『国民之友』明治二十一年二月）。

（4）白ゴマ点。読点「、」の黒ゴマ点に対して言う。英文のコロン（:）、セミコロン（;）の日本における応用として、句点と読点の中間的機能を持つ。この時代、山田美妙や北村透谷らをはじめとして、しばしば用いられた。

(5) 鴆という鳥の羽に含まれる猛毒。鴆はまむしの頭を食べ、羽毛は紫緑色。羽の毒を酒に浸して飲むと即死するという。
(6) 現在の文京区本郷近辺。(東京)帝国大学があった関係で下宿屋が多かった。
(7) 小石川区(現、文京区と豊島区の一部)。地勢は丘陵地帯で、高低が激しい。旧武家地、寺院が多く、武家地は明治維新後、新たに住居として開けて行った。
(8) 小石川水道町または小日向《こびなた》水道町(ともに小石川区)。ただし小石川水道町(現、文京区後楽)は当時陸軍砲兵工廠(陸軍の兵器製造、修理工場)が大部分を占めていたので、ここは小日向水道町(現、文京区小日向・水道・音羽の一部)か。本郷の高台から小石川の方へ下りて行った。
(9) 神田見附、四谷見附などとともに、江戸城三十六見附の名を残した地名。現在新宿区。JR東日本飯田橋駅の南西あたり。↓地図1⑩。
(10) 第八回の表記は「ハルベルト、スペンセル」。
(11) はっきり確言されて。
(12) 明治六、七年ごろより東京で流行(始まりは上方から)。明治十三年の暮には、東京に鍋焼饂飩を売る者八六三人、夜鷹蕎麦十一人だったという(『読売新聞』明治十三年十二月六日)。売子は天秤棒で荷台を担ぎ、「当り屋」などの縁起のよい看板の行燈をかかげ、「なべやァキィうどォん」と冬の夜に呼ばわった。
(13) つまらない、他愛もない。
(14) 「気の薬」の対になる語で、自分が心苦しい、困った、の意とも、あるいは現在通行のように、そこから派生して、相手が可哀想という意味にも取れる。

(15) 不満な顔。おもしろくない顔。

(16) たて続けに、続けさまに。

(17) 「「くらみ」(真暗)でいる」の訛り。

(18) William Swinton, *New Language Lessons : An Elementary Grammar and Composition* あるいは *A Grammar Containing the Etymology and Syntax of the English Language* のこと。前者は「大文典」、後者は「小文典」と呼ばれ、明治二十年前後に、初級を終った上級用英文法のテキストとしてひろく行われた。斎藤秀三郎訳『スウヰントン氏 英語学新式直訳』もあった。

(19) お政を指す。蛤は女陰の隠語。多くは少女の場合に言う。ここでは母のお政なので「大蛤」と表現。

(20) 呼んでも話に加わらず、自分の部屋に釣り寄せておいて、の意。

(21) 本当にありがたい、の意。「ありがた山」は、いろいろの語に「山」をつける江戸以来の洒落言葉の一種。「蜀魂」は蜀の望帝の魂が化してこの鳥になったという伝説から、「ほととぎす」の異称。「ほととぎす」から「一声」を引き出す。ここでは自分への恋心を洩らそう、の意。

(22) 阿《あ》呆《ほう》が既製の靴を買うときに、足に合おうが合うまいが、どれでもうまく足に合うと言うように、お互いの気持はぴったりだ、の意。「虚仮《こけ》が……するように」は江戸時代からの流行語。

(23) ちょいと抱き合って二人の仲を一挙に決めてしまいましょう、の意。この場面、昇は通人ぶった言葉を連発。「ぐい」は「ぐい飲み」のように、動作を直ちに、一挙に行う意味を表す接頭語。

(24) (聞いている者が)興ざめするような声。

(25) 「見知り越し」は以前から面識があること。お政は「小金」を人に貸付けている。
(26) 先まわりして。「取越す」は、一定の期日より繰り上げて物事を行うこと。
(27) 呆然とした顔。
(28) 明治四年九月九日から、江戸城旧本丸で正午に空砲を打って時刻を知らせた。当時は東京市外まで聞こえた。昭和四年五月一日にサイレンに代わって廃止されるまで、「ドン」と呼ばれて親しまれた。
(29) 一つの膳(銘々膳)に、二人が差し向かいで食事をすること。親密な関係を示す。
(30) 注意をされたので、逆にそれを無視する意地を張った顔。
(31) 一度に食べる食事の量。漢字では「一片食」と書く。ここでは一回に口に入れた量。
(32) 理屈をこねる、ぐずぐず言う。
(33) ようやく。
(34) 正しくは「青天の霹靂」。青空から当然鳴り出す雷。突然に起こった変動の喩え。
(35) 性根。根性。「土」は罵り、意味を強める接頭語。
(36) 火を加えて煮たり、練ったりすること。ここでは十分に調理すること。物事を見きわめること。
(37) 「なに、人をつけにした」「なに人を」の略。なにを馬鹿な、ばかばかしい、の意。「何んだシト(人)」「何んのシト」「シトツケ」などとも言う。
(38) 「おぼこ」の略。世間知らず、うぶな子供。
(39) 「おほん」は通人ぶった厭味な咳ばらい。ここでは通人ぶって「オホン」と咳ばらいをするような、気取って厭味をまきちらす罪。

(40) 秘密の場所、穴場。いい所。「穴」と「鰻」「鮨」は縁語。
(41) 鰻のように「穴」が好きで、なかなか捉えにくい男。
(42) 当時下級官吏のことを、髭が粗末なことから「鮨」と軽蔑した。
(43) 「皺延ばし」は、気晴らし。「太平楽」は本来雅楽の曲名だが、ここでは、口から出まかせ、言いたい放題の意。
(44) 一晩おき。
(45) 「花」と「鼻」が懸詞。「鼻」の縁語で「耳」。
(46) Thank you for your kindness とあるべきところ。
(47) I will ask you とあるべきところ。
(48) 程度がわからない。「数」はここでは物事の多少に関する観念。「数が知れない」はこの時期に多く使われた言葉。
(49) 平たくて、蓋と持手がついた桶。食物の持ち運びに使う。
(50) 盃のやりとりの儀礼。本来、「あい(間)」は二人の人間が酒を飲んでいるところへ、第三者が加わって盃を受けたり、盃をさしたりすることだが、後には二人で盃の応酬をすることも間と呼ばれるようになった。ここは後者。「おさえ」は自分にさされた酒を断って、相手にさらに盃を重ねさせること。
(51) 七・七・七・五の句を重ねた俗謡。江戸後期から明治初期にかけて流行。硯友社の『我楽多文庫』は、最初は独々逸欄を設けていたが、俗っぽく新時代に合わないという理由で、公売本第十一号(明治二十一年十月)で打ち切りになった。「素じぶくり」は三味線の伴奏なしで歌うこと。

(52) 例によって、いつものように。
(53) 巧みにあやつる、うまく扱う。
(54) 明治九年の金禄公債証書発行条例にもとづく公債。当初は質入・売買を禁じられていたが、この時期には投機の対象になっていた。二七八頁注67参照。
(55) 婦人の風俗・風習を正しく改めること。「婦人矯風」の語は、明治十九年十一月の『女学雑誌』あたりから見られ、同月、矢嶋かぢ、佐々城豊寿、服部ちよ、海老名みや等が婦人矯風会を発足させて、婦人社会の弊風を矯《た》め、飲酒・喫煙を禁じて婦人の品位向上をめざした。その後同二十年代には各地に「……婦人矯風会」が結成され、当時の流行となった。
(56) 目ばかりパチパチさせて、じっとしていること。「まじまじ」に同じ。
(57) 「危坐《きざ》」は正座すること。
(58) 襦袢《じゅばん》の襟につける装飾的な掛襟。長着の襟に対して言う。特に女性のおしゃれのポイントの一つ。材質は絹(縮緬)、ビロードなど。
(59) 操り人形の首《かしら》。人形遊びにも首をつけかえるものがあった。小娘扱いした言葉。
(60) 丁半ばくちで負けの目を言うことから、ここでは格下に見られること。軽く扱われること。
(61) 「圧制家」は独裁者(despot)。「唯国君一人の意に随て事を行ふものを立君独裁デスポットと云ふ」(福沢諭吉『西洋事情』)。「利己論者」は利己主義者(egoist)。「利己主義」が現在の意味で確定したのは明治二十年代。
(62) 例のようにアカンベーをする。「べべべー」はその声。

(63)　女性の身の処しかた、生きかたの心得を仮名文で記した書物。儒教にもとづく封建的道徳を説き、女子の修身書として江戸時代にひろく行われた。貝原益軒『和俗童子訓』の一部を益軒没後に書店が書き直して享保（一七一六-三六）ごろに刊行した。

(64)　負けん気。

(65)　プライドを傷つけられる。

(66)　官員と結婚することが、当時は通俗的な意味で良縁と思われていた。

(67)　まだしもの事。

(68)　一般には、「従兄妹同士は鴨の味」という成句があるように、従兄妹同士の夫婦男女は鴨の吸物のように美味（仲がよい関係）とされるが、ここではそれを逆にした形容。

(69)　文部省は明治十五年から十七年にかけて『小学唱歌集』を編纂し、「唱歌」の教科（昭和十六年まで）で西洋音階の歌の普及につとめた。

(70)　編物はメアリ・E・キダー（Kidder）が横浜のフェリス英和（のち和英）女学校で、明治五年あたりに教えはじめたのが最初だが、教会やミッション・スクールを通じて次第に一般に普及し、明治十九年には東京各地に「西洋編物」を教える女学校や編物会が現れ流行した。編まれたのは主に大黒帽子、肩掛（ショール）、袋物、靴下、造花などである。

(71)　洋裁が流行していたため、それと区別するためにわざと「日本の」と形容。洋裁も前注キダーが教えたのが早い例だが、洋服流行にともなって明治十九年には教科として洋裁を置く女学校や「西洋婦人」を教師とする「裁縫教授所」が出来た。

(72) 理解しにくそうに。腑に落ちないような顔で。
(73) ぐずぐずして、旧態依然としていること。明治期の流行語で、有名な都々逸に「ザンギリ頭をたたいて見れば文明開化の音がする、チョン髷頭をたたいて見れば因循姑息の音がする」。
(74) 二葉亭の談話「予の愛読書」に、「人間の依て活くる所以《ゆえん》のものは理ではない、情である。情というものは勿論私情の意にあらずして純粋無垢《むく》の人情である」という考えが示されている。
(75) 「城郭を設ける」は城を築いて人を寄せつけないこと。
(76) 人を傷つけるようなこと。
(77) 心をとめずに、注意せずに。
(78) めいめい、それぞれ、の意の「己がじし」に、自分の恣《ほしい》ままの意をこめた表記。めいめいが自分勝手に。
(79) 一旦火が消えて灰になったものが、また燃え出さないうちに。ここでは、お勢と文三の仲が復活しないうちに。「死灰復然」は『史記』韓長孺伝にある言葉。
(80) 油で揚げた鼠。狐を捉えるえさ。
(81) 溶けて作りあげた。
(82) 諺「豕を抱いて臭きを忘る」。「豕」は豚。豚も長いこと抱いているとその臭さがわからなくなるように、悪い環境もそれに染まってしまうとその醜悪さがわからなくなる。
(83) 物を言い、行動し、呼吸をする。生きていること。
(84) はばたき、あらわれる。

(85)「学問之道無他、求其放心而已矣」(『孟子』告子上)。孟子によれば、人が仁や義や礼などの徳を備えた本心を外物に迷って放出してしまったとき、その放心を取り戻すのが学問の道であるという。
(86) 外界の物に取りこまれて本心を失ってしまうのも今という時であるし、逆に外界の物を自分の中に取りこんで、自分でその是非を判断することができるようになるのも、今がその機会である、の意。
(87) 露骨に、ストレートに。
(88)「吹毛求疵」(『韓非子』大体)(毛を吹き分けて小さな疵を探し出すように、小さな過ちもきびしくとがめること)から派生して、日本では、しないでもいいことをしたために、わが身に逆効果をもたらすことの喩え。やぶへび。
(89) ここでは「もじもじ」に同じ。
(90) 取りとめもなく、しまりもなく。
(91) optical illusion(視覚上の錯覚)。
(92) エレキテル(電気)の略。「エレキテル」はオランダ語のエレキテリシテート(elektriciteit)の略訛。
(93)「えれくとりかる、ましん」(電気機械)の誤植、または誤記か。ここでは発電機を指すか。
(94) 何故ともなく、なぜか。
(95)「さるれえ」はサリー(James Sully, 1842-1923)。イギリスの心理学者・哲学者。ロンドン大学教授。心理学によって人間の精神活動を包括的・科学的に観察する立場に立ち、笑いの研究で名高い。「いるりゅうじょんす」(*Illusions, a Psychological Study*, 1881)は刊行後まもなく輸入され、和久正辰訳『左氏応用心理学』として翻訳された。二葉亭の愛読書の一つ。

(96) (お勢の心は)自然の命ずるままに進行し、の意。
(97) 思案にくれること。思案投首。
(98) 興奮して言い合ったこと。口喧嘩したこと。
(99) (編物が)まだ珍しい内だから。
(100) 手段、方法。
(101) 「それは」の意。「――した。が……」や「――した。から……」と似た語法で、格助詞「は」で前文を受ける。
(102) お高くとまっていた。高慢だった。
(103) ここでは、疑わしい、怪しいの意。
(104) 雑誌連載の第三篇の「終」とも、『浮雲』全体の「終」とも解されている。

関連地図1　明治20年前後の神田・麹町周辺

〔「東京実測全図」(内務省地理局，明治19−21年)をもとに作成〕

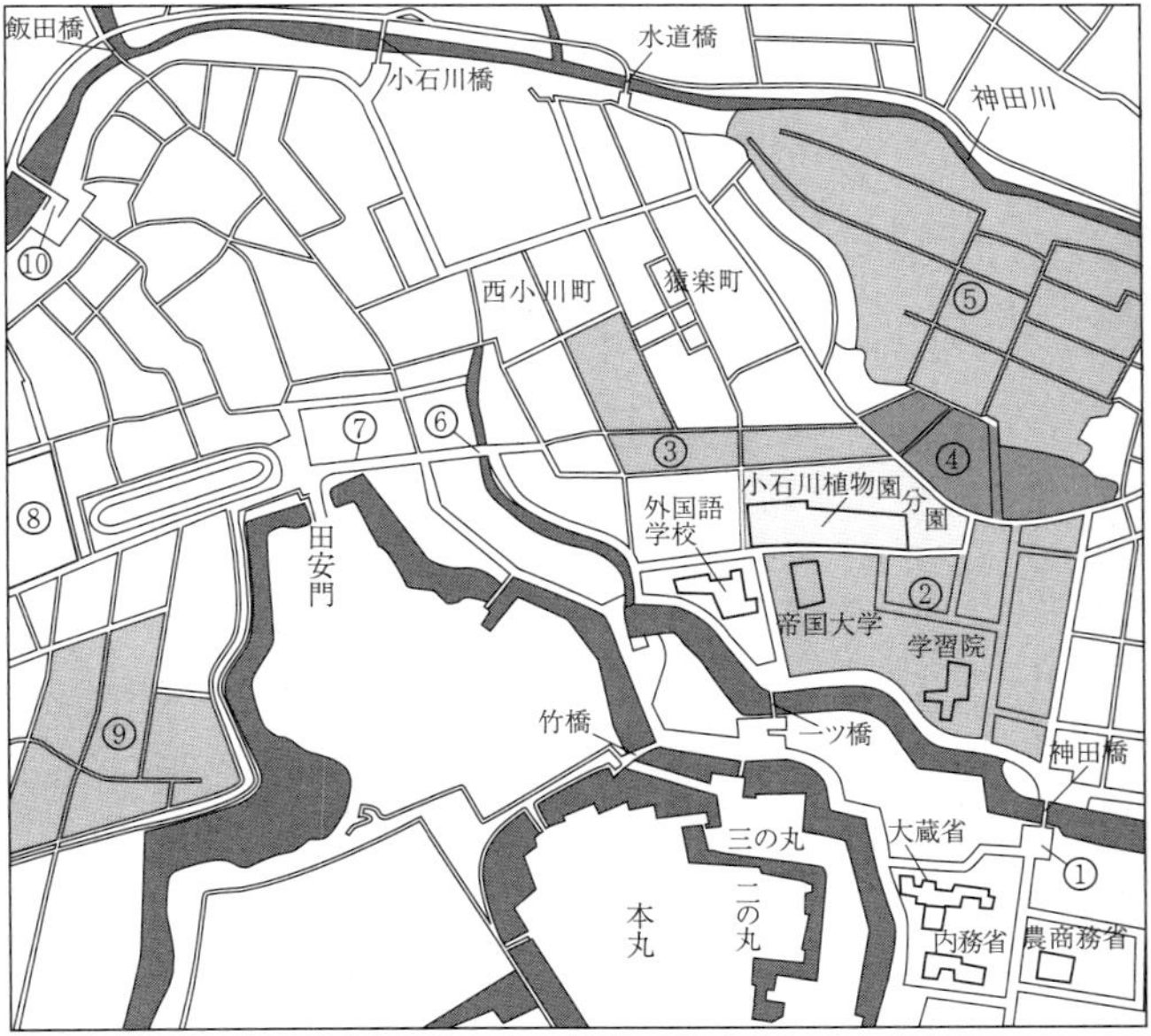

①神田見附　⑥俎橋
②錦町　⑦九段坂
③神保町　⑧靖国神社
④小川町　⑨一番町
⑤駿河台　⑩牛込見附

関連地図 2　明治 20 年前後の上野公園周辺
〔「東京実測全図」(内務省地理局，明治 19－21 年)をもとに作成〕

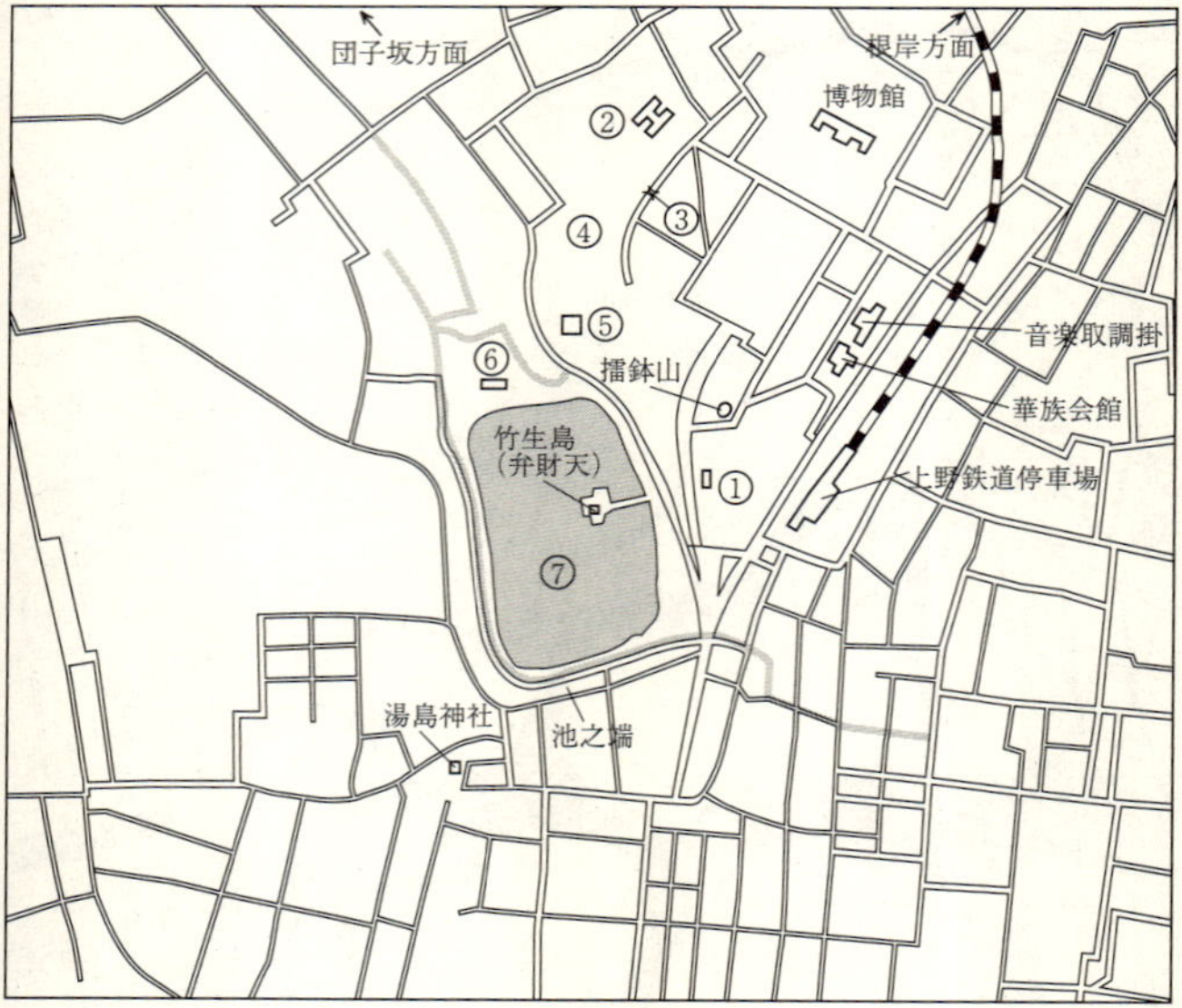

①清水観音堂
②教育博物館
③石橋
④動物園
⑤東照宮
⑥馬見所
⑦不忍池

解　説

中　村　光　夫

二葉亭四迷が『浮雲』の最初の草稿を完成したのは、明治十九年、彼が二十三歳の時であった。そしてこれは当時すでに彼の知友であった坪内逍遥《つぼうちしょうよう》の指示のもとに数度の改稿を経た後、翌明治二十年六月、単行本として上梓《じょうし》された。当時外国語学校を中途退学したばかりの無名の一青年二葉亭の名では、どの本屋も引き受けず『浮雲』第一編は始め逍遥の名を冠してようやく出版された。二葉亭の名はただ序文と内題に誌《しる》されただけであった。

だがここに彼が、明治文学史上最初に試みた大胆な文章改革と、そのいわゆる言文一致の清新な文体の描きだす当代青年男女の潑剌《はつらつ》たる姿態の鮮《あざ》やかさはたちまちにして世の注目をひいた。

『浮雲』の出現は当時の文壇において画期的事件であった。石橋忍月《いしばしにんげつ》を始め批評家は挙《こぞ》って最大級の賛辞をもってこれを迎え白面の青年二葉亭は一躍して一流作家の列に加えられた。これは二葉亭の異常な文学的才能と共に、また当時の文壇の若さをも語るものであろう。明治二十年代の初期に、新文学興隆の潑剌たる機運を導いた多くの作家たちは、紅葉《こうよう》にしろ露伴《ろはん》にせよ、皆三十歳に満たぬ青年であった。『小説神髄』『当世書生気質《かたぎ》』の二著によって文壇の新機運の先達と目された逍遥さえ、二葉亭が彼を知ったときになお二十八歳の若さであった。いわば明治二十年は、明治文学の――またさらに広くいえば明治文化一般の青春の一季節であった。

『浮雲』はこの文学界の新機運に最初の確たる礎石をおいた小説であった。この意味でこの一編の小説は、明治二十年代文学の代表作品であると共に、また時代の水準をはるかに抜くものであった。彼がここに試みて成功した言文一致を目標とする破天荒《はてんこう》の新文体が、一般に普及したのは、なお十数年後のことであり、彼がその「作の上の思想に」強い影響をうけたロシア文学が、わが国の作家に親しまれ始めたのは、ようやく自然主義以後であった。

では『浮雲』の持つ価値は、たんにこうした文学史的意義に止《とど》まるのであろうか。言葉を換えていえば、僕らがこの小説に覚える興味は、ただそこに明治文学の一記念碑を見、またここに登場する青年男女に明治二十年代の世相の一端をうかがえるためだけであろうか。僕はそうではないと信じている。『浮雲』制作をめぐる彼の青春の劇については、僕はすでに他に詳述したことがあるので、ここには省くが、そうした二葉亭自身のいわば個人的な問題については、何事も参酌せぬにせよ、彼がこの一編の小説に提起している問題は、果たして僕らに無縁のものといえるであろうか。

僕は今『浮雲』の読者と共にそれについて考えて見たいと思う。

『浮雲』発表当時の文壇が、この小説に認めた価値はまず何よりその精緻《せいち》な写実主義であった。文三にせよ、お勢にせよ、または昇にせよ、二葉亭が『浮雲』に定着した人間映像はいかにも鮮やかである。作者の潑剌たる筆端におどる彼らの姿態は、僕らが今日五十年の歳月を距《へだ》てて読み返してさえ、ほとんど実在の人物に似た印象を受ける。またここに躍如として描かれた明治二十年代の世相に対する作者の観察眼も時の力によって見褪《みざ》めのせぬ正確さを備えている。そして『浮雲』が自然主義文学の先駆とされるのも、この点においてであった。正宗白鳥《まさむねはくちょう》氏はこの小説を評して次のようにいっている。

「長谷川《はせがわ》二葉亭の『浮雲』を通読した。第一編を読み進むと、これが明治二十年ごろに現われたのかと驚かれた。これは単なる青春詠嘆の書ではない。悠々《ゆうゆう》たる人生がそこ

に現われている。当時の社会相が、多少の稚気があっても、そこに活写されている。」(文壇人物評論)

すなわち『浮雲』はその発表当時から、ひとつの写実小説として理解されただけであり、後代の自然主義の作家が、この小説に賛辞を与えたのも、ただその精到な写実主義に対してのみであった。いかにも二葉亭がその豊富なロシア文学の教養を傾けて、ここに駆使した巧緻《こうち》な写実的手法は、『浮雲』の大きな特色に違いない。だがこの小説の筆を執った作者の意図は果たして世態を描き、人間を活写することだけに止まったのであろうか。言葉を換えていえば、二葉亭が『浮雲』に示したリアリズムは、後年の自然主義作家の開拓した素朴な人間描法と同質のものであろうか。この単純な、しかし大きな疑問にゆっくり答えて見ることが、おそらく僕らにとって『浮雲』を理解する鍵《かぎ》であろう。

そしてこの疑問は、やがて二葉亭の抱《いだ》いた思想または彼の生涯が僕らに提出する問題に、さらに進んではその背景をなす明治文学――文化一般の性格に関する考察にまで僕らを導いて行くはずだ。しかしここでは紙数に余裕が乏しいので、簡単に結論だけを述べることにする。

今日から見て、『浮雲』を自然主義の諸作と区別する最も大きな相違は、この小説において扱われた主題がまず何より作者の倫理だという点である。二葉亭自身が『予が半生の懺悔《ざんげ》』でいうがごとく『浮雲』の人物はすべて彼が「当時の日本の青年男女」に関して持った「抽象的観念の具体化」にすぎぬものであった。そして作者の希《ねが》いはこれらの作中人物の劇を通じて当時の彼が抱懐した倫理の観念の現実の社会における姿を見きわめることに存した。二葉亭はその青年期の始めに――またある意味ではおそらくその生涯を通じて、――倫理の問題に苦しんだ作家であった。『浮雲』執筆当時の彼は「俯《ふ》仰《ぎよう》天地に愧《は》じぬ正直」を理想とし、しかも「生活」がこの「理想」を破壊して行くのをいかんともなし得ぬのに苦しんだと同じく『予が半生の懺悔』のなかで述べている。この意味で文三は当時の彼の倫理思想を体現した人物であった。しかも彼はこの自らの青春を賭《か》けた倫理の敗北を彼自身の作品に結論せねばならなかった。

「現時の日本に立って成功もし、勢いのあるのは、昇一流の人物であろう」と彼はその談話のなかでいっている。

文三は他に能はないにしろとにかく高潔な青年である。この点で彼は卑賤《ひせん》な昇に数等優《まさ》る人物であることに間違いない。だが実社会の生活でなぜ文三は昇に敗れるのか。人間は社会に立つには卑賤でなければならぬのか。二葉亭が『浮雲』に提出した根本の疑問は以上のようなものであった。これは単純な疑問である。だがこれを幼稚と嗤《わら》い得るのはただそれについて一度もまじめに考えたことのない人々だけであろう。なぜならこれは、単純であると同時に、僕らが人生にまたは社会生活に向かって発し得る、最も深い疑問の一つであるからだ。言いかえればこれはあらゆる時代の青年が各自の生活を通じて一度は苦しめられる疑惑であり、またこうした疑惑を潜《くぐ》り抜けたふりをしている世のいわゆる大人《おとな》にも、すべて人生の根本問題に関すると同様、それについての確たる解決はあり得ないのである。

当時の二葉亭はその青春の生活を賭けてこの疑問に苦しんでいた。そして小説『浮雲』はまさしく作者と同様にこの疑問に生きている。この意味で『浮雲』は正宗氏のいうように「青春詠嘆の書」でないにしろ、二葉亭にとって真実に青春の書であり、またわが国最初の思想小説であった。しかもこの作の生命をなす思想の内容は、『浮雲』の写実主義にその流派の先駆者を見た自然主義の作家にすら受け継がれなかった。明治末年から大正初期にかけ多くの新作家は旧道徳への反抗を口にした。しかし彼らのうちだれが二葉亭を苦しめたような思想としての倫理に苦しんだであろうか。『浮雲』の思想的性格は、おそらく明治小説中に類例のないユニックなものであった。彼がこの小説をついに完成し得ずに第三編の終わりに近づいて筆を投じたのも、この独自な思想の重荷に堪《た》えぬゆえであった。だがここに彼が身をもって生きた疑問は五十年後の現代に生きる僕らにもなお生々《なまなま》しさを失わぬ問題であろう。

言葉を換えていえば二葉亭が『浮雲』に意図したものは、単に明治二十年代の世相の描写ではない。彼自身がその談話でいうごとく、さらに広く深い意味での「日本文明の裏面」に対する批判であった。むろん彼はその生涯を通じてこの批判を大成し得なかった。だが今日わずかに残された手記や書簡は彼が晩年にいたるまでこの問題に、溌剌たる興味と関心を失わなかったことを、示している。いわば彼は明治時代を通じて、最も真摯《しんし》に、その文明の性格に苦しんだ人であった。こうした彼の青春の書が僕らに無縁なはずはない。『浮雲』を読み終わった後、目をあげて周囲をながめて見たまえ。文三も昇もなお形をかえて、現代に生きる僕らの身辺に、またさらに進んでいえば、僕らの心の内部に厳として実在するのである。

昭和十六年三月

解　説

十川信介

『浮雲』（明治二〇—二二）がその文明批評や言文一致体の文章によって、最初の近代小説と呼ばれていることはほぼ定説化しているが、各篇を比較して見ると、そこには大きな相違があることにすぐ気づく。執筆開始から四年の時間を要しているうえに、この時期が文学の急激な変革期であったために、その動きが作品に明瞭な痕をとどめたのである。特にその文章表記には、動揺が著しい。

たとえば句読点一つにしても、第三篇は現在とほとんど変わらない使用法だが（注に記したように白ゴマ点〻も使われている）、第一・第二篇では句読点はきわめて少なく、あったとしても「。」と「、」の相違がばらばらである。むしろここでは句読点という意識は明確ではなく、単に休止の時間の長短にすぎないのではないかとさえ思われる。しかし分節化の意識が皆無であるかと言うと、決してそうではない。本書ではそれを生かすべく「、」と「。」は原文のままとし、読解の便宜上、現在ならば句読点で区切る個所を一字あきとして処理したのだが、たとえば本書十五―十六ページにかけての次の文章を初出文で音読すると、そこに意味とリズムによる分節化が機能していることが了解されるだろう。

茲処《こゝ》は六畳の小坐舗《こざしき》一間《けん》の床《とこ》に三尺《じやく》の押入《おしい》れ付《つき》三方《ばう》は壁《かべ》で唯南《たゞみなみ》ばかりが障子《しやうじ》になツてゐる床《とこ》に掛《か》けた軸《じく》は隅ゞ《すみぐ》も既に虫喰《むしば》んで床花瓶《とこばないけ》に投入《なげい》れた二本《ふたもと》三本《みもと》の蝦夷菊《えぞぎく》はうら枯《が》れて枯葉《かれば》がち、

（原文のまま）

国語学者の阪倉篤義氏によれば、『浮雲』第一・第二篇の文章は、名詞止め、名詞＋助詞止めが多く、「歌舞伎のセリフ」「西鶴の文章」などに似て、「普通の話し言葉ではなく、感情をこめて、一つのリズムをもってトントンと運んで行くように特に作られた文体」だという（「『浮雲』の文章」筑摩書房『二葉亭四迷全集』月報5）。先の引用文でも、終止形の「なツてゐる」は言うまでもなく、「茲処《こゝ》は六畳の小坐舗《こざしき》」「三尺《じやく》の押入《おしい》れ付《つき》」というように、自然に分節化が行われているのである。第一回冒頭の官吏の退省風景や、

第七回の団子坂の風景なども、その代表的な例である。「ガ」や「シカシ」などの片仮名表記が分節化に役立っていることは言うまでもない。

「歌舞伎のセリフ」的と言えば、第七回でお勢が昇と菊見に出かける場面に、次のような会話がある。

「本田さん
「何《なん》です
「アノ車が参りましたからよろしくば
「出懸《でか》けましょう
「それではお早く

第一・第二篇では会話文のカッコの受けはないが、この種の掛け合い風の会話では、現在の標準でカッコを閉じると、二人の呼吸の合った流れを視覚的にも遮断してしまう恐れがある。この時代のカッコには「ばかりでなく〻、《などもよく使われ、受けのない例も多いから、ここもそれに従っただけかもしれない。だがこの例が昇とお勢の関係の変換を表わす結果となっていることも事実で、一見整っていないように見える表記の効果を見逃すことはできない。

漢字表記、ことに当て字の多用もこのテクストの特色である。もちろん当て字の使用は江戸時代にも盛んだったが、興味深いのは、漢字や英語(訳)にどういう訓《よ》みをつけるかというより、逆に和語や英語にどういう漢字を当てるかという問題である。たとえば「論争矩《ろじっく》」は logic の意味と音を両方取り、それにふさわしい漢字を当てた例であり(漱石にも同じ表記あり)、西洋語を日本語として定着させようとした工夫《くふう》である。「我《が》他彼此《たびし》」は物事がかみ合わない様子を表わす擬音で、江戸時代には「我多彼是《ガタヒシ》」とも書かれていたが、ここではそれに別の漢字を当て、文三と他者とのちぐはぐな関係を表現したものに違いない。

さらに別の例を挙げると、嫉妬には「しっと」「じんすけ」二様の訓みかたがされているが、前者が文三や昇が使う普通の言葉であるに対して、後者は「鉄面皮《あつかま》しく嫉妬《じんすけ》も言いかねて」(第八回)と、文三への書き手の批評がこめられている。つまり高尚ぶっている文三の「恋愛」を、江戸時代に遊里で生まれた俗語によって、ただのやきもちに引きおろそうとするのである。

当時この種の当て字を愛用したのは二葉亭ばかりではない。坪内逍遥・尾崎紅葉・幸田露伴らを筆頭に、泉鏡花や夏目漱石ら多数の作家がさまざまに苦心を凝《こ》らしている。このような表記は近代の国語教育を通じて徐々に減少していくのだが、そこに含まれる多様な意味や言葉づかいのおもしろさは、日本語表現の豊かさをあらためて考えるきっかけとなるはずである。本書ではそのような観点から、多少の混乱を厭わず、できるだけ原文の用字を残すことにつとめた。

＊

「浮雲」という語自体がすでに当て字の側面を持っている。江戸時代以来、この語は「あぶなし」「あぶない」と訓読されることが多かった。その意味では、この小説の題意は文明開化の混沌とした価値観に揺れる青年たちを通じて、当時の日本の近代化にアブナイという警告を発したものと言えよう。前半では皮相な文明に対して風刺的な批評が展開され、後半ではそれがより深刻な、文明の病巣に進んで行く。

静岡県士族（おそらくは徳川慶喜の謹慎に従って静岡へ帰った元直参）の子として生まれた内海文三は、早く父を失い、上京して父の実弟・園田孫兵衛の家に止宿して勉学に励んだ。優等で学校を卒業した彼は、某省の官吏となり、同居する従妹のお勢（孫兵衛・お政夫婦の長女)に恋を感ずるようになった。もし彼がこのままお勢と結婚して、郷里から老母を迎えることができたならば、物語は当時流行の政治小説に似た立身出世小説になったに違いない。しかし実際にはこの小説は、文三の免職から始まり、彼が園田家の中で孤立して、ついには旧同僚の本田昇にお勢を誘惑されてしまう、最悪の方向に展開する。その意味では、この小説は、リストラ小説、反立身出世小説の性格を持ち、真面目で「条理」を信じる文三が、本田のように処世術に長けた人物に敗北する過程に、当時の風潮に対する批判がこめられているわけである。

叔父の孫兵衛が横浜で働いている関係で、園田家の実権は叔母(孫兵衛の後妻)のお政が握っているが、中心となるべき主人が不在という設定にも、新旧東西の価値が渦まき、精神的支柱を持たない社会の縮図が描かれていると言うべきだろう。お政は処世的にはしたたかな実利主義者だが、広い視野は持たず、免職になった文三にまったく価値を認めていない。文三は食事のたびに茶の間でお政・お勢母子と顔を合わせねばならず、針の蓆《むしろ》のような辛さを味わうのだが、主として家庭の外での事件を中心として来たそれまでの小説にくらべて、家庭内の食事の場で繰りひろげられる人間関係の葛藤は、この小説がおそらくはじめて発見した物語的磁場である。

その場面を通じて、文三はどこまでも追いつめられていくが、それならば彼には欠点がないかといえば、そうではない。彼は「根生《ねおい》の軽躁者《おいそれもの》」と評されるお勢を、自分と同じく「真理」を求め、「条理」に従って生きる女性だと思いこみ、その実態を見抜くことができない。彼が口にする「条理」にしても、彼は一緒に免職になった山口のように、それにもとづいて横暴な課長に抵抗したわけではない。彼は学校秀才で、学校で得た知識は身につけているとしても、行動力には乏しく、それを実生活で生かすことができない人物として設定されている。

明治維新以来、福沢諭吉の『学問のすゝめ』に代表されるように、「学問」こそが有為の人物となる条件であるという風潮が生まれたが、その俗流は、知識と学歴によって出世し、富を得ようという欲望となって世の中を支配した。明治十年代の投書雑誌『穎《えい》才新誌《さいしんし》』には、そのような少年少女の欲望に溢れているが、文三もその少年たちの一人だったと言ってよい。免職になった文三を、学問は本田よりできると弁護するお勢に対して、「フム学問学問とお言いだけれども立身出世すればこそ学問だ　居所立所《いどたちど》に迷惑《まごつ》くようじゃア些《ちッ》とばかし書物《ほん》が読めたッてねっから難有味《ありがたみ》がない」（第六回）とお政は言う。この言葉は彼女の打算的な性格を差し引いても、たしかに文三の弱点をついているのである。

経済的な意味ばかりでなく、文三が生きる上での基本と考えていた「学問」は、今や彼を支えてくれない。彼は「お勢の心一つ」で自分の行動を決断しようとしているからである。もともと遊びずきで流行に弱いお勢が昇と団子坂に出かけた直後から、彼の心はお勢への疑いと、彼女を信じたい希望との間を揺れ動くが、昇との口論(第十回)で彼の卑劣さを非難し、絶交しようとする文三は、逆に理屈の上では昇に言い負かされ、ついには「自明の理」を持ち出す始末である。それでもなお彼女に期待する文三を、書き手は「こう信ずる理由があるからこう信じていたのではなくて　こう信じたいからこう信じていたので」(第十一回)と突き放すのである。

お勢とも口喧嘩をしてしまった彼は、第三篇に入って二階の自室に閉じこもり、物思いに耽る。それを通じて彼は「一種の識認」を得るが、それは読者には最初から与えられていた園田家の猥雑さやお勢の軽薄さに関する認識であって、彼自身の「条理」と「学問」についての反省ではない。たしかに「情慾の曇《くもり》」が取れたことによって、彼はお勢に対して「内部の美」と「外部の美」とを分け、意味のない容貌の美しさに惹かれていた自分を反省する。だがそれはお勢という生きている人間を無理に精神と肉体に分け、かつて「美は美だ」(第十回)と思った感受性を観念的に抑えつけているにすぎない。このような観念的な処理がただの辻褄合わせで、現実の関係を動かす力に乏しいことは言うまでもない。

彼は「智識」あり「学問」ある人間として、お勢を現在の「不潔な境」から救い出さなければならぬと思いつめるが、いくら考えをめぐらせても、それは頭の中で堂々めぐりをするだけで、解決策は見当らない。これ以後の彼に現われる「妄想」や「おぷちかる、いるりゅうじょん」は、自分の「居所立所」を正視せず、なお「学問」にすがりつこうとする彼の衰弱した精神が生み出したものにほかならない。

しかしこのような「学問」偏重は、文三ひとりの問題ではない。先にも触れたように、学歴・知識が出世に直結するという図式は、多くの日本人が無邪気にいだいていた信仰だった。文明開化を推進してきたその種の「学問」に最初の疑問を投げかけた点にこそ、この小説が達したもっとも深い批評性がある。皮相な青年男女に対する前半のひやかし気味の批評に対して、終末部に近づくほど解体していく文三の「学問」の姿には、まさに浮雲のように不安定な、近代日本のゆがみがおのずから表われているからである。

つけくわえれば、『浮雲』に続いて坪内逍遥は「細君」(明治二二)で、「学問」のほかに取柄がないと評される女性の失敗を描き、森鷗外は「舞姫」(明治二三)で、「活きたる字書」「活きたる条令」の道に背いて転落するエリート官僚を描いた。教育制度や官僚機構の整備が進み、憲法発布、国会開設を目前に控えて近代国家の骨格を形成しつつあった明治二十年前後は、同時に、その基盤としての「学問」の楽観的なありかたに疑問がきざしはじめた時期でもあった。

*

「浮雲 第三篇」は、文三がもう一度だけお勢と話し合いをして、それが聞き入れられなければ園田家を出ようと決心するところで終っている。雑誌『都の花』に連載された第三篇の末尾には(終)とあり、それが第三篇の終りなのか、小説全体の終りを意味するのか、従来議論が分かれてきた。第三篇執筆当時の二葉亭には、手記「くち葉集 ひとかごめ」と「落葉のはきよせ 二籠め」があり、前者には数種類の「第三篇筋立」が残されている。それらを総合すると、お勢は昇に弄ばれて捨てられる。文三は彼女が昇に誘惑されるのを知りながら何もできず、就職には失敗、郷里の実家が火事で焼失、老母の死などの災難が続き、その苦痛からアル中になって精神病院に入る、という結末が用意されていた。二葉亭自身も、腹案はあったが途中で投げ出してしまったと語っているので（「作家苦心談」明治三〇）、作家に即して言えば、小説は中絶ということになる。

しかし読者の側から言えば、発表されたテクストがすべてであり、作者の事情、まして公表されなかった筋書を考慮に入れなければならない義務はない。その観点に立てば、『浮雲』は現在残された「終」りかたの方が、筋の上では落ちつきが悪いとしても、比較的に自然であろう。腹案にある文三の破滅の構想は、すべて外的な事件の連続で、すでに文三が陥っている、生きる基本を崩された不安や、それがもたらした精神的変調とは異質のものだからである。

それから二十年後に、二葉亭は『其面影《そのおもかげ》』（明治三九）と『平凡』（明治四〇）で、「学問」や「文学」の実人生に対する無力感を記し、現実の世界での奮闘に憧れるのだが、その転回を生んだ主な原因は、文三を描くことで思いがけずわが身にはねかえってきた、学問・知識に対する懐疑にあった。『浮雲』執筆直後の手記には、学問が相対的な認識にすぎず、人間を安心させ、幸福な生を保証するものではないことに対して、絶望的な記事が残されている。その意味では、文三の問題を「事件」で無理に結着させず、いわゆるオープン・エンディングのかたちで、混迷が深まったまま読者に手渡されたテクストと考えることも十分に可能である。作者の心情としては中絶かもしれないが、むしろその終りかたによって、近代の知識人が抱えこまざるを得なかった不安を最初に示した作品として、この小説はこれからも繰りかえし読み続けられるべきだろう。

お勢の心は取かえしがたし　波につられて沖へと出る船に似たり　文三の力之《これ》を如何《いかん》ともしがたし　しがたしといいて何事をもせずまたし得ず　是《ここ》に於てか文三は不安に煩《わずらわ》されたり　そのさまは余が浮雲を読みたる情に同じ

（「落葉のはきよせ　二籠め」原文旧仮名）

これは『浮雲』を打ち切って役人（内閣官報局）になったころの二葉亭の感想だが、ここには誤った道に進むお勢をただ見送るしかない文三の不安と重なって、『浮雲』執筆が逆に自分自身の基本を揺るがす結果となった二葉亭の不安がにじみ出ている。「浮雲」という題意は、最終的に、この小説そのものの不安定で、行方定めぬ姿を象徴することとなった。

〔編集付記〕

一、本書の初出は、以下の通り。第一編＝一八八七年六月、金港堂刊。第二編＝一八八八年二月、金港堂刊。第三編＝一八八九年七―八月『都の花』連載(第一八―二一号、金港堂)。

一、本書は、『新日本古典文学大系　明治編18　坪内逍遥・二葉亭四迷集』収録の『浮雲』(十川信介校注・岩波書店、二〇〇二)を底本とした。なお、岩波文庫旧版の解説(中村光夫)を再録した。

一、底本にある注を適宜整理して掲載した。各編の内題は改めた。著者名は初出のままである。

一、『浮雲』は一八八六年から四年間にわたって執筆され、しかもその期間が口語文体の創始期にあたるため、各編を通じて表記上の相違が大きい。本書ではできるだけ当時の表記上の工夫とその推移を残すことにつとめた。カギカッコ「　」、句読点、片かな表記などは原文のままである。

一、初出本文(ことに第一編・第二編)には句読点が非常に少なく、かつ句点と読点との区別もはっきりしないので、読解の便宜のため、現在ならば句読点を打つべき箇所を一字分あけた。

一、次頁の要項に従って表記がえをおこなった。

岩波文庫（緑帯）の表記について

近代日本文学の鑑賞が若い読者にとって少しでも容易となるよう、旧字・旧仮名で書かれた作品の表記の現代化をはかった。そのさい、原文の趣をできるだけ損なうことがないように配慮しながら、次の方針にのっとって表記がえをおこなった。

(一) 旧仮名づかいを現代仮名づかいに改める。ただし、原文が文語文であるときは旧仮名づかいのままとする。

(二) 「常用漢字表」に掲げられている漢字は新字体に改める。

(三) 漢字語のうち代名詞・副詞・接続詞など、使用頻度の高いものを一定の枠内で平仮名に改める。

(四) 平仮名を漢字に、あるいは漢字を別の漢字にかえることは、原則としておこなわない。

(五) 振り仮名を次のように使用する。

(イ) 読みにくい語、読み誤りやすい語には現代仮名づかいで振り仮名を付す。

(ロ) 送り仮名は原文どおりとし、その過不足は振り仮名によって処理する。

例、明に→明《あきらか》に

（岩波文庫編集部）

浮《うき》　雲《ぐも》

2004年10月15日　第1刷発行
2024年4月26日　第17刷発行

作　者　二葉亭四迷《ふたばていしめい》

校注者　十川信介《とがわしんすけ》

発行者　坂本政謙

発行所　株式会社　岩波書店
〒101-8002 東京都千代田区一ツ橋2-5-5

案内 03-5210-4000　営業部 03-5210-4111
文庫編集部 03-5210-4051
https://www.iwanami.co.jp/

印刷 製本・法令印刷　カバー・精興社

ISBN 978-4-00-310071-4　Printed in Japan

読書子に寄す

——岩波文庫発刊に際して——

岩波茂雄

真理は万人によって求められることを自ら欲し、芸術は万人によって愛されることを自ら望む。かつては民を愚昧ならしめるために学芸が最も狭き堂宇に閉鎖されたことがあった。今や知識と美とを特権階級の独占より奪い返すことはつねに進取的なる民衆の切実なる要求である。岩波文庫はこの要求に応じそれに励まされて生まれた。それは生命ある不朽の書を少数者の書斎と研究室とより解放して街頭にくまなく立たしめ民衆に伍せしめるであろう。近時大量生産予約出版の流行を見る。その広告宣伝の狂態はしばらくおくも、後代にのこすと誇称する全集がその編集に万全の用意をなしたるか。千古の典籍の翻訳企図に敬虔の態度を欠かざりしか。さらに分売を許さず読者を繋縛して数十冊を強うるがごとき、はたしてその揚言する学芸解放のゆえんなりや。吾人は天下の名士の声に和してこれを推挙するに躊躇するものである。このときにあたって、岩波書店は自己の責務のいよいよ重大なるを思い、従来の方針の徹底を期するため、すでに十数年以前より志して来た計画を慎重審議この際断然実行することにした。吾人は範をかのレクラム文庫にとり、古今東西にわたって文芸・哲学・社会科学・自然科学等種類のいかんを問わず、いやしくも万人の必読すべき真に古典的価値ある書をきわめて簡易なる形式において逐次刊行し、あらゆる人間に須要なる生活向上の資料、生活批判の原理を提供せんと欲する。この文庫は予約出版の方法を排したるがゆえに、読者は自己の欲する時に自己の欲する書物を各個に自由に選択することができる。携帯に便にして価格の低きを最主とするがゆえに、外観を顧みざるも内容に至っては厳選最も力を尽くし、従来の岩波出版物の特色をますます発揮せしめようとする。この計画たるや世間の一時の投機的なるものと異なり、永遠の事業として吾人は微力を傾倒し、あらゆる犠牲を忍んで今後永久に継続発展せしめ、もって文庫の使命を遺憾なく果たさしめることを期する。芸術を愛し知識を求むる士の自ら進んでこの挙に参加し、希望と忠言とを寄せられることは吾人の熱望するところである。その性質上経済的には最も困難多きこの事業にあえて当たらんとする吾人の志を諒として、その達成のため世の読書子とのうるわしき共同を期待する。

昭和二年七月

《日本文学（現代）》〔緑〕

怪談 牡丹燈籠　三遊亭円朝
小説神髄　坪内逍遥
当世書生気質　坪内逍遥
アンデルセン 即興詩人 全二冊　森鷗外訳
ウィタ・セクスアリス　森鷗外
青年　森鷗外
雁　森鷗外
阿部一族 他二篇　森鷗外
山椒大夫・高瀬舟 他四篇　森鷗外
渋江抽斎　森鷗外
舞姫・うたかたの記 他三篇　森鷗外
鷗外随筆集　千葉俊二編
大塩平八郎 他三篇　森鷗外
浮雲　二葉亭四迷　十川信介校注
野菊の墓 他四篇　伊藤左千夫
吾輩は猫である　夏目漱石

坊っちゃん　夏目漱石
草枕　夏目漱石
虞美人草　夏目漱石
三四郎　夏目漱石
それから　夏目漱石
門　夏目漱石
彼岸過迄　夏目漱石
漱石文芸論集　磯田光一編
行人　夏目漱石
こころ　夏目漱石
硝子戸の中　夏目漱石
道草　夏目漱石
明暗　夏目漱石
思い出す事など 他七篇　夏目漱石
文学評論 全二冊　夏目漱石
夢十夜 他二篇　夏目漱石
漱石文明論集　三好行雄編

倫敦塔・幻影の盾 他五篇　夏目漱石
漱石日記　平岡敏夫編
漱石書簡集　三好行雄編
漱石俳句集　坪内稔典編
漱石・子規往復書簡集　和田茂樹編
文学論 全二冊　夏目漱石
坑夫　夏目漱石
二百十日・野分　夏目漱石
五重塔　幸田露伴
努力論　幸田露伴
一国の首都 他一篇　幸田露伴
渋沢栄一伝　幸田露伴
飯待つ間 —正岡子規随筆選　正岡子規　阿部昭編
子規句集　高浜虚子選
病牀六尺　正岡子規
子規歌集　土屋文明編
墨汁一滴　正岡子規

仰臥漫録　正岡子規
歌よみに与ふる書　正岡子規
獺祭書屋俳話・芭蕉雑談　正岡子規
子規紀行文集　復本一郎編
正岡子規ベースボール文集　復本一郎編
金色夜叉 全二冊　尾崎紅葉
不如帰　徳冨蘆花
武蔵野　国木田独歩
愛弟通信　国木田独歩
蒲団・一兵卒　田山花袋
田舎教師　田山花袋
一兵卒の銃殺　田山花袋
あらくれ・新世帯　徳田秋声
藤村詩抄　島崎藤村自選
破戒　島崎藤村
春　島崎藤村
桜の実の熟する時　島崎藤村

夜明け前 全四冊　島崎藤村
藤村文明論集　十川信介編
生ひ立ちの記 他一篇　島崎藤村
島崎藤村短篇集　大木志門編
にごりえ・たけくらべ　樋口一葉
大つごもり・十三夜 他五篇　樋口一葉
修禅寺物語 正雪の二代目 他四篇　岡本綺堂
高野聖・眉かくしの霊　泉鏡花
歌行燈　泉鏡花
夜叉ケ池・天守物語　泉鏡花
草迷宮　泉鏡花
春昼・春昼後刻　泉鏡花
鏡花短篇集　川村二郎編
外科室・海城発電 他五篇　泉鏡花
鏡花随筆集　吉田昌志編
化鳥・三尺角 他六篇　泉鏡花
鏡花紀行文集　田中励儀編

俳句はかく解しかく味う　高浜虚子
俳句への道　高浜虚子
回想 子規・漱石　高浜虚子
有明詩抄　蒲原有明
上田敏全訳詩集　山内義雄・矢野峰人編
宣言　有島武郎
一房の葡萄 他四篇　有島武郎
寺田寅彦随筆集 全五冊　小宮豊隆編
柿の種　寺田寅彦
与謝野晶子歌集　与謝野晶子自選
与謝野晶子評論集　鹿野政直・香内信子編
私の生い立ち　与謝野晶子
つゆのあとさき　永井荷風
濹東綺譚　永井荷風
荷風随筆集 全二冊　野口冨士男編
摘録 断腸亭日乗 全二冊　永井荷風・磯田光一編
すみだ川・新橋夜話 他一篇　永井荷風

あめりか物語	永井荷風
下谷叢話	永井荷風
ふらんす物語	永井荷風
荷風俳句集	加藤郁乎編
浮沈・踊子 他三篇	永井荷風
花火・来訪者 他十一篇	永井荷風
問はずがたり・吾妻橋 他十六篇	永井荷風
斎藤茂吉歌集	山口茂吉・柴生田稔・佐藤佐太郎編
千鳥 他四篇	鈴木三重吉
鈴木三重吉童話集	勝尾金弥編
小僧の神様 他十篇	志賀直哉
暗夜行路 全二冊	志賀直哉
志賀直哉随筆集	高橋英夫編
高村光太郎詩集	高村光太郎
北原白秋歌集	高野公彦編
北原白秋詩集 全二冊	安藤元雄編
フレップ・トリップ	北原白秋
野上弥生子随筆集	竹西寛子編
野上弥生子短篇集	加賀乙彦編
お目出たき人・世間知らず	武者小路実篤
友情	武者小路実篤
銀の匙	中勘助
若山牧水歌集	伊藤一彦編
新編 みなかみ紀行	若山牧水・池内紀編
新編 啄木歌集	久保田正文編
吉野葛・蘆刈	谷崎潤一郎
卍（まんじ）	谷崎潤一郎
谷崎潤一郎随筆集	篠田一士編
多情仏心 全二冊	里見弴
道元禅師の話	里見弴
今年竹 全二冊	里見弴
萩原朔太郎詩集	三好達治選
郷愁の詩人 与謝蕪村	萩原朔太郎
猫町 他十七篇	萩原朔太郎・清岡卓行編
恋愛名歌集	萩原朔太郎
恩讐の彼方に・忠直卿行状記 他八篇	菊池寛
父帰る・藤十郎の恋 菊池寛戯曲集	石割透編
河明り 老妓抄 他一篇	岡本かの子
春泥・花冷え	久保田万太郎
大寺学校 ゆく年	久保田万太郎
久保田万太郎俳句集	恩田侑布子編
室生犀星詩集	室生犀星自選
犀星王朝小品集	室生犀星
室生犀星俳句集	岸本尚毅編
出家とその弟子	倉田百三
羅生門・鼻・芋粥・偸盗	芥川竜之介
地獄変・邪宗門・好色・藪の中 他七篇	芥川竜之介
河童 他二篇	芥川竜之介
歯車 他二篇	芥川竜之介
蜘蛛の糸・杜子春・トロッコ 他十七篇	芥川竜之介
侏儒の言葉・文芸的な、余りに文芸的な	芥川竜之介

芥川竜之介書簡集	石割透編
芥川竜之介随筆集	石割透編
蜜柑・尾生の信 他十八篇	芥川竜之介
年末の一日・浅草公園 他十七篇	芥川竜之介
芥川竜之介紀行文集	山田俊治編
田園の憂鬱	佐藤春夫
海に生くる人々	葉山嘉樹
葉山嘉樹短篇集	道籏泰三編
日輪・春は馬車に乗って 他八篇	横光利一
宮沢賢治詩集	谷川徹三編
童話集 風の又三郎 他十八篇	宮沢賢治 谷川徹三編
童話集 銀河鉄道の夜 他十四篇	宮沢賢治 谷川徹三編
山椒魚・遙拝隊長 他七篇	井伏鱒二
川釣り	井伏鱒二
井伏鱒二全詩集	井伏鱒二
太陽のない街	徳永直
黒島伝治作品集	紅野謙介編

伊豆の踊子・温泉宿 他四篇	川端康成
雪国	川端康成
山の音	川端康成
川端康成随筆集	川西政明編
三好達治詩集	桑原武夫 大槻鉄男選
詩を読む人のために	三好達治
中野重治詩集	中野重治
夏目漱石 全二冊	小宮豊隆
新編 思い出す人々	内田魯庵 紅野敏郎編
檸檬《レモン》・冬の日 他九篇	梶井基次郎
蟹工船 一九二八・三・一五	小林多喜二
富嶽百景・走れメロス 他八篇	太宰治
斜陽 他一篇	太宰治
人間失格・グッド・バイ 他一篇	太宰治
津軽	太宰治
お伽草紙・新釈諸国噺	太宰治
右大臣実朝 他一篇	太宰治

真空地帯	野間宏
日本唱歌集	堀内敬三 井上武士編
日本童謡集	与田準一編
森鷗外	石川淳
至福千年	石川淳
小林秀雄初期文芸論集	小林秀雄
近代日本人の発想の諸形式 他四篇	伊藤整
小説の認識	伊藤整
中原中也詩集	大岡昇平編
ランボオ詩集	中原中也訳
晩年の父	小堀杏奴
小熊秀雄詩集	岩田宏編
夕鶴・彦市ばなし 他二篇 —木下順二戯曲選II—	木下順二
元禄忠臣蔵 全二冊	真山青果
随筆滝沢馬琴	真山青果
旧聞日本橋	長谷川時雨
みそっかす	幸田文

古句を観る　柴田宵曲
俳諧随筆 蕉門の人々　柴田宵曲
新編 俳諧博物誌　柴田宵曲／小出昌洋編
随筆集 団扇の画　柴田宵曲／小出昌洋編
子規居士の周囲　柴田宵曲
小説集 夏の花　原民喜
原民喜全詩集
いちご姫・蝴蝶 他二篇　山田美妙／十川信介校訂
銀座復興 他三篇　水上滝太郎
魔風恋風 全二冊　小杉天外
柳橋新誌　成島柳北／塩田良平校訂
幕末維新パリ見聞記 成島柳北「航西日乗」・栗本鋤雲「暁窓追録」　井田進也校注
野火／ハムレット日記　大岡昇平
中谷宇吉郎随筆集　樋口敬二編
雪　中谷宇吉郎
冥途・旅順入城式　内田百閒
東京日記 他六篇　内田百閒

西脇順三郎詩集　那珂太郎編
大手拓次詩集　原子朗編
評論集 滅亡について 他三十篇　武田泰淳／川西政明編
山岳紀行文集 日本アルプス　小島烏水／近藤信行編
雪中梅　末広鉄腸／小林智賀平校訂
新編 東京繁昌記　木村荘八／尾崎秀樹編
新編 山と渓谷　田部重治／近藤信行編
日本児童文学名作集 全二冊　桑原三郎／千葉俊二編
山月記・李陵 他九篇　中島敦
眼中の人　小島政二郎
新選 山のパンセ　串田孫一自選
小川未明童話集　桑原三郎編
新美南吉童話集　千葉俊二編
岸田劉生随筆集　酒井忠康編
摘録 劉生日記　岸田劉生／酒井忠康編
量子力学と私　朝永振一郎／江沢洋編
書物　森銑三／柴田宵曲

自註鹿鳴集　会津八一
窪田空穂随筆集　大岡信編
窪田空穂歌集　大岡信編
奴隷 —小説・女工哀史1　細井和喜蔵
工場 —小説・女工哀史2　細井和喜蔵
鷗外の思い出　小金井喜美子
森鷗外の系族　小金井喜美子
木下利玄全歌集　五島茂編
新編 学問の曲り角　河野与一／原二郎編
林芙美子紀行集 下駄で歩いた巴里　立松和平編
放浪記　林芙美子
山の旅 全二冊　近藤信行編
酒道楽　村井弦斎
文楽の研究 全二冊　三宅周太郎
五足の靴　五人づれ
尾崎放哉句集　池内紀編
リルケ詩抄　茅野蕭々訳

ぷえるとりこ日記	有吉佐和子
江戸川乱歩短篇集	千葉俊二編
怪人二十面相・青銅の魔人	江戸川乱歩
少年探偵団・超人ニコラ	江戸川乱歩
江戸川乱歩作品集 全三冊	浜田雄介編
堕落論・日本文化私観 他二十二篇	坂口安吾
桜の森の満開の下・白痴 他十二篇	坂口安吾
風と光と二十の私と・いずこへ 他十六篇	坂口安吾
久生十蘭短篇選	川崎賢子編
墓地展望亭・ハムレット 他六篇	久生十蘭
六白金星・可能性の文学 他十一篇	織田作之助
夫婦善哉 正続 他十二篇	織田作之助
わが町・青春の逆説	織田作之助
歌の話・歌の円寂する時 他一篇	折口信夫
死者の書・口ぶえ	折口信夫
汗血千里の駒 坂本龍馬君之伝	坂崎紫瀾 林原純生校注
日本近代短篇小説選 全六冊	紅野敏郎・紅野謙介・千葉俊二・宗像和重・山田俊治編

自選谷川俊太郎詩集	
訳詩集 白孔雀	西條八十訳
茨木のり子詩集	谷川俊太郎選
大江健三郎自選短篇	
M/Tと森のフシギの物語	大江健三郎
キルプの軍団	大江健三郎
石垣りん詩集	伊藤比呂美編
漱石追想	十川信介編
荷風追想	多田蔵人編
鷗外追想	宗像和重編
自選 大岡信詩集	
うたげと孤心	大岡信
日本の詩歌 その骨組みと素肌	大岡信
詩人・菅原道真 —うつしの美学	大岡信
日本近代随筆選 全三冊	千葉俊二・長谷川郁夫・宗像和重編
尾崎士郎短篇集	紅野謙介編
山之口貘詩集	高良勉編

原爆詩集	峠三吉
竹久夢二詩画集	石川桂子編
まど・みちお詩集	谷川俊太郎編
山頭火俳句集	夏石番矢編
二十四の瞳	壺井栄
幕末の江戸風俗	塚原渋柿園 菊池眞一編
詩の誕生	大岡信 谷川俊太郎
けものたちは故郷をめざす	安部公房
鹿児島戦争記 —実録 西南戦争	篠田仙果 松本常彦校注
東京百年物語 一八六八〜一九〇九 全三冊	ロバート キャンベル・十重田裕一・宗像和重編
三島由紀夫紀行文集	佐藤秀明編
若人よ蘇れ・黒蜥蜴 他一篇	三島由紀夫
三島由紀夫スポーツ論集	佐藤秀明編
吉野弘詩集	小池昌代編
開高健短篇選	大岡玲編
破れた繭 耳の物語1	開高健
夜と陽炎 耳の物語2	開高健

色ざんげ　宇野千代
老女マノン・脂粉の顔 他四篇　宇野千代／尾形明子編
明智光秀　小泉三申
久米正雄作品集　石割透編
次郎物語 全五冊　下村湖人
まっくら 女坑夫からの聞き書き　森崎和江
北條民雄集　田中裕編
安岡章太郎短篇集　持田叙子編

《哲学・教育・宗教》〔青〕

- ソクラテスの弁明・クリトン　プラトン　久保勉訳
- ゴルギアス　プラトン　加来彰俊訳
- 饗宴　プラトン　久保勉訳
- テアイテトス　プラトン　田中美知太郎訳
- パイドロス　プラトン　藤沢令夫訳
- メノン　プラトン　藤沢令夫訳
- 国家　全二冊　プラトン　藤沢令夫訳
- プロタゴラス —ソフィストたち　プラトン　藤沢令夫訳
- パイドン —魂の不死について　プラトン　岩田靖夫訳
- アナバシス —敵中横断六〇〇〇キロ　クセノポン　松平千秋訳
- アリストテレス ニコマコス倫理学　全二冊　高田三郎訳
- アリストテレス 形而上学　全二冊　出隆訳
- アリストテレス 弁論術　戸塚七郎訳
- アリストテレース 詩学・ホラーティウス 詩論　松本仁助・岡道男訳
- 物の本質について　ルクレーティウス　樋口勝彦訳
- エピクロス —教説と手紙　出隆・岩崎允胤訳

- 生の短さについて　他二篇　セネカ　大西英文訳
- 怒りについて　他二篇　セネカ　兼利琢也訳
- エピクテトス 人生談義　全二冊　國方栄二訳
- 人さまざま　テオプラストス　森進一訳
- マルクス・アウレーリウス 自省録　神谷美恵子訳
- 老年について　キケロー　中務哲郎訳
- 弁論家について　全二冊　キケロー　大西英文訳
- キケロー書簡集　高橋宏幸編
- 平和の訴え　エラスムス　箕輪三郎訳
- 方法序説　デカルト　谷川多佳子訳
- 哲学原理　デカルト　桂寿一訳
- 情念論　デカルト　谷川多佳子訳
- パンセ　全三冊　パスカル　塩川徹也訳
- スピノザ 神学・政治論　全二冊　畠中尚志訳
- 知性改善論　スピノザ　畠中尚志訳
- スピノザ エチカ（倫理学）　全二冊　畠中尚志訳
- スピノザ 国家論　畠中尚志訳

- スピノザ往復書簡集　畠中尚志訳
- デカルトの哲学原理 —附 形而上学的思想　スピノザ　畠中尚志訳
- スピノザ 神・人間及び人間の幸福に関する短論文　畠中尚志訳
- モナドロジー　他二篇　ライプニッツ　谷川多佳子・岡部英男訳
- 市民の国について　全二冊　ヒューム　小松茂夫訳
- 自然宗教をめぐる対話　ヒューム　犬塚元訳
- エミール　全三冊　ルソー　今野一雄訳
- 人間不平等起原論　ルソー　本田喜代治・平岡昇訳
- ルソー 社会契約論　桑原武夫・前川貞次郎訳
- 言語起源論 —旋律と音楽的模倣について　ルソー　増田真訳
- ディドロ 絵画について　佐々木健一訳
- 道徳形而上学原論　カント　篠田英雄訳
- 啓蒙とは何か　他四篇　カント　篠田英雄訳
- 純粋理性批判　全三冊　カント　篠田英雄訳
- カント 実践理性批判　波多野精一・宮本和吉・篠田英雄訳
- 判断力批判　全二冊　カント　篠田英雄訳
- 永遠平和のために　カント　宇都宮芳明訳

- プロレゴメナ　カント　篠田英雄訳
- 学者の使命・学者の本質　フィヒテ　宮崎洋三訳
- シュライエルマッハー 独白　木場深定訳
- ヘーゲル 政治論文集 全二冊　金子武蔵訳
- 哲学史序論 —哲学と哲学史　ヘーゲル　武市健人訳
- 歴史哲学講義 全二冊　ヘーゲル　長谷川宏訳
- 法の哲学 —自然法と国家学の要綱　ヘーゲル　上妻精・佐藤康邦・山田忠彰訳
- 学問論　シェリング　西川富雄・藤田正勝監訳
- 自殺について 他四篇　ショウペンハウエル　斎藤信治訳
- 読書について 他二篇　ショウペンハウエル　斎藤忍随訳
- 知性について 他四篇　ショーペンハウエル　細谷貞雄訳
- 不安の概念　キェルケゴール　斎藤信治訳
- 死に至る病　キェルケゴール　斎藤信治訳
- 体験と創作 全二冊　ディルタイ　柴田治三郎・小牧健夫訳
- 眠られぬ夜のために 全二冊　ヒルティ　草間平作・大和邦太郎訳
- 幸福論 全三冊　ヒルティ　草間平作・大和邦太郎訳
- 悲劇の誕生　ニーチェ　秋山英夫訳

- ツァラトゥストラはこう言った 全二冊　ニーチェ　氷上英廣訳
- 道徳の系譜　ニーチェ　木場深定訳
- 善悪の彼岸　ニーチェ　木場深定訳
- この人を見よ　ニーチェ　手塚富雄訳
- プラグマティズム　W・ジェイムズ　桝田啓三郎訳
- 宗教的経験の諸相 全二冊　W・ジェイムズ　桝田啓三郎訳
- 日常生活の精神病理　フロイト　高田珠樹訳
- 純粋現象学及現象学的哲学考案 全二冊　フッセル　池上鎌三訳
- デカルト的省察　フッサール　浜渦辰二訳
- 愛の断想・日々の断想　ジンメル　清水幾太郎訳
- ジンメル宗教論集　深澤英隆編訳
- 笑い　ベルクソン　林達夫訳
- 道徳と宗教の二源泉　ベルクソン　平山高次訳
- 時間と自由　ベルクソン　中村文郎訳
- ラッセル教育論　安藤貞雄訳
- ラッセル幸福論　安藤貞雄訳
- 存在と時間 全四冊　ハイデガー　熊野純彦訳

- 学校と社会　デューイ　宮原誠一訳
- 民主主義と教育 全二冊　デューイ　松野安男訳
- 我と汝・対話　マルティン・ブーバー　植田重雄訳
- アラン 幸福論　神谷幹夫訳
- アラン 定義集　神谷幹夫訳
- 天才の心理学　E・クレッチュマー　内村祐之訳
- 英語発達小史　H・ブラッドリ　寺澤芳雄訳
- 日本の弓術　オイゲン・ヘリゲル述　柴田治三郎訳
- ことばのロマンス —英語の語源　ウィークリー　寺澤芳雄・出淵博訳
- ヴィーコ 学問の方法　上村忠男・佐々木力訳
- 国家と神話 全二冊　カッシーラー　熊野純彦訳
- 天才・悪　ブレンターノ　篠田英雄訳
- 人間の頭脳活動の本質 他一篇　ディーツゲン　小松摂郎訳
- プラトン入門　R・S・ブラック　内山勝利訳
- 反啓蒙思想 他二篇　バーリン　松本礼二編
- マキアヴェッリの独創性 他三篇　バーリン　川出良枝編
- ロシア・インテリゲンツィヤの誕生 他五篇　バーリン　桑野隆編

論理哲学論考　ウィトゲンシュタイン　野矢茂樹訳
自由と社会的抑圧　シモーヌ・ヴェイユ　冨原眞弓訳
根をもつこと　全二冊　シモーヌ・ヴェイユ　冨原眞弓訳
重力と恩寵　シモーヌ・ヴェイユ　冨原眞弓訳
全体性と無限　全二冊　レヴィナス　熊野純彦訳
啓蒙の弁証法　—哲学的断想　M・ホルクハイマー　T・W・アドルノ　徳永恂訳
ヘーゲルからニーチェへ　十九世紀思想における革命的断絶　全二冊　レーヴィット　三島憲一訳
統辞構造論　付『言語理論の論理構造』序論　チョムスキー　福井直樹　辻子美保子訳
統辞理論の諸相　方法論序説　チョムスキー　辻子美保子　福井直樹訳
快楽について　ロレンツォ・ヴァッラ　近藤恒一訳
古代懐疑主義入門　判断保留の十の方式　J・アナス　J・バーンズ　金山弥平訳
ニーチェ　みずからの時代と闘う者　ルドルフ・シュタイナー　高橋巖訳
フランス革命期の公教育論　コンドルセ他　阪上孝編訳
フレーベル自伝　長田新訳
旧約聖書 創世記　関根正雄訳
旧約聖書 出エジプト記　関根正雄訳
旧約聖書 ヨブ記　関根正雄訳

旧約聖書 詩篇　関根正雄訳
新約聖書 福音書　塚本虎二訳
文語訳 新約聖書　詩篇付
文語訳 旧約聖書　全四冊
キリストにならいて　トマス・ア・ケンピス　大沢章　呉茂一訳
聖アウグスティヌス 告白　全二冊　服部英次郎訳
アウグスティヌス 神の国　全五冊　服部英次郎　藤本雄三訳
新訳 キリスト者の自由・聖書への序言　マルティン・ルター　石原謙訳
キリスト教と世界宗教　シュヴァイツェル　鈴木俊郎訳
水と原生林のはざまで　シュヴァイツェル　野村実訳
コーラン　全三冊　井筒俊彦訳
エックハルト説教集　田島照久編訳
ムハンマドのことば　ハディース　小杉泰編訳
新約聖書外典 ナグ・ハマディ文書抄　荒井献　大貫隆　小林稔　筒井賢治　編訳
後期資本主義における正統化の問題　ハーバーマス　山田正行・金慧訳
シンボルの哲学　—理性、祭礼、芸術のシンボル試論　S・K・ランガー　塚本明子訳

ジャック・ラカン 精神分析の四基本概念　全二冊　ジャック＝アラン・ミレール編　小出浩之　新宮一成　鈴木國文　小川豊昭　訳
精神と自然　生きた世界の認識論　グレゴリー・ベイトソン　佐藤良明訳
人間の知的能力に関する試論　全二冊　トマス・リード　戸田剛文訳
開かれた社会とその敵　全四冊　カール・ポパー　小河原誠訳

岩波文庫の最新刊

ゲルツェン著／長縄光男訳

ロシアの革命思想
―その歴史的展開―

ロシア初の政治的亡命者、ゲルツェン（一八一二―一八七〇）。人間の尊厳と言論の自由を守る革命思想を文化史とともにたどり、農奴制と専制の非人間性を告発する書。
〔青N六一〇―一〕　定価一〇七八円

ラス・カサス著／染田秀藤訳

インディアスの破壊をめぐる賠償義務論
―十二の疑問に答える―

新大陸で略奪行為を働いたすべてのスペイン人を糾弾し、先住民に対する賠償義務を数多の神学・法学理論に拠り説き明かし、その履行をつよく訴える。最晩年の論策。
〔青四二七―九〕　定価一一五五円

岩田文昭編

嘉村礒多集

嘉村礒多（一八九七―一九三三）は山口県仁保生れの作家。小説、随想、書簡から選んだ。己の業苦の生を文学に刻んだ、苦しむ者の光源となる同朋の全貌。
〔緑七四―二〕　定価一〇〇一円

網野善彦著

日本中世の非農業民と天皇（下）

海民、鵜飼、桂女、鋳物師ら、山野河海に生きた中世の「職人」と天皇の結びつきから日本社会の特質を問う、著者の代表的著作。（全二冊、解説＝高橋典幸）
〔青N四〇二―三〕　定価一四三〇円

ヘルダー著／嶋田洋一郎訳

人類歴史哲学考（三）

第二部第十巻―第三部第十三巻を収録。人間史の起源を考察し、風土に基づいてアジア、中東、ギリシアの文化や国家などを論じる。（全五冊）
〔青N六〇八―三〕　定価一二七六円

……今月の重版再開……

池上洵一編

今昔物語集 天竺・震旦部

〔黄一九―一〕　定価一四三〇円

清水三男著／大山喬平・馬田綾子校注

日本中世の村落

〔青四七〇―一〕　定価一三五三円

岩波文庫の最新刊

カント著／大橋容一郎訳

道徳形而上学の基礎づけ

カント哲学の導入にして近代倫理の基本書。人間の道徳性や善悪、正義と意志、義務と自由、人格と尊厳などを考える上で必須の手引きである。新訳。

〔青六二五-一〕 定価八五八円

カント著／宮村悠介訳

人倫の形而上学

第二部 徳論の形而上学的原理

カント最晩年の、「自由」の「体系」をめぐる大著の新訳。第二部では「道徳性」を主題とする。『人倫の形而上学』全体に関する充実した解説も付す。（全二冊）

〔青六二六-五〕 定価一二七六円

高浜虚子著／岸本尚毅編

新編 虚子自伝

高浜虚子（一八七四-一九五九）の自伝。青壮年時代の活動、郷里、子規や漱石との交遊歴を語り掛けるように回想する。近代俳句の巨人の素顔にふれる。

〔緑二八-一二〕 定価一〇〇一円

末永高康訳注

孝経・曾子

『孝経』は孔子がその高弟曾子《そうし》に「孝」を説いた書。儒家の経典の一つとして、『論語』とともに長く読み継がれた。曾子学派による師の語録『曾子』を併収。

〔青二一一-一〕 定価九三五円

……今月の重版再開……

久保田淳校注

千載和歌集

〔黄一三二-一〕 定価一三五三円

南原繁著

国家と宗教

—ヨーロッパ精神史の研究—

〔青一六七-二〕 定価一三五三円

定価は消費税10％込です　2024. 4